# NIKOLAS STOLTZ

## Todeskalt

AF178643

## Weitere Bücher des Autors

*Die Patienten*
*Dein letztes Date*

## Über den Autor

Nikolas Stoltz schreibt und liest am liebsten spannende Krimis und Thriller. Ihn fasziniert die menschliche Psyche in all ihren Facetten – vor allem die Abgründe. In seinen Romanen lebt er außerdem seine Vorliebe für ungewöhnliche Orte, sogenannte »Lost Places« aus. Nikolas Stoltz wurde 1973 in Lübeck geboren und lebt heute in der Nähe von Bonn.

Nikolas Stoltz

# Todeskalt

Thriller

Lübbe

Vollständige Taschenbuchausgabe
der bei Bastei Lübbe erschienenen E-Book-Ausgabe

Copyright © 2024 by Bastei Lübbe AG,
Schanzenstraße 6–20, 51063 Köln

Vervielfältigungen dieses Werkes für das
Text- und Data-Mining bleiben vorbehalten.

Umschlaggestaltung: Massimo Peter-Bille unter Verwendung
eines Motivs von © shutterstock: Evannovostro |
Kichigin | Roxana Bashyrova
Satz: 3w+p GmbH, Rimpar (www.3wplusp.de)
Gesetzt aus der Adobe Caslon Pro
Druck und Verarbeitung: GGP Media GmbH, Pößneck

Printed in Germany
ISBN 978-3-404-19357-8

1 3 5 4 2

Sie finden uns im Internet unter luebbe.de
Bitte beachten Sie auch: lesejury.de

# Dienstag, 25. Februar

## 1

Vereinzelte Schneeflocken stoben durch die Dunkelheit, während der eisige Wind über den Berghang fegte. Obwohl es bereits Ende Februar war, hielt die vorherrschende Kältewelle den Taunus fest im Griff und machte jegliche Frühlingshoffnung zunichte.

Carolin Löwenstein stieg aus dem Wagen. Sie band den roten Haarschopf zusammen und zog die Kapuze ihres Mantels über den Kopf, um sich vor der Kälte zu schützen. Vor ihr reckten sich die Umrisse einer Burgruine in den dunklen, wolkenverhangenen Himmel.

*Was zum Teufel machst du hier?*

Vor etwas mehr als einer Stunde hatte Caro einen sonderbaren Anruf erhalten. Sie hatte gerade das Landeskriminalamt verlassen und sich auf einen gemütlichen Abend auf dem Sofa ihrer Wiesbadener Wohnung gefreut, als ihr Handy geklingelt hatte.

*»Ich brauche deine Hilfe!«, flüsterte eine verzweifelte Frauenstimme am anderen Ende der Leitung. Die Verbindung war von Rauschen durchdrungen.*

*»Mit wem spreche ich denn?«*

*»Ich bin's. Melanie.«*

*Melanie Meissner!, schoss es Caro durch den Kopf. Ihre ehemalige Kommilitonin und Mitbewohnerin. Caro hatte die alte Freundin schon seit Jahren nicht mehr gesehen. Nach dem Abschluss ihres Psychologiestudiums hatten sich*

*ihre Wege getrennt, und nur die obligatorischen Geburts-*
*tagsanrufe waren geblieben.*

*»Melanie? Was ist passiert?«*

*Für einen Moment herrschte Stille in der Leitung, dann*
*flüsterte die Stimme eindringlich: »Jemand ... jemand ist*
*hinter mir her!«*

*»Melanie, beruhige dich! Wer ist hinter dir her? Und wo*
*bist du?«*

*»In Oberweildorf. Bei der alten Burgruine.«*

Caros Blick glitt den Berg hinauf, auf dem der Burgturm gespenstisch aus Nebel und Dunkelheit hervortrat und das
darunter liegende Dorf zu bewachen schien. Die düstere Erscheinung des mittelalterlichen Gemäuers wirkte derart unheimlich, dass Caro kurz zögerte, bevor sie weiterging.

Ein unregelmäßiges Klappern hallte durch die Nacht,
vermutlich von einer Tür oder einem Fensterladen, mit dem
der Wind spielte.

Wieder schwirrten die angsterfüllten Worte des Telefon-
gespräches durch Caros Kopf.

*»Sie ... sie ist hinter mir her!«, stammelte Melanie.*

*»Wer ist hinter dir her? Und was zur Hölle machst du in*
*dem Dorf?«*

*»Ich habe etwas Schreckliches herausgefunden. Kannst*
*du bitte herkommen?«*

*»Soll ich nicht lieber die örtliche Polizei informieren?«,*
*fragte Caro besorgt. »Die Kollegen werden deutlich schnel-*
*ler bei dir sein.«*

*»Nein!« Melanies Stimme überschlug sich fast. »Keine*
*Polizei. Bitte.«*

*»Aber ...«*

*»Ich brauche deine Hilfe! Ich ...«*

*Die Verbindung brach abrupt ab.*

Caro versuchte, die angezeigte Nummer zurückzurufen. Ohne Erfolg.

Wer war hinter Melanie her? Und warum hatte sie Angst vor der Polizei?

Ihre ehemalige Mitbewohnerin brauchte Hilfe, so viel war klar. Anstatt nach Hause zu fahren, schlug Caro den Weg in den Taunus ein. Nach Oberweildorf.

Ein schmiedeeisernes Tor versperrte den Aufstieg zur Burgruine, und auf einem Schild prangten fette Buchstaben: ›ZUTRITT VERBOTEN!‹.

Caro schaltete ihre Taschenlampe ein und leuchtete durch das Gitter. Eine Felssteintreppe führte zu den Überresten der Burg hinauf. Auf dem mit Schnee gepuderten Boden hatten sich schemenhafte Fußspuren eingedrückt, der Größe nach von einer Frau. Handelte es sich um Melanies Abdrücke?

Caro stieß gegen das Gittertor, das mit einem Knarren nachgab. Im Schein der Taschenlampe tauchten weitere Details der Ruine auf. Am Fuß des Turmes grub sich eine Öffnung in die Felsenwand, nicht mehr als ein schwarzes Loch. Darüber klafften Schießscharten, und am oberen Rand des Gemäuers saßen Burgzinnen, wie die Zacken einer Krone. Überreste der Burgmauer schlossen sich an den Bergfried an und grenzten die ehemalige Festung ein. Die kahlen Äste mehrerer Bäume tanzten gespenstisch im Wind, als wollten sie Caro davon abhalten, weiterzugehen.

Wo steckst du, Melanie?

»Melanie?« Caros Stimme wurde vom Nebel verschluckt und hörte sich unwirklich an, fast wie in einem Traum.

Sie schwenkte die Taschenlampe über die Mauern.

»Melanie?«

Keine Reaktion.

Die Fußspuren führen auf direktem Weg zum Burgturm

und verschwanden in dessen Eingang. Alles in Caro sträubte sich, den Abdrücken zu folgen. Sie blieb vor dem dunklen Loch stehen und leuchtete mit pochendem Herzen hinein.

Im Lichtkegel zeichnete sich ein kahler Raum ab, umgeben von meterdicken Felswänden. Eine vergitterte Luke war in den Boden eingelassen.

*Wie in einem Folterkeller!*

Caro rang mit sich, weiterzugehen oder umzukehren. Was hatte sie sich dabei gedacht, alleine herzukommen? Warum hatte sie nicht ihren Kollegen, Kommissar Simon Berger, gebeten, sie zu begleiten? Oder jemand anders? Jetzt gab es kein Zurück mehr.

Als Profilerin trug sie keine Dienstwaffe. In diesem Moment wünschte sie sich jedoch, eine Pistole in den Händen zu halten.

Caro biss die Zähne zusammen und betrat den Turm. Ein muffiger Geruch stieg ihr in die Nase. Auf der rechten Seite führte eine steile Felsentreppe nach oben. Caro schloss die Augen, um ihre wachsende Furcht zu bekämpfen, dann erklomm sie die Stufen. Der Gang war so eng, dass sie sich kaum umdrehen konnte. Immer wieder hielt sie inne, um zu horchen. Es herrschte eine Totenstille.

Endlich endete die Treppe. Caro erreichte ein nach oben offenes Plateau, etwa vier bis fünf Meter unterhalb der Turmspitze. Schneeflocken wirbelten durch die Luft. Eine stählerne Wendeltreppe führte hinauf zu einer rundumlaufenden Aussichtsplattform.

Als Caro mit der Taschenlampe in die Höhe strahlte, erstarrte sie.

Über ihr hing der Körper einer blonden Frau in einer Seilschlinge. Das Gesicht war blass, fast schon weiß, und der Kopf zur Seite gefallen, so weit es der Galgen zuließ. Die Augen standen weit offen und drückten sich aus den Augenhöhlen heraus. Arme und Beine hingen leblos herab.

Das Seil war an der Metallbrüstung der Aussichtsplattform angeknotet.

Caro starrte auf das bizarre Bild. Für einen kurzen Moment bildete sie sich ein, dass die Szene nicht real war. Wie in einem Spielfilm, der in der nächsten Sekunde den erlösenden Szenenwechsel brachte.

Caros Gedanken begannen, sich zu überschlagen. Handelte es sich um Melanie? Nein! Unsinn. Die Frau war zu jung, vielleicht Anfang zwanzig. Melanie war, ebenso wie Caro, Ende dreißig.

Hastig stieg Caro die Wendeltreppe hinauf. Möglicherweise lebte das Opfer noch, oder es konnte wiederbelebt werden.

Die Aussichtsplattform war verlassen. Caro lehnte sich über die Balustrade und zog von oben am Seil, doch ihre Kraft reichte nicht aus, den leblosen Körper heraufzuziehen. Sie versuchte es erneut. Vergeblich.

Wie in Trance rief sie den Polizeinotruf an und meldete den Vorfall. Dabei konnte sie den Blick kaum von der gespenstischen Leiche abwenden. Hatte sich die Frau selbst erhängt? Und wo steckte Melanie?

Als Caro das Smartphone wieder weggesteckt hatte, holte sie der eiskalte Wind nach und nach zurück in die Realität. Sie schaute über die Brüstung auf die verschneiten Ruinen der Festungsanlage. Plötzlich sah sie den Schatten. Neben dem Stamm eines Baumgerippes stand eine dunkle Gestalt und starrte zu ihr hoch. Das Gesicht lag verborgen unter der weiten Kapuze eines schwarzen Umhangs.

Caro kniff die Augen zusammen, doch es war zu dunkel, um mehr zu erkennen. Handelte es sich um Melanie?

Sie richtete den Strahl der Taschenlampe auf die Gestalt. Im selben Moment verschwand der Schatten hinter dem Baumstamm.

Caro hastete die Wendeltreppe hinab, dann den engen

Abstieg hinunter, bis sie den Ausgang des Turmes erreichte. Sie lief die Burgmauer entlang bis zu jenem Baum, an dem die unheimliche Gestalt gestanden hatte. Caro leuchtete hinter den Stamm. Niemand war dort.

»Melanie?«

Sie betrachtete den Boden. Im Schutz der Mauer lag kaum Schnee, sodass sich keine Spuren abdrückten.

Wer hatte sie beobachtet?

Als sich ihr Atem wieder beruhigt hatte, rief Caro ihren Kollegen Simon Berger an.

## 2

Das blaue Blinklicht am Fuß der Burgruine kündigte die Ankunft der Polizeistreife an. Caro hatte im Turminneren Schutz gesucht und beobachtete durch den Eingang, wie die Lichtkegel zweier Taschenlampen auf sie zukamen. Vermutlich handelte es sich um die Beamten der örtlichen Dienststelle in Usingen. Caro machte sich frühzeitig bemerkbar, um die Kollegen nicht zu einer Kurzschlussreaktion zu verleiten. Sie zeigte ihren Dienstausweis und stellte sich vor.

Der größere der beiden Männer zog eine Wollmütze vom Kopf, unter der ein kahler Schädel zum Vorschein kam. Er hatte ein rundliches Gesicht mit einem schwarzen Schnauzbart.

»Kommissar Theo Schilling.« Er zeigte auf den blonden Polizisten neben sich. »Und das ist mein Partner Jörn Dietrich.« Mit seiner hageren Statur und der blassen Haut wirkte der Kollege unscheinbar, fast schon scheu.

»Was machen Sie denn beim LKA?«, fragte Schilling in einem herablassenden Tonfall.

»Ich bin als Fallanalytikerin tätig«, erwiderte Caro.

Nach Jahren im polizeipsychologischen Dienst hatte Caro vor zwei Monaten endlich eine begehrte Stelle in der Abteilung für Gewaltverbrechen im Team von Kommissar Simon Berger erhalten.

»Eine Profilerin?« Schilling verzog das Gesicht. »Das sind doch die Leute, die an Tatorten immer alles besser wissen.«

*Was für ein Arschloch!*

»Ich halte mich an Fakten«, gab Caro diplomatisch zurück.

»Aha. Und warum sind Sie hergekommen?«

»Ich bin privat hier. Eine alte Freundin hat mich angerufen und um Hilfe gebeten. Als ich vor etwa einer Stunde eingetroffen bin, habe ich auf dem Turm eine Leiche entdeckt.«

Schilling zog die linke Augenbraue hoch. »Die Leiche ihrer Freundin?«

»Nein. Dort oben hängt eine Frau an einem Strick. Sie ist deutlich jünger als meine Freundin.«

»Dann zeigen Sie uns mal die Tote.«

Caro führte die Polizisten die steile Treppe hinauf, bis sie die obere Plattform erreichten. Mit der Taschenlampe leuchtete sie die Leiche über ihnen an.

Kommissar Schilling betrachtete das Szenario mit angespannter Körperhaltung, während sein Partner noch blasser wurde.

»Das ist Johanna Maiwald«, sagte Jörn Dietrich mit dünner Stimme.

»Sie kennen die Frau?«, fragte Caro erstaunt.

Schilling nickte. »Sie ist uns bestens bekannt.«

»Das müssen Sie mir genauer erklären.«

»Ich muss gar nichts«, knurrte Schilling. »Sagen wir, sie war eine Unruhestifterin.«

»Es war wohl ein Selbstmord«, ergänzte sein Partner schnell.

Caro dachte an die unheimliche Gestalt, behielt die Information jedoch vorerst für sich. Hatte die Erscheinung etwas mit dem Tod der jungen Frau zu tun? Allerdings gab es keine Kampfspuren. Nichts deutete darauf hin, dass sich das Opfer gewehrt hatte.

Schilling wandte sich an Caro. »Wo ist denn Ihre Freundin?«

»Das weiß ich nicht. Ich habe sie nicht angetroffen.«

»Hmm. Finden Sie das nicht merkwürdig?«

»Ja.«

»Möglicherweise war sie am Tod der Frau beteiligt.« Er zeigte auf die Leiche.

»Das glaube ich nicht«, widersprach Caro. »Ich habe vor etwa zwei Stunden mit ihr telefoniert. Ich befürchte eher, dass ihr etwas zugestoßen ist.«

Schilling kniff die Augen zusammen. »Wir werden sehen. Ich fordere jetzt die Spurensicherung an.«

Caro nickte. In ihrem Kopf rumorte es. Was war hier geschehen? Warum war Melanie verschwunden?

Eine halbe Stunde später traf auch LKA-Kriminalkommissar Simon Berger am Tatort ein. Caro fing ihren Kollegen am Eingang des Turmes ab. In seiner grauen Jeans und der olivfarbenen Winterjacke wirkte er leger, als wäre er vom heimischen Sofa verjagt worden. Er hatte eine athletische Statur und überragte Caro um einen halben Kopf. Berger schüttelte sich den Pulverschnee aus den dunklen Haaren. In seine Stirn gruben sich tiefe Falten, und die braunen Augen blickten Caro besorgt an.

Sie ging auf den Kommissar zu. »Danke, dass du gekommen bist.« Sie umarmte ihn flüchtig und genoss den Moment seiner Nähe.

»Ist doch selbstverständlich. Was genau ist denn passiert?«

Caro berichtete Berger von ihrem Telefonat mit Melanie, wie sie daraufhin nach Oberweildorf gefahren war und die Leiche in der Burgruine entdeckt hatte. Sie endete mit einer Zusammenfassung ihres Gespräches mit Kommissar Schilling.

»Merkwürdig, dass deine Freundin verschwunden ist.« Berger kratzte sich am Kopf. »Ist dir irgendetwas aufgefallen?«

Caro zeigte aus dem Eingang des Turmes heraus. »Ich

habe da unten jemanden gesehen, kurz nachdem ich die Leiche entdeckt habe.«

»War es vielleicht deine Freundin?«

»Das kann ich nicht sagen«, erwiderte Caro. »Neben dem Baum stand eine Gestalt. Mehr ein Schatten. Ich bin sofort runtergelaufen, aber es war zu spät.«

»Dann lassen wir mal die Spurensicherung ihren Job machen. Zeigst du mir mal die Leiche?«

Caro nickte. »Klar. Folg mir.«

Sie führte ihren Kollegen die enge Treppe hinauf. Auf der Plattform trafen sie Kommissar Schilling, der Berger kritisch beäugte.

»Wer sind Sie denn?«

Berger zückte seinen Ausweis.

Schilling stöhnte. »Seit wann interessiert sich das LKA für Selbstmorde?«

»Normalerweise nicht.« Berger warf einen Blick auf die tote Frau in der Seilschlinge.

»Und warum mischen Sie sich dann in meine Ermittlungen ein?«

Berger antwortete nicht und trat stattdessen einen Schritt vor, um das Szenario genauer betrachten zu können.

»Merkwürdig, dass das Seil an der untersten Strebe des Geländers angebracht wurde.« Berger leuchtete die Leiche mit seiner Taschenlampe an. »Dazu passen die Schmutzspuren auf ihrer Jacke. Ein möglicher Täter könnte sie unter der Balustrade hindurchgeschoben haben.«

Schilling lief rot an. »Ich warte auf die Spurensicherung. Außerdem verbitte ich mir, dass Sie mich belehren. Ich bin kein Anfänger.«

»So habe ich das nicht gemeint«, beschwichtigte Berger.

»Verlassen Sie jetzt den Tatort. Wir haben alles im Griff.«

»Regen Sie sich ab. Wir sind ja schon weg.« Berger nickte in Richtung Treppe.

Caro folgte ihm die Stufen hinab. »Ich befürchte, dass Melanie entführt wurde.«

»Danach sieht es nicht aus«, widersprach Berger. »Hier sind nirgendwo Kampfspuren. Kein Blut. Keine Spuren im Schnee. Nichts.«

»Sie hat am Telefon erwähnt, dass sie verfolgt wird. Vielleicht ist sie dem Täter oder der Täterin auf der Straße in die Arme gelaufen.«

Berger wirkte wenig überzeugt. »Wie gut kennst du sie eigentlich?«

»Sehr gut. Na ja, ich hatte in den letzten zehn Jahren kaum Kontakt zu ihr.«

»Aha.«

»Als ich mit Melanie telefoniert habe, hatte sie Angst. Das habe ich deutlich herausgehört.«

Berger schüttelte den Kopf. »Ich verstehe ja, dass dir die Sache nahegeht. Und offensichtlich ist hier etwas faul. Aber wir können auch nicht ausschließen, dass deine Freundin an dem Tod der Frau beteiligt war. Möglicherweise hat sie sich nicht getraut, dir am Telefon die Wahrheit zu sagen.«

Caro schüttelte den Kopf. »Sie ist der ehrlichste Mensch, den ich kenne. Das würde nicht zu ihr passen.«

»Erst mal brauchen wir mehr Informationen«, sagte Berger. »Es ist zu früh, um Schlüsse zu ziehen.«

Er hatte recht. Es fehlten zu viele Fakten. Leider reichte die Sachlage nicht für eine offizielle Ermittlung des Landeskriminalamtes aus. Die Abteilung für Gewaltverbrechen, in der Caro und Berger tätig waren, kümmerte sich nur um organisierte Kriminalität oder besonders schwere Verbrechen, wie zum Beispiel Serienmord. Ein Selbstmord und das Verschwinden einer Psychologin fielen in den Zuständigkeitsbereich der lokalen Polizeidienststelle. Allerdings würden die Kollegen mit einer Fahndung nach Melanie erst mal abwarten, denn der Großteil vermisster Personen tauchte innerhalb von vierundzwanzig Stunden wieder auf.

»Wir sollten uns den Tatort noch mal genauer anschauen«, sagte Caro.

»Auf keinen Fall!«, widersprach Berger. »Zurzeit können wir nichts unternehmen. Das LKA ist nicht zuständig!«

Caro senkte den Kopf. Sie wollte ihrer alten Freundin helfen.

Von der Treppe näherten sich Schritte. Kurz darauf erschien Kommissar Schilling im Abgang.

»Sie sind ja immer noch hier.« Sein Gesicht lief rot an. »Gehen Sie jetzt bitte! Ach, und Frau Löwenstein, ich erwarte morgen Vormittag eine schriftliche Aussage von Ihnen in meinem Postfach.«

Caro nickte. Sie hatte kein gutes Gefühl, was Kommissar Schilling anging.

# Mittwoch, 26. Februar

## 3

Der Duft von frisch gemahlenen Kaffeebohnen durchzog die Küche. Die Espressomaschine schnaufte, während der Toaster die ersten Brotscheiben röstete.

Leider hatte Caro keine Zeit für ein ausgedehntes Frühstück. Es würde eher auf einen schnellen Snack hinauslaufen, denn sie musste ihre sechzehnjährige Tochter Jennifer antreiben, damit sie rechtzeitig zur Schule aufbrach.

Das Mädchen steckte mitten in der Pubertät und durchlebte eine schwierige Phase. Caro gelang es kaum, zu ihr durchzudringen. Seit Caros Scheidung vor anderthalb Jahren hatte sich Jennifer immer weiter abgekapselt und schwänzte häufig den Unterricht.

Sie ging ihre eigenen Wege. Wege, die Caro nicht nachvollziehen konnte. Im vergangenen Jahr hatte sie herausgefunden, dass sich Jennifer zu älteren Männern hingezogen fühlte. Zu deutlich älteren Männern. Obwohl das Mädchen mit seinem damaligen Freund – einem Münchner Geschäftsmann in den Vierzigern – Schluss gemacht hatte, wusste Caro, dass das Thema nicht ausgestanden war. Jedes Mal, wenn sie ihre Tochter alleine ließ, brodelte ein mulmiges Gefühl in ihrem Inneren.

Die Brotscheiben sprangen mit einem Klacken aus dem Toaster. »Willst du auch einen Toast?«, rief sie Jennifer zu, die sich im Badezimmer schminkte.

»Nein. Sind mir zu viele Kalorien.«

»Es ist besser, morgens ordentlich zu essen«, gab Caro zurück.

Jennifer erschien in der Küche. Ihre schlanke Figur war ein Abbild ihrer Mutter. Sie hatte es nicht nötig, Kalorien einzusparen, kämpfte aber trotzdem um jedes Gramm. Im Gegensatz zu Caro mit ihrem roten Schopf hatte Jennifer blonde Haare, die ihr bis auf die Hüften fielen. Das schmale Gesicht mit der feinen Nase und den hohen Wangenknochen hatte sie wiederum von ihrer Mutter geerbt.

»Ich trinke nur einen schnellen Espresso.« Das Mädchen trug ausnahmsweise keinen Minirock, sondern eine blaue Jeans mit Sneakers. Das gab Caro das beruhigende Gefühl, dass sie tatsächlich vorhatte, zur Schule zu gehen.

»Okay.« Caro reichte ihr die Tasse. »Ich bin heute unterwegs.«

Jennifer tippte auf ihrem Handy herum. »Ach ja?«

»Ich muss in den Taunus. Wir haben dort möglicherweise einen neuen Fall.« Caro dachte an die gespenstische Leiche in der Burgruine. Das schreckliche Bild der am Galgen hängenden Frau ging ihr nicht mehr aus dem Kopf. Ihre Gedanken hielt sie jedoch für sich.

»Schön für dich«, erwiderte Jennifer. »Ich muss jetzt los.« Sie kippte ihren Espresso runter und griff nach ihrer Tasche. »Dann bis irgendwann.«

»Viel Spaß in der Schule.«

»Davon kann wohl keine Rede sein.«

Die Wohnungstür fiel hinter ihr ins Schloss.

Caros Gedanken schweiften zurück an den Tatort. Zurück zu der unheimlichen Gestalt, die sie in der Ruine beobachtet hatte.

Was war dort oben passiert? Ihre alte Freundin hatte verzweifelt gewirkt, als sie Caro angerufen hatte. Warum war sie verschwunden?

Caro hatte Melanie im ersten Semester ihres Psychologiestudiums in Frankfurt kennengelernt, als sie beide auf eine Vorlesung gewartet hatten.

*Melanie saß auf einer Fensterbank im Forum vor den Hörsälen. Die dunkelbraunen Haare fielen mit einem auffällig gerade geschnittenen Pony bis auf die Augenbrauen. Auf ihrer Nase saß eine Brille mit schwarzem Rand. Das schlanke Mädchen in seinem kurzen Sommerkleidchen war ein Blickfang für die vorbeigehenden Jungs, was sie selbst nicht zu interessieren schien.*

*Caro wurde Zeugin, wie sich zwei Studenten auf plumpe Weise an sie heranmachten. »Hey, Beauty! Wir brauchen noch 'ne scharfe Begleitung für die Medizinerparty heute Abend. Wie wär's mit dir?«*

*Melanie sah verständnislos auf. »Was soll ich denn auf so 'ner Party?«*

*»Na, Spaß haben!«, antwortete der größere der beiden Studenten und fasste sich demonstrativ in den Schritt. »Ich gebe dir gerne einen Grundkurs.« Die beiden Typen lachten.*

*Sie verzog das Gesicht. »Kein Bedarf. Danke!«*

*»Was ist mit dir los? Bis du untervögelt? Mach dich mal locker.«*

*Caro ärgerte sich über den unverschämten Kerl und stellte sich dazu. Mit den langen, roten Haaren, den blauen Augen und der zierlichen Figur raubte sie den meisten Männern ebenfalls den Atem.*

*»Schwirrt ab! Ihr spielt nicht in ihrer Liga.«*

*Melanie lächelte dankbar.*

*Der Wortführer starrte Caro irritiert an. »Ich spiele in der Champions League. Ihr könnt froh sein, dass wir uns mit euch abgeben.«*

*Caro lachte auf und musterte den Kerl von oben bis unten. »Champions League? Vielleicht als Balljungen!«*

*Offensichtlich fiel ihrem Gegenüber keine spontane Ant-*

wort ein. »Ich ... äh ... Jetzt habt ihr keine Chance mehr bei mir.«

»Wirklich traurig«, erwiderte Melanie sarkastisch.

Als die Studenten abzogen, bedankte sie sich für Caros Hilfe. Ab dem Zeitpunkt waren sie an der Uni unzertrennlich und zogen im selben Monat in einer Wohngemeinschaft zusammen.

Melanie war eine angenehme Mitbewohnerin gewesen: ruhig und arbeitsam. Man sah sie weder auf Partys noch mit anderen Studenten, was ihr den Spitznamen ›Uni-Nonne‹ einbrachte.

Nach dem Studium hatten sich ihre Wege getrennt. Caro hatte bei der hessischen Polizei als Psychologin angeheuert und eine Familie gegründet, während Melanie ihre eigene Praxis in Frankfurt eröffnet hatte. Außer sporadischen Anrufen war von ihrer engen Freundschaft nicht viel geblieben, dennoch spürte Caro noch immer eine Verbindung zu Melanie.

Ihre verzweifelten Worte klangen ihr im Kopf nach.

Jemand ist hinter mir her!

Melanie war offensichtlich verfolgt und bedroht worden. Was war gestern geschehen, nachdem das Telefongespräch so abrupt abgebrochen war? Caro hatte mehrfach probiert, ihre alte Freundin anzurufen, auch an diesem Morgen. Doch jedes Mal war nur der Anrufbeantworter angesprungen. Berger hatte noch in der Nacht eine Streife zu Melanies Wohnung in Frankfurt geschickt, obwohl es streng genommen nicht in seine Zuständigkeit fiel. Die Kollegen hatten Melanie nicht angetroffen, und laut ihrer Nachbarn war sie schon seit Tagen nicht mehr zu Hause gewesen. Caro sorgte sich um ihre Freundin.

In den griesgrämigen Polizisten namens Schilling setzte sie wenig Vertrauen. Wahrscheinlich würde er die Akten so schnell wie möglich schließen. Natürlich konnte sie abwarten, um sich von dem Dorfpolizisten positiv überraschen zu lassen. Doch mit jeder Minute, die Melanie verschwunden war, sanken ihre Chancen, lebend gefunden zu werden. Caro konnte unmöglich ruhig dasitzen, bis die ersten Ermittlungsergebnisse aus Oberweildorf vorlagen.

Sie griff nach ihrem Handy und rief Berger an.

Nach einer knappen Begrüßung kam sie sofort auf den Punkt. »Ich nehme mir einen Tag Urlaub.«

»Was hast du denn vor?«, fragte der Kommissar entgeistert.

»Ich suche nach Melanie.«

»Wir sollten auf die örtliche Polizeidienststelle vertrauen. Die Kollegen kennen sich im Dorf aus. Sie können die Leute besser einschätzen.«

»Du hast doch diesen Schilling kennengelernt. Er ist ein Idiot.«

Berger seufzte. »Aber für die Ermittlungen braucht es Beamte aus der Region. Von außen ist es verdammt schwierig, die Bewohner zum Reden zu bewegen.«

»Ich weiß. Trotzdem möchte ich es versuchen. Ich befürchte, dass sich Melanie in großer Gefahr befindet.«

»Na gut, dann schau dich im Dorf um«, entgegnete er. »Ich halte dir den Rücken frei.«

»Danke, Berger.« Caro legte auf. Sie wusste, dass sich der Kommissar Sorgen um sie machte. Sorgen, die über eine kollegiale Beziehung hinausgingen. Caro teilte die Zuneigung, die er für sie empfand, und in seiner Nähe schlug ihr Herz einige Takte schneller. Doch ihre Beziehung war kompliziert. Zum einen wurden im LKA Liebschaften unter Kollegen nicht gerne gesehen. Außerdem lastete der Schatten seiner Vergangenheit auf Berger. Er litt unter Depressionen. Vor einigen Jahren war seine damalige Verlobte vor seinen Augen erschossen worden – ein erschütternder Moment, den er nie überwunden hatte. Trotzdem gab Caro die Hoffnung nicht auf, dass er es irgendwann schaffen würde.

Sie schaltete die Espressomaschine aus und griff nach ihrer Jacke. Ihr Ziel war der Taunus.

# 4

Pulverschnee stob über die Straße, als Caros Fiat die Orts-
grenze von Oberweildorf passierte. Zäher Nebel hüllte das
Dorf ein und schien die Häuser regelrecht zu verschlucken.
Es war einer dieser Wintertage, deren Tristesse das mensch-
liche Gemüt auf eine harte Probe stellte. Und es würde nicht
besser werden. Der Wetterbericht sagte für die nächsten
Tage weitere Schneefälle voraus und für das kommende
Wochenende sogar einen Schneesturm.

Caro parkte den Wagen im Ortskern vor einem Tante-
Emma-Laden, dessen Schaufenster mit regionalen Produk-
ten wie Wurstwaren, Obstbränden und Käse dekoriert war.

Sie stieg aus und ließ den Blick über die Straße schwei-
fen. Es gab viele Fachwerkhäuser, die sich unregelmäßig an-
einanderreihten. Auf ihrer Linken stach die Silhouette eines
schmalen Kirchturmes aus dem Nebel hervor. Auf der anderen Seite thronte die Burgruine herrschaftlich über dem
Dorf.

Der Ort wirkte ausgestorben. Caro hörte weder Fahrzeuge, noch sah sie Menschen auf der Straße, nicht mal eine
Katze. Offenbar hatten sich die Leute in ihren Häusern verbarrikadiert.

Sie lief den Bürgersteig entlang. Auf der gegenüberliegenden Straßenseite fiel ihr eine baufällige Villa ins Auge.
Das Gebäude mit den beiden Türmen und der mit Wolfs-
köpfen verzierten Fassade bereitete ihr Unbehagen. Die
Fenster waren zugenagelt und das verwilderte Grundstück
von einem hohen Zaun umgeben. Offenbar wollte niemand
in dem Spukhaus wohnen. Verständlich.

Als Caro weiterging, traf sie auf einen älteren Herrn mit

weißen Haaren in einem Holzfällerhemd, der sie aus einer Einfahrt misstrauisch ansah. Mit seinen Filzhausschuhen war er für das Winterwetter unpassend gekleidet.

»Guten Morgen«, sagte Caro freundlich.

»Warum schnüffeln Sie hier herum?«

Caro zog ihren Polizeiausweis aus der Tasche. »Mein Name ist Carolin Löwenstein. Ich arbeite für das Landeskriminalamt.«

Der Blick des Mannes verfinsterte sich. »So einen Ausweis kann sich doch heutzutage jeder selbst drucken. Wo ist denn Kommissar Schilling?«

Caro dachte an Bergers Worte. Er hatte recht in der Annahme, dass sich die Dorfbewohner Fremden gegenüber wenig aufgeschlossen zeigten.

»Das weiß ich nicht«, gab sie wahrheitsgemäß zurück. »Kennen Sie Johanna Maiwald?«

Der Mann vollführte eine abfällige Handbewegung. »Natürlich. Sie und ihre Schwester sind Unruhestifter.«

Er benutzte die gleichen Worte wie Schilling am Vorabend.

»Warum das?«, erkundigte sich Caro.

»Wegen der Sache von damals.«

Caro sah ihn durchdringend an. »Welche Sache?«

Er drehte sich weg. »Ich muss wieder rein. Es wird kalt.«

»Warten Sie bitte«, bat Caro eindringlich. »Sagt Ihnen der Name Melanie Meissner etwas?«

»Nie gehört.«

Rufe hallten über die Straße. Der Mann sah überrascht auf, und Caro fuhr herum. Drei schwarz gekleidete Kerle kamen auf sie zu, alle mit Kampfstiefeln bekleidet, tief ins Gesicht gezogenen Mützen und Armbinden mit der Aufschrift ›Bürgerwehr‹. An ihren Gürteln hingen Schlagstöcke.

Der kleinste der drei Männer ergriff das Wort. »Was haben Sie hier zu suchen?« Seine nasale Stimme klang aggressiv.

Caro zog ihren Dienstausweis heraus. »Carolin Löwenstein. Landeskriminalamt. Und Sie sind …?«

»Carl Sander. Wir sorgen hier für Recht und Ordnung.«

»Es hat einen Todesfall im Ort gegeben«, erklärte Caro.

»Keine Ahnung«, entgegnete Sander. »Aber wir kommen auch ohne Sie zurecht. Kommissar Schilling leitet die Ermittlungen.«

Der alte Mann schaute Caro mit einer Mischung aus Überraschung und Misstrauen an.

»Das stimmt«, gab Caro zurück. »Trotzdem kann ich hier so viele Fragen stellen, wie ich möchte.«

»Wir mögen es nicht, wenn Fremde den Dorffrieden stören.« Sander wandte sich an den Herrn. »Hat die Frau Sie belästigt?«

»Sie hat komische Fragen gestellt. Ist sie denn nicht von der Polizei?«

»Natürlich bin ich das!«, entgegnete Caro. Sie spürte, wie Wut in ihr hochstieg, beherrschte sich aber.

»Ich werde Sie bei Kommissar Schilling melden«, sagte Sander streng. »Wir sind gut befreundet, er wird auf mich hören.«

Seine Kumpane nickten zustimmend.

»Tun Sie das.« Sie zuckte mit den Schultern.

Sander fasste an seinen Schlagstock. »Verschwinden Sie aus unserem Dorf!«

Caro fürchtete sich weder vor Schilling noch vor dem aggressiven Möchtegernsheriff. Allerdings wollte sie kein Öl ins Feuer gießen, weil sie tatsächlich keinen offiziellen Auftrag hatte.

»Regen Sie sich ab, Herr Sander. Ich fahre wieder.«

Der selbsterklärte Chef der Bürgerwehr schien ein paar Zentimeter zu wachsen. »Wir behalten Sie im Auge.«

Caro kehrte zu ihrem Auto zurück und stieg ein. Sie hatte nicht vor, das Dorf zu verlassen, denn der alte Herr hatte ihr eine wichtige Information gegeben. Johanna Maiwald hatte eine Schwester, die ebenfalls im Ort wohnte. Und offenbar gab es einen Grund, warum die beiden Schwestern so unbeliebt waren. *Die Sache von damals.* Möglicherweise war das ein Motiv für Johannas Tod. Und damit auch eine Spur zu Melanie.

# 5

Simon Berger blickte nachdenklich aus dem Fenster seines Büros und verfolgte eine Schneeflocke, die langsam herabschwebte. Er dachte an Caro, die in Oberweildorf nach ihrer alten Freundin Melanie suchte. Er musste seinen Vorgesetzten, Jens Schröder, davon überzeugen, den Fall offiziell zu übernehmen. Doch dafür brauchte er schlagende Argumente.

Auf der gegenüberliegenden Seite des Schreibtisches starrte Bergers Juniorpartner, Matthias Darlinger, mit halb zugekniffenen Augen auf den Monitor. Er war mit seinen vierundzwanzig Jahren das Nesthäkchen der Abteilung. Bei der weiblichen Belegschaft des LKA kam er mit seinen dunklen, gewellten Haaren und den leuchtend blauen Augen mehr als gut an. Das kantige Gesicht und der muskulöse Körperbau taten ihr Übriges. Aufgrund seines Nachnamens und seines attraktiven Äußeren nannten ihn alle nur Darling.

Er wandte sich an Berger. »Ich habe die sozialen Netzwerke von Johanna Maiwald durchforstet. Offenbar war sie eine Außenseiterin.«

»Wieso?«, hakte Berger nach.

»Sie wurde von anderen Jugendlichen aus dem Dorf gemobbt.«

»Von wem genau?«

»Eine junge Frau namens Michelle Sander. Sie hat Johanna mehrfach beleidigt.«

Berger stand auf und umrundete den Schreibtisch.

Darling zeigte auf einen Eintrag, der erst ein paar Tage

alt war. »Bring es endlich zu Ende, Flechte! Niemand braucht dich! Du bist überflüssig!«

»Wow! Das ist harter Tobak«, murmelte Berger. »Hat sie darauf geantwortet?«

Darling kräuselte die Stirn. »Nein. Aber sie hat die Kommentare auch nicht gelöscht.«

»Komisch«, räumte Berger ein.

Darling scrollte weiter runter und blieb an einem Schwarz-Weiß-Foto hängen, das Johanna vor zwei Wochen gepostet hatte. Es zeigte das Mädchen mit einem melancholischen Gesichtsausdruck auf einer Bahnschiene liegend. Darunter stand ein kurzer Text: ›Ich folge dir überall hin.‹

»An wen richtet sich das?«, fragte Berger.

»Das ist hier nicht vermerkt«, erwiderte Darling.

»Hmm. Es deutet einiges darauf hin, dass Johanna Selbstmord begangen hat«, schlussfolgerte Berger. »Sie wurde gemobbt und hat Fotos gepostet, die sie in eindeutigen Selbstmörderposen zeigen.«

»Wie passt das mit Caros Freundin Melanie zusammen?«, fragte Darling. »Als sie Caro gestern Abend angerufen hat, war sie am Tatort. Was hat sie dort gemacht?«

»Genau das müssen wir herausfinden. Wir sind zwar nicht für die Aufklärung des Falles zuständig, aber wir sollten Caro unterstützen.«

»Natürlich!«, bestätigte Darling.

Darling gab den Namen ›Melanie Meissner‹ in die Suchmaschine ein, die sofort mehrere Resultate auswarf.

»Sie wird als Therapeutin gelistet, die Praxis scheint aber dauerhaft geschlossen zu sein.« Darling sah über die Schulter zu Berger auf.

»Siehst du irgendwo, warum sie ihre Praxis dichtgemacht hat?«, fragte der Kommissar nach.

Darling öffnete weitere Seiten. »Nein. Im Internet gibt

es dazu keine Hinweise. Ich jage sie mal durch unsere Systeme.«

Er startete das LKA-Recherchetool und suchte nach Caros alter Freundin. Sofort erschien eine Akte auf seinem Monitor. Als Darling die ersten Zeilen überflog, stutzte er.

# 6

Während Caro im Auto wartete, verharrten die Kerle der Bürgerwehr noch eine ganze Weile am Ende der Straße und beobachteten sie misstrauisch. Hatte Kommissar Schilling seinen Freund von der dörflichen Schutztruppe gebeten, Caro zu überwachen? Offensichtlich wusste Sander bestens über sie Bescheid. Aber wozu? Was hatten die Leute zu verbergen?

Ein kurzer Anruf in ihrer Dienststelle reichte aus, um die Adresse von Johannas Schwester Lisa herauszufinden. Obwohl sie nur zwei Straßen weiter wohnte, startete Caro den Motor. Sie wollte möglichst schnell aus der Sichtweite der Bürgerwehr kommen.

Drei Minuten später hielt sie vor einem zweigeschossigen Mehrfamilienhaus. Der graue Putz des Sechzigerjahrebaus hob sich kaum vom Himmel ab. Durch die kleinen Fenster fiel vermutlich nur wenig Licht, sodass im Inneren eine dunkle Tristesse vorherrschen musste. Die Haustür stand offen. Ungehindert konnte Caro den Flur betreten.

Lisa Maiwald wohnte im Erdschoss. Dem Namensschild zufolge hatten die beiden Schwestern zusammengelebt.

Vor Caros innerem Auge tauchte das Bild der blassen Leiche auf, die gespenstisch in der Seilschlinge baumelte. Hatte sie sich das Leben genommen, um ihrer persönlichen Dorfhölle zu entkommen? Oder hatte jemand nachgeholfen?

Kurz nachdem Caro geklingelt hatte, wurde die Wohnungstür einen Spalt geöffnet. Das blasse Gesicht einer schlanken Frau erschien im Zwischenraum. Die dunkelblonden Haare fielen glatt auf die Schultern und sahen aus, als benötigten sie dringend eine Wäsche. Ihre Augen standen ungewöhnlich weit auseinander, was dem Gesicht in Kombination mit der spitzen Nase eine außergewöhnliche Note verlieh. Ein Gesicht, nach dem Modellagenturen händeringend suchten. Selbst der graue Jogginganzug vermochte ihrem Aussehen nicht zu schaden. Caro schätzte ihr Gegenüber auf siebzehn oder achtzehn Jahre ein.

»Wer sind Sie?«, fragte Lisa Maiwald mit langsamen, gedehnten Worten.

»Carolin Löwenstein. Landeskriminalamt.« Caro zeigte ihren Ausweis. »Ich möchte mich kurz mit Ihnen unterhalten.«

Lisa Maiwald zuckte zusammen. »Warum denn?«

»Darf ich bitte hereinkommen?«

»Ich habe nicht aufgeräumt.« Ihre Sprechweise wirkte seltsam. Als stünde sie unter dem Einfluss eines Schlafmittels.

»Das stört mich nicht«, entgegnete Caro.

Sie nickte wie in Zeitlupe und öffnete die Tür. Dahinter kam ein spartanisch eingerichtetes Zimmer zum Vorschein. Es gab einen Tisch aus dunkler Eiche mit dazu unpassenden, weißen Stühlen, rechts davon eine aus mehreren Möbeln zusammengewürfelte Küchenzeile. Auf der anderen Seite stand ein grüner Sessel vor einem Röhrenfernseher. Die Wände waren kahl, ohne ein einziges Bild, und wirkten – genau wie Caro aufgrund der kleinen Fenster vermutet hatte – dunkel und trist. Durch eine geöffnete Zimmertür erkannte Caro ein Bett, das wie ein Marienkäfer in Rot mit schwarzen Punkten bemalt war.

Warum hatte Lisa behauptet, dass ihre Wohnung nicht aufgeräumt war? Das genaue Gegenteil war der Fall. Nichts lag herum, weil es offensichtlich nichts gab, das hätte herumliegen können.

Die junge Frau ließ sich am Esszimmertisch nieder und bedeutete Caro, sich ebenfalls zu setzen.

»Es tut mir leid um Ihre Schwester, Frau Maiwald«, begann Caro.

»Bitte nennen Sie mich Lisa. Frau Maiwald nennt mich keiner.«

Caro nickte. »Okay, Lisa, erzählen Sie mir, was gestern passiert ist?«

Lisas Gesicht wirkte wie versteinert. Sie schluckte. »Johanna wurde geholt.«

»Wie meinen Sie das?«

»Die Erlöserin hat sie sich genommen.«

Caro hob die Augenbrauen. »Die Erlöserin? Wer soll das sein?«

Lisa starrte Caro eindringlich, fast schon panisch an. Ihre Stimme glich einem Flüstern. »Sie ist ein Geist.«

Caro schauderte für einen kurzen Moment. »Ich glaube nicht, dass ein Geist Ihre Schwester getötet hat. Die Frage ist vielmehr, ob Johanna vorhatte, sich selbst zu töten.«

Lisa schüttelte heftig den Kopf. »Die Erlöserin hat sie geholt.«

Die Frau war offensichtlich verwirrt. Vermutlich hatten sich die Schwestern nahegestanden, und Johannas Tod setzte ihr stark zu.

»Vor knapp fünfhundert Jahren …« Die Stimme versagte Lisa, und sie musste sich räuspern. »Vor fünfhundert Jahren ist eine Frau vom höchsten Turm der Burg gesprungen. Sie war von Dämonen besessen und wollte sich in den Tod flüchten. Aber sie kam nie auf der anderen Seite an. Seitdem geistert sie in einem dunklen Umhang durchs Dorf und verhilft Menschen zur Erlösung. Keiner hat jemals ihr Gesicht gesehen, es ist wie ein schwarzes Loch.«

Sie beschrieb exakt die unheimliche Gestalt, die Caro gestern Nacht auf der Burgruine beobachtet hatte.

»Johanna war von Dämonen besessen«, fuhr Lisa fort. »So wie ich.«

Caro schüttelte verwirrt den Kopf. »Warum glauben Sie das?«

»Sie hat lange gegen die Mächte der Finsternis gekämpft. Aber ihre Dämonen haben sie weiter in die Tiefe gezogen. Und das passiert auch mit mir.«

»Sprechen Sie von Depressionen, Lisa?«

»Depressionen sind eine Erfindung von Ärzten.«

Caro verdrehte innerlich die Augen. »Hat Johanna schon mal versucht, sich das Leben zu nehmen?«

Lisa schüttelte den Kopf. »Nein. Sie wollte nicht sterben. Die Erlöserin hat sie geholt.« Sie begann zu schluchzen.

Caro fühlte sich furchtbar. »Es tut mir leid.«

Nachdem sich Lisa gefasst hatte, fuhr sie fort. »Als Johanna gestern Abend das Haus verlassen hat, habe ich sofort gewusst, dass etwas nicht stimmt. Ich habe aus dem Fenster gesehen. Und da war sie. Die Erlöserin.« Tränen rannen ihr die Wangen herab.

»Was genau haben Sie beobachtet?«, hakte Caro nach. »Haben Sie Details erkannt?«

»Ich habe nur den dunklen Umhang gesehen. Der Statur nach war es eine Frau.«

»Hat die Gestalt Johanna verfolgt?«

»Ja. Ich wollte ihr hinterherlaufen, um sie zu warnen. Aber ich konnte nicht. Meine Beine waren wie festgeklebt. Ich habe mich ins Bett verkrochen und unter der Decke versteckt. Als Johanna nicht wiederkam, wurde mir nach und nach klar, dass die Erlöserin sie mitgenommen hat.«

»Das muss schrecklich für Sie gewesen sein.«

Lisa nickte.

Einen Moment lang schwiegen beide, dann fuhr Caro fort. »Kennen Sie Melanie Meissner?« Sie hätte ihr gerne ein Bild ihrer alten Freundin gezeigt, doch sie hatte keines.

Lisa schüttelte den Kopf. »Nein. Wer ist das?«

»Eine Therapeutin. Möglicherweise hat sich Johanna gestern mit ihr getroffen.«

»Glaub ich nicht. Meine Schwester war doch bei Frau Doktor Langenfeld in Behandlung.«

»Ist das eine örtliche Therapeutin?«, fragte Caro.

»Eine Psychiaterin. Die einzige hier im Dorf. Und nicht gerade die beste.«

»Gehen Sie auch zu ihr?«

Lisa nickte.

»Aber Sie mögen sie nicht?«, erkundigte sich Caro weiter.

»Sie ist eine merkwürdige Frau.«

»Warum?«

»Weiß auch nicht. Sie ist irgendwie … kalt.«

»Verstehe.« Caro nahm sich vor, die Ärztin zu befragen. »Ich habe gehört, dass Johanna Probleme im Ort hatte. Angeblich ist sie immer wieder mit den Leuten aneinandergeraten.«

Lisa schaute zu Boden. »Ja, man hat sie bis zuletzt gemobbt. Genau wie mich.«

»Das klingt furchtbar.« Caro fühlte mit der jungen Frau mit. Es musste grausam sein, in einem so kleinen Dorf unbeliebt zu sein.

»Ist es auch. Vorgestern hat Johanna wieder geheult, als sie nach Hause kam.«

»Was war denn passiert?«, fragte Caro.

Lisa blickte Caro an, als suche sie nach den richtigen Worten für das, was sie erzählen wollte.

# 7

Darlings Augen flogen über die elektronische Akte, in der Melanie Meissners Name auftauchte. Berger spähte ihm neugierig über die Schulter. Was hatte sein Partner ausgegraben?

Es ging um den Tod einer dreißigjährigen Frau namens Verena Traunstein, die vor knapp einem Jahr in Frankfurt gestorben war. Zunächst wurde eine Morduntersuchung eingeleitet, weil das Opfer im Weiher des Rebstockparks ertrunken aufgefunden wurde. Ihre Füße waren gefesselt und die Hände mit Kabelbindern hinter dem Rücken fixiert. Melanie Meissner wurde als Zeugin befragt und galt eine Zeit lang als Hauptverdächtige.

»Verena Traunstein war bei Melanie Meissner in Behandlung«, sagte Darling.

»Das macht sie noch nicht verdächtig«, erwiderte Berger, während er weiterlas. »Ah, da steht es. Ihre Beziehung ging über die therapeutische Ebene hinaus. Weit hinaus.«

»Sie waren also ein Paar«, folgerte Darling.

Berger nickte. »Damit ist sie in den Fokus der Ermittler geraten.«

Darling zeigte auf den Bildschirm. »Man hat in Melanie Meissners Wohnung die Packung Kabelbinder gefunden, mit denen das Opfer gefesselt war. Das hat sie zur Hauptverdächtigen gemacht.«

Berger überflog den nächsten Abschnitt des Berichtes. »Aber dann hat sich herausgestellt, dass Melanie zur Tatzeit ein Alibi hatte.«

»Ein wackeliges Alibi«, ergänzte Darling. »Sie hatte eine

Therapiestunde mit einer dementen Patientin, die ihre Anwesenheit bestätigt hat.«

»Hmm. Es wurde kein Motiv unterstellt, weil die beiden Frauen als frisch verliebt galten.« Berger kräuselte die Stirn. »Aus Erfahrung kann ich nur sagen, dass das Eis unter dieser Einschätzung brüchig ist. Eifersucht oder Trennungsängste sind neben Habgier und der Vertuschung einer anderen Straftat die häufigsten Mordmotive.«

»Obwohl sie gerade erst zusammengekommen waren?«, gab Darling zu bedenken.

»Wer weiß? Vielleicht hat es sich Verena anders überlegt und wollte Schluss machen. Melanie hat daraufhin Rot gesehen.«

»Schon möglich.« Darling scrollte weiter. »Aber sie wurde letztlich entlastet und der Tod von Verena Traunstein als Selbstmord deklariert.«

Als Darling weiterlas, weiteten sich seine Augen. »Du glaubst nicht, woher Verena Traunstein kommt.«

»Lass mich raten, Oberweildorf?«

»Stimmt!« Darling sah enttäuscht aus, weil sein Kollege die Frage wie aus der Pistole geschossen richtig beantwortet hatte.

Berger kratzte sich am rechten Ohr. »Jetzt wird der Fall langsam spannend.«

Darling nickte. »Mehr steht nicht in der Akte.«

»Wir sollten die Sache weiterverfolgen. Kannst du bitte herausfinden, ob es in der Region ähnlich gelagerte Fälle gegeben hat?«

»Klar. Glaubst du, Caros Freundin hat etwas mit den Morden zu tun?«

»Sie steht jetzt mit zwei Todesfällen aus Oberweildorf in Verbindung. Das kann kein Zufall sein.«

# 8

*Drei Tage zuvor …*

Johanna Maiwald stand auf dem Turm der Burgruine Oberweildorf und blickte starr über das schneebedeckte Weiltal. Im Winter war die Aussichtsplattform gesperrt, aber Johanna kannte – genau wie die meisten Dorfjugendlichen – einen Weg am Tor vorbei.

Sie kam häufig hier hinauf, um nachzudenken. Über die Welt, über ihr Leben und über den größten Verlust, den sie an diesem Ort erlitten hatte.

Johanna schaute auf den schneebedeckten Boden hinab. Sollte sie springen? Es gab ohnehin keine Freude mehr – ohne ihn. Nur Dunkelheit und Leid.

Da hörte sie Schritte auf der stählernen Wendeltreppe, die zur Aussichtsplattform hinaufführte. Kurz darauf erschien der blonde Haarschopf von Michelle Sander, der miesesten Schlampe im Dorf.

Sie hatte es schon seit der Grundschule auf Johanna abgesehen, aber erst recht nach dem furchtbaren Vorfall vor zwei Jahren.

Hinter Michelle stieg Diana Theissen, ein schlankes, dunkelhaariges Mädchen, die Treppenstufen hinauf.

Die beiden Bitches waren das Letzte, was Johanna ertragen konnte. Sie stieß verzweifelt Luft aus.

»Sieh mal an, wer hier ist. Flechte!« Michelle spuckte auf den Boden.

Die Mädchen aus dem Dorf hatten Johanna den herabwürdigenden Spitznamen Flechte gegeben, weil sie früher unter Neurodermitis gelitten hatte. Die roten Schuppenflechten auf Armen, Rücken und im Gesicht hatten nicht nur schrecklich gejuckt, sondern auch für reichlich Spott und Verachtung unter den Gleichaltrigen gesorgt.

Michelle kam bedrohlich auf Johanna zu. »Na, willst du springen? Wäre kein großer Verlust!«

Diana folgte ihrer Freundin und baute sich neben ihr auf. »Na los. Trau dich!«

Johanna spürte, wie ihr die Tränen in die Augen schossen. Sie wollte vermeiden, vor den blöden Gänsen zu heulen, aber es gelang ihr nicht.

Michelle lachte auf. »Pah. Jetzt flennt die auch noch.«

Johanna schüttelte hektisch den Kopf. »Lasst mich in Ruhe!«

»Warum denn?«, fragte Michelle mit aggressivem Unterton. »Ist das etwa dein Burgturm, Flechte?«

Diana zeigte mit dem Finger nach unten. »Vielleicht wartet sie auf einen edlen Prinzen, der sie auf seinem Pferd abholt.«

Beide Mädchen lachten.

»Das kannst du vergessen, Flechte«, blaffte Michelle. »Welcher Prinz will sich denn mit dir abgeben? Bei dir kriegt ja nicht mal der Stallbursche einen hoch.«

Diana grinste. »Sie ist bestimmt noch Jungfrau!«

Johanna hielt die Demütigungen nicht mehr aus. Die Tränen flossen ihr übers Gesicht. Sie versuchte, an den Mädchen vorbeizukommen, um die Wendeltreppe zu erreichen. Doch Michelle versperrte ihr den Weg und schubste sie kräftig zurück. Johanna verlor den Halt und fiel nach hinten auf den Rücken. Ein starker Schmerz durchzuckte ihre Schulter.

»Bitte, lasst mich in Ruhe!«, wimmerte sie.

Michelle hob etwas Schnee vom Boden auf, formte ihn zu einem Ball und warf ihn auf ihr Opfer.

Der Schneeball traf Johanna mitten auf der Stirn. Sie

hatte das Gefühl, von einer Kanonenkugel erwischt zu werden.

»Volltreffer!«, jubelte Diana.

»Wenn du runter willst, dann spring doch!«, schlug Michelle vor.

Johanna hielt sich die Stirn und schluchzte. Konnte die Qual nicht einfach enden?

Diana nahm so viel Schnee vom Boden auf, wie sie tragen konnte. Dann schüttete sie alles über Johannas Kopf. »Es schneit!«

Das nasskalte Pulver drang in ihren Kragen ein und verteilte sich unter ihrer Jacke.

Heulend rappelte sich Johanna auf und stieß Michelle zur Seite. Dann rannte sie zur Treppe und stürmte die vereisten Stufen hinab, begleitet von dem gehässigen Lachen der beiden Mädchen. Fast wäre sie ausgerutscht, konnte sich aber rechtzeitig abfangen. Sie wollte nur weg.

Erst als sie die Straße unterhalb des Burggeländes erreichte, wurden ihre Schritte langsamer. Ein heftiges Seitenstechen zwang sie dazu, flacher zu atmen.

Es dämmerte bereits, und die spärliche Beleuchtung der Straßenlaternen sprang an. Schneeflocken tanzten gespenstisch unter den Lampen. Wie ein Totentanz, dachte Johanna.

Sie spürte, dass sie dringend ihre Tabletten benötigte. Die Straßen, die Häuser, die Burg: Alles zeigte sich farblos und kalt. Und das lag nicht am Wetter. Wäre es Hochsommer, hätte sie die gleiche Eiseskälte empfunden.

Unvermittelt sank die Temperatur weiter. Johanna überkam das Gefühl, beobachtet zu werden. Waren ihr Michelle und Diana gefolgt? Sie blieb stehen und sah sich um, doch die Straße war leer.

Sie fröstelte. Am liebsten hätte sie sich unter ihrer Bettdecke versteckt, um einen Hauch von Geborgenheit zu erfahren. Aber ein paar Hundert Meter trennten sie noch von der sicheren Wohnung.

Mit pochendem Herz setzte Johanna ihren Heimweg fort. Plötzlich nahm sie eine Bewegung in einer Hauseinfahrt wahr. Sie kniff die Augen zusammen. Im Schatten einer Hauswand stand eine dunkel gekleidete Gestalt, die zu ihr herüberstarrte. Die Erlöserin! Ihr Gesicht glich einem schwarzen Loch, aus dem eiskalter Atem die Gassen einfror.

Johanna ging schneller, um rasch an der Einfahrt vorbeizukommen. Hektisch sah sie über die Schulter. Die Gestalt folgte ihr nicht. Dennoch begann sie zu laufen.

Endlich schloss sie die Haustür auf und verschwand im Schutz ihrer vier Wände.

Das miese Gefühl blieb.

# 9

Lisa fuhr sich mit der Hand übers Gesicht und wischte die Tränen fort. Dann sah sie Caro mit einem seltsam klaren Blick an. »Die Gestalt war hinter Johanna her. Sie hat sie beobachtet und verfolgt.«

»Vielleicht war es eines der beiden Mädchen, das sie nur erschrecken wollte«, mutmaßte Caro.

»Nein.« Lisa schüttelte energisch den Kopf. »Es war die Erlöserin! Sie hat Johanna geholt!«

Caro hegte starke Zweifel an dieser Geschichte. Sie vermutete eher, dass sich jemand als Erlöserin ausgab.

»Von welchem großen Verlust hat Ihre Schwester gesprochen?«, fragte sie.

»Es ging um Sebastian Sander«, sagte Lisa. »Er hat sich vor zwei Jahren das Leben genommen.«

*Sebastian Sander? Dann ist der Anführer der Bürgerwehr vielleicht sein Vater gewesen …*

»In der Burgruine?«

»Er ist vom Turm gesprungen.«

Grausame Bilder, in denen ein Junge mit dem Kopf auf den Felsen aufschlug, streiften Caros Geist. Sie wischte die Gedanken schnell beiseite. »War er denn ein Freund von Johanna?«

»Sie waren ein Paar.« Für einen kurzen Moment huschte ein Lächeln über Lisas Gesicht, das aber sofort wieder verschwand.

»Wissen Sie, warum er gesprungen ist?«, fragte Caro.

Lisa flüsterte eindringlich: »Er ist auch von der Erlöserin geholt worden.«

Caro startete einen erneuten Versuch, auf die sachliche

Ebene zurückzufinden. »Hat Sebastian unter Depressionen gelitten?«

»Die Erlöserin hat ihn geholt, weil er sich nicht in die Welt einfügen konnte.«

Caro interpretierte das als ein ›Ja‹. »Und die beiden Mädchen? Kennen Sie die?«

»Ja, sie sind mit Johanna zur Schule gegangen. Sebastian war Michelles Bruder.«

»Aha! Das erklärt ihren Hass auf Johanna. Ich werde mit ihr sprechen.«

»Sie verschwenden Ihre Zeit«. Lisa vergrub den Kopf in den Händen. »Die Erlöserin hat im Lauf der Jahrhunderte viele Menschen in den Tod getrieben. Sie existiert wirklich.« In ihrer Stimme schwang Verzweiflung mit.

»Ich setze mich mit der Legende auseinander. Versprochen!«, versuchte Caro die junge Frau zu beruhigen. Nach einer kurzen Pause fragte sie: »Wohnen Sie beide hier schon lange zusammen?«

»Seit knapp drei Jahren. Unsere Mutter ist bei einem Autounfall ums Leben gekommen. Johanna hat sich um mich gekümmert.«

»Wenn Sie Hilfe brauchen, bin ich gerne für Sie da«, bot Caro an.

»Ich komme schon zurecht«, gab Lisa zurück.

Caro war sich dessen nicht so sicher. Sie nahm sich vor, erneut nach der jungen Frau zu schauen.

Nachdem sich Caro verabschiedet hatte, verließ sie das Mehrfamilienhaus. Als sie auf die Straße trat, bemerkte sie einen Mann, der ein paar Häuser weiter in einer Einfahrt rauchte. War das einer der Bürgerwehr-Spinner? Caro konnte sein Gesicht nicht erkennen, möglich wäre es aber.

Der Kerl machte keine Anstalten, sie aufzuhalten oder anzusprechen. Trotzdem wirkte seine Anwesenheit bedrohlich. Caro spürte, wie ihr Herz zu rasen begann. Was für ein unheimlicher Ort!

Sie stieg in ihren Wagen und startete den Motor. Als sie in den Rückspiegel sah, war der Mann verschwunden.

# 10

Berger ließ die beeindruckende Atmosphäre des Zimmers auf sich wirken. Eine Bücherwand zog sich zwei Ebenen hinauf, durchbrochen von einer hölzernen Galerie, die über eine Wendeltreppe zugänglich war. Unter der hohen, stuckverzierten Decke hing ein Kronleuchter, dessen Kristalle das Licht über den voluminösen Schreibtisch, das Ledersofa und einen Sessel verteilten.

Ihm gegenüber saß Doktor Elena Godehard, eine angesehene Psychologin, die sich in ihrer Jugendstilvilla auf die Behandlung von Depressionen spezialisiert hatte. Ihre gebräunte Haut sah erstaunlich faltig aus, obwohl sie erst Anfang fünfzig war. Vermutlich lag die Ursache dafür in einer Kombination aus zu vielen Sonnenbädern und ihrem gertenschlanken Körperbau. Die dunkelbraunen Haare fielen offen auf ihre Schultern und umrahmten das schmale Gesicht, das von einer Designerbrille mit rotem Rahmen dominiert wurde. Sie trug einen schwarzen Stiftrock, Lackpumps und eine weiße Rüschenbluse.

»Entspannen Sie sich«, sagte Doktor Godehard mit einer weichen, einfühlsamen Stimme.

Berger schloss die Augen. Er konnte sich nicht entspannen. Denn sobald er die Augen schloss, waren die Bilder wieder da. Er hatte jede Nacht denselben Albtraum. Immer wieder sah er das italienische Restaurant vor sich, in dem er mit Sarah, seiner großen Liebe, speiste. Sie unterhielten sich über die Planung ihrer bevorstehenden Hochzeit, als sie jäh unterbrochen wurden. Ein grobschlächtiger, rothaariger Mann stürmte in den Gastraum und zielte mit einem doppelläufigen Gewehr auf ihn und Sarah. René Kollnitz! Ein

Blick in seine Augen ließ nur einen Schluss zu: Er wollte töten.

Als Berger seine Waffe ziehen wollte, griff er ins Leere. Er hatte sie nicht dabei. Gleichzeitig peitschte ein Schuss durch den Raum, und Sarah stieß einen erstickten Schrei aus. In ihrer Brust klaffte eine tiefe Wunde, aus der Blut heraussprudelte.

»Neeeeeiiiinnnn!«

In seinen Albträumen erlebte Berger die Szene in Zeitlupe. Er sprang auf, um sich auf Kollnitz zu stürzen. Doch etwas hielt ihn fest, sodass er den Mörder nicht erreichen konnte, so sehr er sich auch bemühte.

Kollnitz grinste ihn an und verließ lachend das Restaurant. Als Berger zu Sarah zurücksah, schaute sie ihn vorwurfsvoll an und sagte tonlos: »Es ist alles deine Schuld! Du hast mich nicht beschützt!« Dann fiel ihr Körper in sich zusammen und wurde in Sekundenschnelle von Würmern befallen und zerfressen. Berger konnte sich nicht bewegen und sah dabei zu, wie Sarah verweste. Die Welt um ihn herum war mit einem Mal schwarz-weiß, und Berger spürte eine grausame Leere.

Dann wachte er schweißgebadet auf. Und begriff, dass der Traum real war. Auch die Leere blieb.

»Ihre Träume haben sich nicht verändert?«, fragte Doktor Godehard.

Berger schüttelte den Kopf. »Nein.«

»Wir drehen uns immer wieder um dieselbe Stelle.« Die Ärztin sah ihn durchdringend an. »Sie konnten nichts dagegen unternehmen.«

»Wenn ich meine Dienstwaffe dabeigehabt hätte …«

»Sarah hat Waffen gehasst. Das wissen Sie.«

»Ja.« Berger spürte, wie sich seine Kehle zuzog.

»Und dennoch geben Sie sich immer noch die Schuld?«

»Ich hätte nicht ohne Pistole aus dem Haus gehen sollen.«

»Sie waren nicht im Dienst«, entgegnete die Psychiaterin.

Berger sah zu Boden. »Das spielt keine Rolle.«

»Doch. Es spielt eine gewaltige Rolle. Sie trifft keine Schuld an Sarahs Tod.«

»Es fällt mir schwer, das zu akzeptieren.«

Doktor Godehard nickte. »Wir arbeiten weiter daran.«

Berger seufzte.

»Was empfinden Sie, wenn Sie an den Mörder Ihrer Verlobten denken?«

»Hass!«, erwiderte Berger. Er hatte René Kollnitz erst kurz vor dem schrecklichen Ereignis einbuchten lassen, doch der Intensivstraftäter war aus dem Gefängnis geflohen, weil ein Vollzugsbeamter gepennt hatte.

Nach dem Mord an Sarah hatte Berger wochenlang in den Straßen Frankfurts nach Kollnitz gesucht, doch er war wie vom Erdboden verschluckt. Noch immer.

»Und wenn Sie ihm heute begegnen würden?«, fragte die Psychiaterin.

»Ich würde ihm ein Loch in den Schädel blasen.«

»Glauben Sie, dass Sie sich danach besser fühlen würden?«

»Ganz bestimmt!«, erwiderte Berger mit fester Stimme.

»Stellen Sie sich die Situation bildlich vor: Kollnitz liegt tot vor Ihnen. Was geht Ihnen durch den Kopf?«

Berger sah den Mörder vor seinem inneren Auge. Wie er ihn mit einem einzigen Kopfschuss niederstreckte. Wie Kollnitz zu Boden fiel und bewegungslos auf der Straße liegen blieb. Berger spürte eine starke Genugtuung. Doch dann wurde ihm bewusst, dass Sarah noch immer tot war. Nichts und niemand würde sie zurückbringen. Wieder erfasste ihn die schwermütige Leere.

»Ich fühle mich noch immer leer.«

»Ganz genau«, sagte Doktor Godehard. »Die Leere bleibt, auch wenn Sie Rache üben. Denn sie ist unabhängig vom Mörder.« Die Psychiaterin fixierte seine Augen. »Es gibt nur einen Weg. Sie müssen Sarah loslassen! Endgültig!«

»Ich weiß nicht, ob ich das kann.«

»Es fällt leichter, wenn Sie andere Menschen in Ihr Leben lassen.«

Berger dachte an Caro. Seine Gefühle für die Kollegin glichen einer Achterbahnfahrt. Er spürte die Wärme, wenn er ihr begegnete, doch immer wieder drängte sich Sarah in den Vordergrund.

Doktor Godehard las seine Gedanken. »Wie hat sich das Verhältnis zu Ihrer Kollegin entwickelt?«

»Ich weiß nicht, ob ich für eine neue Beziehung bereit bin«, sagte Berger.

»Was spricht denn dagegen?«

»Ich habe das Gefühl, Sarah zu betrügen.«

»Und Ihr Verlust wird Ihnen erneut bewusst?«

»Ja. Das zieht mich runter. Trotz der Medikamente.«

Doktor Godehard nickte. »Ich denke, wir müssen Ihre Medikation anpassen. Ich habe schon länger den Eindruck, dass die Wirkung abgenommen hat. Es ist wichtig, dass die Wirkstoffe Sie unterstützen, den Weg nach vorne zu finden.« Sie stand auf und trat hinter den Schreibtisch. »Ich stelle Ihnen ein Rezept für ein ergänzendes Präparat aus.«

Berger erhob sich ebenfalls.

»Lassen Sie die Gefühle für Ihre Kollegin zu«, fuhr die Psychiaterin fort, während sie Berger zur Tür geleitete. »Das ist der richtige Weg, um Ihre Albträume zurückzudrängen.«

»Ja, vielleicht.« Berger verabschiedete sich und verließ das Sprechzimmer.

Im Vorraum erwartete ihn Captain Jack, sein beigefarbener Golden Retriever, der faul auf dem Teppich lag.

»War er friedlich?«, fragte Berger die Sprechstundenhilfe und nickte zu Captain Jack hinunter.

»Wie immer.« Sie überreichte ihm das Rezept. »Der Hund ist wirklich ein Schatz. Ich wünschte, ich hätte auch so einen.«

Als Berger die Praxis verließ, dachte er an Caro. Ihr Gesicht mit den Sommersprossen, umrahmt von langen, naturroten Haaren erschien engelsgleich in seiner Vorstellung. Eine warme Welle glücklicher Gefühle spülte über ihn hinweg. Gleichzeitig spürte er, wie die Dämonen an seinen Empfindungen zerrten, um ihn in die Finsternis zurückzureißen.

Aber dieses Mal würde er gegen sie antreten.

# 11

Für einen kurzen Moment lugte die Sonne durch den wolkenverhangenen Himmel und tauchte Oberweildorf in eine glitzernde Winteridylle. Die schneebedeckten Fachwerkhäuser wirkten unwirklich, fast wie Modellbauten auf einer Eisenbahnanlage.

Caro fuhr durch die menschenleere Hauptstraße und musterte die Häuser. Sie fragte sich, wie man hier leben konnte. Gefangen unter der Glashaube einer Schneekugel, der Dorfgemeinschaft auf Gedeih und Verderb ausgeliefert. Wer hier aus dem Rahmen fiel, dem wurde das Leben zur Hölle gemacht. Wie Johanna.

Auf der rechten Straßenseite tauchte eine Dorfkneipe auf: die Weilstube. Möglicherweise war der Wirt hilfreich, denn bei ihm wurde jeden Tag der Dorfklatsch abgeladen.

Die Wirtschaft versprühte schon von außen einen rustikalen Charme. Über der braunen Holztür prangte ein goldenes Hirschgeweih, und hinter den Butzenscheibenfenstern kamen Vereinswimpel zum Vorschein.

Caro parkte ihren Fiat vor dem Gebäude und stieg aus dem Wagen. Sie betrachtete das Abzeichen des örtlichen Schützenvereins, der die Kneipe offenbar als Stammlokal auserkoren hatte. Wieder schoss ihr der Gedanke durch den Kopf, dass sie niemals in diesem Kaff leben könnte. Was hatte Melanie hierhergetrieben?

Als Caro die Tür öffnete, kam ihr ein Schwall warmer Luft mit der strengen Note von abgestandenem Bier entgegen. Sie rümpfte angewidert die Nase.

Auf der linken Seite des Raumes gab es eine Bar aus geschnitztem Holz, rechts mehrere Tische und Stühle im

Landhausstil. An den Wänden hingen Hirschgeweihe, und in einer Vitrine standen etliche Pokale.

Hinter der Theke putzte der Wirt gerade ein Bierglas. Er war schätzungsweise Anfang fünfzig und sah aus, als wäre er selbst sein bester Kunde. Zumindest deuteten die rote Knollennase, der ausgewachsene Bierbauch und der dicke Hals darauf hin. Von seinen Haaren war nur ein dünner Kranz übrig.

An einem der Tische saßen drei ältere Männer, die Karten spielten und Bier tranken. Alle starrten Caro an.

Sie ging auf den Wirt zu. »Carolin Löwenstein. Landeskriminalamt.« Während sie ihren Ausweis zeigte, spürte sie die Blicke der Saufkumpels im Nacken.

»Woll'n Sie ein Bier?«, fragte der Wirt mit rauer Stimme.

»Nein, danke«, erwiderte Caro. »Aber ein Tee wäre schön.«

Er nickte, goss heißes Wasser aus einer Thermoskanne in eine Tasse und hängte einen Beutel Pfefferminztee hinein. Offenbar hatte er nur eine Sorte zur Auswahl.

»Ich bin Guido.« Er schob ihr die Tasse über die Theke. »Sind Sie wegen Johanna Maiwald hier?«

Sie nickte »Ja. Das ist richtig.«

»Wo ist denn der Schilling?«

»Ich stelle zusätzliche Ermittlungen an«, entgegnete Caro knapp. »Können Sie mir etwas über Johanna erzählen?«

Eine heisere Stimme dröhnte von dem Männertisch herüber. »Das verlogene Miststück hat es nicht besser verdient. Sie war eine Mörderin!«

Caro drehte sich abrupt um. Einer der Kumpels, ein gedrungener Mann mit angegrauten Haaren in einem Holzfällerhemd, war aufgesprungen.

»Und Sie sind …?«, fragte Caro.

»Heribert Kehl«, presste er hervor. »Endlich hat es sie erwischt. Das nennt man Gerechtigkeit.«

»Wen hat sie denn Ihrer Meinung nach umgebracht?«

»Sebastian Sander«, warf der Wirt erklärend ein. »Johanna Maiwald hat ihn vom Burgturm gestoßen.«

»Ich dachte, er ist gesprungen.«

»Ganz bestimmt nicht«, posaunte Heribert Kehl erbost. »Die Göre hat ihn gestoßen. Sie ist mit einem eiskalten Mord davongekommen.«

»Wie soll denn ein zierliches Mädchen einen stattlichen Kerl vom Turm gestoßen haben?« Caro hatte das Bild der schlanken Johanna vor Augen, die über ihr am Strick baumelte. Sie wusste nicht, wie groß Sebastian Sander gewesen war, aber vermutlich deutlich schwerer als Johanna.

»Sie hat ihn abgefüllt«, blaffte der Saufkumpel.

»Jeder im Dorf wusste, dass Johanna von Sebastian besessen war«, ergänzte der Wirt. »Der Junge hatte wirklich Schneid. Ein guter Sportler. Intelligent. Bei allen Mädchen beliebt.«

»Johannas Schwester hat behauptet, dass die beiden ein Paar waren.«

»Pah!«, rief Heribert Kehl. »Das hätte sie wohl gerne gehabt. Aber Sebastian hat sich nicht mit dem Abschaum abgegeben.«

Der Mann hatte offensichtlich eine enge Verbindung zu dem toten Jungen gehabt.

»Waren Sie mit Sebastian verwandt?«, fragte Caro.

»Nein, Carl, sein Vater, ist mein Freund.«

Offenbar glaubten die Leute im Dorf, dass Johanna Maiwald den Sohn des Bürgerwehrchefs umgebracht hatte. Lisa hingegen hatte behauptet, dass Sebastian von der Erlöserin geholt worden war.

»Es gibt hier kaum jemanden, der um Johanna trauert«, erklärte der Wirt.

Caro trank einen Schluck Pfefferminztee. »Dann haben also viele Leute ein Motiv«, folgerte Caro.

»Ich dachte, das Mädchen hätte sich selbst gerichtet«, entgegnete der Wirt stirnrunzelnd.

»Wird jetzt etwa eine Hexenjagd veranstaltet?«, rief Heribert Kehl entrüstet. Auch die anderen Männer an seinem Tisch murrten etwas dazu.

»Beruhigen Sie sich! Hier wird niemand beschuldigt«, ruderte Caro zurück. Sie wechselte schnell das Thema, um die Leute nicht weiter gegen sich aufzubringen.

»Kennen Sie eine Frau namens Melanie Meissner?«

»Die Fotografin? Natürlich.« Guido nickte. »Sie wohnt hier, um einen Bildband vom Ort zu machen.«

*Fotografin?*

»Äh. Was heißt, sie wohnt hier? Im Ort?«

»In der Weilstube. Ich vermiete Fremdenzimmer.«

Caro brauchte einen Moment, um die Information zu verarbeiten. Warum zum Teufel hatte Melanie in dieser Absteige gewohnt und sich als Fotografin ausgegeben?

»Ach wirklich? Das ist ja interessant. Wann war Sie denn zuletzt hier?« Caro schaute hinter sich. Die drei Kerle spielten wieder Karten. Offenbar hatten sie das Interesse am weiteren Gesprächsverlauf verloren.

»Sie ist gestern Abend weggegangen und ist danach nicht mehr wiedergekommen.«

»Ist Ihnen etwas aufgefallen, als sie gegangen ist?«

»Sie war kurz angebunden und hatte es eilig, nach draußen zu kommen.«

»Sonst noch was?«

Der Wirt schüttelte den Kopf.

»Darf ich mir ihr Zimmer ansehen?«, fragte Caro.

»Tut mir leid. Nicht ohne Durchsuchungsbefehl. Ich mag es nicht, wenn in den Sachen meiner Gäste herumgeschnüffelt wird.«

»Schon okay.«

Hinter der Theke öffnete sich eine Tür und ein kleines, blondes Mädchen spähte heraus. Es trug ein weißes Sommerkleid, das für die Jahreszeit vollkommen deplatziert war. Caro schätzte sie auf zehn oder elf Jahre. Ihr Blick war auffallend abwesend, als befände sie sich in einem Rauschzustand. Sie machte keine Anstalten, Caro zu begrüßen, obwohl sie direkt vor ihr stand.

Der Wirt wandte sich in ihre Richtung. »Was machst du hier, Raphaela?«

Das Mädchen schüttelte mechanisch den Kopf, während sich ihre Augen glasig auf den Ausgang richteten.

»Geh wieder nach oben. Du hast hier nichts zu suchen.«

Sie drehte sich langsam um. Dabei sah sie Caro unverwandt an, als wolle sie ihr etwas mitteilen.

»Raphaela! Geh jetzt!«, drängte der Wirt.

Wie in Trance verließ sie den Raum.

»Meine Tochter kann nicht sprechen«, erklärte der Wirt. »Sie hatte als Kleinkind einen Unfall, bei dem einige Gehirnregionen geschädigt wurden.«

»Das tut mir leid«, antwortete Caro betroffen.

Als sich der Wirt wieder seinen Gläsern zuwandte, fragte sie: »Haben Sie noch ein Zimmer frei?«

Der Einfall war Caro spontan gekommen. Sie wollte unbedingt herausfinden, warum sich Melanie als Fotografin ausgegeben hatte. Dafür musste sie näher an die Dorfbewohner herankommen. Und was war dafür besser geeignet als dieser Gasthof?

Guido schaute Caro irritiert an. »Äh. Ja.«

»Ich möchte ein paar Tage im Dorf bleiben, weil das Wetter zu schlecht ist, um ständig von Wiesbaden hochzufahren.«

»Ich nehme vierzig Euro die Nacht.«

»Gut. Ich checke morgen Nachmittag bei Ihnen ein.« Sie

nickte dem Wirt freundlich zu und ging zum Ausgang. Dabei spürte sie die stechenden Blicke der Männer im Rücken.

# 12

Nachdem Caro die Dorfkneipe verlassen hatte, zog es sie erneut zum Tatort. Vielleicht würde sie bei Tageslicht einen Hinweis auf Melanie entdecken.

Es hatte angefangen zu schneien, und die tief hängenden Wolken verfinsterten das Dorf. Caro zog den Jackenkragen hoch und bedeckte die Haare mit einer Wollmütze. Trotzdem kroch ihr der Wind in die Glieder.

Sie stieg die steile Straße zur Burgruine hinauf. Der Turm zeichnete sich schemenhaft im zähen Nebel ab – ein unheimliches Relikt aus dunklen Zeiten, in denen Folter und Tod an der Tagesordnung waren.

Als sich Caro dem Eingang zur Festung näherte, bemerkte sie das Flatterband, das die Gittertür umspannte. Ein Hinweisschild der Polizei informierte darüber, dass der Zugang aufgrund laufender Tatortermittlungen verboten war. Die Absperrung wirkte seltsam schlaff und wehte an mehreren Enden. Ein paar Schritte weiter erkannte Caro den Grund. Das Band war durchtrennt worden, und die Gittertür stand offen.

Vorsichtig zog sie die Tür auf. Der Wind heulte um die Burgruine und wirbelte dicke Schneeflocken durch die Luft. Die Sicht reichte kaum weiter als fünfzig Meter.

Als Caro die Felsentreppe hinaufstieg, musste sie höllisch aufpassen, um nicht auf dem glatten Untergrund auszurutschen. Der Weg wurde immer vereister.

Der Nebel schien die Zeit anzuhalten und das Leben zu dämpfen. Lediglich die kahlen Äste der Bäume tanzten im Wind. Sie ging weiter auf den Bergfried zu. Als sie sich erneut umsah, bemerkte sie einen Schatten hinter sich. Sie kniff die Augen zusammen, doch die Sicht war zu schlecht. Unvermittelt verschwand die Erscheinung wieder.

Caro starrte in den Nebel, dann kehrte sie ein paar Meter zurück, dorthin, wo sie die Gestalt gesehen hatte. Sie entdeckte Fußspuren im Schnee. Der Schatten war also keine Einbildung gewesen.

Mit zusammengebissenen Zähnen folgte Caro der Schneespur. Eine Krähe flog krächzend vorbei, und Caro hielt vor Anspannung den Atem an. Die Spur verlor sich vor den Überresten der Burgmauer, wo kein Schnee lag. Genau an der Stelle hatte Caro am Vorabend die unheimliche Gestalt beobachtet. Sie dachte an die Legende der Erlöserin. Der Geist einer jahrhundertealten Frau, die Menschen in den Tod holte. Nein! Das konnte nicht sein.

Caro blickte über die Brüstung, hinter der ein Abgrund von etwa zehn Metern klaffte. Unterhalb der Burgmauern lag eine glatte Schneedecke. Wohin war die Person verschwunden?

Eine raue Stimme ließ Caro herumfahren.

»Was suchen Sie hier?« Eine Frau mit dunklen, angegrauten Haaren und einer roten Knollennase kam auf Caro zu. Sie trug eine furchtbar bunte Strickjacke, einen grauen Schal und braune Fellstiefel. Eine getigerte Katze strich um ihre Beine.

»Ich wollte mir den Burgturm ansehen«, sagte Caro.

»Das Gelände ist geschlossen.« Die Frau hustete und spuckte neben sich auf den Boden.

Caro zwang sich, ihre Abscheu zu verbergen. Sie zog ihren Dienstausweis hervor. »Ich arbeite für die Polizei. Und wer sind Sie?«

»Margret Back. Ich verwalte das Burggelände und kontrolliere, dass hier keiner unbefugt herumturnt.« Wieder spuckte sie auf den Boden. »Sie sehen gar nicht nach Polizei aus. Wo ist denn der Schilling?«

»Ich arbeite für das Landeskriminalamt.«

»Es ist mir egal, für wen Sie arbeiten, Schätzchen. Sie haben hier nichts zu suchen.«

»Das ist ein Tatort! Ich entscheide, wie lange ich hierbleibe«, polterte Caro genervt zurück. »Haben Sie gerade jemanden an der Mauer gesehen?«

Die Frau kniff die Augen zusammen. Sie richtete sich ein kleines Stück auf, was aufgrund des Buckels kaum Effekt hatte. »Hier ist niemand außer Ihnen und mir.«

»Ich habe eine Spur verfolgt, die hier an der Mauer endet.«

»Vielleicht haben Sie Lutetia Heister gesehen.«

»Wen?«, fragte Caro irritiert.

Margret Back beugte sich vor, sodass sie Caro unangenehm nahekam. »Die Erlöserin!«

»Das ist doch nur eine Legende.«

Die Augen der Frau blitzten. »Das ist keine Legende. Lutetia Heister treibt seit Hunderten von Jahren ihr Unwesen auf dieser Burg. Es ist ihr Zuhause. Und gestern hat sie das böse Mädchen geholt.«

Caro schauderte. »Sie meinen Johanna Maiwald? Was haben Sie gesehen?«

»Die Erlöserin hat sie geholt.«

»Ich glaube eher, dass sich jemand als Erlöserin ausgibt«, sagte Caro.

»Sie verstehen das nicht«, erwiderte die Frau. »Lutetia Heister hat schon viele Menschen erlöst. Seit Jahrhunderten.«

»Erlöst wovon?«

»Von ihrer Last.«

»Sie denken, dass Johanna Maiwald gelitten hat?«, fragte Caro.

Die Frau wischte sich mit den Handschuhen die Nase ab und starrte Caro durchdringend an. »Sie hatte einen Menschen auf dem Gewissen. Die dunklen Seelen sind um sie gekreist wie Geier um ein verwesendes Stück Aas.«

»Sprechen Sie von Sebastian Sander?«

Das Gesicht der Frau verfinsterte sich. »Hören Sie auf, sich in Dinge einzumischen, die Sie nichts angehen, Schätzchen! Vielleicht hat die Erlöserin Sie auch schon im Visier.«

»Wollen Sie mir etwa drohen?«, fragte Caro erbost.

»Hau'n Sie ab!« Margret Back drehte sich um.

»Warten Sie!«, rief Caro ihr hinterher. Doch die Frau verschwand wortlos im Nebel.

Nachdenklich kehrte Caro zum Ausgang zurück. Die Burgverwalterin war schon seltsam gewesen. Was war dran an der Legende um die Erlöserin, von der alle im Dorf sprachen?

Als Caro die Gittertür erreichte, kam ihr Kommissar Schilling entgegen, der sie für einen kurzen Moment erstaunt, dann erbost anstarrte.

»Was zum Teufel machen Sie an meinem Tatort?« Seine Augen blitzten zornig, während er die durchtrennten Flatterbänder betrachtete. »Sie haben das Absperrband zerschnitten.«

»Das Band war bereits gerissen, als ich eingetroffen bin«, entgegnete Caro mit zitternder Stimme.

Der Kommissar baute sich vor ihr auf. »Ich bin für diesen Fall zuständig! Fahren Sie zurück in Ihr beheiztes Landeskriminalamt und lesen Sie Ihre hochtragenden Psychologiebücher.«

Caro war kurzzeitig sprachlos, dann fasste sie sich wieder. »Ist es hier üblich, dumme Sprüche zu klopfen? Brauchen Sie das, Kommissar Schilling?«

»Sie haben hier nichts zu suchen.«

*Arschloch!*

»Schon traurig, wie Sie sich gegenüber Kollegen verhalten. Wenn Sie wenigstens Ihren Job machen würden.«

»Da machen Sie sich mal keine Sorgen!«

»Haben Sie denn die Leiche von Johanna Maiwald obdu-
zieren lassen?«

»Das ist unnötig. Sie hat offensichtlich Selbstmord begangen. Das hat der Amtsarzt bestätigt.«

»Ich denke nicht, dass sie sich selbst getötet hat, weil ...«

»Mir ist egal, was Sie glauben«, fiel Schilling ihr ins
Wort. »Ich habe keine Lust, weiter mit Ihnen zu diskutieren.«

»Das kann ja wohl nicht wahr sein!«, beschwerte sich
Caro. »Warum untersuchen Sie die Leiche nicht näher? Haben Sie etwas zu verbergen? Oder decken Sie vielleicht Ihren Freund Carl Sander, der ein offenkundiges Motiv hatte?«

»Jetzt reicht es mir!«, schrie Schilling. »Verschwinden
Sie endlich!«

Caro ging mit erhobenem Kopf an ihm vorbei. »Ich lasse
mich nicht von Ihnen abhalten, die Wahrheit herauszufinden!«

Ohne sich umzudrehen, lief sie den Weg ins Dorf hinab.
Ihre Glieder zitterten.

*Was für ein Mistkerl!*

# 13

Am späten Nachmittag kehrte Caro nach Wiesbaden zurück und machte einen Abstecher ins Landeskriminalamt, um mit Berger zu sprechen. Der Kommissar saß in seinem Büro und telefonierte. Darlings Platz hingegen war leer und seine Tastatur ordentlich vor dem Monitor abgestellt. Offenbar hatte der Kollege bereits Feierabend gemacht.

Berger legte auf und warf Caro ein schiefes Lächeln zu. »Kommst du gerade aus Oberweildorf zurück?«

Sie setzte sich neben ihn auf den Besucherstuhl. »Ja. Und ich hatte einige seltsame Begegnungen.« Sie berichtete von der Bürgerwehr und deren Anführer Carl Sander.

Berger schüttelte den Kopf. »Das liebe ich ja, wenn sogenannte gesetzestreue Bürger das Recht selbst in die Hand nehmen.«

»Dieser Kommissar Schilling gefällt mir auch nicht«, fuhr Caro fort. »Der Kollege scheint nicht an der Aufklärung des Falles interessiert zu sein. Außerdem ist er mit Carl Sander befreundet.«

Berger zog die linke Augenbraue hoch. »Glaubst du, er vertuscht was?«

»Ich bin mir nicht sicher. Die Familie Sander hat jedenfalls ein verdammt gutes Motiv. Angeblich hat Johanna Maiwald ihren Sohn Sebastian ermordet.«

»Was ist denn passiert?«, fragte Berger nach.

»Sebastian ist vor zwei Jahren vom Turm der Burgruine gefallen. Die Leute im Dorf behaupten, dass Johanna ihn gestoßen hat. Zumindest war sie mit ihm dort. Ihre Schwester hingegen hat mir versichert, dass Johanna keine Schuld an seinem Tod trägt.«

»Der Fall ist doch bestimmt von den Kollegen untersucht worden«, vermutete Berger.

»Soweit ich verstanden habe, sind die Vorwürfe aus Mangel an Beweisen fallen gelassen worden.«

Berger drehte sich zu seinem Computer und gab den Namen Sebastian Sander in das Recherchetool ein. Als die Fallakte auf dem Bildschirm erschien, begannen sie beide, den Bericht zu lesen.

»Johanna und Sebastian waren ein Paar«, stellte Berger fest. »Sie haben sich damals auf dem Turm verabredet.«

Caro las weiter. »Laut Aussage von Johanna haben sie sich gestritten, woraufhin Johanna die Ruine verlassen hat. Zu dem Zeitpunkt hat er noch gelebt.«

»Hat sie behauptet«, schränkte Berger ein.

»Es gab keine Hinweise auf äußere Gewalteinwirkung. Ich kann mir kaum vorstellen, dass eine zierliche Frau wie Johanna einen deutlich schwereren Jungen über die Brüstung des Turmes schubsen könnte.«

»Das war letztlich auch der Grund, warum der Fall als Selbstmord deklariert wurde«, schloss Berger, während er den Bericht zu Ende las.

»Genau.« Caro nickte. »Aber die Dorfbewohner sehen das anders.«

Berger führte ihren Gedanken fort. »Johanna Maiwald wurde als Mörderin abgestempelt, was sie möglicherweise zur Zielscheibe gemacht hat.«

»Deshalb muss ihre Leiche obduziert werden«, drängte Caro. »Aber der blöde Schilling krümmt keinen Finger, weil angeblich ein Arzt den Selbstmord bestätigt hat.«

»Ich rufe gleich in Usingen an und fordere die Autopsie mit mehr Nachdruck an.«

»Gut!« Caro lächelte ihn dankbar an. Es war nicht selbstverständlich, dass er sich für sie einsetzte.

»Da ist noch eine seltsame Geschichte, die ich heute

mehrfach gehört habe. Eine alte Dorflegende von der sogenannten Erlöserin, die Menschen in den Tod führt.« Caro fasste ihre Gespräche mit Lisa Maiwald und Margret Back zusammen.

»Und du glaubst, dass du gestern Abend am Tatort die Erlöserin gesehen hast?«

»Die Beschreibung deckt sich. Ich denke aber eher, dass sich jemand als Erlöserin ausgibt. Übrigens ist Lisa Maiwald davon überzeugt, dass eine Frau unter dem Umhang gesteckt hat.«

»Kannst du das bestätigen?«, fragte Berger.

»Nein. Dafür war die Gestalt zu weit entfernt.«

Berger nickte gedankenverloren.

»Was ich noch nicht zusammenbekomme, ist Melanies Rolle«, sagte Caro. »Sie hat im Dorfgasthof gewohnt und sich als Fotografin ausgegeben. Das ergibt keinen Sinn.«

»Ich habe da einen Verdacht«, gab Berger zurück. »Darling hat Nachforschungen über Melanie Meissner angestellt.«

Caro sah ihren Kollegen fragend an. »Und?«

»Deine Freundin war in einen weiteren Todesfall verwickelt. Vor knapp einem Jahr ist ihre Patientin Verena Traunstein in Frankfurt ertrunken. Sie selbst wurde im Zuge der Ermittlungen verdächtigt, auch weil zwischen ihr und dem Opfer mehr gelaufen ist als nur Therapiesitzungen.« Berger berichtete ihr von den Kabelbindern, mit denen Verena Traunstein gefesselt auf dem Grund des Weihers aufgefunden wurde.

Caro lauschte ihm mit offenem Mund. In ihrem Kopf herrschte Verwirrung, weil sie die Informationen nicht mit dem Bild ihrer prüden Mitbewohnerin übereinander bekam. Melanie hatte nie durchblicken lassen, dass sie lesbisch war, und es war auch nicht offensichtlich gewesen.

»Letztlich wurde der Verdacht fallen gelassen«, fuhr Berger fort. »Genau wie bei Johanna.« Er machte eine kurze Pause. »Aber das eigentlich Interessante ist, dass Verena Traunstein ebenfalls aus Oberweildorf kam.«

»Was?« Die Puzzleteile wirbelten um Caro herum, und sie versuchte, sie zu einem Bild zu formen. Nach einer kurzen Denkpause sagte sie: »Dann war Melanie in Oberweildorf, um Nachforschungen anzustellen.«

»Oder aber sie ist in die Todesfälle verwickelt.«

»Das ergibt doch keinen Sinn«, protestierte Caro. »Warum hätte sie mich dann gestern anrufen sollen?«

Der Kommissar zuckte mit den Schultern. »Ich weiß es nicht.«

»Wir müssen ihre Spur aufnehmen.« Caro fühlte sich aufgestachelt. »Vielleicht hat sie etwas herausgefunden.«

»Das Problem ist, dass wir für den Fall nicht zuständig sind«, erwiderte Berger.

Caro sah ihn durchdringend an. »Meine alte Freundin ist verschwunden. Ich kann nicht einfach dasitzen und nichts tun. Schon gar nicht bei den ignoranten Kollegen vor Ort. Schilling wird den Fall so schnell wie möglich zu den Akten legen.«

»Ich möchte dir ja helfen, Caro!«, sagte Berger. »Darling ist schon dabei, Informationen über ähnliche Todesfälle in der Region zu recherchieren.«

»Das ist gut. Aber wenn wir den Fall nicht übernehmen dürfen, verlängere ich meinen Urlaub um ein paar Tage.«

Berger nickte verständnisvoll.

Caro schaute ihm in die Augen und verspürte den Drang, sich in seine Arme zu werfen.

Er lächelte. »Keine Sorge. Ich lasse dich nicht im Stich.«

Sie schloss die Augen und holte tief Luft. »Danke.« Nach einer kurzen Pause fragte sie: »Hast du Lust, etwas spazieren zu gehen. Es hat aufgehört zu schneien.«

»Gerne.« Berger schaltete seinen Computer aus. Anschließend zogen sie ihre Winterjacken über und verließen das LKA-Gebäude.

»Wie war der Termin bei deiner Therapeutin?«, fragte Caro, während sie durch die verschneiten Straßen Wiesbadens bummelten. Berger hatte sich Caro vor ein paar Monaten geöffnet und ihr von seinen Depressionen erzählt. Sie hatte darauf gedrängt, dass er sich in ärztliche Hände begeben sollte, was er letztendlich getan hatte.

»Wir haben mal wieder über meine Albträume gesprochen.«

»Sind die denn immer noch so schlimm?«

»Kollnitz besucht mich jede Nacht.«

Caro stellte sich vor, wie Berger schweißgebadet hochschreckte. »Das tut mir leid.«

»Doktor Godehard versucht, mir Wege aufzuzeigen, die Vergangenheit loszulassen.«

»Das würde ich mir auch für dich wünschen.«

»Es ist nicht leicht. Wenn ich mich öffnen will, zerreißt es mich innerlich. Aber ich weiß, dass es nur einen sinnvollen Weg nach vorne gibt.«

Seine Worte wirkten wie ein prickelndes Feuer, dessen Wärme Caros Körper durchflutete. Sie empfand viel für Berger. Sehr viel. Und sie wusste, dass er ihre Gefühle teilte. Doch der grausame Tod seiner damaligen Verlobten hatte sich bisher zwischen sie gestellt. Er hatte den Verlust und seine eingebildete Schuld noch immer nicht verarbeitet. Hoffnung glomm in Caros tiefstem Inneren auf, wenn Berger Fortschritte machte.

Sie wagte sich weiter aus der Deckung. »Du weißt, dass ich dich auf deinem Weg begleiten möchte, oder?«

Er blieb stehen und griff nach ihrer Hand. »Das weiß ich, Caro. Aber in meinem Kopf herrscht das reinste Chaos.«

»Ich helfe dir, das Chaos zu beseitigen.«

Sie blickten sich tief in die Augen, und Caro wurde von einer überwältigenden Zuneigung überrollt.

»Ich muss jetzt nach Hause«, unterbrach Berger den sinnlichen Moment. »Captain Jack wird mich schmerzhaft vermissen.«

Caro war schon einige Male mit den beiden im Kurgarten spazieren, und es war immer wieder herzzerreißend, wie liebevoll sich Berger um seinen vierbeinigen Freund kümmerte und ausgelassen mit ihm herumtollte. Das waren seine hellen Momente. Wenn Berger allerdings von einem Depressionsschub erfasst wurde, sah die Welt anders aus. Berger empfand dann keine Freude und wurde von einer tiefen Traurigkeit durchdrungen.

»Melde dich, wenn du jemanden zum Reden brauchst«, bot Caro an.

Sie kehrten schweigsam zum Landeskriminalamt zurück und umarmten sich zum Abschied. Als Caro ihren Fiat ansteuerte, sah sie Berger noch mal sehnsüchtig hinterher.

# 14

Wie ein warmer Sommerregen senkte sich der Schaum in dem frisch gezapften Glas Guinness. Darling freute sich auf sein erstes Feierabendbier. Er saß an der Theke des gemütlichen Irish Pubs im Zentrum von Wiesbaden und wartete auf Zoé. Aus den Lautsprechern tönte ein Song der Band ›Blur‹.

Darling war seit knapp zwei Monaten mit Zoé zusammen – wenn man das so bezeichnen konnte. Eigentlich wusste er nicht so recht, welchen Status ihre Beziehung hatte. Sie trafen sich im Irish Pub oder anderen Kneipen, unterhielten sich, und manchmal endete der Abend mit einem distanzierten Kuss.

Zoé kämpfte mit den Nachwirkungen ihrer Vergangenheit. Sie war in einer Pflegefamilie aufgewachsen und von ihrem Vormund jahrelang missbraucht worden. Sobald Darling etwas mehr Nähe einforderte, zog sie sich zurück. Dabei wünschte er, dass sich mehr zwischen ihnen entwickeln würde.

Bevor Darling weiter über ihre Beziehung nachdenken konnte, erschien der schwarze Haarschopf von Zoé im Eingang des Irish Pubs. Ihr blasses Gesicht mit den ausdrucksstarken braunen Augen wurde von einem markanten Nasenring geschmückt. Sie öffnete ihre Lederjacke. Zum Vorschein kam ein eng anliegendes, schwarzes Heavy-Metal-T-Shirt, das ihre üppigen Rundungen hervorhob. Die zerrissene Jeans und klobige Doc Martens komplettierten ihr Outfit.

Als sie Darling erreichte, grinste sie schief. »Hast du dich schon volllaufen lassen?«

»Nee. Das ist mein erstes Bier.« Er zeigte auf das volle Glas.

Sie setzte sich auf einen Barhocker neben ihm. »Ich brauch auch so 'n Teil, sonst demolier ich die Einrichtung.«

»Hattest du einen schlechten Tag?«

Sie verzog das Gesicht. »Jeden Tag, seit ich aus dem Uterus meiner Mutter rausgekrochen bin.«

Zoé hatte ihre leibliche Mutter erst im vergangenen Jahr kennengelernt und war zu ihr nach Frankfurt gezogen. Allerdings hatten sich ihre Charaktere als zu gegensätzlich erwiesen, sodass Zoé knapp einen Monat später das Weite gesucht hatte.

Darling bedeutete dem Wirt mit einem Handzeichen, dass er noch ein Guinness bringen sollte. »Was ist denn passiert?«

»Mein Kack-Chef hat mich rausgeworfen.«

»Was? Warum?«, fragte er entgeistert. Zoé arbeitete erst seit einem Monat in einem Getränkehandel.

»Weil ich ihm den Mittelfinger gezeigt habe.«

»Und weshalb hast du das getan?«

»Er hat mich angegraben, der miese, alte Sack. Ich habe ihm klar zu verstehen gegeben, dass ich keinen Bock auf ihn habe.«

»Und dann?

»Er hat nur gelacht und gefragt, wie wichtig mir der Job ist. Dann kam der Stinkefinger zum Einsatz.«

»Zu Recht!«, empörte sich Darling. »Was fällt dem Kerl ein? Gab es Zeugen für den Vorfall?«

»Natürlich nicht. Ich musste sofort den Laden verlassen.«

»Das tut mir leid.« Darling war erschüttert. Zoé reagierte auf männliche Übergriffe aufgrund ihrer Vergangenheit besonders empfindlich. »Ich fahre morgen bei dem Arsch vorbei und stelle ihn zur Rede.«

»Nee! Vergiss es. Ich würde eh nicht mehr für den Wichser arbeiten.«

Der Wirt stellte Zoés Bier auf die Theke, und sie trank sofort los, ohne anzustoßen.

»Männer sind echt Schweine.« Zoé schüttelte den Kopf. »Manchmal wünschte ich mir, dass alle Kerle von unserem Planeten verschwinden.«

Darling fühlte sich, als hätte sie ihm eine Ohrfeige verpasst. »Ich kann ja verstehen, dass du aufgebracht bist, aber findest du nicht, dass du übertreibst?«

Sie nahm einen kräftigen Schluck. »Nein, ich übertreibe nicht. Es liegt in der männlichen Natur, über Frauen herzufallen, weil sie ihren Samen verteilen wollen.«

»Wann bin ich denn das letzte Mal über dich hergefallen?«, fragte Darling verärgert.

»Ich sehe doch, wie du mich anstarrst. Als wolltest du mir jeden Moment das T-Shirt vom Leib reißen.« Wieder trank sie.

»Ich weiß echt nicht, was ich darauf antworten soll. Ich finde es nicht fair, dass du deinen Frust an mir auslässt.«

»Ist jetzt auch egal.«

Darling stand auf und legte einen Geldschein auf die Theke. »Ich habe echt keine Lust, mich von dir beleidigen zu lassen. Komm erst mal wieder runter!«

Er drehte sich um und verließ das Pub.

# 15

Als Caro in ihrer Wohnung am Stadtrand von Wiesbaden eintraf, lief ihr Jennifer geradewegs in die Arme. Das Mädchen war geschminkt, trug einen kurzen Rock, dazu eine blickdichte Strumpfhose und schwarze Stiefel. Sie war im Begriff, eine Lederjacke überzuziehen. Natürlich war ihre Kleidung für das draußen herrschende Wetter vollkommen ungeeignet. Ganz davon abgesehen, dass sie für Caros Empfinden mit sechzehn Jahren zu jung für diesen Vamp-Style war.

Einen kurzen Moment war Caro sprachlos. Dann sammelte sie sich. »Hast du heute schon mal aus dem Fenster geguckt?«

»Wozu? Ich habe eine Wetter-App.« Jennifers Stimme klang genervt.

»Und was hast du in diesem Outfit vor?«

»Ich habe ein Date.«

»Mit wem denn?«, fragte Caro. Sie malte sich bereits die schlimmsten Szenarien aus, in denen Jennifer einen deutlich älteren Mann traf, der sie nur ausnutzte.

»Du musst nicht alles wissen.«

»Doch! Es interessiert mich, wen du triffst. Wo hast du ihn denn kennengelernt?«

»Auf Tinder.«

Caro schlug innerlich die Hände über den Kopf. »Und wie alt ist er?«

»Fünfundzwanzig. Ist dir das jung genug?«

»Wie wäre es zur Abwechslung mal mit einem Sechzehnjährigen?«

Jennifer verzog das Gesicht. »Das sind doch alles puber-
täre Spackos.«

*Und du wohl nicht, oder was?*

»Wo trefft ihr euch?«

»In der Caribe-Bar. Du willst hoffentlich nicht mitkom-
men, um mich zu stalken, oder?«

*Immerhin sagt sie mir, wo sie ist.*

»Es gefällt mir nicht, dass du ältere Männer datest. Diese
Kerle sind reifer und nutzen dich nur aus. Ich weiß, das
willst du nicht hören, und ich verbiete es dir auch nicht.
Aber denk doch mal über einen Jungen unter zwanzig
nach.«

»Mama, ich stehe nicht auf Milchbubis. Du kannst dir
den Mund fusselig reden, es hilft nichts.«

Caro nickte. Ihr war klar, dass sie wenig ausrichten
konnte. Sie hatte mit ihrer Tochter unzählige Gespräche
über die Rolle ihres Vaters geführt, der in ihrer Kindheit
kaum Zeit für sie gehabt hatte, und dass Jennifer die fehlen-
de Vaterfigur jetzt in ihren Liebschaften suchte. Doch die
Diskussionen hatten bisher nicht gefruchtet.

Ihre Familie war vor anderthalb Jahren auseinanderge-
brochen, weil Caros Ex-Mann Georg mit seiner Arbeitskol-
legin angebandelt hatte. Seitdem hatte er sich kaum noch
blicken lassen. Die Trennung hatte Jennifers Zuneigung zu
älteren Männern offenbar gesteigert.

»Wie heißt denn dein Date?«, fragte Caro.

»Das sage ich dir, wenn ich ihn das zweite Mal treffe.«
Jennifer griff im Gehen nach ihrer Handtasche und öffnete
die Haustür.

»Schreib mir eine Nachricht, sobald du in der Bar bist«,
rief Caro ihr hinterher.

»Mal sehen.« Das Mädchen stöckelte ins Treppenhaus
und warf die Wohnungstür hinter sich ins Schloss.

Caro ließ sich schnaufend aufs Sofa fallen. Sie musste

wohl oder übel akzeptieren, dass Jennifer fast erwachsen war und ihre eigenen Wege ging. Ob ihr diese gefielen oder nicht.

Ohne es zu wollen, schweiften ihre Gedanken zu Berger. An den intensiven Moment, als sie sich in die Augen gesehen hatten. Das aufregende Prickeln durchflutete erneut ihren Körper, als wäre sie ins Teenageralter zurückkatapultiert worden.

Sie hätte alles darum gegeben, Berger endlich zu küssen. Sie fühlte, dass er ihre Zuneigung teilte, doch unsichtbare Kräfte schienen ihn davon abzuhalten, den nächsten Schritt zu gehen. Er musste die Vergangenheit loslassen und sich von seiner Schuld an Sarahs Tod freisprechen. Erst dann würde er für eine neue Liebe offen sein. Das alles benötigte Zeit. Viel mehr Zeit.

Caro seufzte. Sie vergrub den Kopf in das Kissen und stellte sich vor, wie Berger sie umarmte, wie sich ihre Gesichter einander näherten und wie ihre Münder zu einem leidenschaftlichen Kuss verschmolzen. Was würde sie alles dafür geben.

## 16

Als Berger zu Hause eintraf, begrüßte ihn Captain Jack überschwänglich. Der beigefarbene Hund sprang schwanzwedelnd an ihm hoch und versuchte, ihm das Gesicht abzulecken. Berger drückte seinen Freund fest an sich. »Hast du mich vermisst, Kumpel?«

Captain Jack bellte freudig.

»Du hattest bestimmt einen schönen Nachmittag mit Johanna, oder?« Die Nachbarstochter kümmerte sich tagsüber um das Tier. »Ich bin später gekommen, weil ich mich mit einer tollen Frau getroffen habe.«

Der Hund bellte erneut.

»Ja, du hast recht«, erwiderte Berger. »Es wird Zeit für den nächsten Schritt.«

Sein Blick fiel auf den Boden. Auf dem Parkett lag eine schwarz-weiße Karte, die jemand durch den Briefschlitz geworfen hatte.

Schon wieder.

Berger hob die Karte auf. Es handelte sich um die Aufmachung einer Todesanzeige. Seiner Todesanzeige.

Simon Berger
geboren am 12. Juli 1978
Nach langem Leiden erlöst
und von ewigem Frieden empfangen.

Es war bereits die dritte Karte dieser Art. Als die erste vor knapp zwei Wochen in seinem Hausflur gelandet war, hatte Berger einen dummen Scherz vermutet. Er hatte sie schlichtweg ignoriert. Auch auf die zweite hatte er nur mit verdrehten Augen reagiert. Doch langsam schwante ihm, dass die Sache ernster war als angenommen.

Berger wog die Karte in der Hand und drehte sie um. Auf der Rückseite strahlte ihm die Adresse einer Internetseite entgegen. Das war neu. Die Rückseiten der beiden ersten Todesanzeigen waren leer gewesen.

Neugierig startete Berger seinen Computer und gab die Adresse in den Internetbrowser ein.

Als sich die Seite öffnete, starrte er mit offenem Mund auf den Bildschirm. Ein Schwarz-Weiß-Foto zeigte Sarah und ihn in der Trattoria Romana, dem Restaurant, in dem sie erschossen worden war.

Darunter stand in fetten Buchstaben. ›In ewigem Frieden vereint. Sarah und Simon.‹

Berger schlug auf die Tastatur. »Was für eine kranke Scheiße ist das denn?«

Captain Jack schaute ihn verwundert an. Offenbar spürte er Bergers Anspannung.

»Tut mir leid, Kumpel. Ich wollte dich nicht erschrecken. Aber irgendwer will mich gerne tot sehen.«

Die Frage war: Wer hasste ihn so sehr, dass er dieses grausame Psychospiel einsetzte?

Berger fiel nur ein einziger Name ein. Ein Name, der sich bedrohlich in seinem Kopf einnistete.

# Donnerstag, 27. Februar

## 17

Darling klopfte an Christin Frieses Bürotür im dritten Stock des Landeskriminalamtes, in dem die Cybercrime-Abteilung untergebracht war. Als er eintrat, sah die Computerspezialistin von ihrem riesigen Monitor auf. Sie war die einzige weibliche Mitarbeiterin in der Internet-Verbrechensbekämpfung – und die beste. Was das Auffinden von elektronischen Spuren anging, lief sie jedem ihrer männlichen Kollegen den Rang ab. Daher war es fast unmöglich, einen Rechercheauftrag bei ihr zu platzieren, weil sie ständig ausgebucht war. Darling hingegen musste nie lange warten. Er wusste, dass sie für ihn alles stehen und liegen lassen würde, denn so, wie sie ihn anblickte, war sie über beide Ohren in ihn verknallt.

Christin strich sich mit der Hand den dunkelblonden Zopf glatt und lächelte Darling an. Dabei nahm ihre Gesichtsfarbe ein intensives Rouge an. »Oh, was machst du denn hier?«

Er lächelte zurück. »Ich brauche die Hilfe meiner schlausten Kollegin.«

Obwohl es kaum möglich erschien, färbten sich ihre Wangen noch weiter ein. Ihre braune Brille vibrierte auf den schmalen Nasenflügeln. »Ich bin eigentlich ...« Sie stockte. »Ach, kein Problem. Was brauchst du?«

Darling setzte sich. »Kannst du für mich bitte alles über Selbstmorde in den vergangenen zwei Jahren im Rhein-Main-Gebiet und Taunus herausfinden? Es geht mir um regionale Häufungen, ungewöhnliche Autopsie-Ergebnisse oder Gemeinsamkeiten unter den Opfern. Idealerweise findest du auch etwas über ihre Krankengeschichten heraus.«

Die Computerexpertin richtete sich in ihrem Schreibtischstuhl auf. Darling fiel auf, dass sie abgenommen hatte. Vor ein paar Wochen war sie noch deutlich korpulenter gewesen. Ihre schlankere Figur wurde durch den eng anliegenden Wollpullover betont.

»Ob ich an die Krankengeschichten herankomme, weiß ich nicht. Alles andere dürfte kein Problem sein.«

Darling setzte sein charmantestes Lächeln auf. »Es ist wirklich wichtig.«

Sie schlug mit den Lidern. »Vielleicht finde ich ja was heraus, wenn du mich auf einen Kaffee einlädst.«

Damit hatte Darling nicht gerechnet. Aber warum nicht? »Klar, gerne.«

Christin strahlte über das gesamte Gesicht. »Ich mache mich gleich an die Arbeit. Warte kurz, für die ersten Resultate brauche ich bestimmt nicht lange.«

Darling suchte sich eine bequemere Haltung auf dem Besucherstuhl, während er beobachtete, wie Christin die Tastatur malträtierte. Obwohl er sie seit mindestens einem Jahr kannte, fiel ihm das erste Mal auf, dass sie sanfte Grübchen hatte. Außerdem war der schief geschnittene Pony verschwunden.

Christin sah von ihrem Bildschirm auf und begegnete Darlings Blick. Er fühlte sich ertappt, als sie ihn anlächelte.

»Ein paar Anhaltspunkte habe ich schon gefunden«, sagte sie. »Ich habe im Hochtaunuskreis in den letzten zwei Jahren einen Anstieg der Selbstmordrate um neunzehn Prozent festgestellt, und auch in Frankfurt ist sie um siebzehn Prozent gestiegen. Beides gegen den bundesweiten Trend.«

»Das könnte auch eine statistische Schwankung sein, oder?«

»Klar. Warte kurz.« Ihre Finger jagten über die Tasten. Dann weiteten sich ihre Augen. »Das ist ja interessant.«

»Was?«

»Ich habe den Computer nach fragwürdigen Fällen suchen lassen, bei denen eine Obduktion angeordnet wurde, eine ausführlichere polizeiliche Untersuchung erfolgt ist oder Angehörige den Selbstmord infrage gestellt haben. Das ist alles in den elektronischen Akten vermerkt.«

»Und?«, fragte Darling neugierig.

Sie schenkte ihm erneut einen kecken Lidaufschlag. »Der Anteil dieser Fälle ist sogar um achtunddreißig Prozent gestiegen. Natürlich kann auch das Zufall sein. Mal sehen. Ich lasse mein Baby gerade nach weiteren Gemeinsamkeiten suchen.« Sie tätschelte den Monitor. »Und wie sieht es jetzt mit dem Kaffee aus?«,

»Wir könnten heute Abendessen gehen«, schlug Darling vor.

Christin strahlte. »Oh ja, gerne.«

Sie verabredeten sich für zwanzig Uhr in einem spanischen Restaurant in Wiesbaden. Darling spürte sein schlechtes Gewissen, als er an Zoé dachte.

Christin wandte sich wieder dem Bildschirm zu. Auf ihrem Gesicht malte sich ein zufriedener Ausdruck ab. »Sieh mal einer an. Das hier dürfte dich interessieren!«

# 18

Am späten Vormittag traf sich das LKA-Ermittlungsteam im Büro ihres Vorgesetzten Jens Schröder. Caro, Berger und Darling hatten sich am Besprechungstisch niedergelassen und warteten auf ihren Chef, der hinter seinem Schreibtisch eine Akte durchblätterte.

Er strich sich die dunkelbraunen Haare zurück. Mit seiner hageren Figur, der randlosen Brille und dem adretten Anzug wirkte er auf den ersten Blick wie ein Unternehmensberater. Doch hinter der biederen Fassade steckte ein herausragender Ermittler mit langjähriger Erfahrung in der Bekämpfung des organisierten Verbrechens im Rhein-Main-Gebiet.

Caro sah zu Berger hinüber. Mit dem Dreitagebart, den ungekämmten Haaren und einem lässigen Hemd bildete er einen coolen Gegenpol zu Schröder. Für einen kurzen Moment stellte sich Caro vor, wie sie mit ihm und Captain Jack am Main entlangspazierte. Hand in Hand. Zwischendurch blieben sie stehen, genossen die Idylle der eingeschneiten Landschaft und küssten sich leidenschaftlich.

Die Stimme von Jens Schröder riss Caro aus ihrem Tagtraum. »Berger hat mich schon auf den neusten Stand gebracht, was in Oberweildorf vorgefallen ist.«

Er wandte sich an Caro. »Ich verstehe, dass Ihnen der Fall persönlich nahegeht, Frau Löwenstein, immerhin wird Ihre Bekannte vermisst. Trotzdem sind wir nicht zuständig. Außerdem liegt mir eine Beschwerde über Sie vor.«

Caro zuckte zusammen. »Ich bin mit dem Kollegen der Usinger Polizeidienststelle aneinandergeraten.«

»Der Kerl unternimmt überhaupt nichts«, polterte Berger.

»Das mag ja stimmen. Dennoch handelt es sich um ein lokales Verbrechen. Sofern es überhaupt eines ist.«

Während der Chef sprach, flüsterte Darling Berger etwas ins Ohr, woraufhin der die Augen aufriss.

»Wir haben Hinweise, dass der Fall größere Kreise zieht, als bisher angenommen«, sagte der Kommissar.

Schröder zog die linke Augenbraue hoch. »Was meinen Sie damit?«

Auch Caro war überrascht. Offenbar hatte der Kollege neue Anhaltspunkte entdeckt.

Darling räusperte sich. »Ich habe vergleichbare Selbstmordfälle der vergangenen Jahre analysieren lassen. Dabei ist ein Muster zutage getreten. Die Anzahl der fragwürdigen Selbstmorde ist deutlich gestiegen.«

»Das kann durch eine statistische Schwankung begründet sein«, unterbrach ihn Schröder.

»Das habe ich auch vermutet«, entgegnete Darling. »Allerdings weisen neun Fälle eine seltsame Gemeinsamkeit auf. »Die Selbstmörder haben zwar unterschiedliche Todesarten gewählt, jedoch hatten alle zuvor ein Beruhigungsmittel eingenommen. Und zwar exakt den gleichen Wirkstoff.«

Alle Blicke klebten auf Darling.

Mit zitternder Stimme fuhr er fort. »In den betreffenden Fällen wurden Obduktionen angeordnet, weil die Angehörigen den Todeswunsch der Opfer angezweifelt haben. Zwei der Selbstmörder kamen aus Oberweildorf.«

»Und in den anderen Fällen?«, fragte Berger.

»Aus Frankfurt und Umgebung.«

»Möglicherweise ist die Dunkelziffer noch höher«, sagte der Kommissar. »Es werden ja nicht immer Obduktionen angeordnet.«

Caro wandte sich an Darling. »Kennst du die Namen der Opfer in Oberweildorf?«

Der Kollege öffnete ein Notizbuch, das vor ihm auf den Tisch lag, und holte einen Computerausdruck hervor. »Verena Traunstein und Sebastian Sander.«

Caro hatte nichts anderes erwartet. »Verena Traunstein ist die ehemalige Patientin meiner Freundin Melanie. Und Sebastian Sander ist der Junge, für dessen Tod Johanna Maiwald verantwortlich gemacht wurde.«

Schröder schaute in die Runde. »Und wo sehen Sie das übergeordnete Motiv?«

»Die Erlöserin ist das Bindeglied«, antwortete Caro.

Schröder starrte sie an, als hätte sie den Verstand verloren.

Caro berichtete von der alten Legende und ihrer Vermutung, dass sich jemand als Erlöserin ausgab, um Menschen zu ›befreien‹.

Der Abteilungsleiter kratzte sich am Kopf. »Das hört sich etwas weit hergeholt an. Aber ich gebe zu, dass die Sache mit dem Beruhigungsmittel seltsam ist. Besorgen Sie sich die Fallakten aller Selbstmorde und suchen Sie nach weiteren Gemeinsamkeiten. Ich rufe in Usingen an und überzeuge die Kollegen, schnellstmöglich eine Obduktion an Johanna Maiwald durchzuführen. Wenn sie das gleiche Beruhigungsmittel im Blut hatte, dann haben wir einen Fall.«

Berger nickte. »Okay. Ich fahre mit Caro nach Oberweildorf und sehe mich dort um.«

Schröder kniff die Augen zusammen. »Aber legen Sie sich nicht wieder mit den Usingener Kollegen an. Wir haben die Ermittlungen noch nicht offiziell übernommen.«

»Schon klar«, sagte Berger und zwinkerte Caro zu.

# 19

Denise Reuter lag quer über dem ausgezogenen Sofa ihrer Zweizimmerwohnung. Um sie herum stapelten sich Geschirr, Pizzaschachteln, leere Bier- und Wodkaflaschen, Energydrink-Dosen und Kleidungsstücke, die achtlos am Boden lagen. Es war kalt, denn der Wind pfiff durch die Ritzen der alten Holzfenster. Draußen trieben Schneeflocken vorbei und legten sich auf die weißen Dächer.

Denise hob den dröhnenden Kopf an. Ihre Hände zitterten. Ein neuer beschissener Tag hatte begonnen.

Sie quälte sich vom Sofa hoch und tappte durch die Müllberge auf dem Fußboden. Ihr T-Shirt fühlte sich feuchtkalt an, weil sie es in der Nacht durchgeschwitzt hatte.

Sie zitterte stärker. Es wurde Zeit für ihren morgendlichen Wodka-Energy-Drink, ein besserer Wachmacher als Filterkaffee.

In der Küche öffnete sie den Alkoholschrank und stellte fest, dass er leer war.

*Fuck!*

Sie zog die oberste Schublade des Küchenschranks auf, in dem sie ihr Geld aufbewahrte, fand jedoch lediglich ein paar Centstücke vor.

*Fuck! Fuck! Fuck!*

Denise lebte von Sozialhilfe, kam aber selten mit den monatlichen Zuwendungen aus. Sie hatte drei Ausbildungen abgebrochen, weil die Anziehungskraft des Alkohols stärker war als die der Jobs. Nicht mal der Versuch, ihren Körper im Internet anzubieten, hatte geklappt. Da sie vom Trinken aufgequollen war und um die Dusche einen großen Bogen machte, hatten die Freier schnell das Weite gesucht.

Sie probierte, die Hand gerade zu halten, zitterte aber zu stark. Ihr Körper schmerzte. Sie brauchte einen Drink. Mühevoll quälte sie sich in ihre ausgetretenen Turnschuhe und zog sich eine Jacke über. Die schlabberige, graue Jogginghose musste reichen.

Denise verließ die Wohnung und stapfte durch den Schnee, bis sie den Kiosk am Ende der Straße erreichte. Sie fror furchtbar.

Die Tür klimperte, als Denise den vollgestopften Verkaufsraum des Lädchens betrat. Hinter der Theke spielte Tabea an den langen Fingernägeln. Sie war wie Denise Anfang zwanzig, trug am ganzen Körper Tattoos und hatte hüftlange, wasserstoffblonde Haare. Denise schämte sich immer, wenn sie die sexy Verkäuferin sah. Tabea war das genaue Gegenteil von ihr. Eine Gewinnerin.

Die Blondine warf ihr ein schadenfrohes Lächeln zu. »Na, wieder alles leer gesoffen?«

Denise nickte. »Kannst du mir aushelfen? Ich habe keine Kohle mehr?«

Tabea musterte sie abfällig. »Glaubst du, ich bin die Wohlfahrt?«

»Bitte! Ich bekomme am Ersten wieder Geld. Dann zahle ich meine Schulden.«

Tabea fuhr sich mit der Hand über das Dekolleté ihres eng anliegenden T-Shirts, wohlwissend, dass sie Denise damit demütigte. »Warum gehst du nicht auf den Strich?«

Denise sah beschämt zu Boden. »Ich ... äh, nein.«

»Ah, verstehe, du hast es schon mal versucht.« Sie lachte gehässig auf. »Das stelle ich mir echt lustig vor, wie du deinen fetten Arsch in einen Rock gezwängt hast. Und dann wollte dich trotzdem keiner ficken.«

Denise zitterte am ganzen Körper. »Scheiße. Kannst du mir nicht bitte helfen?«, flehte sie. »Ich tue auch alles, was du willst.«

Tabea umrundete die Theke und zeigte herausfordernd auf ihre Sneakers. »Küss meine Schuhe.«

Tränen traten Denise in die Augen. Der Alkohol war ihr aber wichtiger als ihre Würde. Sie ging auf die Knie und küsste die Schuhspitzen der Verkäuferin.

Tabea brach in Gelächter aus. »Du bist echt 'ne scheiß Loserin! Verpiss dich, Fotze! Ohne Kohle bekommst du keinen Tropfen von mir.«

Denise schluchzte, als sie sich aufrappelte. Das war furchtbar demütigend! Mit gesenktem Kopf verließ sie den Kiosk. Tabea war ihre letzte Hoffnung gewesen, an Alkohol zu kommen. Was für ein beschissenes Leben!

Auf dem Rückweg bemerkte sie auf der gegenüberliegenden Straßenseite eine schwarz gekleidete Person, vermutlich eine Frau, die zu ihr herüberstarrte. Das Gesicht konnte sie nicht erkennen, da die Kapuze einen Schatten warf. Die mysteriöse Beobachterin jagte ihr Angst ein.

Als sie weiterging und zurückschaute, war die Straße leer.

Nachdenklich kehrte Denise in ihre Wohnung zurück. Sie sehnte sich nach einer Flasche Hochprozentigem. Der Alkohol würde ihr Leben für ein paar Stunden erträglicher machen.

Als Denise den Hausflur betrat, fiel ihr Blick auf eine braune Papiertüte, die vor ihrer Wohnungstür stand. Verwundert hob sie die Tragetasche an und sah hinein. Eine Flasche Wodka und drei Energydrink-Dosen. Sie konnte ihr Glück kaum fassen. Wer hatte ihr das Geschenk bereitet? Tabea? Nein, unmöglich. Sie hatte ja den Kiosk nicht verlassen. Außerdem würde sie ihr mit Sicherheit keine Freude machen wollen. Wer also hatte die Tüte hier abgestellt?

Denise schloss auf und brachte ihren Schatz in die Küche. Dann öffnete sie eine der Getränkedosen und mischte sie in einem schmutzigen Glas mit dem Wodka. Halb, halb.

Sie prostete sich selbst zu. »Auf den edlen Spender!« Mit einem Zug trank sie das Glas aus. Während sie sich den zweiten Drink mixte, spürte sie, wie der Alkohol zu wirken begann. Ein sanfter Schleier legte sich über ihr trostloses Leben.

Da riss sie ein durchdringendes Klingeln aus den Gedanken. Das Telefon! Es hatte seit Monaten nicht geläutet. Denise tappte in den Flur und hob den Hörer ab.

»Ja?«

Eine Frauenstimme meldete sich. »Hallo Denise!«

»Wer ist da?«

»Ich möchte dir helfen.« Die Stimme klang weich und säuselnd, beinahe hypnotisch.

»Hast du mir den Wodka vor die Tür gestellt?«

»Ja. Ich wollte, dass du dich gut fühlst.«

»Das ist dir gelungen.« Denise ging in die Hocke und lehnte sich gegen die Wand.

»Wir kennen uns«, sagte die ruhige Stimme.

Denise starrte aufs Telefon. »Woher denn?«

»Gestern haben wir gechattet.«

»Gechattet?« Denise versuchte, sich zu erinnern. Sie war vor ein paar Tagen auf eine Internetseite gestoßen, in der über Selbstmord diskutiert wurde.

»Ich weiß nicht«, sagte sie unsicher.

»Vielleicht habe ich noch eine Flasche Wodka im Auto.«

Denise riss die Augen auf. Heute schien ihr Glückstag zu sein.

»Aber dafür erwarte ich eine Gegenleistung«, fuhr die Stimme fort.

»Was denn?«

»Ich möchte deine Geschichte hören.«

»Was?«

»Du brauchst mir nur von deinen schlimmsten Erlebnissen zu erzählen, dann bekommst du die Flasche.«

»Ich muss nur reden?«

»Ja.«

Die Anruferin kam ihr seltsam vor, aber bald würde Denise wieder auf dem Trockenen sitzen. Eine weitere Flasche klang verlockend.

»Was hast du zu verlieren?«

Sie hatte recht. »Von mir aus.«

Im gleichen Moment klingelte es an der Tür.

## 20

Bevor Caro und Berger nach Oberweildorf aufbrachen, machten sie einen kurzen Abstecher in Caros Wohnung, damit sie ihre Reisetasche packen konnte. Sie hatte sich nicht davon abbringen lassen, in der Weilstube einchecken zu wollen.

Während Berger im Auto sitzen blieb, betrat Caro ihre Wohnung und traf in der Küche auf Jennifer, die gerade Spaghetti kochte.

»Wie war dein Date gestern?«, fragte Caro.

Jennifer sah sie misstrauisch an. »Gut.«

»Hast du auch eine ausführliche Version?«

»Wir treffen uns heute wieder. Reicht das?«

»Eigentlich nicht, aber du hast Glück, dass ich es eilig habe.« Caro ging in den Flur und holte ihre Tasche aus dem Einbauschrank.

»Wo musst du denn hin?«, fragte Jennifer.

»Ich untersuche einen Mordfall im Taunus. Kann sein, dass ich heute Nacht nicht nach Hause komme.«

»Super, dann kann ich mich ja hier mit Florian treffen.« Das Mädchen zwinkerte.

Caro war sich nicht sicher, ob sie gescherzt hatte. »Vergiss das mal ganz schnell«, sagte sie vorsichtshalber.

»Schon klar. Wir treffen uns wieder in der Caribe-Bar.«

»Dann schreib mir eine Nachricht, sobald du zu Hause bist.«

»Mal sehen.« Jennifer grinste.

Caro sah ihre Tochter scharf an. »Ich meine es ernst.«

»Reg dich ab. Ich schreibe dir.«

Caro nickte. Wohl war ihr nicht bei dem Gedanken, das

Mädchen alleine zu lassen. Aber es ging um Menschenleben.

Nachdem Caro ihre Tasche gepackt hatte, drückte sie Jennifer einen Kuss auf die Stirn und verließ die Wohnung. Kurz darauf saß sie wieder bei Berger im Auto, und sie steuerten Oberweildorf an. Die Befragung von Familie Sander stand auf dem Programm.

Während der Fahrt informierte sich Caro in den Polizeiakten über den Tod von Sebastian Sander.

»Der Junge war erst siebzehn, als er gestorben ist«, sagte sie. »Echt traurig.«

»Was steht da über das Beruhigungsmittel?«, erkundigte sich Berger.

»Auf Anhieb finde ich das hier nicht.« Caro blätterte weiter zum Autopsie-Bericht und überflog die Resultate der Blutuntersuchung. »Ah, hier. In seinem Blut wurde eine hohe Konzentration des Wirkstoffes Lorazepam nachgewiesen. Das Medikament hat eine stark beruhigende und sedierende Wirkung.«

»Demzufolge könnte Johanna ihn betäubt und vom Turm gestoßen haben. Er konnte sich ja nicht mehr wehren.«

Caro sah auf die Straße, dann fuhr sie fort. »Hier steht ein Hinweis. Das Mittel wurde ihm von seiner Psychiaterin verschrieben. Also nicht von Johanna heimlich verabreicht.«

»Trotzdem könnte sie seinen Zustand ausgenutzt haben«, mutmaßte Berger.

»Stimmt. Letztlich wurden die Vorwürfe aus Mangel an Beweisen fallen gelassen.«

»Hat Kommissar Schilling den Fall untersucht?«, fragte Berger.

»Ja, genau.« Caro verspürte die aufsteigende Wut, als sie an Schilling dachte. Der Kerl war ihr zutiefst unsympathisch. »Vermutlich war er frustriert, dass er Johanna nichts nachweisen konnte.«

Berger bog von der Bundesstraße ab, um der Straße nach Oberweildorf zu folgen. »Schon möglich. Die Tatsache, dass das gleiche Beruhigungsmittel auch bei den anderen Opfern gefunden wurde, verleiht dem Fall ohnehin eine neue Perspektive.«

Caro runzelte die Stirn. »Ich frage mich, warum bisher niemand die Parallele entdeckt hat.«

»Wir reden über unterschiedliche Polizeibezirke«, gab Berger zurück. »Ich glaube kaum, dass Kommissar Schilling so tief nachgeforscht hat. Das kann ich ihm noch nicht mal verdenken, da Sebastian das Mittel ja verschrieben wurde.«

»Es ist schon seltsam, dass alle anderen Opfer genau den Wirkstoff im Blut hatten, der ihm von ärztlicher Seite verschrieben wurde.«

Berger nickte. »Das stimmt. Vielleicht hat jemand Sebastians Tod kopiert.«

»Aber wo liegt das Motiv?«, fragte Caro nachdenklich. »Wenn die Sanders dahinterstecken würden, warum sollten sie wildfremde Menschen umbringen?«

»Es könnte eine Verbindung zu den Opfern geben, die wir noch nicht entdeckt haben. Oder es hat sich wirklich jemand in die Legende der Erlöserin hineingesteigert und glaubt, Menschen befreien zu müssen. Sozusagen als Sterbehilfe.«

Die ersten Häuser von Oberweildorf tauchten vor ihnen auf.

»Und was deine alte Freundin angeht, da sehe ich zwei Möglichkeiten. Entweder ist sie dem Täter oder der Täterin auf die Spur gekommen. Oder – das hörst du sicher nicht gerne – sie steckt mit drin.«

»Das halte ich für ausgeschlossen. Sie war der friedlichste Mensch, den ich kenne.«

»Menschen ändern sich. Du hast sie lange nicht gesehen.«

»Sie hat eine Spur verfolgt hat, ganz sicher. Verena Traunstein hatte psychische Probleme und kam aus Oberweildorf. Genau wie Sebastian Sander und Johanna Maiwald. Das ist kein Zufall.«

Berger bog in eine Straße ein, die in den Ortskern führte. »Weißt du, ob die Opfer alle dieselbe Psychiaterin hatten?«

»Es gibt in Oberweildorf nur eine Praxis. Sowohl Sebastian Sander als auch Johanna Maiwald und ihre Schwester waren bei Doktor Langenfeld in Behandlung. Ich nehme an, dass Verena Traunstein die Ärztin ebenfalls konsultiert hat.«

»Dann sollten wir der Psychiaterin einen Besuch abstatten, sobald wir mit den Sanders fertig sind.« Berger parkte den Wagen. »Wir sind angekommen.«

Das Haus der Sanders entstammte, im Unterschied zu den vielen Fachwerkhäusern in der Straße, einem deutlich jüngeren Baujahr. Das pastellgelbe Gebäude wirkte großzügig, gepflegt und – verlassen. Alle Rollläden waren geschlossen, und nirgendwo brannte Licht.

Die Polizisten stiegen aus dem Wagen und traten vor die Haustür. Caro klingelte.

Wenige Sekunden später öffnete eine Frau im mittleren Alter die Tür. Sie hatte die blonden Haare zu einem Zopf gebunden und trug eine für ihr schmales Gesicht viel zu große Brille mit rotem Rahmen. Eine Wolke von frischem Bratenduft drang ins Freie.

Die Frau musterte die Kollegen misstrauisch. »Ja bitte?«

Berger ergriff das Wort. »Wir arbeiten für das Landeskriminalamt und haben ein paar Fragen bezüglich des Todes von Johanna Maiwald.« Beide zeigten ihren Polizeiausweis.

Das Gesicht der Frau verfinsterte sich. Da sie keine Anzeichen von Überraschung zeigte, wusste sie über den Tod von Johanna Bescheid.

»Sind Sie Karin Sander?«, fragte Caro.

»Ja.«

»Dürfen wir hereinkommen?«

Die Frau zögerte einen Moment, dann nickte sie und bat die Ermittler in den Hausflur. Aus den kahlen Wänden traten mehrere Nägel hervor, und auf der Tapete zeichneten sich dunkle Ränder ab. Offenbar waren Bilder abgehängt worden. Vermutlich Familienfotos, auf denen Sebastian zu sehen war. Wie grausam musste es sein, das eigene Kind zu verlieren. Caro dachte für einen kurzen Moment an Jennifer.

»Wo ist denn Kommissar Schilling?«, fragte die Frau.

»Wir weiten die Ermittlungen aus«, erwiderte Berger knapp. »Kannten Sie Johanna Maiwald?«

Karin Sanders Gesicht wirkte wie versteinert. Sie musste ihre Worte regelrecht herauspressen. »Natürlich. Sie hat meinen Sohn getötet.«

Caro spürte den Hass, der in ihrer Stimme mitschwang. »Was ist denn damals passiert?«

»Die Mörderin hat Sebastian vom Burgturm gestoßen.« Die Augen der Frau blitzten.

»Warum hätte sie das tun sollen?«, hakte Berger nach.

»Weil er mit ihr Schluss machen wollte.«

»Die beiden waren also ein Paar?«

Karin Sander schüttelte den Kopf. »Nicht wirklich. Johanna hat sich an Sebastian herangeworfen wie eine billige Hure. Aber sie hatte nicht seine Klasse.«

»Johanna wurde damals entlastet«, gab Berger zu bedenken.

»Man konnte ihr angeblich nichts nachweisen.« Karin Sander verzog das Gesicht. »Blanker Unsinn! Aber jetzt hat sie sich ja selbst gerichtet.«

»Möglicherweise wurde sie ermordet«, sagte Caro.

Karin Sander schüttelte den Kopf. »Kommissar Schilling hat uns berichtet, dass Johanna Selbstmord begangen hat.«

»Das ist nicht sicher«, entgegnete Berger bestimmt.

Karin Sander starrte den Kommissar an. »Verdächtigen Sie etwa mich?«

»Das habe ich nicht gesagt«, beschwichtigte er.

Ihre Augen wurden feucht. »Wissen Sie eigentlich, wie schrecklich es ist, das eigene Kind zu verlieren? Seit Sebastians Tod lebe ich in einem einzigen Albtraum. Natürlich habe ich der Göre die Pest an den Hals gewünscht, aber ich habe sie nicht umgebracht. Ich ...«

Sie drehte sich von den Ermittlern weg und begann zu schluchzen.

In dem Moment öffnete sich die Haustür. Carl Sander stand mit seiner Bürgerwehr-Armbinde im Rahmen und starrte zunächst seine weinende Frau, dann die Polizisten an. Sein Blick blieb an Caro haften.

»Was zur Hölle ist hier los?«, fuhr er sie an.

»Die beiden sind von der Polizei«, erklärte Karin Sander mit gebrochener Stimme.

»Das weiß ich!«, grollte er. »Warum belästigen Sie meine Frau? Sie hat schon genug durchgemacht. Ich werde mich bei Kommissar Schilling über Sie beschweren.«

»Sie sollten lieber dabei helfen, den Tod von Johanna Maiwald aufzuklären«, erwiderte Caro.

»Da gibt es nichts aufzuklären. Sie hat sich erhängt. Punkt. Und jetzt verschwinden Sie.«

Berger ballte die Hände zu Fäusten, und seine Augen verengten sich. »Nun hören Sie mal gut zu. Vielleicht können Sie mit Kommissar Schilling in dem Ton umspringen. Aber nicht mit mir! Wenn Sie sich weiter so aufführen, nehme ich Sie mit nach Wiesbaden. Zur Not auch in Handschellen.

Wir haben dort schöne, kahle Räume, um die Befragung fortzuführen.«

Sander war für einen Moment verblüfft. Dann kniff er den Schwanz ein. »Ich habe ja nur gemeint, dass meine Frau unter dem Verlust von Sebastian leidet. Das alles ist für uns sehr belastend.«

»Uns ist bewusst, dass Sie einen großen Verlust erlitten haben«, sagte Caro. »Trotzdem benötigen wir Ihre Mithilfe, um den Tod von Johanna Maiwald aufzuklären.«

Sanders rechtes Bein zuckte nervös. Er wirkte angespannt.

»Wir können Ihnen nicht helfen.«

»Sie waren doch gestern bestimmt auf Patrouille«, vermutete Caro.

Sander nickte. »Wir haben nur die Fotografin auf der Straße gesehen. Das habe ich dem Schilling schon gesagt.«

*Melanie!*

»Sie hatte es eilig«, fuhr Sander fort. »Ansonsten sind wir niemandem begegnet.«

Berger wandte sich an Karin Sander. »Und wo waren Sie?«

»Zu Hause.«

»Kann das jemand bestätigen?«, bohrte Berger nach.

»Sie war hier«, knurrte Carl Sander genervt. »Es reicht jetzt. Gehen Sie bitte.«

Berger nickte. »Halten Sie sich für weitere Befragungen zur Verfügung.« Er öffnete die Tür, und die Polizisten traten ins Freie.

Nachdem sie ins Auto gestiegen waren, ergriff Caro das Wort. »Überzeugend war ihre Aussage nicht.«

»Der Mann ist ein Wichtigtuer, aber er hat bestimmt nicht die Eier, wenn es hart auf hart kommt.«

Caro strich sich die Haare hinter die Ohren. »Der Frau traue ich es schon eher zu. Sie hat Johanna für den Tod ihres Sohnes verantwortlich gemacht. Ihr Hass war förmlich greifbar.«

»Ja, das habe ich auch gespürt«, bekräftigte Berger.

»Ihr Sohn ist auf der Burgruine gestorben, genau wie die Erlöserin. Möglicherweise hat Karin Sander die alte Legende als Vorbild für einen Rachefeldzug genommen.«

»In Bezug auf Johanna Maiwald schon.« Berger startete den Motor. »Aber wo liegt die Verbindung zu Verena Traunstein?«

Caro zuckte mit den Schultern. »Das kann uns vielleicht die Psychiaterin beantworten.«

# 21

Denise lag träge auf dem Sofa und genoss die gleichgültig machende Wirkung des Wodkas. Die seltsame Anruferin hatte sich ihre Lebensgeschichte angehört und sie dabei gefilmt. Was für ein Unsinn! Wer würde sich denn für sie interessieren?

Jetzt war sie gegangen. Denise hatte die Tür klappen gehört. Sie starrte auf die Flasche Wodka, die die Frau auf dem Tisch hatte stehen lassen. Ein guter Tropfen, mit dem sie sich heute so richtig abschießen würde.

Durch den Alkoholschleier klangen die Worte der Besucherin in ihrem Kopf nach. »Warum hängst du eigentlich am Leben? Was hält dich davon ab, deinem Leid ein Ende zu bereiten?«

Irgendwie hatte sie ja recht. Aber würde sich nicht alles zum Besseren wenden? Vielleicht würde sie doch noch einen Job finden oder sogar einen Freund.

Sie öffnete die zweite Flasche und füllte ihr Glas bis zum Rand voll. Dann nahm sie einen kräftigen Schluck. Der Wodka rann die Kehle hinab und wärmte sie. Ob die Frau ihr mehr Sprit schenken würde? Morgen vielleicht? Egal. Für heute war sie bestens versorgt.

Der Alkohol dämpfte ihre Gedanken. Es gelang ihr zunehmend weniger, einen roten Faden zu finden. Die Beine wurden schwerer. Die Arme ebenfalls. Gutes Zeug!

Als ihr Blick auf die Wohnzimmertür fiel, bemerkte sie einen Schatten im Flur. Bildete sie sich das nur ein? Hatte sie zu viel getrunken?

Aber der Schatten bewegte sich. Unvermittelt überkam sie Angst. Im Zwielicht des Flurs stand eine unheimliche

Gestalt unter einer schwarzen Kutte. Dieselbe Gestalt, die sie bereits draußen auf der Straße gesehen hatte. Wie war sie hereingekommen?

Trotz des Alkohols begriff Denise, dass sie Gefahr schwebte. Sie wollte um Hilfe brüllen, doch kein Ton verließ ihre Kehle. Jetzt bemerkte sie, dass sie weder Arme noch Beine bewegen konnte. Alles schien eingefroren zu sein.

*Bitte nicht!*

Die Gestalt stand in der Dunkelheit und beobachtete sie. Denise fürchtete sich. Irgendwie wusste sie, dass sie den Tag nicht überleben würde.

# 22

Die Praxis von Doktor Vera Langenfeld befand sich in einem alten Fachwerkhaus im Ortskern von Oberweildorf. Der Vorraum war schlicht gestaltet. Drei Metallstühle standen für Patienten zu Verfügung, sahen aber derart unbequem aus, dass Stehen wohl die bessere Alternative war. Es gab einen weißen Empfangstresen, hinter dem eine junge Frau mit langen, braunen Haaren saß.

Die Sprechstundenhilfe sah auf, als die Ermittler eintraten. »Wir vergeben Termine nur mit vorheriger Anmeldung.«

Berger zog seinen Ausweis aus der Tasche. »Kommissar Berger. Landeskriminalamt. Frau Löwenstein und ich möchten mit Doktor Langenfeld sprechen.«

Die Augen der Empfangsdame weiteten sich. »Sie sind von der Polizei?«

»Ja. Wie heißen Sie?«

»Maria Bartels. Ist denn etwas passiert?«

»Gestern ist eine Patientin von Doktor Langenfeld gestorben. Wir haben einige Fragen an sie.«

»Natürlich. Ich gebe ihr Bescheid.« Die Sprechstundenhilfe drückte den Knopf einer antiquierten Gegensprechanlage und kündigte die Polizisten an. Offenbar hatte die Ärztin keinen Patienten im Sprechzimmer, denn die Tür öffnete sich sofort.

Die Psychiaterin war von schlanker, hochgewachsener Statur. Ihr Gesicht erschien genauso hager wie ihre Figur. Sogar die Nase war lang und schmal. Die Ansätze der blonden Haare waren auffällig angegraut, als hätte sie das Nachfärben vergessen. Auf der Nase saß eine randlose Lesebrille.

»Kann ich Ihnen helfen?«

»Löwenstein und Berger. Landeskriminalamt«, sagte der Kommissar erneut. »Wir ermitteln im Todesfall von Johanna Maiwald.«

Sie zeigte keine Gefühlsregung. »Kommen Sie herein.«

Während die Kollegen das ebenso schlichte Sprechzimmer betraten, fragte sich Caro, wie alt die Psychiaterin sein mochte. Vielleicht Anfang fünfzig.

Vor dem Schreibtisch der Ärztin standen zwei Metallstühle, die ebenso unbequem aussahen wie jene im Vorraum.

»Setzen Sie sich«, sagte die Psychiaterin unwirsch.

»Wann war Johanna Maiwald das letzte Mal bei Ihnen?«, fragte Berger.

»Vor einer Woche.«

Caro beobachtete die Ärztin, die weiterhin keine Emotionen erkennen ließ. »In welcher Verfassung war sie?«

»Sie war depressiv. Ich habe daraufhin ihre Medikation angepasst.«

»Was haben Sie ihr denn verschrieben?«

Die Augen der Ärztin verengten sich. »Spielt das eine Rolle?«

»Ja«, sagte Berger knapp.

»Sie hat Fluoxetin genommen, das ist ein Antidepressivum.«

»Enthält das Medikament auch den Wirkstoff Lorazepam?«, fragte der Kommissar.

Doktor Langenfeld schüttelte den Kopf. »Nein! Das ist ein starkes Beruhigungsmittel.«

»Es ist derzeit noch offen, ob Johanna Selbstmord begangen hat oder ob sie ermordet wurde«, fügte Caro erklärend hinzu. »Was denken Sie darüber?«

»Beides ist gleich wahrscheinlich«, erwiderte die Ärztin

kühl. »Jeder hat sie gehasst und gemobbt. Da wäre ein Mord gar nicht nötig gewesen.«

»Sie meinen, dass sie die Situation im Dorf belastet hat?«, bohrte Berger nach.

»Natürlich. Das Umfeld war das reinste Gift für sie.«

»Sebastian Sander war doch auch ihr Patient, oder?«, fragte Caro.

Sie nickte.

»Glauben Sie, dass Johanna ihn vom Turm gestoßen hat?«

Doktor Langenfeld zuckte die Achseln. »Meine Meinung spielt keine Rolle.«

»Johanna hat sich doch bestimmt zu den Vorwürfen geäußert«, vermutete Berger. »Es war ja der Hauptgrund für ihre Depressionen, also werden sie darüber gesprochen haben.«

»Selbstverständlich.«

Berger wurde langsam ungeduldig. »Und?«

»Für ihre Verfassung hat es keine Rolle gespielt, ob sie schuldig war oder nicht. Die Menschen um sie herum waren das Problem. Sie hätte das Dorf verlassen sollen.«

»Warum hat sie es nicht getan?«

»Aus Trotz.«

Berger schüttelte den Kopf. »Noch mal. Hat sie zugegeben, Sebastian Sander getötet zu haben?«

»Sie wissen, dass die Beantwortung Ihrer Frage unter die ärztliche Schweigepflicht fällt, oder?«

»Johanna ist tot«, sagte Caro. »Es ist eine sehr wichtige Information für unsere Ermittlungen.«

»Ich weiß nicht, ob Johanna Sebastian getötet hat«, sagte Doktor Langenfeld.

Caro runzelte die Stirn. »Sie haben nicht darüber gesprochen?«

»Johanna hat beteuert, dass sie ihn nicht gestoßen hat,

aber ihre starken Schuldgefühle stellen die Aussage infrage.«

»Anders gefragt, glauben Sie denn, dass Sebastian Sander Selbstmord begangen hat? Er war ja auch bei Ihnen in Behandlung.«

»Nein, das glaube ich nicht. Er war in guter Verfassung.«

»Warum haben Sie ihm dann Lorazepam verschrieben?«

»Er hatte gelegentliche Panikattacken. Aber deswegen hätte er sich nicht das Leben genommen.«

*Er ist ermordet worden!*

Caro nickte. »Wir ermitteln auch in einem weiteren ungeklärten Todesfall. Kennen Sie Verena Traunstein?«

»Ja. Sie war meine Patientin.«

»Sie hatte zum Zeitpunkt ihres Todes ebenfalls Lorazepam im Blut«, fuhr Caro fort. »Haben Sie ihr das Mittel verschrieben?«

»Nein. Sie hat ein Antidepressivum erhalten.«

»In welcher Verfassung war die Frau vor ihrem Tod?«, erkundigte sich Berger.

»Das weiß ich nicht. Ich habe ihr nur die Medikamente verschrieben, sie aber nicht therapiert.«

*Das hat Melanie übernommen*, dachte Caro. »Kannten Sie Verenas Therapeutin, Melanie Meissner?«

»Nein.«

»Finden Sie es nicht auffällig, dass drei Ihrer Patienten innerhalb von zwei Jahren ums Leben gekommen sind?«, fragte Berger, dem die Befragung offensichtlich zu langsam voranging.

»Nein.«

Berger starrte sie an. »Was heißt, nein?«

»Nein. Es ist nicht auffällig. Menschen sterben. Menschen mit Depressionen sterben schneller.«

Caro konnte jetzt Lisas Beschreibung der Ärztin ›als kalt‹

gut nachvollziehen. »Hat einer ihrer Patienten die sogenannte Erlöserin erwähnt?«

»Das ist eine dumme Dorflegende«, gab Doktor Langenfeld zurück.

»Sie haben meine Frage nicht beantwortet«, bohrte Caro nach.

»Warum sollte das ein Thema für meine Sitzungen sein? Ich habe für absurde Geschichten weder Sinn noch Zeit. Und das Gleiche gilt auch für unser Gespräch. Sie haben mich jetzt lange genug aufgehalten.«

Berger sah aus, als würde er jeden Moment explodieren.

»Wir haben für heute genug erfahren«, sagte Caro schnell, während sie sich erhob.

Er verdrehte die Augen, stand aber ebenfalls auf.

»Einen schönen Tag noch«, wünschte die Ärztin emotionslos.

Als die Ermittler draußen waren, fragte Berger: »Was sollte das? Wir lassen uns doch nicht einfach rausschmeißen. Sie weiß mehr, als sie uns gesagt hat, das war offensichtlich.«

»Das sehe ich auch so. Aber sie kann sich jederzeit hinter ihrer Schweigepflicht verstecken. Mit Druck erreichen wir nichts.«

Berger schnaufte. »Du hast ja recht. Trotzdem nehme ich das so nicht hin.«

»Wir werden sie noch mal befragen. Aber erst mal beziehe ich mein Zimmer in der Weilstube.«

Berger zog die Augenbrauen hoch. »Hast du dir das gut überlegt? Der Gasthof sieht nicht gerade einladend aus.«

»Das ist mir egal.«

Er lächelte. »Ich werde dich eh nicht davon abhalten können, oder?«

Caro schüttelte den Kopf. »Nein.«

# 23

Das Beruhigungsmittel müsste inzwischen die gewünschte Wirkung entfacht haben. Wie erwartet, hatte sich Denise sofort über den Wodka hergemacht, den sie zuvor mit dem sedierenden Wirkstoff versehen hatte.

Sie beobachtete die Alkoholikerin auf dem Sofa, deren Bewegungen immer schwerfälliger wurden. Es war eindeutig, dass Denise Reuter ein unwürdiges Leben führte und sich furchtbar quälte. Sie brauchte Hilfe. Sehr dringend sogar!

Es war ihre Bestimmung, alle traurigen Gestalten zu befreien, die von der schwarzen Schlange befallen waren. Die Gier dieses Geschöpfes war zu groß, als dass sich die Opfer wehren konnten. Sie war eine Samariterin.

Denise hing bewegungslos auf dem Sofa. Das T-Shirt war hochgerutscht und gab einen Teil des aufgequollenen Oberkörpers frei. Der Mund stand halb offen, und ihr Blick wirkte ängstlich, sogar etwas panisch.

Sie ging langsam auf Denise zu und beobachtete sie eine Weile. Was für ein trauriges Leben! Ein Dahinsiechen zwischen Müll, dreckiger Kleidung und Alkohol.

»Hallo Denise«, flüsterte sie.

»H… a… l… l… o« Die Alkoholikerin sprach langsam und undeutlich.

»Du weißt, warum ich hier bin. Ich möchte dir helfen.«

»I… c… h…«

»Ruh dich aus. Gleich ist alles vorbei. All dein Leid.«

Sie holte eine Tasche hervor, in der sich weitere Wodka-Flaschen befanden.

»Es wird schnell gehen, und du wirst kaum etwas spüren.« Sie drückte den Kopf ihres Opfers nach hinten und öffnete ihr den Mund.

»Du brauchst keine Angst zu haben.«

»A… a… a…«

Offensichtlich hinderte sie das Betäubungsmittel am Sprechen. Das war gut. Manche von ihnen redeten weiter und wollten einen Rückzieher machen. Dabei handelte es sich um einen unbewussten Überlebensreflex, der natürlich keinen Sinn machte. Die Qualen mussten beendet werden. Niemand sollte leiden.

Sie öffnete eine der Wodkaflaschen und hielt die Nase der sedierten Frau zu. Dann kippte sie ihr den hochprozentigen Alkohol in den Rachen. »Trink schön. Er wird dir guttun.«

Denise würgte, ihre Schluckreflexe funktionierten noch. Wie ein Schwamm nahm sie den Wodka in sich auf. Als Alkoholikerin würde sie mehr benötigen. Wesentlich mehr.

Sie öffnete die nächste Flasche und schüttete sie ebenfalls in die Kehle der Frau. Danach eine dritte Flasche. Das sollte genügen.

Andächtig trat sie einen Schritt zurück und beobachtete ihr Kunstwerk. »Gleich wird es vorbei sein. Dann hat dein Leid ein Ende.«

Denise bewegte die Lippen. Wahrscheinlich wollte sie etwas sagen, aber kein Ton verließ ihren Mund. Die Augen rollten unkontrolliert durch die Höhlen, als der Alkohol zu wirken begann. Ihr Körper würde bald reagieren und versuchen, das Gift loszuwerden. Sie würde sich übergeben und an ihrem Erbrochenen ersticken.

Mit einem zufriedenen Lächeln beobachtete sie die Frau. Wieder nahm sie einem Menschen die Bürde eines qualvollen Lebens und schenkte ihm die Freiheit.

Denise begann zu würgen. Speichel lief ihr aus dem Mund, die Augen kreisten wirr umher. Schließlich erfolgte die Eruption. Wie Lava quoll ihr Erbrochenes aus der Mundhöhle. Denise zuckte, weil sie keine Luft mehr bekam. Ihre Bewegungen wurden langsamer, bis der Kopf schließlich zur Seite fiel. Sie war erstickt.

Die Erlöserin warf einen letzten Blick auf ihre Arbeit und nickte zufrieden. Dann verließ sie beschwingt die Wohnung.

# 24

Caro schloss die Tür mit der Nummer drei auf und schaltete das Licht an. Das Gästezimmer der Weilstube sah besser aus als erwartet. Es gab ein Bett mit sauberen, weißen Laken, einen Schrank aus Kiefernholz und zwei grüne Sessel. An den Wänden hingen Bilder mit Waldmotiven und vor den beiden Fenstern gestreifte Vorhänge. Lediglich der muffige Geruch trübte den Eindruck der Unterkunft. Außerdem musste sie sich das Badezimmer am Ende des Korridors mit anderen Gästen teilen.

Berger folgte Caro ins Zimmer und stellte ihre Tasche neben das Bett. »Bist du sicher, dass du hier übernachten möchtest?«

»Sieht doch gar nicht so übel aus.« Caro fiel erst jetzt die Zwischentür auf, die ins Nachbarzimmer führte. Sie rüttelte erfolglos an der Klinke. »Vielleicht hat Melanie nebenan gewohnt.«

Berger grinste. »Die Chance steht fünfzig-fünfzig. Es gibt nur drei Zimmer.«

»Dann finden wir es heraus.« Caro musterte das Schlüsselloch. »Dafür reicht ein gebogener Kleiderhaken.«

Berger schüttelte den Kopf, öffnete aber bereits den Kleiderschrank und zog einen Drahtbügel von der Stange. Wenige Momente später hatte er daraus einen Dietrich geformt, den er in das Schlüsselloch steckte. Offenbar machte er das nicht zum ersten Mal, denn das Schloss sprang sofort auf.

»Ich wusste gar nicht, dass du ein Meisterdieb bist.« Caro lächelte ihn dankbar an. Sie war froh, dass er ihr beistand.

»Wer die bösen Jungs fangen will, sollte selbst nicht all-zu lieb sein.«

»Da hast du wohl recht.« Caro öffnete die Zwischentür. Das Zimmer auf der anderen Seite lag im Halbdunkel.

Sie aktivierte die Taschenlampe an ihrem Smartphone und leuchtete in den Nachbarraum. Das Bett war zerwühlt, und auf einem Sessel lagen Kleidungsstücke.

»Ich glaube, es ist Melanies Zimmer«, flüsterte Caro an Berger gewandt. »Hier liegt ein Damenslip.«

»Und da wahrscheinlich – außer euch beiden – niemand sonst auf die Idee kommen würde, hier zu übernachten, dürftest du recht haben.« Er folgte seiner Kollegin.

Caro leuchtete über den Nachttisch, auf dem eine schwarze Mappe lag. Als sie die Deckseite abhob, kam ein Zeitungsartikel zum Vorschein. »Ich habe was gefunden«, flüsterte Caro.

Plötzlich hörte sie draußen Schritte über den Korridor tappen.

Berger zischte. »Da kommt jemand.«

Ein Klopfen dröhnte durch die Stille. Es kam aus Caros Zimmer.

Sie griff nach der Mappe und beeilte sich, in ihre Unterkunft zurückzukehren. Berger hastete hinterher und schloss die Verbindungstür.

»Ja bitte«, rief Caro, während sie den Ordner in ihrer Reisetasche verschwinden ließ.

Die Tür öffnete sich mit einem scharrenden Geräusch. Im Rahmen stand Raphaela, die Tochter des Wirtes, und starrte die Ermittler mit leerem Blick an. Sie war leichenblass, barfuß und trug noch immer ihr weißes Sommerkleid.

Caros Puls raste. »Was willst du hier?«

Raphaela schaute stumm an ihr vorbei auf die Verbindungstür.

*Sie weiß genau, dass wir im Nachbarzimmer waren.*

Wortlos drehte sich das Mädchen um und verschwand in den Flur. Den Geräuschen zufolge stieg sie die Treppe hinauf.

»Wer war das denn gerade?«, fragte Berger.

»Die Tochter des Wirtes. Sie hatte einen Unfall und ist seitdem geistig eingeschränkt.«

»Es gefällt mir nicht, dass du hierbleiben möchtest.«

»Das Mädchen ist harmlos.« Caro holte die Mappe wieder hervor. »Schau dir lieber mal an, was ich gefunden habe.« Sie blätterte den Zeitungsartikel auf und begann vorzulesen.

*Taunuszeitung, 11. November 2016*
Die Erlöserin von Oberweildorf

*An einem grauen Novembertag im Jahre 1553 erklomm die Näherin Lutetia Heister alle achtundsiebzig Stufen des Bergfrieds von Oberweildorf. Es sollte ihr letzter Aufstieg werden.*

*Ein schwarzes Kleid umhüllte ihren schlanken Körper, und die langen blonden Haare fielen luftig auf ihre Hüften. Sie war früher ein glückliches, engelsgleiches Mädchen gewesen. Bis eine dunkle Macht ihre Seele eingefroren und sie in eine leblose Marionette verwandelt hatte.*

*Seit einigen Monaten litt sie unter Morgenübelkeit, und ihr Bauchumfang hatte zugenommen. Sie wusste, was das bedeutete. Die Nacht mit dem Zimmermann Mattheus Falkenberg hatte einen Fluch über sie und ihr Haus gebracht. Sie würde einen Bastard gebären und für alle Ewigkeit geächtet werden. Man würde sie foltern und halb tot in den Wäldern zurücklassen.*

*Lutetia hatte sich zunächst gefürchtet, doch die Angst war einer trüben Gleichgültigkeit gewichen.*

*Jetzt stand sie auf den Burgzinnen, und nur ein einziger*

Gedanke erfüllte ihren Kopf: die Welt hinter sich zu lassen. Und mit ihr die Qual. Den Hass. Die Angst.

Lutetia schloss die Augen, holte ein letztes Mal Luft und sprang in den sicheren Tod.

Doch sie kam nie im Reich der Toten an. Seit nunmehr fünfhundert Jahren streicht sie rastlos durch das Dorf. Übereinstimmende Augenzeugenberichte aus mehreren Jahrhunderten – überliefert und dokumentiert in den Oberweildorfer Kirchenarchiven – belegen die ständige Gegenwart von Lutetia Heister.

Es wird von einer gesichtslosen, weiblichen Gestalt berichtet, gehüllt in einen schwarzen Umhang. Sie lauert leidenden Menschen in der Dämmerung auf, um sie von ihrer Qual zu erlösen. Angeblich raubt sie den Dorfbewohnern die verbliebene Lebensfreude, um sie in den sicheren Tod zu treiben.

Die Erzählungen gleichen sich über den jahrhundertelangen Zeitraum bis ins letzte Detail. Doch bislang ist es niemandem gelungen, einen Beweis für die Existenz der Erlöserin von Oberweildorf zu liefern.

Wie viele Menschen wird Lutetia Heister mit in die Tiefe reißen? Wie lange wird sie noch ihr Unwesen in Oberweildorf treiben, bis sie selbst von ihrem Fluch erlöst wird?
Margret Back

Caro fixierte den Namen der Verfasserin. »Margret Back ist die seltsame Burgverwalterin, der ich gestern begegnet bin«, erklärte Caro.

»Die alte Legende scheint im Dorf eine größere Bedeutung zu haben«, erwiderte Berger. »Dass sich die Burgverwalterin damit beschäftigt, ist verständlich.«

»Aber warum hat Melanie den Zeitungsartikel aufbewahrt?«

»Offensichtlich hat sie sich für die Geschichte interessiert.« Berger zog den Ordner zu sich. »Wir sollten der guten Frau Back einen Besuch abstatten und sie nach deiner Freundin befragen.«

Er blätterte den Zeitungsartikel in der Mappe um. Darunter kamen mehrere Klarsichtfolien zum Vorschein, die jeweils ein ausgedrucktes Foto enthielten. Das erste Bild zeigte einen dunkelblonden Jungen, der traurig in die Kamera schaute.

»Das ist Sebastian Sander«, sagte Caro. »Ich kenne ihn aus der Akte.«

Berger prägte sich das Gesicht ein, bevor er die Seite wechselte. Das nächste Foto bildete eine dunkelhaarige Frau in den Dreißigern ab. Sie lächelte fröhlich.

»Ist das Verena Traunstein?«, fragte er.

Caro nickte. »Ja, das zweite Opfer aus Oberweildorf.«

Berger blätterte weiter. Ein blondes Mädchen mit gleichgültigem Gesichtsausdruck tauchte auf. Johanna Maiwald. Sofort kamen die Bilder in Caro hoch, wie sie mit blutleerem Gesicht am Galgen baumelte.

»Melanie hat die Fotos der Opfer gesammelt«, schloss Caro schaudernd.

»Ja, offensichtlich.« Berger öffnete die letzte Seite. Das Foto von Lisa Maiwald kam zum Vorschein. Die dunkelblonden Haare fielen glatt auf die Schultern und rahmten das blasse Gesicht ein. Wieder blieb Caros Blick an den weit auseinanderstehenden Augen hängen.

»Wer ist das?«, fragte Berger.

»Johannas Schwester, Lisa.«

Berger kratzte sich am Kopf. »Was die Frage aufwirft, warum deine Freundin ein Bild von ihr hatte. Zusammen mit drei Opfern.«

Caro schaute auf das Foto der Frau. »Vielleicht schwebt sie in Gefahr. Mal angenommen, Melanie hat herausgefunden, dass jemand der Erlöserin nacheifert. Und sie hat ein Muster entdeckt, wer als Nächstes im Fadenkreuz steht.«

Berger sah Caro ernst an. »Du interpretierst die Informationen sehr einseitig. Es ist genauso gut möglich, dass sie selbst die Täterin ist und dass die Bilder ihre Opfer abbilden.«

»Das glaube ich nicht!«, erwiderte Caro.

»Du willst es nicht glauben. Warum hat sich Melanie denn nicht an die Polizei gewandt?«

»Das weiß ich nicht. Aber sie ist ganz bestimmt keine Mörderin.« Caros Stimme wurde lauter. Sie merkte, wie nah ihr der Verdacht ging, der auf ihrer alten Freundin lastete.

»Das steht ja auch nicht fest«, beschwichtigte Berger. »Aber wir müssen die Möglichkeit in Betracht ziehen.«

Caro sah Berger in die Augen. »Ich mache mir Sorgen um Melanie. Sie klang am Telefon so verstört. Ich befürchte einfach, dass sie in großer Gefahr schwebt. Wenn sie überhaupt noch lebt.«

Berger ergriff Caros Hand. »Wir finden sie. So oder so. Ich verspreche es dir.«

Seine sanfte Berührung breitete sich wie eine wärmende Welle auf ihrer Haut aus. Für einen Moment schien sie mit ihm zu verschmelzen. Sie blickte durch die melancholischen Augen in sein tiefstes Inneres und sah Schmerz, aber auch Zuversicht und Wärme.

Caro drückte seine Hand und wünschte, dass der Moment niemals enden würde.

Berger lächelte, und sie lächelte zurück.

Alles um sie herum verblasste. Ihre Lippen näherten sich und berührten einander. In Caros Kopf tobte ein Gefühlssturm, der ihren gesamten Körper erfasste. Sie umarmte Berger und küsste ihn leidenschaftlich.

Der Moment erschien unwirklich. Sie hatte Berger so oft

in ihren Träumen geküsst. Und so oft hatte sie die Realität eines Besseren belehrt. Jetzt war dieser magische Augenblick gekommen. Caro fühlte sich unendlich glücklich.

Sie spürte seine Wärme, genoss die Geborgenheit, die seine Umarmung in ihr auslöste, und sog sein herbes Parfüm ein. Alles schien perfekt. Ein Meer aus seidenweichen Gefühlen.

Bis sie das Klingeln von Bergers Telefon brutal in den Gasthof zurückriss.

»Ziemlich unpassend«, murmelte er.

Caro strich ihm zärtlich über die Wange. »Vielleicht ist es wichtig.«

Er zog sein Handy aus der Tasche und sah aufs Display. In seinen Augen breitete sich ein überraschter Ausdruck aus. Er nahm den Anruf entgegen.

Caro beobachtete mit einigem Unbehagen, wie Bergers Gesichtszüge mit jedem Wort seines Gesprächspartners mehr erstarrten und seine Haut erblasste.

Als er auflegte, wirkte er wie ein Roboter. »Ich muss gehen.«

Sie ergriff seine Hand. »Was ist denn passiert?«

»René Kollnitz, Sarahs Mörder, wurde in Frankfurt gesichtet.«

# 25

Bergers fluchtartige Abreise ließ Caro in einem emotionalen Schneesturm zurück. Der Kuss hatte sie tief bewegt. Das Gefühl, als sich ihre Lippen berührt hatten, war wunderschön gewesen. Doch dann hatte sie der Tiefschlag getroffen. Die Nachricht, dass René Kollnitz wieder in der Stadt war, hatte Berger augenblicklich aus der Bahn geworfen. Der Tod seiner Verlobten ging ihm noch immer nahe. Verständlicherweise. Aber für Caro fühlte sich die alte Verbundenheit wie ein Stich ins Herz an. Außerdem sorgte sie sich um Berger, weil er vorhatte, den Mörder auf eigene Faust zu jagen. Was würde geschehen, wenn die beiden sich begegneten? Kollnitz war ein gefährlicher Psychopath.

Sie hatte versucht, Berger von seinem Vorhaben abzubringen, war jedoch auf taube Ohren gestoßen. Die magische Verbindung zwischen ihnen war wie eine Seifenblase zerplatzt.

Warum musste das Schicksal so brutal zuschlagen? Weshalb war der Anruf just in jenem Moment gekommen, der ihr Leben zum Strahlen gebracht hatte?

Caro versuchte sich abzulenken, indem sie an den Fall dachte. Sie blätterte das letzte Bild aus Melanies Ordner auf. Lisa Maiwald.

*Warum steckt dein Foto in dem Ordner?*

Schwebte Johannas Schwester in Gefahr? War sie längst im Visier der Erlöserin?

Caro beschloss, die junge Frau erneut aufzusuchen. Sie verbarg die Mappe unter ihrem Kopfkissen und verließ das Zimmer.

Im Gastraum bediente Guido eine grölende Männerrunde. Als sie eintrat, verstummte das Lachen abrupt, und alle Augen richteten sich auf sie, als hätten die Kerle noch nie eine Frau gesehen. Der Weg an den Tischen vorbei kam Caro vor wie ein Spießrutenlauf. Sie ließ sich nichts anmerken und nickte dem Wirt mit erhobenem Kopf zu.

Als sie endlich ins Freie trat, atmete sie erleichtert auf. Sie zog die Kapuze über und stemmte sich gegen den eiskalten Wind. In den Straßen hing zäher Nebel und umhüllte auf gespenstische Weise die Fachwerkhäuser. Das miese Wetter hatte die Menschen in ihre Stuben vertrieben und die Gassen leer gefegt. Caro dachte an die Nachrichten, die fürs Wochenende eine noch extremere Wetterlage ankündigten. Die ideale Ausgangslage für einen psychopathischen Mörder.

Lisa Maiwald wohnte nur drei Seitenstraßen vom Gasthof entfernt, aber Caro kam der Weg durch den Nebel deutlich länger vor. Das unangenehme Gefühl, beobachtet zu werden, verfolgte sie durch die Gassen. Immer wieder sah sie über die Schulter. Die Fachwerkhäuser zogen an ihr vorbei, und in jedem Hinterhof, hinter jeder Mauer vermutete sie die schwarze Gestalt der Erlöserin.

Endlich erreichte Caro das graue Mehrfamilienhaus und klingelte bei Lisa. Nichts passierte. Sie spürte ein flaues Gefühl in der Magengegend.

Eine Windböe fegte durch die Straße und verwirbelte den Schnee. Um Schutz zu finden, drückte sich Caro gegen die Haustür und stellte fest, dass sie noch immer offen stand. Sie betrat das Haus und betätigte den Lichtschalter neben dem Eingang. Es blieb dunkel.

Caros Herz pochte. War die Erlöserin bereits hier gewesen? Lag Lisa mit aufgeschnittenen Pulsadern in ihrem Badezimmer?

Mit dem Display ihres Handys leuchtete Caro in den

Flur und drang bis zu Lisas Wohnungstür vor. Sie pochte gegen die Tür. Nichts.

Sie klopfte erneut.

Endlich wurde die Tür einen Spalt geöffnet, und das blasse Gesicht von Lisa Maiwald erschien im Zwischenraum.

»S… sind Sie alleine?« Ihre Stimme klang angsterfüllt.

»Ja, bin ich. Was ist denn los?«

»D… die Erlöserin w… war hier.«

Caro schauderte. »Was? Wann denn?«

»Gerade eben. Sie stand draußen vor dem Fenster und hat mich beobachtet. Ich habe mich zu Tode erschreckt.«

»Konnten Sie ihr Gesicht erkennen?«, fragte Caro.

»Die Erlöserin hat kein Gesicht.« Lisa öffnete vorsichtig die Sicherheitskette. »Ich habe mich im Badezimmer eingeschlossen.«

»Ist der Strom im Haus ausgefallen?«, fragte Caro.

Sie nickte. »Ja.«

Möglicherweise hatte die Person, die sich als Erlöserin ausgab, die Sicherungen herausgedreht.

»Darf ich hereinkommen?«

Lisa öffnete die Tür, und Caro beeilte sich, in die Wohnung zu kommen. Sofort warf die junge Frau die Tür ins Schloss und verriegelte sie.

»Sie ist hinter mir her«, flüsterte Lisa.

Caro griff nach ihrer Hand. »Beruhigen Sie sich. Ich sehe nach, ob jemand draußen ist.« Sie betrat das Wohnzimmer und schaute aus dem Fenster. Der Garten war leer, allerdings drückten sich frische Fußspuren in den Schnee, die bis auf die Terrasse reichten. Lisa hatte sich also nicht getäuscht.

»Warum, denken Sie, ist die Erlöserin hinter Ihnen her?«, fragte Caro, als sie zu Lisa zurückgekehrt war. Die junge Frau saß wie ein Häufchen Elend im Flur.

»Vielleicht, weil ich um Johanna trauere.«

Das konnte nicht der alleinige Grund sein. Melanie hatte ihr Foto schon früher aufgenommen. Sie musste einen Verdacht gehabt haben, dass Lisa das nächste Opfer werden könnte.

»Kennen Sie die Fotografin, die in der Weilstube gewohnt hat?«

Lisa horchte auf. »Ja, sie hat mich vor ein paar Tagen fotografiert.«

Bei ihrem ersten Treffen hatte Lisa erwähnt, dass sie Melanie Meissner nicht kannte. Offenbar hatte Caros Freundin ihren Namen geheim gehalten.

»Warum hat sie Sie fotografiert?«, erkundigte sich Caro.

»Sie erstellt einen Bildband über das Dorf.«

»Aha. Ich schätze mal, Sie haben sich währenddessen unterhalten?«

»Ja, sie hat mich nach Sebastians Tod gefragt. Außerdem hat sie sich für die Sanders interessiert.«

»Was genau wollte sie denn wissen? Hat sie nach der Bürgerwehr gefragt?«

»Nein. Sie hat mir Fragen über Sebastians Mutter gestellt. Vor allem über einen Vorfall im Sommer.«

»Worum ging es dabei?«

»Einmal im Jahr findet in Oberweildorf das Burgfest statt. Ich war mit Johanna dort. Natürlich haben wir uns abseits aufgehalten, um Streit zu vermeiden.« Lisas Augen wurden feucht. »Trotzdem ist uns Karin Sander über den Weg gelaufen. Sie hat Johanna voller Hass angestarrt und geschrien, dass die Erlöserin sie bald holen würde.«

Caro runzelte die Stirn. Karin Sander stand auf der Liste der Verdächtigen ziemlich weit oben.

»Was ist danach passiert?«

»Wir sind abgehauen. Aber auf dem Heimweg hat uns eine Gruppe von Jugendlichen aufgemischt.«

Caro blickte Lisa betroffen an. Die Situation musste schrecklich gewesen sein.

»Sie haben uns zusammengeschlagen«, fuhr Lisa fort. »Ich hatte zwei gebrochene Rippen und Johanna eine Gehirnerschütterung.«

»Haben Sie Anzeige erstattet?«

Lisa schüttelte den Kopf. »Es kam an dem Abend noch schlimmer. Als wir uns nach Hause geschleppt haben, sind wir der Erlöserin begegnet.«

Caros Augen weiteten sich. »Was genau haben Sie gesehen?«

»Sie ist vor uns auf die Straße getreten und hat uns einfach nur angestarrt. Es kam mir vor, als wären wir auf dem Weg festgefroren. Dann hat sich die Erlöserin umgedreht und ist verschwunden.«

»Jemand wollte Sie erschrecken«, sagte Caro. »Vielleicht Karin Sander.«

Lisa schüttelte den Kopf. »Damals habe ich das auch gedacht. Aber inzwischen bin ich mir sicher, dass die Erlöserin existiert.«

»Nein, Lisa! Jemand aus dem Ort steckt unter dem schwarzen Umhang. Und der- oder diejenige hat ihre Schwester auf dem Gewissen.«

Tränen rollten ihr die Wangen hinab. »Ich vermisse Johanna.«

Caro betrachtete das Mädchen voller Mitleid. Alleine würde es für sie noch schwieriger werden. Als Schwester einer mutmaßlichen Mörderin würde sie weiterhin gemobbt werden.

»Kennen Sie Verena Traunstein?«, fragte Caro. »Sie ist letztes Jahr gestorben.«

Lisa nickte. »Sie war auch bei Doktor Langenfeld in Behandlung. Wir sind uns mal vor der Praxis begegnet und haben über die Ärztin gelästert.«

»Wissen Sie, ob Verena auch Karin Sander kannte?«

»In dem Kaff hier kennt jeder jeden«, antwortete Lisa. *Eine schreckliche Vorstellung!* »Das glaube ich gerne.«

Das Licht flammte auf.

»Es gibt wieder Strom«, sagte Caro ermutigend. »Vermutlich hat sich einer Ihrer Nachbarn um die Sicherung gekümmert.« Sie erhob sich und spähte aus dem Wohnzimmerfenster. Draußen erschien alles ruhig.

Lisa folgte ihr. »Ich habe Angst, alleine zu bleiben. Sie ist hinter mir her.«

Caro überlegte, ob sie Polizeischutz für Lisa beantragen sollte. Das Problem war, dass die Anfrage bei Schilling landen würde.

»Bitte verschließen Sie alle Fenster und Türen, Lisa. Und bleiben Sie in der Wohnung.« Caro schrieb der ängstlichen Frau ihre Mobilfunknummer auf. »Wenn Sie Hilfe brauchen oder die Erlöserin auftaucht, rufen Sie mich an. Ich wohne gleich um die Ecke in der Weilstube.« Caro ging zur Tür.

Lisa sah ihr hinterher. »Sie wird mich holen.«

»Nein! Das wird sie nicht«, widersprach Caro. »Schließen Sie gut ab! Ich schaue morgen wieder bei Ihnen vorbei.«

Caro verließ das Gebäude und trat in die Gasse. Sie machte sich Sorgen um Lisa, denn sie konnte das Mädchen nicht rund um die Uhr bewachen.

Es dämmerte inzwischen, und der Wind hatte weiter aufgefrischt. Erneut wurde Caro von dem Gefühl erfasst, beobachtet zu werden. Sie sah sich um. Nichts. War es nur Einbildung?

Während sie die Gasse entlanglief, dachte sie über das Gespräch mit Lisa nach. Melanie hatte eine Spur verfolgt. Sie hatte sich als Fotografin ausgegeben, um die Dorfbewohner unauffällig befragen zu können. Hatte sie nach Karin Sander gefragt, weil sie die Frau verdächtigt hatte?

Und welche Rolle spielte die Psychiaterin Doktor Langenfeld. Alle Opfer waren bei ihr in Behandlung gewesen. War es möglich, dass sie ihre Patienten ›befreite‹? Als eine Art Sterbehilfe?

Eine Bewegung riss Caro aus ihren Gedanken. Ihr Puls beschleunigte sich, und ihre Muskeln spannten sich an.

Ein paar Meter vor ihr löste sich ein Schatten aus einer Hauseinfahrt.

# 26

Während der Rückfahrt nach Frankfurt saß Berger wie auf heißen Kohlen. René Kollnitz, der Mörder seiner Verlobten, ließ ihn keinen klaren Gedanken fassen. Immer wieder erschien das italienische Restaurant in seiner Erinnerung. Der Schuss hallte durch seinen Kopf, gefolgt von Sarahs letztem Röcheln.

Die Monate nach dem Mord hatten ihm alles abverlangt. Er hatte jeden Stein umgedreht, um den Täter zu fassen. Doch Kollnitz war wie vom Erdboden verschluckt gewesen. Bis jetzt!

Der Anruf war von Chiara gekommen, einer der Kellnerinnen der Trattoria Romana. René Kollnitz war gegen Mittag im Restaurant aufgetaucht und hatte sich an jenen Tisch gesetzt, an dem er Sarah erschossen hatte. Bevor Chiara die Polizei rufen konnte, war er wieder aufgestanden und hatte die Pizzeria seelenruhig verlassen. Nach der ersten Schockstarre hatte Chiara den Kommissar angerufen.

Berger wusste, was das bedeutete. Der kurze Auftritt von Kollnitz in der Trattoria Romana sollte eine Botschaft sein. Eine Botschaft an ihn. *Ich bin wieder hier!*

Der Anruf war zum denkbar ungünstigsten Zeitpunkt gekommen und hatte den romantischen Augenblick zwischen Caro und ihm brutal zerfetzt. Mittlerweile schien der Kuss Dekaden zurückzuliegen. Der Gedanke an Kollnitz füllte seinen Kopf vollkommen aus.

Berger näherte sich der Finanzmetropole, deren Hochhäuser von dunklen Wolken verschluckt wurden. Es schneite. Die Kombination aus Nebel, Schnee und seinen finsteren

Gedanken war erdrückend. Es gab nur einen Ausweg. Er musste Kollnitz finden.

Sollte er die Frankfurter Kollegen über den Vorfall in der Pizzeria informieren? Sie würden eine Suchmeldung für Kollnitz herauszugeben, und jeder verdammte Polizist würde die Augen nach ihm offen halten. Berger entschied sich zunächst dagegen. Er befürchtete, dass der Mörder sofort untertauchen würde, wenn man ihn in die Enge trieb. Den ersten Schritt musste Berger selbst gehen.

Er parkte den Wagen in der Nähe des Restaurants und lief die letzten Meter zu Fuß. Mit jedem Schritt, den er der Trattoria Romana näher kam, schnürte sich seine Kehle enger zusammen.

Er schloss die Augen. Es half alles nichts, er musste das Restaurant betreten. Wie in Trance durchquerte er den leeren Gastraum, vorbei an dem Tisch, an dem seine Verlobte ihr Leben verloren hatte.

Als er die Bar erreichte, kam ihm ein unbekannter Kellner entgegen. »Die Küche ist bis achtzehn Uhr geschlossen.«

»Ich hatte nicht vor zu essen«, entgegnete Berger. »Ich suche Chiara.«

»Sie hat sich heute Mittag krankgemeldet.«

Vermutlich hatte sie sich zu Tode erschrocken. Verständlich, dass sie nicht weiterarbeiten konnte.

»Hat Sie etwas gesagt?«

»Nur, dass sie sich nicht gut fühlt.«

»Haben Sie heute Mittag einen rothaarigen Mann gesehen, der dort drüben gesessen hat?« Berger zeigte auf den Tisch.

Der Kellner sah ihn misstrauisch an. »Warum fragen Sie?«

Berger hielt ihm seinen Polizeiausweis unter die Nase.

»Ich habe Grund zu der Annahme, dass ein gesuchter Verbrecher heute Mittag hier war.«

»Tut mir leid, ich habe nichts gesehen.«

»In Ordnung. Können Sie mir bitte die Privatadresse von
Chiara geben?«

Er zögerte einen Moment, nickte dann aber.

Kurz darauf hielt Berger einen Zettel mit der Anschrift
in den Händen.

# 27

Caro hielt die Luft an. Eine Gestalt trat vor ihr in die Gasse und stellte sich ihr in den Weg. Instinktiv riss sie die Hände nach oben, um sich zu schützen. Dann erkannte sie den Buckel der Frau, die vor ihr stand, und schließlich auch das Gesicht, das unter der Anorakkapuze weitgehend verschwand. Margret Back.

»Sind Sie verrückt geworden, mich so zu erschrecken?«, rief Caro erbost.

»Ich glaube eher, dass Sie verrückt geworden sind«, zischte die Burgverwalterin. »Sie begeben sich in große Gefahr.«

»Warum das denn?« Caro beruhigte sich langsam wieder.

»Sie schnüffeln herum und ziehen den Zorn der Erlöserin auf sich! Verschwinden Sie, solange Sie noch können.«

»Wollen Sie mir etwa drohen? Ich werde ganz sicher nicht gehen.«

»Das wird nicht gut enden. Die Erlöserin hat Sie längst im Visier. Genau wie ihren labilen Kollegen.«

»Was?« Caro starrte die Frau an. Woher kannte sie Bergers Beschwerden? Das war ein streng gehütetes Geheimnis.

»Ja, sie wissen genau, wovon ich rede«, fuhr die Burgwärterin fort. »Er ist von den Dämonen der Finsternis befallen. Die Erlöserin wird kommen und ihm den ewigen Frieden schenken.«

Caro zuckte zusammen. »Woher ...?«

Margret Back unterbrach sie mit einem rauen Lachen. »Ich weiß alles über die Erlöserin und ihre Opfer.« Sie rotzte auf den Boden. »Stellen Sie sich ihr nicht in den Weg, ansonsten werden auch Sie zum Ziel.«

Die Frau hatte offensichtlich psychische Probleme. Aber woher hatte sie die Informationen über Berger? Sie hatte ihn noch nie getroffen.

»Woher zum Teufel kennen Sie meinen Kollegen?« Caros Stimme überschlug sich.

»Das spielt keine Rolle. Wichtig ist, dass die Erlöserin ihn kennt!«

»Die Antwort reicht mir nicht. Wo finde ich die Erlöserin?«

Margret Back kam einen Schritt auf Caro zu und zischte aus tiefster Kehle. »Die Erlöserin findet Sie!«

Caro wich zurück. Was immer die Frau antrieb, sie meinte es ernst.

Margret Back drehte sich um und stapfte durch den Schnee, bis ihre buckelige Gestalt von der Dunkelheit der Gasse verschluckt wurde. Caro blieb wie erstarrt stehen. Ihr Puls raste.

Woher wusste die Frau von Bergers Depressionen? Steckte sie selbst unter der Robe der Erlöserin?

Nachdenklich kehrte Caro in die Weilstube zurück. Als sie das Gasthaus betrat, richteten sich die Blicke der Gäste auf sie. Inzwischen waren alle Tische besetzt, ausschließlich Männer, die Karten spielten oder vor ihren Herrengedecken saßen.

Caro erkannte Kommissar Schilling, der zusammen mit Carl Sander und den anderen Kerlen der Bürgerwehr an einem Fenstertisch saß. Sie schlenderte an ihnen vorbei.

»Sieh an, die LKA-Maus!«, rief Schilling ihr entgegen. »Spielen Sie schon wieder Detektiv?«

Die drei Männer an seinem Tisch grinsten.

»Im Gegensatz zu Ihnen, ja«, erwiderte Caro bissig.

»Eine Zimperliese wie Sie nimmt hier keiner ernst«, fuhr Schilling fort.

Caro runzelte die Stirn. »Was soll das denn heißen?«

Carl Sander lachte auf. »Er meint, dass Sie lieber Kaffee kochen sollten, als den Leuten dumme Fragen zu stellen.«

Die Kerle grölten, auch an den Nebentischen.

»An Ihrer Stelle würde ich mich zurückhalten«, konterte Caro. »Sie stehen auf der Liste der Verdächtigen ganz oben.« Sofort biss sie sich auf die Zunge und bereute ihre Worte. Es war unprofessionell, einen unkonkreten Verdacht vor anderen Leuten auszusprechen.

»Uhhh!«, sagte Schilling. »Soll ich ihm Handschellen anlegen, oder wollen Sie das übernehmen, um die Lorbeeren einzuheimsen?«

»Ich würde mich auch gerne von ihr fesseln lassen«, rief jemand vom Nachbartisch in den Raum. Alle lachten.

»Lassen Sie den Unsinn«, fuhr Caro ihren Polizeikollegen an.

»Ihre ganze Ermittlung ist Unsinn«, konterte Schilling. »Johanna Maiwald hat sich selbst gerichtet. Das ist sonnenklar.«

»Sie war es nicht wert zu leben!«, ergänzte Sander. »Niemand im Dorf trauert um sie.«

»Was ihren Tod umso verdächtiger macht«, entgegnete Caro. »Wir werden herausfinden, ob es wirklich ein Selbstmord war.«

»Sie werden gar nichts, Mäuschen!«, sagte Schilling. »Sie sind nämlich nicht für den Fall zuständig.«

»Das werden wir ja sehen.« Caro hatte keine Lust, weiter mit den Idioten zu streiten. Sie drehte sich vom Tisch weg, nickte dem Wirt kurz zu und verließ den Gastraum, während verachtende Sprüche hinter ihr her hallten.

Als sie die Treppe hinaufstieg, fragte sie sich, ob sie anders hätte reagieren sollen. Schlagfertiger. Oder bestimmender. Aber gegen eine verschworene Männertruppe stand sie auf verlorenem Posten. Die Situation zu verlassen, war das Beste, das sie hatte machen können. Sie musste sich die Kerle einzeln vornehmen.

Caro beschloss, eine heiße Dusche zu nehmen, um die Kälte aus dem Körper zu vertreiben. Nachdem sie Handtuch und Kulturbeutel aus ihrem Zimmer geholt hatte, schloss sie sich im Badezimmer am Ende des Ganges ein. Der Raum versprühte einen ländlichen Siebzigerjahrecharme, mit braunen Fliesen, einem rustikal gerahmten Spiegel und grüner Badkeramik. Die Dusche wurde von einem vergilbten Vorhang abgetrennt.

Caro biss die Zähne zusammen, zog ihre Kleidung aus und stieg unter die Dusche. Die wohlige Wärme des Wassers belebte ihren Körper und spülte ihr die Erlebnisse der vergangenen Stunde aus dem Kopf. Für einen kurzen Moment vergaß sie das Dorf, den Gasthof und die Erlöserin.

Bis sie das Knarren der Tür brachial aus der Trance riss. Jemand hatte das Badezimmer betreten.

## 28

Die Wohnung der Kellnerin lag im Frankfurter Stadtteil Bornheim in einem Hinterhof. Neben drei alten Garagen stand ein heruntergekommenes Gebäude, kaum größer als ein Schuppen. Immerhin frei stehend, wenn man das zwischen den Häuserschluchten so bezeichnen konnte.

Berger bemerkte, dass die Haustür angelehnt war. Er zog seine Waffe und näherte sich der Tür. Auf einem schwarzen Briefkasten prangte das Namenschild. Chiara Moretti.

Der Kommissar stieß die Tür ruckartig auf und erfasste auf der Stelle die Situation. Ein einziges Zimmer, das von einem Boxspringbett weitgehend ausgefüllt wurde. Davor standen ein Sofa und ein Tisch. An der Wand hing ein Fernseher. Rechts vom Eingang gab es ein Badezimmer und weiter hinten eine Mini-Küchenzeile. Offensichtlich war niemand in der Wohnung.

Jetzt sah Berger, dass sich auf dem Laminatboden angetrocknete Blutspritzer abzeichneten. Auf dem Bett lagen unzählige weiße Zettel.

Berger warf einen Blick in das leere Badezimmer, dann steckte er seine Waffe weg. Er wusste sofort, worum es sich bei den Papierblättern handelte. Der dicke, schwarze Rahmen war unverkennbar. Berger griff nach einer der Traueranzeigen und las den Text.

Simon Berger
Geboren am 12. Juli 1978
Gestorben in der Trattoria Romana.
Gefangen in der Zwischenwelt.
Auf der Suche nach ewigem Frieden.

*Was für ein Bullshit! Aber irgendwie zutreffend.*

Damit war klar, wer der Absender der dämlichen Anzeigen war. René Kollnitz hatte beschlossen, Berger mit Psychospielen zu quälen. Was bezweckte er? Wollte er Berger aus der Reserve locken? Verunsichern? Oder einfach nur leiden lassen?

Berger sah sich weiter in der Wohnung um. Von den Blutspuren abgesehen, gab es keine Anzeichen für einen Kampf.

Dennoch sah es für Chiara nicht gut aus. Kollnitz war ein brutaler Killer. Vor seiner Festnahme und der anschließenden Flucht hatte der ehemalige Zuhälter seine Mädchen mit grausamen Foltermethoden gequält. Berger erinnerte sich an eine junge Rumänin, die er stundenlang mit einem Lötkolben bearbeitet und für den Rest ihres Lebens gezeichnet hatte.

Auf dem Sofatisch lag ein weißes Smartphone, dessen Rückseite mit Strasssteinen aufgepeppt worden war. Berger schaltete das Gerät ein und erkannte die Betreffzeilen einiger Nachrichten, die an Chiara gerichtet waren. ›Wo steckst du?‹, ›Warum antwortest du nicht?‹ und so weiter.

Es war offensichtlich, dass Kollnitz das Mädchen entführt hatte. Aber warum? Was hatte sie mit der Sache zu tun? War sie zwischen die Fronten geraten, weil sie in der Trattoria Romana arbeitete? Oder erfüllte ihre Entführung einen Zweck?

Berger zog sein eigenes Telefon aus der Tasche und rief einen alten Kollegen der sechsten Frankfurter Polizeiwache in Bornheim an, Kriminaloberkommissar Gerd Reitwehr.

# 29

Caros Herz raste, und ihre Muskeln verkrampften sich. Jemand war im Badezimmer!

Das Wasser rann ihren nackten Körper hinab, und nur ein hauchdünner Duschvorhang trennte sie von dem Eindringling. Es gab nichts, womit sie sich hätte verteidigen können.

War die Tür nicht abgeschlossen? Wer hatte den Raum betreten? Einer der Männer aus der Gaststube? Oder ...?

Mit einem Ruck riss Caro den Vorhang zur Seite.

Knapp einen Meter vor ihr stand Raphaela in ihrem luftigen, weißen Kleid. Sie starrte Caro an, ohne sie dabei zu fixieren. Als wäre sie transparent.

Caro erschrak. Sie wich instinktiv zurück und stieß gegen die Fliesen. Das Mädchen zeigte keine Regung. Es stand bewegungslos im Raum.

»Was zum Teufel machst du hier?« Caro griff nach dem Handtuch und legte es sich hastig um. »Und wie bist du reingekommen?«

Raphaela antwortete nicht. Caros Worte schienen sie nicht zu erreichen.

»Geh sofort raus! Ich möchte nicht beim Duschen gestört werden.«

Das Mädchen streckte den Arm aus und öffnete die Hand. Darin lag ein silberner Schlüssel, vermutlich für ein Vorhängeschloss.

»Was ist das?«, fragte Caro. »Wofür ist der?«

Raphaela zeigte keine Regung. Ihre Hand erschlaffte, sodass der Schlüssel klimpernd zu Boden fiel. Dann drehte sie sich um und verließ das Badezimmer. Sie schloss die Tür hinter sich.

Caro stand wie unter Schock und bewegte sich keinen Millimeter.

Was zur Hölle ging in dem Mädchen vor? Warum hatte es ihr den Schlüssel gegeben?

## 30

Das Restaurant La Taberna galt in Wiesbaden als Geheim-
tipp. Die unscheinbare Tapas-Bar lag am Rande des Kur-
parks im Souterrain eines Stadthauses und bot nicht gerade
viel Platz. Dennoch hatte es der Wirt geschafft, eine Viel-
zahl von Tischen in dem verwinkelten Gastraum unterzu-
bringen.

Darling hatte den letzten Platz ergattert, einen winzigen
Ecktisch in einer Wandnische. Er schaute auf die Uhr. Fünf
nach acht. Christin war noch nicht eingetroffen, vermutlich
hatte sie es nicht geschafft, rechtzeitig aus dem Büro zu
kommen.

Stimmenfetzen, Gelächter und hektische Anweisungen
aus der Küche sorgten für eine belebte Geräuschkulisse. Es
roch nach gebratenem Fleisch und mediterranen Gewürzen.
Ein Kellner lief mit mehreren Tonschalen, gefüllt mit duf-
tenden Tapas, durch die Tischreihen. Darling bemerkte, dass
er einen Bärenhunger hatte.

Er sah erneut auf die Uhr. Zehn nach acht. Als er wieder
aufsah, betrat Christin das Restaurant.

Ihm fiel die Kinnlade runter. Die Computerspezialistin
trug die dunkelblonden Haare offen, sodass sie locker auf die
Schultern glitten. Sie hatte sich geschminkt und auf die Brille verzichtet, was ihrem Gesicht den nerdigen Charakter
nahm. Das eng anliegende Wollkleid umschmeichelte ihre
Rundungen und verlieh ihr, zusammen mit den hochhackigen Stiefeln, ein elegantes Erscheinungsbild.

»Hallo Darling«, sagte sie fröhlich und setzte sich neben
ihn.

»Wer sind Sie? Und was haben Sie mit meiner Kollegin gemacht?«, scherzte er. »Wow! Du siehst klasse aus.«

Sie lief rot an. »Danke. Wenn ich schon ein Date mit dem bestaussehenden Typen des LKA habe, dann sollte ich mich doch etwas herausputzen.«

Darling lächelte. Gleichzeitig quälte ihn sein schlechtes Gewissen, als er an Zoé dachte. »Hast du etwas herausgefunden?«

Christin rückte näher heran. »Ja, das habe ich.«

»Nun mach es nicht so spannend.«

Der Kellner unterbrach das Gespräch und erkundigte sich nach der Bestellung. Ohne auf die Karte zu schauen, bestellte Christin Pimientos, Datteln im Speckmantel und Käse. Vermutlich hatte sie sich vorab über die Webseite informiert. Darling ergänzte die Auswahl um Gambas und Oliven. Dazu ließen sie sich eine Flasche Rotwein kommen.

Als der Kellner verschwunden war, hakte Darling nach. »Was hast du herausgefunden?«

Christin rückte noch näher, wobei ihr Kleid ein Stück nach oben rutschte und mehr Bein freigab. Darling spürte, wie sein Herz zu rasen begann. Vielleicht war es keine gute Idee, Rotwein zu trinken.

»Ich habe die sozialen Medien der Selbstmordopfer durchforstet und ihre Internetaktivitäten abgeglichen.«

Der Kellner brachte den Wein und schenkte die Gläser voll.

»Und?«, fragte Darling neugierig. »Du spannst mich echt auf die Folter.«

»Das mache ich mit Absicht.« Christin beugte sich vor, sodass er ihren heißen Atem auf seiner Haut spürte. Der Duft ihres blumigen Parfüms stieg Darling in die Nase. Sein Körper schien zu vibrieren, und der Drang, Christin zu küssen, wurde übermächtig. Er neigte sich ihr entgegen und berührte ihre Lippen mit den seinen. Sie fühlten sich warm und weich an. Das Restaurant mit seiner Geräuschkulisse und den Essensdüften verschwand. Ihre Münder verschmolzen, während Darling ihren Körper umarmte und näher an sich heranzog. Als sich der Kuss langsam auflöste, bemerkte er ihr glückliches Lächeln, das sie noch schöner erscheinen ließ.

»Wow!« Christin atmete hektisch. »Das hätte ich mir nicht träumen lassen.«

»Und ich hätte dir nicht zugetraut, dass du mich verführst.«

»Ich, äh, habe ich doch gar nicht.« Ihr Gesicht war feuerrot angelaufen.

»Wolltest du mir nicht erzählen, was du herausgefunden hast?«

»Oh, ja. Du wirst staunen.« Sie legte ihre Hand auf seinen Oberschenkel.

»Du kostest den Spannungsbogen richtig aus, oder?«

Christin lächelte. »Vielleicht erzähle ich es dir ja erst, wenn du nach dem Essen mit zu mir kommst.« Ihre Hand wanderte weiter aufwärts.

Darling dachte wieder an Zoé. An ihren Streit. An ihre sonderbare, aber liebenswerte Art. Dann schwenkte seine Aufmerksamkeit zurück zu Christin, die ihn erneut küsste.

»Ich bin wirklich neugierig«, hauchte er.

»Na gut.« Sie lehnte sich ein Stück nach hinten, wobei sie die Hand auf seinem Innenschenkel ruhen ließ. »Ich habe herausgefunden, dass fast alle Opfer in einem Internetforum aktiv waren.«

»Was?« Darling riss die Augen auf. »Was für ein Forum?«

»Ein Chatroom, in dem über Selbstmord diskutiert wird. Ich habe mir die Posts angeschaut. Ziemlich krass. Die Leute tauschen sich über ihre Todesgedanken aus. Und über die besten Methoden, sich das Leben zu nehmen.«

»Fuck! Ist denn das erlaubt?«

»Im Prinzip schon, solange jemand nicht direkt angestiftet oder bedroht wird.«

»Hast du so was gefunden? Ich meine, dass eines der Opfer quasi in den Selbstmord getrieben wurde?«

»Nein. Aber die Mitglieder können sich außerhalb des Forums weiterschreiben.«

»Hmm. Hast du den Namen Johanna Maiwald entdeckt?«

Christin blickte ihn ungläubig an. »Denkst du etwa, dass die Leute ihre echten Namen benutzen?«

»Kannst du das nicht irgendwie hacken?«

»Hallo? Ich arbeite für das LKA.« Sie beugte sich wieder vor und küsste ihn. »Aber vielleicht kann ich ja mal ein Auge zudrücken.« Ihre Hand erreichte Darlings Schritt und setzte seinen Unterleib unter Strom.

Die aufgeheizte Atmosphäre wurde jäh unterbrochen, als der Kellner das Essen servierte. Er lächelte amüsiert.

Als die Tapas-Schälchen eine halbe Stunde später leer waren, die Flasche Wein sich ihrem Ende neigte und ihre Küsse inniger und heißer wurden, vibrierte Darlings Handy. Er zog es aus der Tasche und schaute auf das Display. Zoé. Mit einem flauen Gefühl im Magen steckte er das Gerät wieder zurück.

»Wer war das?«, fragte Christin.

»Ach, nichts Wichtiges.«

Sie küssten sich weiter, aber Darling dachte an Zoé. Er konnte seine Gefühle für sie nicht ausblenden.

»Wollen wir zahlen und dann zu mir gehen?«, frage Christin. »Ich habe eine gute Espressomaschine.«

Darling atmete tief ein. Er musste eine Entscheidung treffen. Wenn er jetzt mitginge, würden sie mit Sicherheit im Bett landen. Ein verlockender Gedanke. Auf der anderen

Seite übermannten ihn seine Empfindungen für Zoé, und das schlechte Gewissen quälte ihn.

»Ich würde es lieber etwas langsamer angehen«, erwiderte er.

»Oh.« Sie nahm ihre Hand zurück. »Habe ich etwas falsch gemacht?«

»Nein. Hast du nicht. Ich bin nur einfach nicht so schnell, auch wenn ich vielleicht danach aussehe.«

»Ach so.« Sie wirkte irritiert. »Dann vielleicht das nächste Mal?«

»Ja, vielleicht.« Darling warf ihr ein Lächeln zu, das vermutlich verzerrt aussah.

Als sie gezahlt hatten, half Darling der Computerexpertin in den Mantel, dann verließen sie das Restaurant.

Draußen schlug ihnen die Kälte der Winternacht entgegen. Christin schmiegte sich an ihn. »Willst du es dir nicht noch mal überlegen? Es ist so kalt heute.«

Er stellte sich vor, wie ihre nackten Körper unter der Bettdecke verschmolzen.

»Heute nicht.« Er küsste sie auf den Mund.

Sie verabschiedeten sich und gingen auseinander.

Darling atmete die klare Luft ein. War es richtig gewesen, Christin hinzuhalten? Ihr Hoffnung zu machen? Hatte andererseits die Sache mit Zoé überhaupt eine Zukunft?

Sein Telefon vibrierte. Wieder Zoé. Er nahm das Gespräch an.

»Können wir uns treffen?«, fragte sie ohne Begrüßung.

»Äh, ja klar. Was ist denn los?«

»Ich muss mit dir sprechen.«

»Jetzt gleich?«

»Ja. In zwanzig Minuten im Irish Pub?«

»Okay.«

Sie legte auf.

Es kam Darling vor, als hätte sie ihn beim Fremdgehen

erwischt. Dabei war ihm gar nicht klar, welche Art von Beziehung sie eigentlich führten. Wenn man überhaupt von Beziehung sprechen konnte.

Was wollte sie so dringend bereden?

# 31

»Wir kriegen Kollnitz!« Kriminaloberkommissar Gerd Reitwehr schlug mit der Faust auf den Tisch, sodass Berger zu-
sammenzuckte. »Die Fahndung ist raus. Jeder verdammte
Polizist in Frankfurt und Umgebung sucht nach ihm. Er
wird nicht weit kommen.«

»Einen Scheiß wird er«, widersprach Berger. »Kollnitz
macht sich unsichtbar, wenn er will. Er hat es auf mich abgesehen, also wird alles auf ein Endspiel hinauslaufen.«

Bergers Blick schweifte durch Chiaras Wohnung und
blieb an seinem alten Kollegen hängen. Gerd Reitwehr hatte
ein hageres Gesicht mit einer spitzen Nase und einem auffälligen Oberlippenbart, der aus der Zeit gefallen war. In seinem rechten Ohr glitzerte ein silberner Ohrstecker.

Bevor Berger ins Landeskriminalamt gewechselt war,
hatte er viele Jahre bei der Frankfurter Polizei gearbeitet.
Reitwehr hatte ihn nach Sarah Tod bei der Suche nach Kollnitz unterstützt.

»Wir lassen deine Wohnung rund um die Uhr bewachen«, brummte Reitwehr.

»Das bringt doch nichts« entgegnete Berger. »Im Zweifel
schießt er sich den Weg frei, und wir verlieren unsere Kollegen.«

»Und was schlägst du stattdessen vor?«

»Ich erwarte ihn.«

»Du hörst dich an wie John Wayne«, sagte Reitwehr.
»Willst du dich im Morgengrauen mit ihm duellieren, oder
was?«

Berger verdrehte die Augen.

Reitwehr fuhr fort. »Ich lasse zwei Kollegen zu deinem Schutz abstellen. Basta!«

»Mach, was du willst.«

»Hast du eine Idee, wo sich Kollnitz verkrochen haben könnte? Vielleicht bei einem alten Freund oder Geschäftspartner?«

»Jemand wie Kollnitz hat keine Freunde«, antwortete Berger. »Er wird irgendwo einbrechen.«

»Was für ein Albtraum!« Reitwehr schlug die Hände über dem Kopf zusammen. »Ich frage mich, warum er die Kellnerin entführt hat.«

»Weil sie eine Funktion hat. Er hat es auf mich abgesehen.«

»Vermutlich hast du recht.« Reitwehr stand auf. »Geh jetzt nach Hause. Wir haben alles im Griff.«

Berger erhob sich ebenfalls. In seinem Kopf lief eine Dauerschleife ab. Kollnitz stürmte in die Pizzeria, zog sein Gewehr und schoss auf Sarah, die röchelnd zusammenbrach und in seinen Armen starb. Er konnte keinen klaren Gedanken fassen. Alles verschwamm im Nebel der düsteren Erinnerungen.

Würde Kollnitz zu Hause auf ihn warten? Für einen kurzen Moment blitzte das Bild von Captain Jack auf, der blutüberströmt in der Küche lag. Dann verschwand die grausame Vision wieder.

Mit hastigen Schritten lief er zu seinem Wagen, um so schnell wie möglich nach Wiesbaden zurückzukehren.

# 32

Zoé saß auf dem gleichen Barhocker wie am Vortag. Auf ihrem T-Shirt war ein schmerzverzerrter Totenkopf abgedruckt, aus dessen Augen Blut floss. Auf dem Tresen standen zwei Gläser Guinness.

Als Darling auf sie zuging, hielt sie ihm eines entgegen. Wortlos griff er nach dem Pint und stieß mit ihr an.

Sie sah zu Boden. »Ich habe gestern echt Scheiße gelabert. Sorry.«

»Schon okay.« Darling trank einen Schluck Guinness. Er genoss, wie das kühle Bier seine Kehle hinabglitt und sein schlechtes Gewissen wegspülte.

Zoé schüttelte den Kopf. »Nee! Ist nicht okay. Aber du weißt ja, wie empfindlich ich reagiere, wenn es um …, äh, du weißt schon, worum geht.«

Darling nickte.

»So ein Vorfall wie gestern triggert mich total. Ich könnte dann jedem Kerl die Eier abschneiden.«

Er erwiderte nichts.

Sie sah ihm in die Augen. »Nimmst du meine Entschuldigung an?«

Er atmete tief durch. Christin erschien in seinem Kopf. »Ja. Schon. Aber mich würde interessieren, wo unsere Beziehung, oder was immer es ist, hinsteuert.«

Zoé trank ebenfalls. »Das ist eine echt schwere Frage. Ich versuche gerade, mit mir selbst klarzukommen.«

»Das verstehe ich ja. Trotzdem wünsche ich mir mehr Nähe.«

Sie ließ traurig den Kopf hängen. »Du weißt doch, wie schwer es mir fällt, Nähe zuzulassen. Wenn ich mir vorstelle, mit dir allein in einem Raum zu verbringen, zieht sich in mir alles zusammen. Und das, obwohl ich dich unglaublich gern habe.«

»Du musst daran arbeiten. Ich habe dich auch gern und wünsche mir, dass mehr aus uns wird. Mehr als nur ein gelegentliches Bier im Irish Pub.«

»Ich weiß«, entgegnete Zoé. »Und ich möchte es wirklich versuchen.«

Sie ergriff Darlings Hand und hielt sie schweigend fest.

Nach einigen Momenten sagte sie: »Vielleicht habe ich eine Lösung. Aber ich weiß nicht, ob ...« Sie stockte.

»Was weißt du nicht?«, hakte Darling nach.

»Gib mir etwas Zeit. Ich muss darüber nachdenken, ob ich das wirklich möchte.«

Darling zuckte mit den Schultern. Was meinte sie? Bevor er weiter nachfragen konnte, wechselte sie das Thema.

»Hast du momentan Stress in der Arbeit? Was machen die bösen Menschen?«

»Sie geben uns leider keine Verschnaufpause. Möglicherweise haben wir gerade einen neuen Fall.«

»Worum geht es?«, fragte Zoé neugierig.

»Wir haben es mit einer Reihe von mysteriösen Selbstmorden zu tun.«

»Was ist daran mysteriös?«

»Vielleicht hilft jemand nach.« Er berichtete Zoé von Johanna Maiwalds Tod in Oberweildorf und von der Legende der Erlöserin.

»Das klingt düster. Gibt es denn weitere Fälle?«

Darling nickte. »Ja, einige Selbstmorde scheinen zusammenzuhängen. Und alle Opfer waren zuvor in einem Frankfurter Selbstmordforum aktiv.«

Zoé riss die Augen auf. »Das Forum kenne ich.«

»Was? Woher denn?«

»Du weißt doch, dass mich der Tod anzieht.« Sie hielt

ihm den vernarbten Arm vor die Nase. Einige der Narben waren inzwischen von Tattoos bedeckt. Zoé hatte infolge ihrer Misshandlungen als Teenager angefangen, sich die Haut zu ritzen und sich mehrfach die Pulsadern aufgeschnitten.

»Bist du denn immer noch in dem Forum aktiv?«

»Nee. Jetzt nicht mehr. Aber meinen Account habe ich noch. Ich kann mich gerne einloggen und umhören.«

»Auf gar keinen Fall!«, brauste Darling auf. Er hatte Angst, dass Zoé auf falsche Gedanken kommen würde. Außerdem wollte er sie keiner Gefahr aussetzen, denn möglicherweise trieb sich in dem Forum ein psychopathischer Killer herum.

Zoé kniff die Augen zusammen. »Warum denn nicht?«

»Weil es gefährlich ist.« Darling war wütend auf sich selbst. »Ich hätte nichts sagen dürfen!«

»Vielleicht mache ich es ja trotzdem.«

Darling antwortete nicht.

# 33

Sie verbarg sich im Nadelkleid der hohen Tanne und beobachtete das Wohnzimmer von Lisa Maiwald. Sie empfand
Mitleid für das Mädchen. Seit Jahren wurde sie im Dorf an-
gefeindet und gequält. Genau wie ihre Schwester. Die
schwarze Schlange hatte Lisa längst entdeckt und sich um
ihren Hals gelegt. Sie würde ihr die Luft abdrücken, so wie
sie es mit jedem Opfer machte. Es gab kein Heilmittel gegen
die Schlange. Niemand konnte sie aufhalten. Es sei denn,
man entzog ihr die Lebensgrundlage.

Sie blickte in das schwach beleuchtete Wohnzimmer von
Lisa Maiwald. Die Frau lag auf dem Sofa und hatte sich die
Decke über den Kopf gezogen. Offenbar glaubte sie, sich so
vor der Schlange schützen zu können, was natürlich unmöglich war.

Die arme Lisa! Sie musste furchtbar leiden. Ihr Leben
war die reinste Hölle. Es wurde Zeit, zu handeln.

Doch so einfach war die Sache nicht. Die Schlange konnte nur besiegt werden, wenn sich ihre Opfer selbst das Leben nahmen. Und genau da lag das Problem. Einige von ihnen waren sich nicht darüber bewusst, wie sehr sie litten.
Sie quälten sich über viele Monate, manchmal Jahre, während die Schlange weiter gedieh.

Dafür hatte sie eine Lösung gefunden. Die Schlange
konnte besiegt werden, wenn man vorgab, dass sich die Opfer selbst umbrachten.

Und da kam die Erlöserin ins Spiel. Nur ihre überirdi-
sche Macht konnte die schwarze Schlange bändigen.

Sie wusste, dass die Erlöserin sie auserkoren hatte, ihr
Werk fortzuführen. Jede Generation brachte eine Auser-

wählte hervor, deren Bestimmung es war, gegen die Schlange zu kämpfen.

Es war ihre Aufgabe, die Opfer zu befreien. Sie davon zu überzeugen, dass sie ihrem Leben ein Ende setzen mussten. Doch wenn die Schlange bereits zu mächtig war, musste sie den Willen ihrer Opfer ausführen.

Auch bei Lisa würde sie nachhelfen müssen. Ihre Schwester Johanna war durch den Strang gestorben, und der Schmerz ihres Todes nährte die Schlange, die sich wie eine Schlinge um Lisas Hals zog. Das Mädchen sollte nicht länger leiden müssen. Die Macht der Erlöserin würde ihr helfen!

Sie zog die Kapuze weiter übers Gesicht. Voller Ehrfurcht dachte sie daran, dass sie eine Mission erfüllte. Der Geist der Erlöserin war mit ihr verschmolzen. Sie waren eins geworden. Sie handelte in ihrem Namen, was ein hohes Maß an Verantwortung erforderte.

Alsbald verließ sie ihren Platz unter der Tanne, um die Vorbereitungen für Lisas Tod zu treffen. Die Schlange würde nicht mehr lange leben.

Sie dachte an die rothaarige Polizistin, die Lisa helfen wollte. Die Frau begriff nicht, dass sie das genaue Gegenteil bewirkte.

Bei dem Gedanken ballte sie wütend die Fäuste. Die Polizistin hatte sich nicht einzumischen!

Und dann war da noch ihr Kollege, der dunkelhaarige Polizist, der ebenfalls von der Schlange befallen war. Sein Leid war größer als alles, was sie bisher gesehen hatte. Die Schlange hatte riesige Ausmaße angenommen. Auch für ihn gab es eine Lösung.

# 34

Zoé drückte auf die Enter-Taste. Sie hatte die Webseite des Frankfurter Selbstmordforums aufgerufen und ihre alten Benutzerdaten eingegeben.

Irgendwie hatte sie das Gefühl, Darling einen Gefallen zu schulden. Ihr war klar, dass sie sich ihm gegenüber unfair verhielt. Er hatte Wünsche und Bedürfnisse, die sie ihm nicht erfüllen konnte. Es ging nicht! Er brauchte Nähe, während sie Angst davor hatte. Vielleicht würde die Idee helfen, die ihr heute Abend spontan in den Sinn gekommen war – wenn er sich darauf einlassen würde.

Die Internetseite öffnete sich. Zoé überflog den neusten Eintrag:

›Claire23: Hat jemand Erfahrung mit Schlaftabletten?‹

*Was für eine blöde Frage*, dachte Zoé. Wenn ein User Erfahrung damit hätte, sich mit Schlafmitteln umzubringen, könnte er wohl kaum antworten.

Dennoch gab es mehrere Reaktionen. Remus7 schlug vor, dass Paracetamol einfacher zu beschaffen wäre, und Piet_xs erkundigte sich, wann sie es denn durchziehen würde.

Die Kommentare waren sicher nicht hilfreich für die Betroffene. Vermutlich wollte sie eher über die Gründe für ihren Todeswunsch diskutieren und ihre Gedanken mit Gleichgesinnten teilen.

Zoé schloss die Nachricht und scrollte weiter. Beim Überfliegen der Namen fiel ihr auf, dass einige Teilnehmer des Forums besonders aktiv waren. Dark_Angel666 und Eternal_Peace kommentierten nahezu jeden Post.

Vielleicht war es die beste Strategie, selbst einen Beitrag zu hinterlassen. Etwas, das Aufmerksamkeit im Forum erregen würde. Unter ihrem Benutzernamen Last_Dance veröffentlichte Zoé den ersten Post.

›Wer hilft mir bei meinem letzten Gang? Die Wolken meiner Kindheit türmen sich über mir auf. Ich habe das Gefühl, dass sie mich erdrücken. Dass sie mir keine Luft zum Atmen lassen. Es gibt kein Vor und kein Zurück, nur einen Ausweg.‹

Nur Minuten später erschien die erste Antwort. Dark_Angel666 schrieb:

›Ich verstehe deine Gefühle gut. Es ist, als würde ein zentnerschweres Gewicht auf dem Brustkorb liegen. Als würden alle Farben verblassen und Musik in Moll spielen. Ich trage den Gedanken des einzigen Auswegs auch schon länger mit mir herum. Wie kann ich dir helfen?‹

Wenige Momente später schrieb Eternal_Peace:

›Der letzte Schritt kostet Überwindung, doch auf der anderen Seite erwartet dich eine Welt ohne Schmerz. Ein verlockender Gedanke, oder?‹

Kurz darauf erschienen weitere öffentliche Beiträge, doch keiner wirkte verdächtig. Die Kommentare klangen düster und deprimierend. Zoé konnte sich in die Empfindungen der Leute einfühlen. Sie war zwar momentan stabil, aber sie wusste, dass dieser Zustand brüchig war.

Die beiden User Dark_Angel666 und Eternal_Peace hat-

ten im Forum einen Moderatorenstatus, das hieß, sie beglei-
teten und förderten Diskussionen oder schlichteten Streitig-
keiten.

Zoé überlegte gerade, wie sie näher an die zwei auffälligen Nutzer herankommen könnte, als eine E-Mail von
Dark_Angel666 in ihrem Postfach einging. Sie klickte auf
die Nachricht.

›*Liebe Unbekannte,*

*wir kennen uns nicht, aber unsere Gemeinsamkeiten ei-
nen uns. Auch ich musste in meiner Jugend großes Leid ertragen. Es ist schön, dass du den Weg in unser Forum gefunden hast. Zusammen können wir die Dämonen unserer
Vergangenheit hinter uns lassen. Ich finde, es ist keine
Schande, das Leben mit Stärke zu verlassen. Wie weit sind
deine Gedanken fortgeschritten? Brauchst du Hilfe bei deinem Übergang in die bessere Welt?*

*Ehrfurchtsvoll. DarkAngel.*‹

*Interessant*, dachte Zoé. Dieser DarkAngel – oder sie –
schien es mit den Hilfsangeboten ernst zu meinen. Die Frage war, welche Motivation dahintersteckte. Möglicherweise
war Zoé auf der richtigen Spur. Sie schrieb eine Antwort.

›*Ja, ich suche Hilfe. Mein Leben steckt in einer dreckigen,
stinkenden und dunklen Sackgasse. Hast du schon mal versucht, dir das Leben zu nehmen?*

*Zoé*

*PS. Bist du männlich oder weiblich?*‹

Kurz nachdem Zoé den Text abgesendet hatte, erschien die
Antwort auf ihrem Monitor.

›*Ich habe mir vor zwei Jahren eine Überdosis Heroin ge-*

spritzt. Der Versuch ist gescheitert. Ich bin in den unendlichen Albtraum zurückgerissen worden. Und du? Hast du es auch schon mal probiert?

DarkAngelina‹

Also eine ›Sie‹. Zoé antwortete wieder.

›Ich habe mir dreimal die Pulsadern aufgeschnitten, die ersten beiden Male eher halbherzig. Beim dritten Versuch hätte ich es fast geschafft, bin aber genau wie du zurückgerissen worden. Ich hatte das Gefühl, bei der Flucht aus dem Albtraum wieder eingebuchtet worden zu sein. Kommst du auch aus Frankfurt oder Umgebung?‹

DarkAngel erwiderte:

›Ja, ich wohne in Frankfurt. Möchtest du persönlich reden?‹

Bingo!, dachte Zoé. Mit zwei weiteren Nachrichten verabredeten sie sich noch am selben Abend in einer Bar im Frankfurter Nordend.

Natürlich war es ein Risiko, die unbekannte Person zu treffen. Es könnte wer weiß wer hinter dem Pseudonym stecken. Auf der anderen Seite würden sie an einem öffentlichen Ort zusammenkommen, was die Gefahr deutlich eingrenzte. Außerdem musste sich alles dem Ziel unterordnen, Darling bei seinen Ermittlungen zu helfen. Diese Aufgabe verlieh Zoé auf gewisse Art und Weise Lebenskraft.

Das Ping-Signal ertönte. Eine neue E-Mail von Eternal_Peace war eingetroffen.

›Du suchst Erlösung? Ich kann dir helfen, den letzten Schritt zu wagen. Die schwarze Schlange windet sich um deinen

*Hals. Mit meiner Hilfe kannst du sie besiegen. Ich setze dir ein Denkmal und lösche den Schatten der Waschküche aus.‹*

Zoé starrte auf die E-Mail. Ihr Herz begann zu rasen. Woher wusste Eternal_Peace von der Waschküche? Sie hatte niemandem davon erzählt. Außer ihren – zugegebenermaßen vielen – Therapeuten.

Ihre Gedanken schweiften unweigerlich in das dunkelste Kapitel ihrer Vergangenheit.

*Nein! Bitte nicht!*

Es gelang ihr nicht, die Reise in das alte Einfamilienhaus zu unterdrücken. Zoé war dreizehn und lebte in der sechsten Pflegefamilie. Das Gericht hatte ihrem Pflegevater die Vormundschaft übertragen, was für Zoé den Worst Case bedeutete. Sie spürte ständig seine gierigen Blicke auf ihren Brüsten, die im letzten Jahr deutlich schneller gewachsen waren als der Rest ihres Körpers. Sie lebte in permanenter Angst vor ihm.

Zoé erinnerte sich an jenen Tag, als sie in weißen Leggings und einem rosafarbenen T-Shirt auf dem Bett ihres Zimmers gesessen und das Poster einer Boygroup angehimmelt hatte.

*Die Tür wurde aufgerissen. Zoé schreckte auf. Ihr Vormund Helmut kam ins Zimmer. Sein T-Shirt saß viel zu eng, sodass der dicke Bauch unten herausquoll. In der grauen, labberigen Jogginghose hatte sich eine Beule gebildet. »Komm mit, Zoé. Ich möchte dir was zeigen!«*

*Zoé wollte nicht mitgehen, sie hatte Angst vor Helmut. Aber die Furcht vor einem Wutanfall war größer. Also stand sie auf und folgte ihrem Pflegevater.*

*»Wohin gehen wir?«*

*»Das wirst du schon sehen.«*

»Soll ich Schuhe anziehen?«, fragte sie, weil sie barfuß war.

»Nicht nötig«, erwiderte Helmut.

Zoé bemerkte, dass es im Haus ungewöhnlich still war. Offenbar war der Rest der Familie unterwegs. Helmut führte sie in den Keller, und dort in die Waschküche. Zoé fürchtete sich. Es war dunkel und roch muffig. Der Betonboden unter ihren nackten Füßen fühlte sich rau und kalt an.

»Was soll ich denn hier?«, fragte Zoé schüchtern.

»Ich habe dir etwas Schönes gekauft«, sagte Helmut mit einem seltsamen Tonfall, den Zoé nicht deuten konnte. »Sieh mal!«

Er zog eine Plastiktüte aus einem Regal und holte ein kurzes, schwarzes Kleid heraus, gefolgt von hochhackigen Pumps.

»Du bist jetzt eine Frau, also solltest du dich auch wie eine kleiden.«

Zoé starrte auf die Kleidung. »Ich will das nicht anziehen.«

»Ich möchte aber, dass du die Sachen trägst.« Sein Gesicht verfinsterte sich, und Zoé bekam es mit der Angst zu tun. »Du machst, was ich dir sage, verstanden?«

Es war das Beste, seiner Aufforderung nachzukommen.

»Darf ich mich in meinem Zimmer umziehen?«

»Nein. Ich will sehen, ob dir das Kleid passt.«

»Aber …«

»Keine Widerrede, Zoé!« Seine Stimme wurde laut und grob.

Zoé schluckte. Es war ihr unangenehm, sich vor Helmut auszuziehen. Mit einem dicken Kloß im Hals drehte sie sich von ihm weg und zog das T-Shirt aus, sodass die nackten Brüste zum Vorschein kamen. Sie merkte, dass sich ihre Brustwarzen aufstellten.

»Darf ich die Leggings anbehalten?«, fragte sie vorsichtig.

»Zieh sie aus«, blaffte er genervt zurück.

Zoé fügte sich und streifte die Hose runter, sodass ihr nur noch die weiße Unterhose blieb.

»Der Slip passt nicht zum Kleid. Zieh ihn auch aus.«

Zoé hatte das Gefühl, als würde ihr die Kehle zusammengedrückt. Wie in Trance zog sie das Höschen aus.

Helmut sammelte ihre Kleidung ein und starrte sie dabei lüstern an. »Es ist kalt hier, oder?«

Sie nickte.

Helmut ging zu einer Metalltür auf der Rückseite der Waschküche. »Komm her!«

Zoé fragte sich, wohin die Tür führte.

Er schob einen Riegel zur Seite und zog die Tür auf. Dahinter erkannte Zoé einen engen Raum, in dessen Boden eine Luke aus geriffeltem Metall eingelassen war. Es stank entsetzlich nach Fäkalien, sodass sich Zoé die Nase zuhalten musste.

Helmut öffnete ein Vorhängeschloss an der Bodenluke und zog sie auf. Darunter kam ein quadratisches Loch mit einer Kantenlänge von etwa anderthalb Metern zum Vorschein, zu dreiviertel gefüllt mit einer schwarzen, stinkenden Brühe.

Entsetzt starrte Zoé auf die Gülle.

»Das ist die Abwassergrube«, erklärte Helmut. »Hier sammelt sich das Schmutzwasser aus den Waschbecken und Toiletten, bevor es abgepumpt wird.« Er ging auf Zoé zu. »Sieh dir die Grube genau an.«

»Ich will das nicht«, sagte sie mit einem weinerlichen Unterton.

»Ich will das nicht«, äffte er sie nach. »Du machst, was ich dir sage! Basta! Geh näher ran.«

Zoé hatte Angst, in das Loch zu fallen, und glitt auf die

Knie. Darauf hatte Helmut nur gewartet. Er stellte sich neben sie und griff brutal in ihren Haarschopf. Dann drückte er ihren Kopf runter, sodass er direkt über der Jauchegrube hing.

»Bitte nicht!«, bettelte sie, während ihr Tränen in die Augen schossen.

»Sieh dir die Scheiße genau an. Wenn du nicht artig bist, werfe ich dich rein und schließe den Deckel über dir ab. Da drin wird dich niemand schreien hören.«

Zoé stellte sich vor, wie sie in der eiskalten Fäkaliensuppe untertauchte. Der Gedanke war so entsetzlich, dass sie kaum imstande war, ihn zu Ende zu denken. Viel später würde sie erfahren, dass ihr Pflegevater keine leere Drohung ausgesprochen hatte.

Mit roher Gewalt drückte Helmut Zoés Kopf der stinkenden Wasseroberfläche weiter entgegen. Gleichzeitig warf er ihren Slip direkt vor ihren Augen in die Güllegrube. »Den brauchst du jetzt nicht mehr.«

Zoé beobachtete schockiert, wie sich der weiße Stoff schwarz einfärbte und dann unterging.

Mit einem Ruck zog Helmut ihren Kopf wieder nach oben. »Zieh jetzt dein neues Kleid an!«, fuhr er sie an und schob sie zurück in die Waschküche.

Mit Tränen in den Augen streifte Zoé den hauchdünnen Stoff über, der sich an jede Rundung ihres Körpers schmiegte. Ihre Brüste wurden durch den engen Schnitt nach oben gedrückt und bildeten ein üppiges Dekolleté.

Die Beule in Helmuts Hose zeichnete sich stärker ab. »Jetzt die Schuhe.«

Zoé stieg in die hochhackigen Lederpumps, die nach vorne spitz zuliefen. Sie konnte sich kaum aufrecht halten.

»Ich kann in den Schuhen nicht laufen.«

»Mach dir keine Sorgen«, antwortete ihr Vormund. »Du hast jetzt jeden Tag Zeit zu üben.«

*Bitte nicht!, schoss es Zoé durch den Kopf.*

*Helmut trat vor sie und griff wieder nach ihren Haaren. Mit grober Gewalt zwang er sie abwärts, auf die Knie. Dann packte er ihre Hand und führte sie an die Beule in seiner Jogginghose.*

*»Hast du schon mal einen harten Schwanz angefasst?«, fragte er.*

*Die Tränen rollten ihr die Wangen hinab. Sie schüttelte den Kopf.*

*»Dann wird es Zeit. Du sollst hier was lernen.« Er schob ihre Hand in seine Hose, und Zoé spürte den feuchtwarmen Stab zwischen den Fingern. Sie ekelte sich unsäglich und hatte Mühe, ein Würgen zu unterdrücken.*

Zoé schüttelte sich. Die entsetzlichen Ereignisse lagen weit zurück, aber noch immer verfolgte sie jedes einzelne Detail. Der Geruch, die Kälte, die Berührungen, die furchtbaren Schmerzen.

Sie hätte ihm damals die Eier abreißen sollen, als sie die Gelegenheit dazu gehabt hatte. Aber sie hatte sich nicht getraut, ihm entgegenzutreten, und hatte die Pein über Monate hinweg ertragen, bis sie sich das erste Mal die Pulsadern aufgeschnitten hatte.

Erneut fragte sie sich, woher Eternal_Peace von ihrem dunkelsten Geheimnis wusste. Das war wirklich unheimlich. Sie schrieb zurück.

›Du hast mich neugierig gemacht. Mein Leben ist unerträglich, alles in mir sehnt sich nach Erlösung. Was für ein Denkmal willst du mir setzen? Und wie kann ich dich finden?‹

Wenige Sekunden später kam eine beängstigende Antwort.

›Ich finde dich!‹

Hastig klappte Zoé ihren Laptop zu. Hatte sie es übertrieben? Darling hatte von einer Mordserie gesprochen. War sie mit ihren Nachrichten ins Visier einer Mörderin geraten?

Zoé schaute auf die Uhr. In einer Stunde würde sie sich mit DarkAngel treffen, die ihr deutlich harmloser als Eternal_Peace erschien. Vielleicht wusste sie, wer sich hinter dem Pseudonym der unheimlichen Chatpartnerin verbarg.

# 35

Gitarrenmusik dröhnte Zoé entgegen, als sie die Frankfurter Rockkneipe betrat. An den Wänden hingen unzählige Schallplattencover von Independent-Labels, die in den Achtzigern gehört wurden. Das orangefarbene Licht einer Werbetafel kämpfte sich durch die Rauchschwaden der Zigaretten und hüllte den Raum in ein warmes Zwielicht. Mehrere Gruppen von Leuten standen dicht gedrängt zusammen, tranken Bier, lachten und grölten.

Zoé suchte die Bar nach ihrer Verabredung ab. Wie sah DarkAngel wohl aus? Saß sie an der Theke?

Eine schlanke Frau mit langen, schwarzen Haaren löste sich aus einer der Gruppen und nahm Kurs auf Zoé. Sie trug einen kurzen Lederminirock, Netzstrümpfe, ein durchsichtiges Top mit Rüschen und ein schwarzes Halsband. Zoé schätzte sie auf Mitte zwanzig.

»Hey, bist du Zoé?«

Zoé nickte. »Ja, und du bist DarkAngel?«

»Du kannst mich auch Angel nennen. Komm mit, wir ziehen uns in die Ecke dahinten zurück.« Sie gab dem tätowierten Kerl hinter der Bar ein Zeichen, dass er ihr zwei Bier bringen sollte. Dann musterte sie Zoé von oben bis unten. »Du passt hier gut rein.«

Vermutlich bezog sie sich auf Zoés Outfit mit Heavy-Metal-Shirt, Lederhose und Doc Martens. »Aber so kaputt siehst du gar nicht aus.«

»Das täuscht«, erwiderte Zoé. »Du wirkst auch nicht gerade, als würdest du dir jeden Moment den goldenen Schuss setzen.«

Angel zuckte mit den Schultern. »Ich kann die Fassade gut aufrechterhalten.«

Der Barkeeper brachte zwei Bier, und sie stießen an.

»Warum hängst du ständig in diesem Forum ab?«, frage Zoé.

»Ich fühle mich dann nicht so alleine. Es gibt krass viele Leute, die ein ebenso verkacktes Leben wie du und ich haben.«

Zoé nickte. »Du hast geschrieben, dass du missbraucht wurdest?«

»Ja, meine Mutter hat ständig neue Kerle angeschleppt. Und ausgerechnet mit dem Arschloch, das mich gevögelt hat, war sie am längsten zusammen.«

Zoé schauderte. Sie dachte an Helmut. »Wie alt warst du da?«

»Dreizehn. Der Hurensohn hat mir jeden Tag ein Messer an die Kehle gehalten und gedroht, dass er mich und meine Mutter umbringt, wenn ich was sage. Und dann hat er mich geschlagen, gedemütigt und vergewaltigt. Und bei dir?«

Zoé rang mit sich, wie viel sie einer Fremden preisgeben wollte. Aber wenn sie mehr von Angel erfahren wollte, blieb ihr keine andere Wahl. »Bei mir war es mein Vormund. Er hat mich in eine eiskalte, stinkende Güllegrube gesperrt, sobald ich mich ihm nicht gefügt habe.«

»Und dann hat er dich ...?«

Zoé schluckte. »Er hat mich immer in die alte Waschküche gebracht. Dort musste ich ihm ..., na ja du weißt schon.«

»Echt scheiße! Die Kerle sind zum Kotzen. Ohne sie wären wir besser dran.«

Zoé nickte und dachte dabei an Darling, obwohl sie es nicht beabsichtigte. »Aber sie sind nun mal da.«

»Stimmt. Und wir gehen durch die Hölle. Aber zum

Glück gibt es ja einen Ausweg. Willst du es noch mal versuchen? Ich meine, dir die Pulsadern aufzuschneiden?«

Zoé zeigte ihr die vernarbten Innenseiten ihrer Arme. »Vielleicht.«

»Du ritzt dich?«, fragte Angel.

»Ja.«

»Verstehe. Habe ich auch 'ne Zeit lang gemacht.« Angel trank einen kräftigen Schluck Bier.

»Sag mal, kennst du eigentlich Eternal_Peace persönlich?«, fragte Zoé. »Sie hat mir auch geschrieben.«

»Ich habe sie nie getroffen«, entgegnete Angel.

Zoé trank einen Schluck Bier. »Die scheint krass drauf zu sein.«

»Warum?«

»Weiß auch nicht. Weil sie ziemlich, äh, fordernd ist.«

»Sie glaubt an die Güte der Erlösung und hilft Opfern wie uns.«

Zoé nickte. »Hast du mit ihr darüber gesprochen, dass sie dich erlöst?«

»Ja«, antwortete Angel. »Sie wird mich unterstützen.«

»Ich würde sie gerne treffen.«

»Das ist unmöglich.«

»Warum?«, hakte Zoé nach.

»Sie bleibt lieber im Hintergrund.«

»Kommt sie aus Frankfurt?«

Angel sah Zoé schief an. »Was stresst du denn so rum?«

»Sie fasziniert mich halt.«

»Ja, du hast recht. Mich auch.« Angel trank ihr Glas aus. »Ich glaube, dass sie in der Factory rumhängt.«

»Factory? Was ist das?«, fragte Zoé.

»Eine alte Fabrik am Osthafen, die von Klimaaktivisten, Netzpiraten und Bloggern bewohnt wird.«

»Und warum glaubst du, dass wir Eternal_Peace dort finden?«

»Das Selbstmordforum wird dort gehostet. Und weil Eternal_Peace das Forum ins Leben gerufen hat, bin ich mir ziemlich sicher, dass sie dort verkehrt.«

»Und woher kennst du diese Factory?«

»Ich arbeite in der Computerbranche. Da ist die Factory ein fester Begriff. Wenn du willst, können wir morgen hinfahren und uns umhören. Vielleicht finden wir ja Eternal_Peace. Du hast mich angefixt, ich möchte sie auch treffen.«

Zoé nickte. »Klar. Wann denn?«

»Später Vormittag. Ich schicke dir eine Nachricht, wo du hinkommen musst.«

Sie tranken drei weitere Biere und tauschten düstere Geschichten über ihre verkorksten Kindheiten aus. Dann trennten sich ihre Wege wieder.

Auf dem Heimweg dachte Zoé an Darling. Sollte sie ihm erzählen, was sie herausgefunden hatte? Er würde sicher sauer sein, weil sie sich in Gefahr gebracht hatte. Außerdem fehlten noch jede Menge Puzzleteile in Bezug auf Eternal_Peace, die sie hoffte, am nächsten Tag in der Factory zu finden.

Zoé beschloss zu warten.

# Freitag, 28. Februar

## 36

*Mit einem lang gezogenen Knall löste sich der Schuss. Berger beobachtete, wie sich die Kugel ihren Weg durch das Restaurant bahnte und in Sarahs Brust einschlug.*

*Seine Verlobte wurde nach hinten geworfen und fiel in sich zusammen. »Neeeeeeeiiiiinnnnnnn!« Berger beugte sich verzweifelt über sie.*

*Sarah röchelte. Plötzlich riss sie die Augen auf und funkelte ihn wütend an. »Warum hast du mich nicht beschützt? Warum nicht?!«*

*Berger konnte nicht antworten. Sein Mund war zugenäht. Er sah dabei zu, wie der Körper seiner Verlobten zerfiel und Würmer aus ihrer Wunde krochen. In Sekundenschnelle zerlegte das Ungeziefer ihren Leib, bis nur das Skelett übrig blieb.*

*Als sich Berger umdrehte, stand Kollnitz im Eingang und lachte teuflisch. »Der ewige Frieden erwartet dich! Folge Sarah in den Tod!«*

Die Worte hallten ihm im Kopf nach, als er hochschreckte. »Folge Sarah in den Tod!« Für einen kurzen Moment glaubte er, noch immer im Restaurant zu sitzen. Dann begriff er, dass er zu Hause aufgewacht war. Schweißgebadet. Captain Jack lag am Fußende seines Bettes und sah verwirrt auf.

Berger stand auf. Er fühlte sich wie gerädert. Das Auftauchen von Kollnitz war ein Frontalangriff auf seine angeschlagene Psyche. Die Albträume wurden schlimmer und schlimmer.

Als er die Kaffeemaschine anschaltete, klingelte sein Handy. Eine Frankfurter Nummer erschien auf dem Display. Gerd Reitwehr. Hatte er Kollnitz aufgespürt?

Berger nahm den Anruf entgegen. »Hallo Gerd.«

»Morgen, Berger.« Er hielt kurz inne, dann fuhr er fort. »Nein, ich rufe nicht wegen Kollnitz an. Da gibt es nichts Neues. Es geht um einen Selbstmord. Ich habe im System einen Vermerk gelesen, dass ihr euch dafür interessiert.«

Berger horchte auf. »Das ist richtig. Was ist denn passiert?«

»Wir haben eine junge Frau leblos in ihrer Wohnung aufgefunden. Auf den ersten Blick hat sie sich totgesoffen.«

»Und auf den zweiten Blick?«, fragte Berger nach.

»Die Spurensicherung hat Fußabdrücke einer zweiten Person entdeckt. Um genau zu sein, die einer Frau. Das Opfer war nicht gerade ordentlich und der Boden klebrig. Die Abdrücke waren mit bloßem Auge nicht erkennbar, aber unter UV-Licht.«

Berger war jetzt hellwach. »Wann ist sie gestorben?«

»Gestern. Das Opfer wurde heute Morgen von ihrem Vermieter gefunden, der Schulden eintreiben wollte. Wir sind noch dabei, den Tatort zu untersuchen.«

»Ich fahre sofort los.«

Eine halbe Stunde später traf Berger in Frankfurt ein. Auf der Fahrt hatte er erst Caro, dann Darling angerufen und beide über die Entwicklungen unterrichtet. Er hatte Schwierigkeiten, sich zu konzentrieren. Immer wieder dachte er an Kollnitz. Und an seinen Albtraum.

Mit großer Anstrengung lenkte er seine Gedanken auf den Fall. Der Anfangsverdacht, dass eine Mordserie im Schleier angeblicher Selbstmorde getarnt wurde, erhärtete sich. Wenn jetzt auch noch das Beruhigungsmittel im Blut der neuen Leiche festgestellt würde, dann hätten sie es mit einem Serienkiller – oder eher mit einer Serienkillerin – zu tun.

Offenbar mordete die Täterin in immer kürzeren Abständen. Und sie beging die ersten Fehler. Oder war der Fußabdruck mit Absicht entstanden? Wollte die Mörderin nicht länger im Verborgenen agieren und suchte einen Gegenspieler oder gar die Öffentlichkeit? Legte sie es darauf an, erwischt zu werden?

Berger dachte an Caros Freundin Melanie Meissner. Hatte sie deshalb bei Caro angerufen, um die Polizei auf ihre Spur zu bringen und um Aufmerksamkeit zu erlangen?

Als Berger die Erdgeschosswohnung von Denise Reuter betrat, erwartete ihn Oberkommissar Reitwehr im Flur. »Gut, dass du hier bist. Wir haben es definitiv mit einem Mord zu tun.«

Berger ging weiter ins Wohnzimmer. Die Spurensicherung war noch bei der Arbeit. Zwei Frauen in weißer Schutzkleidung suchten nach Fingerabdrücken und verwertbaren DNA-Spuren.

Denise Reuter hing in der Ecke des zerschlissenen Sofas, der Kopf war auf die Brust gefallen. Der Körper wirkte aufgequollen, das Gesicht bleich. Aus ihrem Mund trat Erbrochenes hervor. Entsprechend roch es auch. Sie trug ein T-Shirt und eine dreckige, graue Jogginghose. Auf dem Tisch standen drei leere und eine angebrochene Flasche Wodka.

»Habt ihr schon die Schuhgröße der fremden Fußspuren ermittelt?«, fragte Berger.

»Siebenunddreißig. Eindeutig eine Frauengröße. Denise Reuter trägt größere Schuhe.«

»Was habt ihr noch gefunden?«

»Jede Menge Wodkaflaschen und die Papiertüte eines Feinkostladens.«

Sie gingen in die Küche, die von der Spurensicherung bisher nicht untersucht worden war.

Darling traf am Tatort ein. Berger stellte seinen Juniorpartner kurz vor, während er einen Blick auf die braune Tüte warf, die neben einer leeren Flasche Wodka und drei Energydrink-Dosen lag.

»Sie hat sich volllaufen lassen«, folgerte Darling.

»Die spannende Frage ist, ob die Getränke mit Beruhigungsmittel versetzt wurden.« Berger zog sich Handschuhe an, griff nach der leeren Flasche und roch daran. Er konnte keinen auffälligen Geruch feststellen. »Ich wette, dass die Täterin eine der Flaschen präpariert hat. Die Sachen müssen sofort ins Labor.«

Reitwehr las das Wodka-Etikett. »Das ist ein guter Tropfen.«

»Stimmt«, räumte Berger ein. »Kein billiger Fusel.«

Darling untersuchte die Tüte. Dann stutzte er. »Da ist noch ein Kassenbon drin.«

Berger folgte seinem Blick. Am Boden der Tragetasche lag ein gerollter Zettel. Er zog ihn heraus. Es handelte sich um den Kassenbon eines Frankfurter Feinkostladens vom gestrigen Tag, auf dem fünf Flaschen Wodka und drei Energydrink-Dosen verzeichnet waren.

*Ist das nicht zu einfach?*, schoss es Berger durch den Kopf. Warum hatte die Täterin den Kassenbon in der Tüte gelassen? Hatte sie einen weiteren Fehler begangen? Nein! Sie wollte auf sich aufmerksam machen.

»Die Täterin hat unser Opfer bis obenhin abgefüllt.« Berger sah Darling an. »Fahr bitte sofort zu dem Feinkostladen und frag nach Überwachungsaufnahmen. Vielleicht bekommen wir so ein Bild unserer Täterin. Wenn die sich querstellen, besorge ich gerne einen richterlichen Beschluss.«

Darling nickte und verließ im Laufschritt die Wohnung.

Anschließend wandte sich Berger an Reitwehr. »Kannst du die Flaschen und Dosen bitte sofort ins Labor schicken? Ich brauche die Ergebnisse möglichst schnell.«

»Kein Problem«, antwortete der Frankfurter Kollege.

»Wie sieht es mit einem Rechtsmediziner aus?«, erkundigte sich Berger.

Reitwehr schüttelte den Kopf. »Wir müssen uns hinten anstellen, er wird frühestens heute Nachmittag hier sein.«

»Das dauert mir zu lange. Wer weiß, wie schnell sich die Substanzen in ihrem Blut verflüchtigen. Ich verständige unsere Rechtsmedizinerin, Simone Schweitzer.«

»Okay. Ich gehe ohnehin davon aus, dass ihr jetzt übernehmt.«

»Es sieht ganz danach aus.«

Berger rief zunächst Simone Schweitzer an und bestellte sie an den Tatort. Danach wählte er Jens Schröder an. Nachdem er seinem Vorgesetzten die Sachlage erklärt hatte, stimmte dieser zu, dass Berger und sein Team den Fall der ›Erlöserin‹ offiziell übernehmen sollten.

# 37

Am späten Vormittag trafen Berger und Darling in Ober-weildorf ein. Caro erwartete ihre Kollegen am Eingang der Weilstube. Sie hatte den Morgen mit einem Spaziergang durch das Dorf verbracht und war vielen misstrauischen Blicken begegnet. Zwischendurch hatte sie mit Jennifer gechattet und sich davon überzeugt, dass ihre Tochter wohlbehalten von ihrem Date zurückgekehrt war.

Als sie Berger auf sich zukommen sah, verspürte Caro ein merkwürdiges Gefühl im Magen. Er hatte dunkle Augenringe, die für eine schlimme Nacht sprachen. Hatte ihn das Auftauchen von Kollnitz wieder aus der Bahn geworfen? Wie sollte sie sich ihm gegenüber verhalten? Sie musste dringend unter vier Augen mit ihm sprechen.

Die Kneipe war noch geschlossen, sodass die Ermittler den Gastraum für sich hatten. Kurz entschlossen setzten sie sich an einen Fenstertisch.

»Wir sind jetzt offiziell für den Fall zuständig«, eröffnete Berger das Gespräch.

Caro atmete erleichtert auf. »Dann muss ich mich ja nicht mehr mit Schilling herumstreiten.«

»Da freu dich mal nicht zu früh«, erwiderte Berger. »Jetzt tragen wir die Verantwortung, den verworrenen Fall zu lösen.«

»Besser, als den Idioten ranzulassen.«

»Ausschlaggebend für die Entscheidung, uns den Fall zu übertragen, war das Beruhigungsmittel, das bei allen Opfern gefunden wurde. Inzwischen liegen übrigens auch die Ergebnisse von Johanna Maiwald vor. Sie hatte den gleichen Wirkstoff im Blut.«

»Das ist keine Überraschung«, warf Caro ein.

Berger nickte. »Werfen wir erst mal unseren Kenntnisstand zusammen.«

Darling räusperte sich. »Wir wissen von vier mutmaßlichen Morden, zwei in Oberweildorf, zwei in Frankfurt. Weitere vier Todesfälle im Rhein-Main-Gebiet weisen ein ähnliches Muster auf. Bei allen Opfern wurde das Beruhigungsmittel Lorazepam im Blut nachgewiesen, erstmalig bei Sebastian Sander, hier in Oberweildorf.«

»Möglicherweise war sein Tod eine Art Auslöser«, vermutete Caro. »Seither nimmt jemand die Rolle der selbst ernannten Erlöserin ein.«

Berger runzelte die Stirn. »Könnte sein. Die Opfer weisen alle eine Gemeinsamkeit auf. Sie haben unter psychischen Erkrankungen gelitten.«

Caro fuhr sich durch die Haare. »Was die These stützt, dass die Täterin vermeintlich leidende Menschen befreien möchte. Ich vermute, dass die Person selbst einen Verlust infolge eines Selbstmordes erlitten hat.«

»Wenn Sebastian Sanders Tod der Auslöser war, dann finden wir den Täter in seinem Umfeld«, führte Berger Caros Gedanken fort. »Möglicherweise ein Familienmitglied.«

»Der Hass auf Johanna war bei Karin Sander deutlich spürbar«, sagte Caro. »Sie steht für mich weit oben auf der Liste der Verdächtigen.«

»Die Psychiaterin, Doktor Langenfeld, hat sich auch verdächtig verhalten«, warf Berger ein. »Alle Todesopfer aus dem Ort waren bei ihr in Behandlung.«

»Dazu passen aber nicht die Frankfurter Todesfälle«, wandte Darling ein. »Mit Ausnahme von Verena Traunstein.«

Berger kratzte sich am Kinn. »Das stimmt.«

»Ich habe dazu eine neue Theorie.« Darling richtete den Oberkörper auf.

Caro und Berger sahen ihn erwartungsvoll an.

»Unsere Kollegin aus der Cybercrime-Abteilung ist auf ein Internetforum gestoßen, in dem über Selbstmorde diskutiert wird. Mehrere der Opfer waren dort aktiv. Vielleicht sogar alle.«

»Was?«, fragte Caro erstaunt. »Wer genau?«

Berger wirkte weniger überrascht. Offenbar hatte Darling ihm auf der Fahrt davon erzählt.

»Johanna Maiwald war in dem Forum, Verena Traunstein, zwei weitere Opfer aus Frankfurt und Denise Reuter, die Frau, die wir heute tot aufgefunden haben.«

Darling berichtete den Kollegen von den verstörenden Einträgen, die er gelesen hatte.

»Und was ist mit den restlichen Selbstmordopfern?«, fragte Caro.

»Das kann ich nicht mit Sicherheit sagen. Wenn sich jemand unter falschem Namen anmeldet, ist es schwierig herauszufinden, wer hinter dem Pseudonym steckt.«

»Es wäre also möglich, dass alle Opfer dort aktiv waren«, schloss Berger.

»Ja. Die Kollegin recherchiert noch.«

»Ihr glaubt also, dass sich die Täterin ihre Opfer in diesem Forum sucht?«, fragte Caro.

Berger nickte. »Wenn die Erlöserin auf der Jagd nach potenziellen Selbstmordkandidaten ist, wo würde sie besser fündig werden als dort?«

»Das ist wirklich eine heiße Spur«, räumte Caro ein. »Trotzdem glaube ich, dass die Taten ihren Ursprung in Oberweildorf haben. Das erste Opfer, die alte Legende um die Erlöserin und nicht zuletzt die Gestalt, die ich mit eigenen Augen gesehen habe, das alles spricht dafür, dass wir die Täterin hier finden. Auch Melanie hat diese Spur verfolgt, als sie den Tod ihrer Patientin und Freundin aufklären wollte.«

Berger kräuselte die Stirn, weil er offensichtlich mit Caros Schlussfolgerung nicht zufrieden war, hielt sich aber mit einer Entgegnung Melanie betreffend zurück. »Das würde bedeuten, dass wir es mit einer Täterin zu tun haben, die aus Oberweildorf kommt und über das Internet Kontakt zu potenziellen Opfern sucht.«

»Das könnte sowohl auf Karin Sander als auch auf Doktor Langenfeld zutreffen«, sagte Caro. »Und auch auf Margret Back, die sich als großer Fan der Erlöserin geoutet hat.«

»Dann muss eine von ihnen gestern in Frankfurt gewesen sein«, bemerkte Darling. »Leider haben die Videoaufzeichnungen des Feinkostladens, in dem die Täterin die Wodkaflaschen für Denise Reuter gekauft hat, keine neuen Erkenntnisse gebracht.«

»Warum nicht?«, fragte Caro ungeduldig.

»Die Person hat das Gesicht mit der Kapuze eines dunkelblauen Anoraks verdeckt. Ich konnte nichts erkennen. Sicher ist nur, dass es eine Frau war.«

Caro schüttelte den Kopf. »Das hilft uns nicht weiter. Aber wir haben doch gestern alle drei Verdächtigen getroffen. Erst Karin Sander, dann Doktor Langenfeld, und schließlich hat mir Margret Back in der Gasse aufgelauert.«

»Das war alles nachmittags«, widersprach Berger. »Denise Reuter ist am späten Vormittag gestorben. Die Täterin hätte problemlos nach Oberweildorf zurückkehren können.«

»Dann sollten wir mit allen sprechen und ihre Alibis prüfen.«

»Genau.« Berger nickte. »Wir müssen uns beeilen. Die Erlöserin mordet in immer kürzeren Abständen. Ihre Besessenheit steigert sich.«

»Die Sorge teile ich«, sagte Caro. »Lisa Maiwald, die Schwester von Johanna, schwebt in Gefahr. Sie leidet ebenfalls unter Depressionen, und ich fürchte, dass die Täterin sie als nächstes Opfer auserkoren hat.«

Bergers Augen verengten sich. »Wir suchen sie noch mal auf.«

»Ich komme mit«, sagte Caro schnell. Sie witterte eine Gelegenheit, Berger ein paar Minuten für sich alleine zu haben.

»Und ich bleibe weiter an dem Selbstmordforum dran«, sagte Darling.

Berger klopfte seinem Kollegen auf die Schulter. »Das war wirklich gute Arbeit. Finde heraus, mit wem die Opfer Kontakt hatten.«

# 38

Caro konnte es kaum erwarten, mit Berger zu sprechen. Während sie den Weg zu Lisa Maiwalds Wohnung antraten, fragte sie: »Was ist gestern Abend passiert? Ich meine, mit Kollnitz?«

Berger erzählte ihr von der verschwundenen Kellnerin und den Todesanzeigen.

Caro schlug die Hände über dem Kopf zusammen. »Was? Das ist ja entsetzlich. Der Kerl bombardiert dich seit Wochen mit Todesanzeigen?«

»Ja. Ich habe einen dummen Scherz vermutet.«

Caro verdrehte die Augen. »Hast du eine Idee, wo er sich versteckt hält?«

»Nein.«

»Und jetzt?«

Berger ballte die Fäuste. »Ich werde ihn suchen.«

»Warum überlässt du das nicht den Frankfurter Kollegen?«, fragte Caro.

»Es ist eine Sache zwischen ihm und mir. Wenn ich den Kerl nicht finde, dann wird er mir zuvorkommen.«

Caro schauderte. Sie stellte sich vor, was passieren würde, wenn sich die beiden begegneten. Sie wischte den Gedanken beiseite. »Es muss doch eine andere Lösung geben. Du brauchst Personenschutz.«

»Ich kann auf mich selbst aufpassen.«

»Na klar, Supermann!« Caro schüttelte den Kopf. Sie sorgte sich um Berger. Er verdrängte die Gefahr, die von Kollnitz ausging. Und dann kamen auch noch seine Depressionen dazu.

»Wie geht es dir denn?«, fragte sie. »Ich kann mir vorstellen, da ist gestern viel hochgekommen.«

»Na ja, das alles zieht mich echt runter. Meine Albträume sind schlimmer geworden. Aber ich halte mich mit dem Gedanken über Wasser, dass ich Kollnitz bald erwische.«

Caro wusste, dass es nicht so einfach werden würde. Das Trauma von Sarahs Tod holte ihn ein. Schlechte Vorzeichen, um sich mit einem Psychopathen anzulegen.

Für einen kurzen Moment überlegte sie, ob sie ihn auf den Kuss ansprechen sollte, verwarf aber den Gedanken.

Als die Ermittler das Apartmenthaus erreichten, bemerkte Caro, dass die Haustür immer noch offen stand. Offenbar gab es ein Problem mit dem Schloss.

Sie betraten den Hausflur, und Berger klingelte an der Wohnungstür von Lisa Maiwald. Niemand öffnete.

»Vielleicht kommen wir zu spät«, sagte der Kommissar, während er erneut läutete.

Caro hatte ein flaues Gefühl im Magen. Hätte sie bei dem Mädchen bleiben sollen? War ihnen die Erlöserin zuvorgekommen?

»Wir gehen hintenrum«, bestimmte Berger.

Die Ermittler folgten dem Hausflur und erreichten eine Milchglastür, die in einen Hof führte. Von dort aus gelangten sie in den Garten. Die frische Schneedecke war glatt und wies keine Fußspuren auf.

Berger trat ans Wohnzimmerfenster und spähte in die Wohnung. »Sieht alles ruhig aus. Sie scheint nicht zu Hause zu sein.«

Caro schüttelte den Kopf. »Ich habe ihr gesagt, dass sie drinbleiben soll.«

»Die Leute verhalten sich nicht immer vernünftig.«

Sie kehrten in den Hausflur zurück, wo Berger das Schloss von Lisas Wohnungstür überprüfte. Er fand keine Einbruchspuren.

»Ich frage mich, wo sie hin ist«, sagte Caro. »Gestern hatte sie große Angst.« Sie griff zum Handy und suchte Lisas Nummer heraus. Als sie die Frau anwählte, hörte sie ein Brummen im Inneren der Wohnung. Lisa hatte ihr Mobiltelefon zu Hause gelassen.

»Sollen wir die Tür aufbrechen?«, fragte Caro besorgt.

»Nein«, erwiderte Berger. »Vielleicht ist sie einfach nur spazieren gegangen. Es deutet nichts auf einen Einbruch hin.«

Sein Handy summte. Er zog es heraus, um eine Textnachricht zu lesen.

»Ich mache mir echt Sorgen um das Mädchen«, sagte Caro. »Am besten ich schaue später noch mal bei ihr vorbei.«

Berger nickte. »Mach das. Ich muss zurück nach Frankfurt.«

Caro verspürte eine herbe Enttäuschung. Sie hätte Berger gerne länger an ihrer Seite gehabt. »Warum? Geht es etwa wieder um Kollnitz?«

Berger nickte. »Ein Informant hat mir gerade geschrieben, dass der Kerl bei einer Prostituierten untergetaucht ist. Das kann leider nicht warten. Ich muss der Spur nachgehen, solange sie heiß ist.«

*Wieder Kollnitz!*

Caro ließ den Kopf hängen. »Bitte informiere die Frankfurter Kollegen. Du solltest ihn auf keinen Fall alleine jagen.«

Berger zuckte mit den Schultern. »Mal sehen.«

»Ich mache mir Sorgen um dich, Berger. Kollnitz ist gefährlich.«

»Das brauchst du mir nicht zu erklären. Ich komme heute Abend wieder her. Versprochen. Bis dahin klopf bitte die Alibis unserer Tatverdächtigen ab.«

Caro nickte stumm.

Schweigend kehrten sie in die Weilstube zurück. Darling wartete vor Bergers Wagen und telefonierte. Die beiden Kollegen stiegen ein und fuhren ab.

## 39

Lisa Maiwald spazierte seit Stunden durch den Wald und beobachtete fasziniert die eingeschneiten Bäume. Sie stemmte sich gegen den Wind und nahm tiefe Atemzüge. Die Kälte machte ihr nichts aus. Ganz im Gegenteil. Sie spendete ihr auf eine sonderbare Weise Lebenskraft.

Lisa hatte es in ihrer Wohnung nicht mehr ausgehalten. Sie fühlte sich unendlich alleine. Johanna war für sie Familie, Mutterersatz und Freundin zugleich gewesen. Wie sollte sie ohne ihre Schwester zurechtkommen? In diesem schrecklichen Dorf?

Sie hatte gestern Angst verspürt, als die Erlöserin vor dem Fenster aufgetaucht war. Doch inzwischen empfand sie den Gedanken verlockend, von ihr geholt zu werden. Befreit zu werden. Von diesem elenden Dorf. Von ihrem tristen Leben.

Das Burgfest im Sommer tauchte wieder vor ihren Augen auf. Johanna und sie hatten gerade zwei Bier gekauft, als sich hinter ihnen eine Stimme erhob.

*»Ich glaub es nicht! Was macht diese scheiß Mörderin hier?«*

*Lisa drehte sich um und erkannte Karin Sander, die mit blitzenden Augen auf Johanna zeigte.*

*Ihre Schwester zuckte zusammen.*

*»Verpiss dich von hier, du elende Mörderin!«, lallte die angetrunkene Frau.*

*Mehrere umstehende Leute stiegen darauf ein. »Verschwinde hier!«*

*»Hau bloß ab.«*

»Komm, wir gehen«, sagte Lisa.

Johanna standen Tränen in den Augen. »Ich halte das alles nicht aus. Ich habe Sebastian nicht getötet.«

»Das weiß ich doch«, erwiderte Lisa. »Aber die Idioten glauben dir eh nicht.« Sie zog ihre Schwester vom Dorfplatz fort, in eine der Gassen, durch die sie schweigend den Rückweg zu ihrer Wohnung antraten.

Auf der Hauptstraße trafen sie auf eine Gruppe betrunkener Jugendlicher. Drei Jungs und vier Mädchen.

Michelle Sanders Stimme dröhnte über die Straße.

»Sieh mal einer an. Flechte und Kröte! Was habt ihr denn hier zu suchen?« Michelle trug einen viel zu kurzen Minirock und ein viel zu knappes Oberteil. Dazu hochhackige Pumps.

Die Jugendlichen hatten Lisa den Spitznamen Kröte gegeben. Warum, wusste sie nicht.

Weder Johanna noch Lisa antworteten dem aggressiven Mädchen. Sie versuchten, an der Teenagergruppe vorbeizukommen.

»Hey! Ich habe mit euch geredet!«

Ein weiteres Mädchen kam dazu. »Was fällt euch ein, die Straße zu verpesten?«, fragte es. »Ihr Opfer!«

»Die Flechte will Ärger machen!« Michelle trat einen Schritt näher und schubste Johanna kräftig nach hinten.

Sie stolperte und verlor das Gleichgewicht. Hart schlug sie mit dem Hinterkopf auf dem Pflaster auf und blieb benommen liegen.

»Bist du verrückt geworden?«, schrie Lisa.

Jetzt ging Michelle auf sie los. »Hat dir niemand Respekt beigebracht, Kröte?« Sie verpasste Lisa eine kräftige Ohrfeige. Im gleichen Moment wurde sie von dem anderen Mädchen heftig in die Seite gestoßen, sodass sie zu Boden ging.

Als sie versuchte, sich aufzurappeln, wurde sie von Michelle aufs Pflaster zurückgetreten.

»Habe ich dir erlaubt aufzustehen? Ich bin noch nicht fertig mit dir.« Michelle schwang ihr Bein zurück und kickte Lisa mit der Schuhspitze zwischen die Schenkel.

Heftige Schmerzen überrollten Lisas Unterleib. Sie krümmte sich zusammen und versuchte zu atmen. Kein Ton verließ ihre Kehle. Hoffentlich hatten sie jetzt genug.

Sie hatten nicht genug. Von beiden Seiten traten Michelle und ihre Freundin gegen Lisas Körper, als wäre sie ein Fußball auf dem Elfmeterpunkt. Sie hörte das Knacken der Rippen und spürte den stechenden Schmerz, der sie an den Rand der Besinnungslosigkeit brachte. Johanna lag noch immer benommen auf der Straße.

Mehrere Leute gingen vorbei, halfen aber nicht. Als die Gruppe endlich lachend und grölend abzog, rappelten sich die Schwestern mühsam auf. Lisa hatte furchtbare Schmerzen im Unterleib und in der rechten Seite. Johannas Haare waren blutverschmiert, vermutlich von einer Platzwunde am Hinterkopf.

Während sie sich nach Hause schleppten, tauchte wie aus dem Nichts eine Gestalt in einem schwarzen Umhang vor ihnen auf. Sie stand regungslos auf der Straße, das Gesicht von der weiten Kapuze verdeckt.

Die Erlöserin! Sie will uns holen!, dachte Lisa.

Sie starrten einander an. Dann drehte sich die Erscheinung wortlos um und verschwand im Schatten der angrenzenden Hauseinfahrt.

Lisa spürte eine Mischung aus Angst und Enttäuschung. Warum hatte die Erlöserin sie nicht mitgenommen?

Später erzählte man sich im Dorf, dass die Horrorschwestern einen Streit provoziert hatten. Sie waren selbst schuld, dass man sie zusammengeschlagen hatte. Der Rippenbruch hatte Lisa monatelang heftige Schmerzen beschert, und noch heute hatte sie von dem Tritt in den Unterleib Probleme beim Wasserlassen.

Jedes Mal, wenn ihr Michelle Sander über den Weg lief, grinste das Mädchen gehässig, als wollte sie sagen: »Weißt du noch damals, als ich dich verprügelt habe?«

Lisa betrachtete den Waldrand. Was hatte sie schon zu verlieren, wenn die Erlöserin sie holen würde?

Auf der anderen Seite verspürte sie Angst. Sie stellte sich vor, wie die unheimliche Gestalt mit einem Messer in der Hand in ihrer Wohnung auftauchte und ihr die Kehle durchtrennte. Würde es lange dauern? Würde sie leiden?

Lisa folgte einem schmalen Weg, der zurück ins Dorf führte. Plötzlich fühlte sie sich beobachtet. Sie fuhr herum, konnte aber niemanden sehen.

Beunruhigt ging sie schneller. Hatte die Erlöserin sie verfolgt? Hätte sie besser in der Wohnung bleiben sollen?

Sie blickte zurück und glaubte, einen Schatten zu erkennen. Die Angst trieb sie voran. Als sie in ihre Straße einbog, begann sie zu laufen, bis sie das Haus erreichte. Die Tür stand wie immer offen. Warum reparierte der Hausmeister nicht endlich das Schloss?

Noch einmal schaute sie über die Schulter. Nichts.

Lisa sperrte ihre Wohnungstür auf – und blieb wie angewurzelt stehen. Mitten im Flur hing ein Galgen von der Decke, darunter stand ein Schemel.

# 40

Christin sah von ihrem Computer auf und lächelte Darling entgegen, als er ihr Büro betrat.

»Hallo Lieblingskollege!« Sie fuhr sich mit der Hand unsicher durch die Haare. »Ich habe heute Nacht von dir geträumt.«

Darling grinste. »Was ist denn in deinem Traum passiert?«

Sie wandte ihr Gesicht ab, das wieder rot anlief. »Ich traue mich nicht, dir das zu erzählen.«

Darling setzte sich neben die Computerexpertin und musterte sie. Sein Blick blieb auf dem weiten Ausschnitt ihres Pullovers haften.

»Vielleicht heute Abend«, fuhr Christin fort. »Oder was meinst du?«

»Warum nicht.« Er dachte an Zoé. Sollte er sich weiter mit Christin einlassen? Ihre nerdige Art macht ihn irgendwie an. Zoé war anders – faszinierend und geheimnisvoll, und dadurch nicht minder attraktiv.

Christin riss ihn aus seinen Gedanken. »Ich habe weiter in dem Forum recherchiert.«

»Und?«

»Gestern hat sich eine neue Benutzerin angemeldet: Last_Dance. Die beiden aktivsten Teilnehmer Dark_Angel666 und Eternal_Peace haben sofort geantwortet.«

»Kannst du sehen, wer sich hinter den Pseudonymen verbirgt?«, fragte Darling.

»Leider nicht. Ich habe zwar die Seite gehackt, aber fast alle haben sich unter falschen Namen angemeldet. Bis auf

Denise Reuter. Sie hat sich nicht mal die Mühe gemacht, ein Pseudonym auszuwählen.«

»Was hast du über sie gefunden?«

»Ich habe die Chatprotokolle der letzten Tage gefunden. Sie hat sich ebenfalls mit Dark_Angel666 und Eternal_Peace unterhalten. Ich druck dir die Protokolle aus.«

»Wir sind ganz nah dran! Die Täterin sucht sich ihre Opfer in diesem Forum«, schloss Darling.

»Das ist gut möglich.« Christin griff zum Drucker, der mehrere Blätter Papier ausspuckte. »Mir ist eine Sache aufgefallen.« Sie zeigte Darling die zweite Seite des Ausdrucks und tippte auf eine Textstelle. »Hier schreibt Eternal_Peace etwas an Denise Reuter.«

Darling überflog den Eintrag.

›Eternal_Peace: Deine Fluoxetin-Dosierung ist zu hoch. Du solltest die Tabletten halbieren.‹

Direkt danach folgte eine weitere Zeile:

›Eternal_Peace: Warum warst du eigentlich in den letzten drei Wochen nicht mehr in der Therapie?‹

Die Antwort fiel kurz aus.

›Denise Reuter: Bringt eh nichts!‹

Christin sah Darling erwartungsvoll an. »Ich frage mich, woher Eternal_Peace die Informationen hatte.«

»Vielleicht haben sie vorher gechattet, und Denise hat von ihrer Medikation und Therapie berichtet.«

Die Computerexpertin schüttelte den Kopf. »Ich habe nichts gefunden. Außerdem klingt das nach fundierten Fachkenntnissen.«

»Hmm. Vielleicht hast du recht. Das würde bedeuten, dass sie sich entweder kennen, oder dass Eternal_Peace im Gesundheitssektor arbeitet und möglicherweise sogar Zugriff auf Krankenakten hat.«

»Du bist der Ermittler.«

Darling erhob sich. »Und du bist die weltbeste Cyberkriminalistin.«

Sie lächelte und warf ihm einen Kuss zu. »Treffen wir uns heute Abend?«

»Vielleicht.« Darling grinste. In seinem Inneren tobte ein Kampf. Sollte er sich mit Christin einlassen? Oder mit Zoé?

# 41

Lisa starrte fassungslos auf den Galgen. Der Strick hing an einer Stahlöse, die in die Flurdecke geschraubt worden war. Darunter stand ein mit Schnitzereien verzierter Schemel.

*Die Erlöserin ist hier gewesen. In meiner Wohnung!*

Langsam näherte sich Lisa dem Galgen. Wieder überfiel sie eine seltsame Mischung aus Angst und Erregung.

Plötzlich schrillte das Festnetztelefon. Lisa zuckte zusammen. Mit wackeligen Knien ging sie auf den Apparat zu und hob ab.

Eine weiche, säuselnde Stimme meldete sich. »Worauf wartest du?«

Lisa begann zu zittern. »I… Ich weiß nicht.«

»Denk an deine Schwester. An die vielen Demütigungen im Dorf. Willst du das Leid wirklich weiter ertragen? Ganz alleine?«

Die Stimme wirkte auf Lisa fast hypnotisch. Der Abend des Burgfestes ging ihr durch den Kopf. Sie spürte den Schmerz in den Rippen. Und das Gefühl der Erniedrigung.

Johanna hatte damals an ihrer Seite gestanden. Geteilter Schmerz war halber Schmerz. Tränen rollten ihr die Wangen hinab. Jetzt war sie alleine.

»Dort hängt dein Ausweg!«, fuhr die Stimme fort. »Du brauchst nur auf den Stuhl zu steigen und dir die Schlinge um den Hals zu legen.«

Lisa legte den Hörer hastig auf. Sie blickte wie in Trance zum Galgen hinauf. Sie verspürte Angst. Wollte sie wirklich sterben? Und wäre dann auch tatsächlich alles vorbei?

Ein Krachen im Wohnzimmer ließ sie zusammenfahren.

*Die Terrassentür!*

Schritte näherten sich. Dann erlosch das Licht im Flur. Lediglich ein schwacher Schein drang aus der Küche und zeichnete vor ihr die Umrisse einer vermummten Gestalt.

Lisas Herz setzte aus. Für einen Moment standen sich beide gegenüber und starrten einander an. Angst loderte in Lisa auf. Sie konnte keinen klaren Gedanken fassen.

Plötzlich schoss es ihr wie ein Blitz durch den Kopf.

*Ich will nicht sterben!*

»Lass mich in Ruhe!«, rief sie der Erlöserin entgegen.

Die Gestalt beobachtete Lisa regungslos. Das Gesicht lag weiterhin im Schatten der weiten Kapuze.

*Was soll ich jetzt machen?*

Panisch drehte sich Lisa um und versuchte, die Wohnungstür zu öffnen. Doch sie war nicht schnell genug. Als sie die Klinke drückte, spürte sie den Atem der Erlöserin im Nacken. Etwas Weiches legte sich über ihren Mund und ihre Nase. Ein beißender Geruch drang ihr in die Nebenhöhlen. Ihre Knie wurden weich, und der Flur begann zu verblassen. Dann wurde alles schwarz.

# 42

Die ›Factory‹ war ein Backsteingebäude im Frankfurter Osthafen, in dem früher Maschinenteile produziert wurden. Es bestand aus mehreren Gebäudeteilen: einer massigen Werkhalle und angrenzenden kleineren Nebenbauten, die sich um einen Innenhof gruppierten.

Zoé traf Angel an einem Rolltor, das den Zugang auf das Gelände versperrte.

»Ist verschlossen«, sagte Angel. »Aber ich kenne den Code.«

»Woher das denn?«, erkundigte sich Zoé.

»Von ein paar Leuten, die wieder ein paar Leute kennen.« Angel tippte eine Zahlenkombination auf einem Ziffernfeld ein, woraufhin das Tor mit einem rasselnden Geräusch zur Seite fuhr und den Weg in den Hof freigab.

Die beiden Frauen überquerten das weiß gepuderte Pflaster und gelangten über eine Stahltreppe zum Eingang der Halle. Der Vorraum war mit Bannern der Webaktivisten vollgehängt. Zoé las Sprüche wie ›Save the Planet‹ oder ›Time to Change‹.

»Weißt du, was die hier genau machen?«, fragte Zoé.

»Vor allem virale Kommunikation. Massenbeeinflussung.«

»Du meinst, sie verbreiten Botschaften über den Klimawandel und so?«

»Richtig. Sie vermischen wahre Inhalte mit Übertreibungen und Fake News.«

»Wozu das?«, fragte Zoé. »Ich meine, jeder weiß doch, dass unsere Art zu leben ungesund für den Planeten ist.«

»Klar, aber das reicht nicht aus. Man muss die Leute viel

krasser aufrütteln. Zum Beispiel mit gefakten Studien, die angeblich belegen, dass es in zehn Jahren kein Trinkwasser mehr in Deutschland gibt. Wenn stattdessen geschrieben wird, dass der Fall erst in hundert Jahren eintritt, interessiert es niemanden. Die Grundaussage ist also nicht gelogen, nur der Beleg und der Zeithorizont.«

»Und du glaubst, die Menschen können das nicht auseinanderhalten?«

»Unmöglich. Wir werden jeden Tag mit so vielen Informationen bombardiert. Wer kann da schon sagen, was richtig und was falsch ist? Je öfter man eine Botschaft hört, umso glaubwürdiger wird sie. Unsere politischen Gegner machen das genauso. Die Klimaleugner publizieren auch jede Menge gefakter Studien, die den Klimawandel infrage stellen.«

»Du sagst immer ›wir‹«, bemerkte Zoé.

»Ich arbeite da auch manchmal mit.«

Zoé nickte. Sie hatte sich schon so was gedacht.

Vor ihnen öffnete sich die ehemalige Werkhalle, die aussah wie ein Tropenhaus. Es gab Bäume, Sträucher, Büsche und Blumen. Dazwischen verteilten sich Sitzkissen und Lounges, auf denen junge Leute alleine oder in Gruppen zusammensaßen. Der süßliche Duft von Cannabis lag in der Luft.

Zoé war beeindruckt. »Das ist echt der Hammer! Was geht denn hier ab?«

Angel grinste. »Ziemlich cool, oder?«

»Wer bezahlt denn das alles? Die Leute sehen nicht gerade aus, als könnten sie sich eine Privatplantage mitten in Frankfurt leisten.«

»Das läuft alles über Spendengelder. Wer hier arbeitet, dient der großen Sache.«

»Den Planeten zu retten?«, vermutete Zoé.

»Klar. Hier laufen viele gute Hacker rum, die im Netz ordentlich Dampf machen.«

»Abgefahren. Und du glaubst, wir finden hier Eternal_Peace?«

Angel nickte. »Ich kenne ein paar Leute. Am besten, wir fragen uns durch.«

Sie stiegen eine Treppe hinab, um in die Halle zu gelangen. Direkt daneben gab es eine Begegnungszone, die aus einem Sammelsurium an unterschiedlichen Sofas, Sesseln und Stühlen bestand. Genauso vielfältig wie die Möbel wirkten auch die Menschen, die darauf saßen. Es gab tätowierte Kerle in T-Shirts, langhaarige Rockertypen, weißhäutige Nerds, Frauen mit bunten Haaren und eine Gruppe in Gothic-Kleidung. An einem Tisch kreiste eine Wasserpfeife, andere kifften oder hielten sich an irgendwelchen Getränken fest.

Angel ging an den Leuten vorüber und steuerte eine schlanke Frau an, deren lange schwarze Haare mit feuerroten Strähnen durchzogen waren. An ihrer Lederjacke hingen mehrere Ketten und ein Paar Handschellen. Sie schaute auf.

»Hey Kati«, sagte Angel.

Die Angesprochene rümpfte ihre Nase. »Na, Süße! Hast dich ja lange nicht blicken lassen.«

»Ich hatte viel zu tun.«

»Eine dumme Ausrede.« Sie sah zu Zoé hoch. »Wirst du mir etwa untreu?«

»Sie ist nur eine Bekannte«, erwiderte Angel.

»Aha.«

»Du kennst doch das Selbstmordforum, das hier gehostet wird, oder? Wir suchen eine Userin, die sich Eternal_Peace nennt. Weißt du, wer das ist?«

»Vielleicht.«

»Bitte, Kati.«

Die Frau mit den roten Strähnen sah Angel streng an. »Du weißt, was ich von dir will.«

»Ja.«

Katis Augen blitzten. »Ich warte nicht gerne.«

»Schon klar.«

»Frag Richard. Er wird dir helfen, wenn du ihn hart anpackst.«

»Danke«, sagte Angel und nickte Kati zu. Dann wandte sie sich an Zoé. »Richard ist der Administrator der Factory.« Sie zeigte auf ein abgetrenntes Büro am Rande der Halle.

Während sie darauf zugingen, fragte Zoé: »Was hast du denn mit dieser Kati?«

»Wir haben ab und an unverbindlichen Sex.«

»Offenbar verlangt sie mehr Verbindlichkeit«, entgegnete Zoé.

»Kati ist sehr fordernd.«

Sie erreichten das Büro, und Angel öffnete die Tür. Hinter einem Schreibtisch mit drei Bildschirmen saß ein dicker Kerl mit blasser Haut und rötlichen Haaren, die ihm zur Hälfte ausgefallen waren. Vermutlich Vitamin-D-Mangel.

Er starrte Angel mit offenem Mund von oben bis unten an. In ihrem Minirock, den Netzstrümpfen und Stiefeln musste sie für ihn wie ein unerreichbarer Traum wirken. Fehlte nur noch, dass er anfing zu sabbern. Sein Blick wanderte zu Zoé und blieb an ihren Brüsten hängen.

»Äh, ja? W… wa… was kann ich für euch tun?«

Angel ging auf ihn zu. Er hatte sichtlich Mühe zu atmen, und seine Gesichtshaut lief feuerrot an.

Mit einem Handgriff drehte sie seinen Bürostuhl herum, sodass er sich ihr zuwenden musste. Dann stellte sie ihren Stiefel zwischen seine Beine. »Ich brauche deine Hilfe, Richard.«

Er keuchte vor Erregung. Die Situation überforderte ihn offensichtlich.

»Äh ...«

Angel legte den Finger auf seine Lippen. »Pssst! Wir suchen die Betreiberin des Selbstmordforums, eine Userin mit dem Pseudonym Eternal_Peace. Wer verbirgt sich dahinter?«

»I... ich w... weiß nicht«, stotterte Richard.

Angel rückte den Fuß ein Stück vor, woraufhin er die Augen weit aufriss. Auf seiner Stirn bildeten sich Schweißtropfen. »Du kannst es doch bestimmt für mich herausfinden.«

Er japste nach Luft. »W... wenn das Forum hier gehostet wird, kann ich das.«

Sie grub die Stiefelspitze tiefer zwischen seine Beine. »Worauf wartest du noch?«

Offensichtlich war er außerstande, auch nur eine einzige Gehirnzelle einzusetzen. Angel zog den Fuß zurück.

»Äh, ja, warte.« Er drehte sich zu seinem Computer und begann, auf der Tastatur zu tippen. Kurze Zeit später hellten sich seine Augen freudig erregt auf. Wie ein Hund, der sein Stöckchen gefunden hat.

»Ich konnte den Namen Eternal_Peace einer Benutzerin zuordnen.«

»Wer ist es?«, fragte Zoé, die genauso neugierig wie Angel war.

»Yasmin Schneider. Sie ist eine Bloggerin.«

»Ist sie heute hier?«

Er tippte wieder auf der Tastatur.

»Ja, drüben im Studio. Sie ist in Raum 4b eingeloggt.«

»Hast du ein Bild von ihr?«

»Nein, ich bin ja kein Personalbüro.«

»Nun werd mal nicht frech!«, fuhr Angel den Admin an, während sie die rechte Stiefelspitze erneut in seinen Schritt stellte, jetzt aber mit mehr Druck. »Das bleibt hoffentlich unter uns, oder?«

Richard stöhnte auf. »Äh, j… ja, ja.«

Angel nickte zustimmend und zog das Bein wieder zurück. Dann verließen die beiden Frauen das Adminbüro, um sich auf den Weg zu den Studios zu machen.

# 43

In den vergangenen zwei Stunden hatte sich Caro darum bemüht, die Verdächtigen nach ihren Alibis für den gestrigen Vormittag zu befragen. Allerdings waren die Gespräche alles andere als erfolgreich verlaufen.

Ihr Weg hatte sie zunächst zu Margret Back geführt. Die Burgwärterin war jedoch nicht zu Hause gewesen, und Caro war unverrichteter Dinge wieder abgezogen.

Danach hatte sie Karin Sander aufgesucht, die prompt auf ihren Anwalt verwiesen und Caro unter wüsten Beschimpfungen die Tür vor der Nase zugeschlagen hatte.

Auch bei Doktor Langenfeld hatte sie kein Glück gehabt. Die Psychiaterin hatte die Praxis bereits verlassen, woraufhin Caro die Sprechstundenhilfe befragt hatte. Die hatte sich immerhin erinnert, dass die Ärztin gestern später zur Arbeit gekommen war, weil sie noch einen privaten Termin gehabt hatte.

Caro war frustriert. Überall im Dorf stieß sie auf Widerstand und Misstrauen. Was hatten die Leute zu verbergen? Der Einzige, der halbwegs offen mit ihr redete, war Guido, der Wirt der Weilstube. Auch Lisa Maiwald bereitete Caro ernste Sorgen. Sie hatte mehrfach versucht, die Frau zu erreichen. Ohne Erfolg.

Daher trat Caro erneut den Weg zu ihrer Wohnung an. Sie stemmte sich gegen den Sturm, der immer heftiger über den Hochtaunus fegte. Es schneite inzwischen ununterbrochen.

Als Caro das graue Wohnhaus erreichte, krampften sich ihre Muskeln zusammen. Im Gegensatz zu den beleuchteten Nachbarhäusern wirkte das Gebäude dunkel und unbewohnt. Sie beschleunigte ihren Gang und drückte den Klingelknopf von Lisa Maiwald. Nichts geschah.

Die Haustür stand nach wie vor offen. Caro betrat den Flur und versuchte, das Licht anzuschalten, doch die Leuchtstoffröhren flammten nicht auf. Der Strom war wieder ausgefallen. Inzwischen hatte Caro ein richtig mieses Gefühl. Sie klopfte an Lisas Wohnungstür und horchte. Alles blieb still.

Caro durchquerte den Korridor und trat in den Hof. Von dort aus gelangte sie auf Lisas Terrasse. Entsetzt stellte sie fest, dass die Glastür offen stand.

*Ich komme zu spät!*

Sie hastete ins Wohnzimmer. Ein seltsames Röcheln drang an ihre Ohren. Im gleichen Moment stürmte eine dunkle Gestalt auf sie zu und rammte sie mit voller Wucht zur Seite. Caro verlor das Gleichgewicht und prallte zu Boden. Schmerzen schossen durch ihren rechten Ellenbogen, der den Sturz auffing.

Sie rappelte sich auf und beobachtete, wie die Angreiferin hinter den Tannen verschwand. Noch immer hörte sie das Röcheln.

*Lisa!*

Caro hielt sich den schmerzenden Ellenbogen und lief in den Flur.

*Scheiße!*

Die Frau pendelte an einem Strick und zappelte mit den Beinen. Neben ihr lag ein umgeworfener Schemel.

Caro handelte sofort und stellte den Stuhl unter ihre Füße. Doch Lisa konnte sich nicht aufrecht halten. Ihr Körper hing schlaff in der Seilschlinge.

»Versuchen Sie, die Beine anzuspannen!«, schrie Caro.

Doch die junge Frau reagierte nicht. Vermutlich stand sie unter dem Einfluss eines Betäubungsmittels. Caro umfasste Lisas Hüfte mit dem linken Arm und drückte sie nach oben.

Gleichzeitig versuchte sie, mit der rechten Hand, die Schlinge zu lösen. Der Ellenbogen schmerzte.

»Helfen Sie mit!«, rief Caro verzweifelt.

Doch Lisa war wie weggetreten. Die Augen irrten durch die Höhlen, und das Röcheln wurde immer schwächer.

*Sie stirbt!*

Caro mobilisierte ihre letzten Kräfte. Sie stieg auf den Schemel, um die Frau noch höher zu stemmen. Es gelang ihr, die Hand durch die Schlinge zu drücken und das Seil etwas zu entspannen. Allerdings reichte ihre Anstrengung nicht, um Lisas Kopf aus der Seilschlaufe zu ziehen. Caros Kräfte schwanden.

*Streng dich an! Sie stirbt sonst!*

Mit unbändigem Willen zerrte Caro am Seil und drückte es über Lisas Unterkiefer. Nur noch ein kleines Stück. Ihre Muskeln brannten.

Endlich rutschte die Schlinge über Lisas Kopf. Caro konnte das Gewicht der Frau nicht länger halten. Beide stürzten zu Boden. Lisa schlug mit der Schulter auf. Caro landete erneut auf dem Ellenbogen. Sie schrie auf vor Schmerzen.

Mit zusammengebissen Zähnen und Tränen in den Augen beugte sich Caro über Lisa. Sie war bewusstlos, aber sie lebte. Ihr Atem ging flach und stoßweise.

Caro richtete sich mühsam auf. Sie griff nach ihrem Handy, um einen Krankenwagen zu rufen. Anschließend verständigte sie die örtliche Polizeidienststelle.

Die Erlöserin war verschwunden.

# 44

Berger stand vor dem Tor einer heruntergekommenen Autowerkstatt und beobachtete den Hof, auf dem Gebrauchtwagen angepriesen wurden. Dahinter reihten sich mehrere Gebäudeteile mit Wellblechdächern aneinander und gingen in ein zweistöckiges Haus über, in dessen Fenster rot beleuchtete Herzen hingen.

Die Werkstatt gehörte Marian, einem Rumänen, der seine Brötchen mit Autodiebstahl, Prostitution und Hehlerei verdiente. Er galt als mittelgroße Nummer in der Frankfurter Unterwelt und betrieb ein Bordell auf dem Werkstattgelände. Vor ein paar Jahren, als Kollnitz noch tief im Prostitutionsgeschäft tätig gewesen war, hatte er ein achtzehnjähriges Mädchen namens Valea aus Rumänien entführen lassen. Anstelle sie in die Prostitution zu zwingen, hatte Kollnitz sie unter seine Fittiche genommen, was sich für sie als deutlich schlimmeres Schicksal herausgestellt hatte. Er hatte sie regelrecht versklavt, in einen Kellerraum gesperrt, auf grausame Weise gefoltert und mehrmals täglich missbraucht.

Nachdem Kollnitz eingebuchtet worden war, hatte sich der Rumäne das Mädchen geschnappt und in seinem Laden anschaffen lassen. Stimmte der Hinweis des Informanten, dass Kollnitz hier untergetaucht war?

Berger überquerte den Hof und blickte in eines der Werkstattfenster. Zwei Mechaniker schraubten an einem Porsche herum. Daneben standen drei weitere Fahrzeuge.

Berger schlich bis zu einer Lkw-Rampe und erklomm eine Stahltreppe, die nach links zu einem Lager führte und rechts zum Eingang des zweistöckigen Hauses. Er zog seine

Waffe aus dem Halfter und entsicherte sie. Noch hatte ihn niemand entdeckt.

Er hielt sich links und trat durch ein offenes Tor in die Halle, in der sich Kisten und Kartons stapelten.

Berger wusste, dass er unrechtmäßig in das Haus eindrang. Ohne Durchsuchungsbeschluss, ohne Mandat, ohne das Wissen seiner Vorgesetzten. Die Aktion könnte ein Disziplinarverfahren nach sich ziehen oder ihn sogar den Job kosten. Doch das spielte keine Rolle. Hier ging es um Kollnitz!

Er hielt nach Kameras Ausschau, konnte aber keine entdecken.

Auf seiner Rechten führte ein Gang zwischen langen Regalflächen in das Depot hinein. Berger verschwand im Schatten der Kisten und suchte nach einem Zugang zum Hauptgebäude. Der Eingang draußen schied aus, denn wenn Kollnitz im Haus war, würde er Bergers Ankunft sofort bemerken.

Da vernahm er Schritte. Hastig zwängte er sich hinter einen Karton und beobachtete von seinem Versteck aus, wie ein muskulöser, dunkelhaariger Kerl in einer Lederjacke vorbeiging. Kurz darauf hörte er eine Tür zufallen.

Berger löste sich aus dem Schatten der Kisten und ging weiter, bis er den Hintereingang entdeckte. Er drückte die Klinke runter und zog die Tür einen Spalt auf. Vor ihm lag ein in schummrigem Rot beleuchteter Flur, und ein paar Meter voraus ein Treppenhaus. Von rechts hörte er eine Frau auf unnatürliche Weise stöhnen. Es roch nach Massageöl und süßem Parfüm.

Er dachte an Kollnitz. Wieder tauchten die Bilder vor seinen Augen auf, wie der rothaarige Verbrecher auf Sarah schoss. Bergers Finger krallten sich in den Griff der Waffe, als wollten sie sie zerquetschen. Er musste das Arschloch finden!

Behutsam öffnete er die Tür, aus der das Stöhnen herausschallte. Eine blonde Frau saß rittlings auf ihrem Freier und heizte ihm ein. Es handelte sich weder um Kollnitz noch um seine Exfreundin Valea. Leise zog Berger die Tür wieder zu.

Auch der nächste Raum brachte kein Ergebnis. Möglicherweise war Kollnitz in der oberen Etage. Berger stieg die Treppe hinauf und traf auf einen weiteren Gang, von dem vier Zimmer abgingen.

Eine Tür öffnete sich, und der Kerl mit der Lederjacke kam heraus. Er sah Berger direkt an, für einen kurzen Moment überrascht, dann wütend.

»Hey, was machst du hier?«, schrie er mit südländischem Akzent.

Berger entschied sich für die Flucht nach vorne. Er richtete seine Waffe auf den Zuhälter. »Lass die Hände dort, wo ich sie sehen kann.«

Das Gesicht des Mannes zuckte vor Anspannung, als wollte er jeden Moment nach seiner Pistole greifen, die Berger im Hosenbund vermutete.

»Mach keinen Scheiß!«, zischte Berger. Er ging auf den Kerl zu, die Waffe auf seine Brust gerichtet. »Dreh dich um!«

Im gleichen Moment, als sich der Zuhälter zögerlich gegen die Wand drehte, sprang Berger vor, drückte ihm die Pistole gegen den Hals und entwaffnete ihn.

»Wo ist Kollnitz?«

»Wer?«

»Du weißt genau, wen ich meine.«

Der Zuhälter lachte auf. »Du bist hier falsch, Bulle.«

»Erzähl keine Scheiße!« Berger presste ihm die Pistole härter gegen den Hals.

»Kollnitz ist nicht hier. Du kannst Valea fragen.«

»Wo ist sie?«, fragte der Kommissar.

Er nickte in Richtung der Tür, aus der er gerade herausgetreten war.

»Du kommst mit!« Berger schob den Kerl vorwärts. »Aufmachen!«

Als sich die Tür öffnete, stieß er seinen Widersacher in das Zimmer und folgte ihm.

Ein schummriges Licht umhüllte den Raum, in dessen Mitte ein Himmelbett mit roten Bezügen stand. Darauf lag eine dunkelhaarige, nackte Frau, deren Arme und Beine an die Bettpfosten gebunden waren. Ihre Haut wies blutige Striemen auf, als wäre sie soeben ausgepeitscht worden. In ihrem Mund steckte ein Knebel.

»Ich habe sie gerade für den nächsten Freier präpariert. Er steht darauf, seine Nutten gefesselt und wehrlos vorzufinden.«

»Was für eine Scheiße!« Berger lief auf die Frau zu, während er gleichzeitig den Zuhälter in Schach hielt. »Hinter das Bett!«

Er zog Valea den Knebel aus dem Mund. Sie zuckte und schnappte nach Luft. Ihre Augenlider flatterten. Vermutlich stand sie unter Drogen.

Berger beugte sich über sie. »Kannst du mich hören?«

Die Frau zappelte in ihren Fesseln.

Berger warf einen Blick auf den Zuhälter, dessen Muskeln sich bedrohlich anspannten. »Das würde ich nicht probieren!«, fuhr Berger ihn an und zielte mit der Waffe auf seinen Kopf.

»Wo ist Kollnitz?«, fragte Berger die Prostituierte.

Sie atmete schwer. »Er ist nicht hier«, stammelte sie, halb im Delirium.

*Scheiße! Die Spur ist ein Reinfall!*

»Hast du ihn gesehen?«

Sie schüttelte den Kopf.

Berger spürte eine schnelle Bewegung. Der Zuhälter

machte einen Satz zur Seite und sprintete aus dem Raum. Berger hielt mit der Waffe auf ihn, unterließ es aber, zu schießen. Vom Flur vernahm er hektische Schreie, vermutlich auf Rumänisch.

Berger sprang auf. Von der Treppe hörte er Schritte. Mehrere Männer näherten sich dem Zimmer.

# 45

Der Raum 4b befand sich im Untergeschoss eines Nebengebäudes, in dem die Aufnahmestudios der Factory untergebracht waren.

»Hier sind die Green Screens«, erklärte Angel, während
sie und Zoé eine Treppe hinabstiegen. »Die Blogger stellen
Live-Berichte zusammen, teilweise mit professionellen
Schauspielern.«

»Wie meinst du das?«, fragte Zoé.

»Ein Schauspieler zieht sich Polarkleidung an und gibt
sich als Wissenschaftler aus. Dann kommentiert er vor dem
Green Screen seine schockierenden Forschungsergebnisse.
Am Computer werden dann im Hintergrund Bilder der
Antarktis eingeblendet, idealerweise krasse Aufnahmen von
toten Tieren oder abrutschenden Eisbergen.«

Zoé schüttelte den Kopf. »Ich verstehe das noch immer
nicht. Warum muss man das denn faken? Es gibt doch echte
Wissenschaftler, deren Ergebnisse man verbreiten kann.«

»Wie schon gesagt. Häufig sind die Studien nicht aussa-
gekräftig genug, um die Menschen aufzurütteln.«

»Hmm.« Zoé war nicht überzeugt, wenngleich ihr das
Engagement der Aktivisten für die Umwelt gefiel.

Sie erreichten den Fuß der Treppe und bogen in einen
spärlich beleuchteten Betongang ein, der Zoé an die Waschküche ihrer Pflegefamilie erinnerte. Die Kehle zog sich ihr
zusammen.

Nach zehn Metern blieb Angel vor einer Stahltür mit der
Aufschrift ›4b‹ stehen.

»Dann lernen wir mal Eternal_Peace kennen«, kündigte
Angel an und öffnete die Tür.

Erwartungsvoll blickte Zoé in den etwa zwanzig Quadratmeter großen Raum, dessen Rückwand quietschgrün gestrichen war. Davor stand eine Kamera auf einem Stativ und links daneben ein Stehpult mit einem Laptop. Von Eternal_Peace fehlte jede Spur.

»Sie ist nicht hier«, kommentierte Zoé.

Angel betrat den Raum. »Der Computer ist noch nicht in den Stand-by gefahren. Wir müssen sie knapp verpasst haben.«

Zoé folgte ihr an den Rechner, auf dessen Bildschirm eine Passwortabfrage erschien.

»Sie ist noch eingeloggt«, stellte Angel fest. »Aber der Desktop ist mit einem Passwort gesichert.«

»Kommst du da ran?«, fragte Zoé.

»So schnell nicht. Aber vielleicht kann ich im Cache sehen, was sie zuletzt gemacht hat.« Angel tippte auf der Tastatur herum, woraufhin ein schwarzes Eingabefeld erschien. Nachdem sie einige kryptische Kommandos eingegeben hatte, öffnete sich ein Video auf dem Bildschirm.

Zoé erkannte eine korpulente Frau in einem labberigen T-Shirt, die auf einem Sofa saß. Fettige Haare hingen ihr ungepflegt über die Augen.

»Wer ist das?«, fragte Zoé.

Angel schüttelte den Kopf. »Keine Ahnung.«

Die Kamera fuhr näher an das Gesicht der Frau heran. Unsicher schaute sie in die Linse.

»Äh, ich bin Denise, und mein Leben ist ätzend. Ich werde von allen Leuten verarscht. Hab echt kein Bock mehr.«

Eine weiche, säuselnde Stimme ertönte aus dem Off. »Möchtest du deinem Leben ein Ende setzen?«

»Das wollte ich schon immer.« Denise trank einen kräftigen Schluck aus einer Wodka-Flasche.

»Hast du schon einmal versucht, dich umzubringen?«, fragte die Stimme.

»Als ich siebzehn war, wollte ich mich totsaufen. Hat aber leider nicht geklappt.«

»Was hat dich dazu gebracht?«

»Sie haben ständig über mich gelacht und mich als Loserin beschimpft«, erklärte Denise.

»Wer?«

»Drei Mädchen aus meiner Klasse. Ich wollte mit ihnen befreundet sein.«

»Was ist passiert?«, hakte die Stimme nach.

»Sie haben mich zu einer Strandparty an einem Baggersee eingeladen. Als ich an der Badestelle ankam, waren nur die drei Mädels dort. Sie sagten mir, dass die Party später beginnen würde, und Laura schlug vor, baden zu gehen. Da wir alle keine Bikinis dabei hatten, sind wir nackt in den See gesprungen. Für einen kurzen Moment war ich richtig glücklich, ich fühlte mich in ihrem Kreis aufgenommen.«

»Und dann?«, fragte die Stimme.

»Plötzlich sind meine angeblichen Freundinnen wie auf Kommando aus dem Wasser gelaufen. Ich war völlig überrascht. Erst dann habe ich begriffen, dass sie meine Kleidung gestohlen haben.« Denise schüttelte den Kopf. »Als ich nackt aus dem Wasser gestiegen und nach meinen Sachen gesucht habe, sind jede Menge Leute johlend aus dem Gebüsch gesprungen. Meine ganze Klasse.«

»Das muss furchtbar demütigend gewesen sein«, sagte die säuselnde Stimme.

Denise nickte. »Ich stand splitternackt vor ihnen und wäre am liebsten im Erdboden versunken. Als ich versucht habe, wegzulaufen, haben mich die Jungs aufgehalten und in den Sand geschubst, sodass ich aussah wie ein paniertes Schnitzel.«

»Das klingt wirklich nach einer schlimmen Erfahrung.«

»Ich habe mich selbst gehasst. Nach dem Vorfall habe ich die Schule abgebrochen und mich mit Alkohol betäubt.«

»Hat das geholfen?«, fragte die Stimme.

»Am Anfang schon, aber dann wurde alles noch schlimmer.«

»Wurdest du weiter gemobbt?«

»Von allen Seiten. Ich habe versucht, mich totzutrinken, hat aber nicht geklappt.«

»Und jetzt suchst du nach Erlösung?«

Denise zuckte mit den Schultern.

»Du bist dir nicht sicher?«, fragte die Stimme.

»Ich weiß nicht, was mich erwartet.«

»Das kann dir niemand sagen.«

Denise trank einen kräftigen Schluck Wodka. »Scheiß drauf. Das Leben ist ätzend.«

Das Video stoppte.

Zoé starrte auf den schwarzen Bildschirm. Dann wandte sie sich an Angel. »Glaubst du, sie ist tot?«

»Schon möglich«, erwiderte Angel achselzuckend.

»Ich glaube, das hat Eternal_Peace gemeint, als sie mir ein Denkmal angeboten hat. Eine Dokumentation meines beschissenen Lebens. Genau, wie sie es bei Denise gemacht hat.«

Angel nickte.

»Ich frage mich, ob sie bei Denise nachgeholfen hat«, fuhr Zoé fort.

»Ich denke schon. Sie kann auch dir helfen«, erwiderte Angel.

*Eine merkwürdige Antwort*, dachte Zoé schaudernd. Arbeitete Angel mit Eternal_Peace zusammen? Hatte sie Zoé in eine Falle gelockt? Oder maß sie Angels Worte zu viel Bedeutung bei?

»Ich schneide mir die Pulsadern lieber selbst auf.« Zoé ging zur Tür und versuchte sie zu öffnen. Die Klinke ließ sich jedoch nicht bewegen.

*Fuck! Ich sitze in der Scheiße!*

Die Hölle der Waschküche kam in ihr hoch. Wie ihr Pflegevater sie in die Jauchegrube geworfen und die Klappe über ihr verschlossen hatte. Sie spürte die Kälte. Die Enge. Die Angst.

»Ich dachte, du wolltest Eternal_Peace treffen?«

»Sie ist nicht hier!«

»Dann warten wir, bis sie zurückkommt. Ich bin auch neugierig.«

»Die scheiß Tür ist verschlossen«, fauchte Zoé.

»Reg dich ab!« Angel trat hinter Zoé und drückte die Klinke kräftig runter. Die Tür sprang auf.

»Siehst du?«, sagte Angel. »Es gibt keinen Grund auszurasten. Die Tür klemmt nur.«

Zoé trat aus dem Raum. »Ich sollte jetzt gehen.«

»Du willst nicht warten?«

»Sorry, ich kann gerade nicht. Es liegt an … du weißt schon.« Zoé drehte sich um und lief den Korridor entlang. Als sie die Treppe erreichte, sah sie noch mal zurück. Angel stand in der Tür von Studio 4b und beobachtete sie mit starrem Blick.

# 46

Berger reagierte sofort. Während mehrere Männer die Treppe hinaufrannten, stieß er die Tür zu und drehte den Schlüssel herum. Dann wandte er sich zum Fenster und sah nach draußen. Unter ihm erstreckte sich das schneebedeckte Wellblechdach des Lagers.

»Ich lasse dich befreien«, rief Berger zu Valea hinüber.

»Nein, bitte. Nicht. Ich sonst nix Arbeit.«

Berger hatte keine Zeit, mit ihr zu diskutieren. Es krachte, als die Angreifer gegen die Tür traten. Berger riss das Fenster auf und sprang aufs Dach. Seine Füße versanken im Schnee. Hinter ihm wurde die Tür aus den Angeln gerissen. Die Männer stürmten ins Zimmer.

Berger hetzte über den rutschigen Untergrund. Seine Verfolger mussten das Fenster inzwischen erreicht haben. Er würde ein gutes Ziel abgeben. Ohne Deckung. Ohne Schutz.

Berger stolperte und konnte sich gerade noch abfangen. Als er sich dem Dachrand näherte, peitschte ein Schuss durch die Luft. Kein Treffer. Aus dem Augenwinkel erkannte er, dass unter ihm Reifen aufgeschichtet waren. Er hatte keine Wahl, er musste springen. Ein weiterer Knall brachte das Dach zum Beben. Wieder vorbei. Berger ließ sich fallen und landete hart auf dem Gummihaufen. Er rappelte sich auf und rutschte in den Schnee. Dann rannte er hinter den Werkstattgebäuden entlang, vorbei an Mülltonnen, Schrottbergen und Karosserieteilen. Zwei Schüsse hallten durch die Luft. Neben ihm zerbarst eine Fensterscheibe. Er zuckte zusammen, lief aber weiter.

Ein paar Sekunden später erreichte er das Tor. Hinter

ihm kamen drei Männer aus dem Hauptgebäude und fuchtelten mit ihren Pistolen.

Berger rannte auf die Straße und lief zu seinem Wagen, den er hinter einem LKW geparkt hatte. Der vereiste Asphalt war rutschig, sodass er höllisch aufpassen musste, um nicht zu stürzen. Er öffnete die Zentralverriegelung, riss die Tür auf und startete den Motor. Im Rückspiegel sah er die Verfolger auf sich zukommen.

Als er anfuhr, drehten die Reifen durch.

*Mach schon!*

Die Männer kamen immer näher.

Endlich griffen die Räder, und der Wagen nahm Fahrt auf. Ein Schuss peitschte hinter ihm her und schlug im Kofferraum ein. Die Kerle liefen ihm noch ein Stück nach, dann blieben sie stehen.

Berger atmete tief durch. *Was für eine Scheiße!* Alles war umsonst gewesen.

Er wählte die Nummer seines Kollegen Reitwehr von der Frankfurter Polizei und berichtete ihm von dem Vorfall. Obwohl er gegen sämtliche Vorschriften verstoßen hatte, wusste er, dass der Oberkommissar nichts gegen ihn unternehmen würde. Es ging um Kollnitz.

»Bist du bescheuert, alleine in das Bordell einzudringen?«, schnauzte Reitwehr los, als Berger geendet hatte.

»Ich hatte keine Zeit, Verstärkung zu rufen.«

»Du hattest wohl eher kein Interesse. Hör endlich auf, Kollnitz auf eigene Faust zu jagen! Das ist viel zu gefährlich. Ich kann deine Wut nachvollziehen, aber du läufst in eine Falle. Kollnitz legt es darauf an, dass du die Nerven verlierst. Du denkst nicht rational.«

»Bist du mit deiner Predigt durch?«, fragte Berger. »Ich habe nicht vor, die Hände in den Schoß zu legen.«

»Das erwarte ich auch nicht von dir«, entgegnete Reitwehr. »Aber du kannst dir helfen lassen. Mit mehreren Leuten hätten wir den Laden auseinandergenommen.«

»Das nächste Mal rufe ich vorher an«, log Berger. »Und jetzt holt Valea da raus.«

»Wenn sie dann noch dort ist«, brummte Reitwehr. »Fahr endlich nach Hause!« Er legte auf.

Berger hatte das Gefühl, durch einen langen Tunnel zu fliegen. Seine Stimmung verdunkelte sich mit jedem Meter, den er fuhr. Kollnitz hatte seinen Kopf in Besitz genommen und riss ihn mit aller Macht in die Tiefe. Berger sah Sarah vor sich. Wie sie mit dem Loch in der Brust um Luft röchelte. Er beobachtete sich selbst. Seine Verzweiflung. Seine Trauer. Seine Wut. Im Hintergrund lachte Kollnitz hämisch.

Sein Mobiltelefon vibrierte. Mit einem Auge sah Berger auf das Display.

›Komm in die Trattoria Romana. Jetzt. RK‹

*René Kollnitz!*

*Fuck!* Sollte er Reitwehr anrufen und Verstärkung anfordern? Nein. Das war eine Sache zwischen ihm und Kollnitz.

Frankfurts Häuser zogen vorbei, ohne dass Berger sie bemerkte. Er wusste, dass er nicht im besten Zustand war, um Kollnitz gegenüberzutreten. Trotzdem steuerte er die Trattoria Romana an.

Schneeflocken stoben vorüber, als wäre Berger in ein monochromes Kaleidoskop hineinversetzt worden.

Als er in die Straße einfuhr, in der das Restaurant lag, bemerkte er bereits von Weitem, dass die Leuchtreklame erloschen war. An der Eingangstür hing ein Schild mit der Aufschrift ›Vorübergehend geschlossen!‹. Die Fenster waren mit Vorhängen zugezogen.

Warum hatte das Restaurant dichtgemacht? Steckte Kollnitz dahinter?

Berger schluckte, als er seinen Wagen vor der Trattoria Romana abstellte.

Der Schmerz traf ihn wieder mit voller Wucht. Ein tonnenschweres Gewicht schien auf seinem Brustkorb zu lasten und schnürte ihm die Luft ab.

*Konzentrier dich auf Kollnitz!*

Berger stieg aus dem Wagen. Wind und Schnee schlugen ihm ins Gesicht, aber er spürte die Kälte nicht. Alles fühlte sich taub an.

Er rüttelte an der Tür. Abgeschlossen. Durch die Fenster konnte er nichts erkennen. Die Vorhänge versperrten ihm die Sicht.

Was führte Kollnitz im Schilde? War er so unverfroren, im Restaurant auf Berger zu warten? Er musste damit rechnen, dass die halbe Frankfurter Polizei das Gebäude umstellen würde. Oder hatte er Berger richtig eingeschätzt, dass er allein kommen würde, um die Rechnung persönlich zu begleichen?

Auf der linken Seite des Restaurants zweigte eine enge Seitengasse ab. Berger folgte dem Weg und gelangte auf die Rückseite des Gebäudes, wo im Sommer die Gäste in einem urigen Hinterhof unter Weinranken saßen. Jetzt lag der Biergarten begraben unter einer dicken Schneedecke. Fast zugewehte Fußspuren führten zu einer Tür, die einen Spaltbreit offen stand.

Berger griff nach seiner Waffe und entsicherte sie. Er näherte sich dem Hintereingang, stieß die Tür auf und sah in einen Flur. Rechts zweigte die Küche ab. Auf der linken Seite gab es eine Treppe hinunter zu den Toiletten, und am Ende des Korridors führte eine weitere Tür in den Gastraum. Von Kollnitz war nichts zu sehen. Es war totenstill.

Berger drang in den Flur vor. Ein dezenter Duft von italienischen Gewürzen lag in der Luft. Wieder kamen die Bilder in ihm hoch, wie er mit Sarah gegessen hatte. Ihre Henkersmahlzeit.

Er packte die Pistole fester und trat die Küchentür auf. Keine Spur von Kollnitz.

Berger folgte dem Korridor und näherte sich dem Ort, an dem Sarah gestorben war. Mit jedem Schritt wurde er tiefer in den dunklen Schlund hineingezogen. Die Dämonen kreisten über ihm, bereit nach ihm zu greifen.

Wie im Drogenrausch zog er die Tür zum Gastraum auf. Zwei Lampen hinter der Bar tauchten den Raum in ein sanftes Dämmerlicht. Bergers Blick fiel sofort auf ihren Tisch, an dem sie an jenem verhängnisvollen Abend gesessen hatten. Er erstarrte.

*Sarah!*

Dort saß sie. Auf ihrem Platz. Die dunklen Haare fielen ihr auf die Schultern, das Gesicht war abgewandt. Sie trug ein schwarzes Kleid. Genau wie damals.

*Was geht hier vor sich?*

Berger atmete stoßweise. Alles begann sich zu drehen. Er konnte nicht mehr klar denken. Wieder sah er Kollnitz vor sich, der durch die Tür stürmte, die Waffe auf Sarah richtete und abdrückte.

Mit mechanischen Schritten näherte er sich dem Tisch, an dem Sarah saß. Sie bewegte sich nicht.

Dann sah er das Blut, das über die Bank gespritzt war. Ihm dröhnte der Kopf. Glühende Messer durchbohrten sein Gehirn. *Was zum Teufel?* Wie war Sarah hergekommen?

Berger musste sich zwingen, weiterzugehen. Er sah nur noch den Brustkorb, in den sich ein tiefes Loch gefressen hatte. Das Loch eines großen Kalibers, das die Lunge gnadenlos zerfetzt hatte.

Bergers Knie wurden weich, während ihn schwere Gewichte nach unten zu zerren schienen. Er konnte den Kräften nichts entgegensetzen und glitt zu Boden. Dabei grub er den Kopf in die Hände.

»Warum habe ich es nicht verhindert? Warum? Das ist alles meine Schuld.«

Berger hatte keine Ahnung, wie lange er vor dem Tisch saß. Die Zeit zerrann wie das Blut aus Sarahs Wunde. Alles verwandelte sich in eine dicke schwarze Masse.

Dann drang aus weiter Ferne eine Stimme an sein Ohr.

# 47

Nachdem Lisa von den Sanitätern abtransportiert worden war, sprach Caro kurz mit Kommissar Schilling. Sehr kurz. Da er ›nicht mehr zuständig‹ war, wünschte er ihr nur sarkastisch ›Viel Erfolg‹ und zog mit einem schadenfrohen Grinsen davon. Caro telefonierte mit ihrer Dienststelle und forderte ein Spurensicherungsteam an. Berger erreichte sie nicht.

Anschließend kehrte sie in die Weilstube zurück und fiel erschöpft aufs Bett. Der Ellenbogen war bläulich angeschwollen. Vermutlich hatte sie sich eine Prellung zugezogen.

Als Caro gerade zur Ruhe kam, vernahm sie ein Geräusch aus dem Nachbarzimmer, in dem Melanie gewohnt hatte. Schritte näherten sich der Zwischentür. Caro sprang auf, stürmte auf die Tür zu und riss sie auf.

Vor ihr stand Raphaela in ihrem weißen Kleid und starrte sie mit leeren Augen an.

»Mein Gott! Musst du mich immer so erschrecken?« Caros Puls raste.

Das Mädchen reagierte nicht auf ihre Worte. Es bewegte sich keinen Millimeter.

Caro versuchte erneut, zu ihr durchzudringen. »Wofür ist der Schlüssel, den du mir gestern gegeben hast?«

Raphaela zeigte nicht die geringste Regung.

»Die Frau, die in dem Zimmer hier gewohnt hat, war meine Freundin. Sie ist verschwunden und ich möchte sie finden. Kannst du mir dabei helfen?«

Wieder keine Reaktion. War es vergebene Mühe, mit dem Mädchen zu sprechen?

»Ich brauche deine Hilfe, weil ich mir wirklich große Sorgen um Melanie mache.«

Raphaela drehte sich mit starrem Blick um und verließ das Zimmer. Caro blieb stocksteif stehen. Das arme Mädchen konnte nichts dafür, aber in ihrem weißen Kleid und mit der blassen Haut wirkte sie gespenstisch. Caro brauchte einen Moment, um sich von dem Schreck zu erholen.

Ein paar Minuten später kehrte Raphaela zurück. Sie hielt ein Foto in der Hand, das sie Caro mit steifem Arm überreichte.

Caro griff danach.

# 48

Zoé schob die schwarze Samtgardine ihres Zimmerfensters zur Seite und spähte auf die Straße. Draußen war es inzwischen dunkel geworden. Im Licht der Straßenlaternen sanken Schneeflocken zu Boden.

Es war nicht das erste Mal, dass sie an diesem Nachmittag aus dem Fenster sah. Sie fühlte sich beobachtet.

Bereits auf dem Rückweg von der Factory hatte sie sich mehrfach umgesehen und das Gefühl gehabt, verfolgt zu werden. Einmal hatte sie eine vermummte Gestalt gesehen. Allerdings waren bei dem extremen Winterwetter alle Leute eingehüllt. Hatte sie sich zu sehr in die Sache verrannt?

Zoé lebte in einer Wohngemeinschaft im dritten Stock eines Frankfurter Altbaus. Ihre Mitbewohnerin war seit Tagen nicht mehr zu Hause gewesen. Vermutlich hing sie bei ihrem Macker ab und kiffte sich die letzten Gehirnzellen aus der Birne.

Mit einem Ruck zog Zoé den Vorhang wieder zu und ließ sich aufs Bett fallen, das sie eigenhändig aus Stahlträgern zusammengeschweißt hatte. Das Zimmer war komplett schwarz gestrichen. An der rechten Wand hing das Poster einer Heavy-Metal-Band, deren Musiker schmerzverzerrte Gesichter hatten und aus den Augen bluteten. Ein Kronleuchter mit schwarzen Kristallen tauchte den Raum in ein bizarres Licht.

Zoé hatte keine Angst vor dem Tod. Ihre Welt war zu kompliziert und zu beschwerlich, als dass sie einen guten Grund hatte, am Leben zu hängen. Dennoch verursachte ihr der Gedanke eines Verfolgers – oder einer Verfolgerin – ein flaues Gefühl in der Magengegend.

Sie musste Darling anrufen, um ihm von den Vorkommnissen in der Factory zu erzählen. Angel und Eternal_Peace waren für seine Ermittlungen sicher wichtig. Auf der anderen Seite würde er ausrasten, weil sie sich leichtfertig in Gefahr begeben hatte. Sie hatte Angst vor dem Streit. Darling war der einzige Mensch, der ihr wirklich etwas bedeutete.

Unruhig erhob sie sich und ging erneut zum Fenster. Als sie durch die Vorhänge spähte, bemerkte sie einen Schatten in einer Toreinfahrt auf der gegenüberliegenden Straßenseite.

In dem Moment klingelte das Festnetztelefon im Flur. Zoé schreckte zusammen. Mit einem beklemmenden Gefühl in der Brust öffnete sie die Zimmertür und starrte auf den schwarzen Apparat, der beharrlich läutete.

Sie nahm ab. »Ja?«

Aus dem Hörer drang ein sanftes Rauschen.

»Wer ist da?«, fragte Zoé nervös.

Es knackte in der Leitung, dann ertönte ein Tuten. Der Anrufer hatte aufgelegt.

Zoé kehrte in ihr Zimmer zurück und rief Darling an. Er nahm nicht ab.

# 49

Mit offenem Mund betrachte Caro das Foto, das Raphaela ihr in die Hand gedrückt hatte. Es war auf der Straße aufgenommen worden, die zur Burgruine hinaufführte. Mitten auf dem Weg stand eine schwarz gekleidete Person mit einer weiten Kapuze. Die Erlöserin. Das Gesicht lag im Dunkeln, die Haltung war angespannt. Im Hintergrund erkannte Caro das Haus der Burgverwalterin.

Die Gestalt hatte den Kopf zur Kamera gedreht. Wenn Melanie das Foto aufgenommen hatte, dann musste die Erlöserin sie gesehen haben. War sie dadurch in den Fokus der Mörderin geraten?

Rechts neben der vermummten Person fiel Caro auf Schienbeinhöhe ein dunkler Fleck ins Auge. Vielleicht ein Tier.

Steckte Margret Back unter dem Umhang? Der Größe nach könnte es passen. Und ihre Katze streifte ihr um die Beine.

War die Burgverwalterin von der Legende der Erlöserin derart besessen, dass sie in ihre Rolle geschlüpft war? Hatte sie Melanie entführt, nachdem sie das Foto aufgenommen hatte?

Caro stellte sich vor, wie ihre Freundin im Keller des alten Fachwerkhauses neben der Burgruine gefangen gehalten wurde.

Sollte sie Berger anrufen, damit er einen Durchsuchungsbefehl für das Anwesen von Margret Back beantragen könnte? Nein! Aufgrund eines unscharfen Fotos und einem Schatten, der mit viel Wohlwollen eine Katze darstellen könnte, würde kein Richter der Welt eine Haus-durchsuchung genehmigen. Sie brauchten mehr Fakten.

Caro zog ihre Winterjacke an und verließ das Zimmer. In der Gaststube wurde sie von den anwesenden Gästen kritisch bis lechzend gemustert. Einer der Männer pfiff ihr hinterher, als sie den Raum durchquerte. Sie ließ sich keine Gefühlsregung anmerken und trat ins Freie. Ihr Ziel war das Haus von Margret Back.

# 50

Darling saß im Landeskriminalamt an seinem Schreibtisch und brütete über den Protokollen des Internetforums, die Christin ihm unter der Hand beschafft hatte. Vor Gericht würden die Informationen nicht verwertbar sein, so viel war sicher. Aber jetzt ging es darum, Licht ins Dunkel zu bringen.

Christin hatte recht gehabt. Die Userin Eternal_Peace war auffällig gut informiert. In den Gesprächen mit Denise Reuter verwendete sie eine psychologische Sprache. Er las eine Passage des Protokolls:

›Eternal_Peace: Unter der Regentschaft deines dominanten Vaters konnte sich dein Selbstvertrauen im Kindesalter nur unzureichend entwickeln. Diese Fehlentwicklung hat sich in der Pubertät manifestiert, verstärkt durch die Mobbingattacken deiner Mitschüler.‹

Anstatt Denise zu unterstützen, nutzte Eternal_Peace die Informationen als Brandbeschleuniger.

›Eternal_Peace: Versetz dich zurück in die Zeit, als du nackt am Strand des Baggersees standest. Was hast du gefühlt, als deine Mitschüler dich ausgelacht haben? Als sie dich ›Loserin‹ genannt haben. Spürst du die Demütigung noch heute?‹

›Denise_Reuter: Mein Leben ist eine einzige Demütigung.‹

›Eternal_Peace: Glaubst du, dass es besser wird?‹

›Denise_Reuter: Nein.‹

›Eternal_Peace: Es kann nicht besser werden. Deine Persönlichkeit macht dich zu dem, was du bist. Zu einer Verliererin. Hör auf, dagegen anzukämpfen.‹

Darling überflog den restlichen Text. Es ging im gleichen Stil weiter. Eternal_Peace redete Denise Reuter ein, dass sie wertlos war und für den Rest ihres Lebens leiden müsse.

Der Zeitstempel verriet Darling, dass die Konversation eine Woche alt war. Die Spur über das Forum war wirklich heiß. Offenkundig steckte Eternal_Peace in der Sache drin. Handelte es sich bei ihr um die Erlöserin?

Darling griff sein Telefon und tippte auf Bergers Nummer, landete aber nur auf dem Anrufbeantworter. Danach versuchte er es bei Caro – mit dem gleichen Ergebnis.

Er sah auf die Uhr. Es war kurz vor acht. Ob Schröder noch im Haus war? Der Abteilungsleiter arbeitete in der Regel bis spät in die Nacht. Darling fand das Büro seines Chefs verlassen vor. Als er gerade zurückgehen wollte, hörte er das Klackern von hohen Absätzen durch den Korridor hallen. Im nächsten Moment kam ihm Christin entgegen.

»Hallo Lieblingskollege«, flötete sie.

Ihre Verwandlung überraschte Darling jedes Mal aufs Neue. Noch vor ein paar Wochen hatte sie schlabbrige Nerd-T-Shirts getragen. Jetzt steckte sie in einer eleganten Bluse, einer eng anliegenden Hose mit schicken Stiefeln, hatte sich geschminkt und die Haare frisiert.

»Hallo Christin.« Die Duftwolke ihres Parfüms stieg Darling in die Nase.

»Ich wollte fragen, ob du noch was trinken gehen möchtest.«

Er dachte an Zoé. »Eigentlich muss ich noch arbeiten.«

»Ich habe neue Informationen für dich. Komm bitte mit, dann kann ich dir in Ruhe erzählen, was ich herausgefunden habe.«

Darling zuckte mit den Schultern. »Na gut, ich komme mit.«

»Schön!« Christin lächelte.

Darling holte seine Winterjacke aus dem Büro. Als sie

aus dem LKA-Gebäude ins Freie traten, klingelte sein Telefon. Zoé rief an.

*Jetzt nicht,* dachte er, während er sogleich Gewissensbisse verspürte. Dennoch steckte er sein Handy wieder in die Tasche.

Es schneite, und Christin kämpfte sichtlich mit ihren hohen Absätzen auf dem glatten Gehweg. Sie warf ihm ein Lächeln zu und hakte sich unter.

Trotz der beiden Wintermäntel genoss Darling die Berührung. Er stellte sich einen kurzen Moment vor, wie ihre nackten Körper ineinander verschmolzen.

»Ich habe noch etwas über das Forum herausgefunden«, sagte Christin, während sie eine Bar unweit ihrer Dienststelle ansteuerten.

»Was denn?«, fragte Darling abwesend. Sein schlechtes Gewissen machte ihm wieder zu schaffen.

»Ich weiß jetzt, wer der neue Nutzer ›Last_Dance‹ in dem Forum ist. Oder besser gesagt, die Nutzerin.«

# 51

Die Stimme näherte sich. Doch sie ergab keinen Sinn. Sprach Sarah zu ihm? Lebte sie noch? Wachte er aus dem niemals endenden Albtraum auf?

»Berger!«

Jemand rief seinen Namen. Lichter blitzten auf.

»Mensch, Berger!«

Langsam wurde sein Blick klarer. Jemand kam auf ihn zu. Schließlich erkannte er Gerd Reitwehr, der besorgt auf ihn herabsah.

»Was ist denn hier passiert?«, fragte der Kollege.

Berger war noch immer verwirrt. Er zeigte auf die tote Frau vor sich. »Sarah. Kollnitz hat sie …«

»Das ist nicht Sarah!«, unterbrach ihn Reitwehr. »Sieh sie dir genau an.«

Berger hob den zentnerschweren Kopf hoch und zwang sich mit aller Willenskraft, die Leiche anzuschauen. Die Frau hatte zwar die gleiche Haarfarbe und -länge wie Sarah, sah ihr aber ansonsten kaum ähnlich. Es handelte sich um Chiara, die Kellnerin des Restaurants, die mit einem Loch in der Brust auf dem Stuhl hing.

*Das ist unmöglich!*

Berger war sich absolut sicher, dass zuvor Sarah an dem Platz gesessen hatte.

»Ich … ich weiß nicht. Ich …«, stotterte Berger entgeistert.

»Wir bringen dich jetzt nach Hause. Kollnitz hat dich hergelockt, um dich zu brechen. Du musst dich ausruhen. Ich rate dir dringend, ärztliche Hilfe zu suchen.«

»Aber Kollnitz …«

»Vergiss Kollnitz, verdammt! Wir werden ihn finden und einbuchten.« Reitwehr winkte zwei uniformierte Kollegen zu sich. »Bringt Kommissar Berger nach Wiesbaden. Und durchsucht seine Wohnung, bevor ihr ihn absetzt. Seid bloß vorsichtig! Kollnitz könnte ihm auflauern.«

Eine halbe Stunde später wartete Berger regungslos im Hausflur vor seiner Wohnungstür, während der Geleitschutz das Apartment kontrollierte. Er stand noch immer neben sich. Betäubt von seinen zerstörerischen Empfindungen. Zerfressen von undefinierbarer Trauer und Verzweiflung.

Einer der Polizisten trat aus der Tür. »Alles in Ordnung da drinnen. Können wir Sie alleine lassen?«

Berger nickte. »Ich muss mich hinlegen.«

»Schließen Sie die Tür ab. Wir klären mit den Wiesbadener Kollegen, dass eine Streife vor dem Haus abgestellt wird.«

Die Beamten verabschiedeten sich und verließen das Gebäude.

Berger trat in seine Wohnung. Es war ungewöhnlich, dass Captain Jack ihn nicht an der Tür begrüßte. Jetzt wurde ihm auch bewusst, dass der Hund seine Kollegen nicht angebellt hatte. Etwas stimmte nicht.

# 52

Das Sturmtief hielt den Taunus fest in seinem eisigen Griff. Es schneite inzwischen wesentlich stärker. Heftige Sturmböen fegten durch die Straßen von Oberweildorf. In der Nacht würde der Orkan seinen Höhepunkt erreichen. Der Wetterbericht hatte für die höheren Lagen massive Niederschläge vorausgesagt.

Caro stapfte den Weg zur Burgruine hinauf, konnte jedoch durch Nebel und Schnee kaum etwas erkennen. Dort, wo das Foto ihrer Meinung nach aufgenommen worden war, hielt sie inne.

Sie versuchte, sich in die Situation hineinzuversetzen. Melanie hatte die Erlöserin aufgespürt und im Schatten der Mauer ein Foto von ihr geschossen. Daraufhin war die Gestalt auf sie aufmerksam geworden. Was war danach passiert? Hatte Margret Back Melanie überwältigt und in ihrem Haus eingesperrt? Nein, das Bild musste ein paar Tage vor Johannas Tod entstanden sein. Sie hatte es ausgedruckt, und es war in Raphaelas Hände gelangt.

Caro erklomm die steile Straße, bis sie das Haus der Burgwärterin erreichte. Von der Treppe, die zur Burgruine führte, konnte man ihr Grundstück gut überblicken. Es handelte sich um zwei Gebäudeteile, die L-förmig angeordnet waren und einen Hof bildeten, der von einer mannshohen Mauer eingerahmt wurde. Links standen drei miteinander verbundene Schuppen.

Caro beobachtete das Haus für ein paar Minuten. Im Erdgeschoss des rechten Gebäudeflügels brannte Licht. Von ihrem Beobachtungsposten war es jedoch unmöglich, herauszufinden, was im Inneren vor sich ging. Sie musste näher herankommen.

Sie stieg die Treppe bis zur Einfahrt des Hauses hinab und spähte in den Hof. Eine Windböe wirbelte den Neuschnee auf und pustete ihn durch die Luft. Die Eiseskälte kroch Caro in den Nacken.

Sie drückte gegen das Tor, das keinen Widerstand leistete. Im Schutz der Hauswand schlich sie an den Fenstern vorbei.

Wenn Melanie auf dem Grundstück gefangen gehalten wurde, dann vermutlich im Keller. Gab es eine Möglichkeit, unbemerkt ins Haus zu gelangen? Vielleicht von der anderen Seite?

Der zweite Gebäudeteil lag im Dunkeln, sodass Caro kaum Details erkennen konnte. Sie zog ihr Handy aus der Tasche und schaltete das Display an, das sie vorsichtshalber mit der Hand abdeckte.

Zwischen Schuppen und Haus gab es einen Durchgang. Dahinter entdeckte Caro eine Tür. Sie drückte die Klinke runter und stellte fest, dass sie verschlossen war. Links neben der Tür war ein Fenster gekippt. Caro fasste in den Spalt und versuchte, den Griff zu erreichen. Sie streckte die Finger, so weit es ging, und schob den Hebel zur Seite. Das Fenster sprang auf.

Im Licht des Displays erkannte Caro, dass es sich um ein Badezimmer handelte. Sie zog sich an der Fensterbank hoch und stieg in das Haus ein. Ihr war bewusst, dass sie Spuren hinterlassen würde, denn ihre Stiefel waren voller Schneematsch. Aber das spielte keine Rolle, wenn sie Melanie finden würde.

Nachdem Caro das Fenster hinter sich geschlossen hatte, schlich sie zur Tür. Ihr Herz raste. Jeder ihrer Schritte schien einen Höllenlärm zu verursachen. Was würde passieren, wenn Margret Back auf sie aufmerksam wurde?

Hinter der Tür lag ein schmaler Korridor, der in einen Wohnraum führte. Caro folgte ihm. Ein muffiger, abgestandener Geruch schlug ihr entgegen.

In diesem Gebäudeteil hatte seit Langem niemand mehr gewohnt. Die Möbel im Wohnzimmer waren mit weißen Tüchern abgedeckt, um sie vor Staub zu schützen. Alles wirkte leblos und verlassen. Dazu passte die Totenstille. Caros Anspannung wuchs.

Sie hob den Stoff von einem der Schränke an und leuchtete darunter. Die Möbel waren nicht ausgeräumt worden. In einer Vitrine standen Bücher, Gläser, Geschirr und ein Bilderrahmen mit dem Foto einer dunkelhaarigen Frau im mittleren Alter, die zwei Kinder auf dem Arm hielt. Wer war sie?

Caro hängte das Tuch zurück, schlich in den Flur und stieg in den ersten Stock hinauf. Die Zimmer standen alle leer. Hier war für lange Zeit niemand mehr gewesen.

Die letzte Möglichkeit war der Keller. Im Erdgeschoss entdeckte Caro eine steile Treppe nach unten. Mit einem mulmigen Gefühl kletterte sie die Felsstufen hinunter. Ihre Schritte hallten wie Donnerschläge durch die Stille. Würde sie Melanie finden?

Am Fuß der Treppe gelangte Caro in einen kargen Raum, der in den Fels gehauen und mit Kalksteinen ausgekleidet worden war. In zwei Regalen standen Konservendosen, Marmeladengläser und Flaschen, daneben ein paar Holzkisten.

Caros Blick fiel auf eine schmiedeeiserne Gittertür, die aussah wie der Zugang zu einem mittelalterlichen Folterkeller. Mit weichen Knien ging sie darauf zu und leuchtete durch das Gitter. Ein Tunnel führte in den Felsen und verlor sich in der Dunkelheit, vermutlich verlief er in Richtung Burgruine. Caro spürte einen Luftzug, was darauf hindeutete, dass es auf der anderen Seite einen Ausgang gab.

Handelte es sich um einen Geheimgang? Erklärte der Tunnel das mysteriöse Verschwinden der Erlöserin an der Burgmauer? Das wiederum sprach dafür, dass Margret Back unter dem Umhang der Gestalt gesteckt hatte.

Die Tür war mit einem stabilen Vorhängeschloss versperrt. Für einen kurzen Moment hatte Caro die Hoffnung, dass der Schlüssel, den Raphaela ihr gegeben hatte, für dieses Schloss gedacht war. Doch er passte nicht.

Sie wandte sich von der Gittertür ab und leuchtete in einen Nebenraum, der bis auf einen wackelig wirkenden Holzschrank leer war. Caro ging darauf zu und öffnete die Türen.

*Heilige Scheiße!*

An einer Stange hing ein schwarzer Samtumhang mit einer weiten Kapuze. Die Kleidung der Erlöserin. Also steckte Margret Back tatsächlich hinter der unheimlichen Figur. Caro tastete den Umhang ab, konnte jedoch nichts entdecken.

Sie leuchtete noch einmal durch den Raum. Es gab eine weitere Tür, die in den benachbarten Gebäudeteil führen musste. Allerdings war sie verschlossen. Die Tür aufzubrechen, würde Lärm verursachen, und sie wollte ihr Glück nicht weiter auf die Probe stellen. Es wurde Zeit, aus dem Haus zu verschwinden. Melanie war nicht hier.

Leise schlich Caro zur Treppe zurück. Sie hatte noch immer das Gefühl, dass jeder Schritt einen Höllenlärm verursachte. Die Anspannung wurde unerträglich.

Caro war froh, als sie die Haustür erreichte und nach draußen trat. Um nicht gesehen zu werden, schaltete sie das Handydisplay aus. Unter dem Vordach war es stockdunkel, und der Sturm tobte ums Haus.

Plötzlich spürte sie eine Berührung am Bein.

Sie blieb wie erstarrt stehen. Als erneut etwas Weiches um ihre Unterschenkel streifte, begriff sie, dass es eine Katze war. Die Katze, die Margret Back nicht von der Seite wich.

In dem Moment wurde im angrenzenden Schuppen das Licht angeschaltet.

# 53

Zoé hockte im Schneidersitz auf dem Bett. Sie steckte in der Klemme. Wer stalkte sie? Eternal_Peace alias Yasmin Schneider? Hatte die Unbekannte Zoé in der Factory bemerkt und später verfolgt?

Sie dachte an die Frau aus dem Video, Denise Reuter. Ihre Geschichte hatte traurig geklungen, genau wie ihre eigene. War es erstrebenswert, gegen Selbstmordgedanken anzukämpfen? Was war der Lohn dafür, am Leben zu bleiben, wenn jeder Tag zur Qual wurde? Welchen Grund gab es, weiterzumachen?

Zoé fragte sich, ob Denise Reuter es inzwischen durchgezogen hatte. Hatte sie sich umgebracht? Oder hatte Eternal_Peace nachgeholfen?

Zoé erhob sich und ging wieder ans Fenster. Der Schatten in der Einfahrt war verschwunden. Hatte sie sich alles eingebildet?

Nein. Jemand war dort gewesen und hatte sie beobachtet.

Nervös zog sie die Gardine zu. Warum war Darling nicht ans Telefon gegangen? War er zu beschäftigt oder ignorierte er sie absichtlich? Ein furchtbarer Gedanke.

Zoé zuckte zusammen. Erneut hallte das Klingeln des Telefons durch die Wohnung. Unsicher tappte sie in den Flur. Der Telefonapparat wirkte wie ein Relikt aus dem vergangenen Jahrtausend, dessen durchdringendes Schrillen durch Mark und Bein ging. *Schrecklich!*

Sie hob ab. Aus dem Hörer drang das gleiche Rauschen wie beim vorhergehenden Anruf. Doch dieses Mal folgte eine weiche, säuselnde Stimme. »Ich kenne deine Geschichte.«

Zoé starrte entgeistert auf das Telefon. »Wer ist da?«

»Das spielt keine Rolle. Ich bin gekommen, um dich zu erlösen.«

»Hast du mich verfolgt?«, frage Zoé.

Die Stimme antwortete nicht auf ihre Frage. »Ich möchte deine Geschichte aufnehmen.«

»Warum?«

»Um dir ein Denkmal zu setzen. Du hast es verdient, deine Geschichte der Nachwelt zu hinterlassen.«

»Ich hinterlasse weder eine Geschichte, noch lasse ich mich in den Tod treiben«, protestierte Zoé. »Das bestimme ich allein!«

»Du erkennst die Schlange nicht, die dir die Luft abdrückt. Ich helfe dir, sie zu besiegen.«

Zoés Alarmglocken schrillten. »Meine Mitbewohnerin kommt sicher gleich zurück.«

»Sicher«, entgegnete die Stimme emotionslos.

Während sie weiter telefonierte, schrieb sie eine Kurznachricht an Darling. ›Brauche deine Hilfe! Schnell!‹

»Wünschst du dir nicht, dass dein Leben andere Menschen bewegt?«, fragte die Stimme weiter.

Das Interview mit Denise Reuter schoss Zoé durch den Kopf. Die Demütigungen, die sie in ihrem Leben erfahren musste. Warum hatte sie einer wildfremden Frau von ihrem Seelenleid erzählt? War es für sie befreiend gewesen? Oder nur ein weiterer Baustein in der Perlenkette von Erniedrigungen?

Sie dachte an die Waschküche.

*Nein!*

»Meine Geschichte gehört mir«, sagte sie mit fester Stimme. »Fick dich selbst! Von mir bekommst du nichts!« Zoé legte den Telefonhörer auf und dann neben den Apparat.

*Fuck!*

Sie hatte sich tief in die Scheiße reingeritten und stand im Visier einer irren Mörderin.

Als Zoé in ihr Zimmer zurückkehrte, spähte sie durch die Gardine auf die Straße. Der Schatten blieb verschwunden.

Die seltsame Anruferin hatte dieselben Ausdrücke verwendet wie Eternal_Peace. Die Schlange, die sich angeblich um Zoés Hals gelegt hatte. Das Denkmal, das ihr vor dem Tod gesetzt werden sollte. Das ließ nur einen Schluss zu: Eternal_Peace steckte hinter den Morden.

Und Zoé wusste, wem das Pseudonym gehörte. Einer Frau namens Yasmin Schneider.

Das Schrillen der Wohnungsklingel riss sie aus den Gedanken. Augenblicklich stellten sich ihr die Nackenhaare auf.

## 54

Berger wurde von blanker Panik erfasst, als er nach Captain Jack suchte. Er schaute in der Küche nach, dann im Badezimmer. Nichts. Im Wohnzimmer schließlich fand er Captain Jack in seinem Körbchen. Regungslos.

*Kollnitz hat ihn getötet!*

»Nein. Nein. Nein!« Berger rannte auf den Schlafplatz des Hundes zu und umarmte seinen Freund voller Verzweiflung. »Bitte nicht!«

Er horchte an der Brust des Tieres und stellte fest, dass Captain Jack flach atmete. Hastig zog Berger den Kopf des Hundes zu sich. Die Augäpfel flatterten, offenbar war er weggetreten. Hatte Kollnitz ihn vergiftet?

Berger sprang auf und lief in die Küche, um den Napf zu untersuchen. Er stand einen halben Meter von seinem ursprünglichen Ort entfernt. Wenn Captain Jack ihn nicht verrückt hatte – und das würde er niemals tun –, dann war jemand hier gewesen.

*Kollnitz!*

Er griff zum Handy und verständigte den Tierarzt, der ihm empfahl, Captain Jack sofort vorbeizubringen. Berger holte die Dose mit seinen Psychopharmaka aus der Küchenkommode und schluckte eine Pille, dann legte er die Hand erneut auf das weiche Fell des Tieres. Captain Jack atmete kaum noch.

*Nein!*

War das ein weiterer Zug in Kollnitz' Psychospiel? Wollte er Berger endgültig in den Schlund seiner Depressionen stoßen? Captain Jack bedeutete ihm alles! Wenn der Hund starb, würde Berger mit ihm zugrunde gehen. So viel war sicher.

Er hob den schlaffen Körper des Tieres hoch und trug ihn nach draußen zu seinem Wagen.

In weniger als zehn Minuten erreichte er den Tierarzt, dessen Praxis um diese Zeit geschlossen war. Glücklicherweise war Doktor Ahlmann vierundzwanzig Stunden am Tag mit dem Herzen bei seinen Patienten.

Er öffnete die Tür und blickte auf Captain Jack. »Was ist passiert?«

»Ich habe ihn regungslos zu Hause vorgefunden. Möglicherweise ist er vergiftet worden.«

»Das sehen wir gleich. Kommen Sie mit.« Er führte Berger in sein Behandlungszimmer und wies auf eine Stahlliege. Berger legte den Hund vorsichtig darauf.

Doktor Ahlmann horchte zunächst den Körper des Tieres ab, dann leuchtete er ihm in die Augen.

»Was hat er?«, fragte Berger.

»Es sieht nach einer starken Sedierung aus«, erwiderte der Tierarzt. »Wissen Sie, was der Hund zu sich genommen hat?«

Berger schüttelte den Kopf. »Nein.«

»Ich glaube nicht, dass er einen Schaden davongetragen hat. Seine Körperfunktionen scheinen in Ordnung zu sein. Ich behalte ihn aber vorsichtshalber heute Nacht hier.«

Berger nickte.

»Gehen Sie jetzt nach Hause«, sagte Doktor Ahlmann. »Ich kümmere mich um Captain Jack.«

Berger bedankte sich und verließ die Praxis. Als er auf die Straße trat, sank seine Stimmung ins Bodenlose. Mit zitternden Fingern zog er sein Telefon aus der Tasche und rief Caro an.

# 55

Als das Licht im Schuppen aufflammte, schoss Caro blitzschnell zur Seite und kauerte sich hinter eine Schubkarre.

Sekundenbruchteile später hörte sie Margret Back gegen den Sturm anschreien. »Lutetia! Komm endlich rein.«

*Ihre Katze trägt den Vornamen der Erlöserin?*

Caro spähte durch einen Spalt. Die Burgwärterin kam genau auf sie zu. Auch die Katze schien einen Narren an ihr gefressen zu haben und streifte weiter um ihre Beine. Wenn das Biest nicht sofort verschwand, würde Margret Back sie unweigerlich entdecken.

Es gab nur eine Möglichkeit. Caro verpasste der Katze einen unsanften Klaps, woraufhin das Tier fauchend zurücksprang.

»Lutetia? Bist du dort drüben?« Die Burgverwalterin kam näher.

Lautstark maunzend hoppelte die Katze ihr entgegen.

»Da bist du ja.« Sie wollte ihren Liebling gerade auf den Arm nehmen, als sie stutzte. Ihr Blick ruhte auf der Fußspur, die Caro hinterlassen hatte.

»Was ist das denn? Hatten wir etwa Besuch?« Sie folgte den Abdrücken, bis sie knapp fünf Meter vor Caro stand. Durch die Überdachung endete die Spur.

Caro hielt die Luft an. Sie beobachtete, wie die Burgwächterin auf die Haustür des Nebengebäudes zuging und aufschloss. Dann verschwand sie im Inneren, wo sie unweigerlich Caros matschige Fußabdrücke entdecken würde.

Ihr blieb nur ein kurzes Zeitfenster, um zu entkommen. Jetzt!

Caro sprang auf und hetzte über den Hof. Als sie das Tor

erreichte, hörte sie hinter sich Schreie. »Heh! Stehen bleiben!«

Wüste Flüche flogen ihr hinterher, wurden aber vom Heulen des Sturmes verschluckt. Caro rannte weiter, gedeckt von Dunkelheit und dichtem Schneetreiben. Erst als sie die Hauptstraße erreichte, bremste sie ab und rang um Atem.

Mit gemischten Gefühlen kehrte sie zurück in die Weilstube. Der Verdacht, dass Margret Back unter der Robe der Erlöserin steckte, hatte sich erhärtet. Doch einen Durchbruch hatte Caro nicht erzielt. Melanie blieb verschwunden.

## 56

»Zoé Weber?« Darling starrte Christin entgeistert an.

»Ja. Ich konnte die Spur von Last_Dance im Forum zurückverfolgen und bin auf den Namen gestoßen. Kennst du die Frau?«

Darling nickte. Er musste sich zusammenreißen, um nicht in seine Hand zu beißen. Zoé hatte sich in Gefahr gebracht, weil er seinen Mund nicht hatte halten können.

»Ich muss los«, sagte Darling.

»Was?« Christin sah ihn mit einer Mischung aus Enttäuschung und Entrüstung an. »Ich dachte, wir gehen noch was trinken.«

»Das müssen wir leider verschieben.«

»Aber ...«

»Tut mir leid, Christin. Ich melde mich morgen bei dir.« Darling ließ die Kollegin sprachlos auf der Straße zurück und rannte zu seinem Auto.

Während er einstieg, spürte er sein Telefon vibrieren. Hastig schaute er aufs Display und las Zoés Nachricht:

›Brauche deine Hilfe! Schnell!‹

Darling fühlte Hitze in sich aufsteigen. Was war geschehen? Hatte sie mit ihren Beiträgen im Selbstmordforum die Mörderin auf sich aufmerksam gemacht?

Er startete den Motor und drückte das Gaspedal durch. Die Fahrt von Wiesbaden bis zu Zoés Wohnung im Frankfurter Westen würde knapp dreißig Minuten dauern. Hatte sie noch so lange Zeit?

Während er auf die Autobahn fuhr, versuchte er, seine Freundin anzurufen, doch sie ging nicht ans Telefon.

Seine Angst um Zoé steigerte sich von Minute zu Minute. Er malte sich aus, wie er sie mit aufgeschnittenen Pulsadern in ihrer Wohnung finden würde. Hoffentlich kam er nicht zu spät!

Darling schaffte es in rekordverdächtigen zwanzig Minuten. Vor dem beigefarbenen Mehrfamilienhaus, in dem Zoé wohnte, klaffte eine große Parklücke, die er dankbar annahm.

Als Darling aus dem Auto stieg, fiel sein Blick auf die gegenüberliegende Toreinfahrt. Er kniff die Augen zusammen. War da nicht gerade noch ein Schatten gewesen? Vermutlich Einbildung.

Er hetzte zum Hauseingang, drückte den Klingelknopf und wartete ungeduldig auf das Summen an der Tür. Doch das erlösende Geräusch kam nicht. Wieder überfielen ihn die inneren Bilder, in denen die Mörderin Zoé betäubte und ihr die Pulsadern durchtrennte, sodass das Blut durch die halbe Wohnung spritzte.

*Scheiße! Nein!*

Panisch drückte Darling mehrere Klingelknöpfe, woraufhin das Summen endlich ertönte. Er stieß die Tür auf und nahm im Treppenhaus drei Stufen gleichzeitig, um möglichst schnell in den dritten Stock zu gelangen. Die alte Treppe ächzte bei jedem seiner Tritte, während ihm der Geruch von angebranntem Essen in die Nase stieg.

Als er Zoés Wohnung erreichte, klingelte er erneut. Nichts passierte.

Schweißperlen bildeten sich auf seiner Stirn. War er zu spät gekommen? Hatte die Erlöserin Zoé heimgesucht?

*Fuck!* Warum hatte er das alles nicht früher kommen sehen?

Darling pochte mehrfach gegen die Tür. »Zoé! Ich bin's!«

*Bitte mach auf!*

Noch immer kam keine Reaktion. Er klopfte ein weiteres Mal.

Endlich öffnete sich die Tür, und das blasse Gesicht von Zoé erschien im Spalt. Ein schiefes Lächeln lag auf ihren Lippen. »Hast du mich vermisst?«

Eine Welle der Erleichterung schwappte über Darling hinweg. »Scheiße, ich habe mir echt Sorgen um dich gemacht.«

»Wie du siehst, lebe ich noch.« Zoé öffnete die Tür, sodass er eintreten konnte.

»Gott sei Dank!« Darling folgte seiner Freundin in ihr Zimmer und wurde für einen kurzen Moment von der düsteren Einrichtung erschlagen.

Zoé wich ans Fenster zurück. Darling wusste, dass es eine große Belastung für sie bedeutete, mit einem Mann alleine den Raum zu teilen. Doch dieses Problem musste jetzt in den Hintergrund treten.

»Was ist passiert?«, fragte er.

Zoé sah betreten zu Boden. »Ich habe Detektivin gespielt und es irgendwie verkackt.« Sie berichtete von den Chats mit Dark_Angel666 und Eternal_Peace sowie von ihrem Treffen mit Angel. Anschließend schilderte sie ihre Erlebnisse in der Factory und die Entdeckung des Namens Yasmin Schneider. Sie endet mit dem bizarren Film.

»Was?«, fragte Darling entsetzt. »Du warst in einem Kellerraum eingesperrt und hast dieses Video angeschaut?«

»Ja, von so einer abgefuckten Frau, die ständig gemobbt wurde.«

»Wie hieß die Frau?«

»Denise.«

»Ach du Scheiße!« Darling schlug sich gegen die Stirn.

Zoé starrte ihn an. »Was ist los?«

»Denise Reuter wurde heute Morgen ermordet aufgefunden.«

»Ermordet?«

»Ja, die Erlöserin hat sie mit Alkohol ertränkt.«

»Vielleicht war es Selbstmord.«

»Wir haben eindeutige Beweise gefunden, dass sie getötet wurde.«

»Dann war es Eternal_Peace. Sie ist auch hinter mir her.«

Darling starrte sie entgeistert an, unfähig zu antworten.

»Sie war gerade hier«, fuhr Zoé fort.

»Was?! Hier, in deiner Wohnung?«

»Sie hat mich von der anderen Straßenseite aus beobachtet und mehrfach angerufen. Danach hat sie an meiner Wohnungstür geklingelt.«

Darling dachte an den Schatten in der Toreinfahrt. Er stürmte ans Fenster und riss die schwarze Gardine zur Seite. Auf der gegenüberliegenden Straßenseite herrschte Dunkelheit. Darling konnte nicht erkennen, ob sich jemand im Schutz der Einfahrt verbarg.

»Hast du ihr geöffnet?«

Zoé schüttelte den Kopf. »Nein. Sie hat dreimal geklingelt. Das war's. Ich glaube, dass sie mich nur erschrecken wollte, um an meine Geschichte zu kommen.«

»D... du musst hier weg! Ich bringe dich in Sicherheit.«

»Reg dich ab!«, sagte Zoé. »Sie hat mir nichts getan.«

»Du weißt gar nicht, in welcher Gefahr du schwebst«, polterte Darling los. »Die Erlöserin ist davon besessen, Menschen wie dich zu töten!«

»Ja, ich weiß. Aber jetzt kannst du das ja verhindern«, gab sie sarkastisch zurück.

Darling griff nach seinem Handy. »Ich rufe Berger an! Wir müssen diese Yasmin Schneider, Eternal_Peace, oder wie auch immer sie heißt, fassen. Und zwar schnell.«

Er wählte seinen Partner an, landete jedoch wieder auf dem Anrufbeantworter.

»Verdammt!«, fluchte er. »Was ist heute mit Berger los?«

Anschließend versuchte er es bei seinem Abteilungsleiter Jens Schröder, der sofort abnahm. Darling berichtete ihm, was Zoé widerfahren war.

»Sind Sie verrückt geworden, Darlinger?«, echauffierte sich der Chef. »Wie können Sie das Mädchen derart in Gefahr bringen?«

»Ich habe gar nicht …«

Schröder fiel ihm ins Wort. »Darüber unterhalten wir uns noch! Heute bekommen wir keinen Durchsuchungsbefehl mehr für die Factory. Berger soll sich morgen früh darum kümmern.«

»Ich erreiche ihn nicht«, gab Darling zu bedenken.

»Dann versuchen Sie es weiter. Und schaffen Sie Ihre Freundin verdammt noch mal an einen sicheren Ort. Am besten ins LKA.«

»Ja, natürlich.«

»Ich erwarte morgen um Punkt neun Uhr einen Bericht über das weitere Vorgehen.« Es knackte in der Leitung. Schröder hatte aufgelegt.

Zoé schenkte ihm ein entschuldigendes Lächeln. »Ich bin ein böses Mädchen, oder?«

»Ja, bist du«, sagte Darling. »Und jetzt bringe ich dich in Sicherheit.«

»Willst du mich in eine Zelle sperren?«

»Nein«, erwiderte er. »Ich nehme dich mit zu mir nach Hause.«

Das Lächeln fiel abrupt aus ihrem Gesicht. »Ich weiß nicht, ob ich das kann. Du weißt ja …«

»Ich lasse dich nicht allein. Das kannst du vergessen.«

Zoé überlegte einen Moment. »Dann aber nach meinen Regeln.«

Darling zog die rechte Augenbraue hoch. »Und was sind deine Regeln?«

»Das erkläre ich dir, wenn wir in deiner Wohnung angekommen sind.«

# 57

Caro hockte auf ihrem Bett in der Weilstube und sorgte sich um Berger. Gerade hatte er angerufen und mehr gestammelt als gesprochen. Sie hatte aus den Wortfetzen herausgehört, dass es um Kollnitz ging. Und dass Captain Jack etwas zugestoßen war.

Sie mochte sich kaum ausmalen, wie belastend die Situation für Berger sein musste. Er litt unter dem Verlust von Sarah, weil er sich die Schuld für ihren Tod gab. Durch Therapie und Medikamente hatte er in den letzten Monaten große Fortschritte erzielt, die Depressionen in den Griff zu bekommen. Doch das Auftauchen von Kollnitz bedeutete einen herben Rückschlag für die Krankheit. Er wurde brachial in die Zeit seines größten Schmerzes zurückversetzt, was die Behandlungserfolge zunichtemachte. Wahrscheinlich hatte seine Therapeutin eine Strategie entwickelt, Berger beizubringen, mit Sarahs Tod umzugehen. Von diesem Ziel war er Lichtjahre entfernt.

Caros Sorgen schwollen an. Der angekündigte Schneesturm fegte mit voller Wucht über den Taunus, zerrte an den Fensterläden der Weilstube und pfiff durch die Straßen. Es war unverantwortlich, dass Berger in seiner Verfassung durch das Schneechaos fuhr. Caro hatte versucht, ihn davon abzubringen. Sie hatte angeboten, sich sofort ins Auto zu setzen, um nach Wiesbaden zurückzukehren, doch er hatte vehement abgelehnt. Er wollte raus aus der Stadt. Möglichst weit weg. Auch die Appelle, dass ihn ein Kollege oder Freund fahren sollte, waren an ihm abgeprallt.

Caro starrte auf die Uhr, dann griff sie zum Handy und rief Berger an, landete aber sofort auf der Sprachbox.

*Hoffentlich geht es dir gut!*

Um sich abzulenken, verließ Caro ihr Zimmer und betrat die Kneipe. Die letzten Gäste hatten die Weilstube inzwischen verlassen, und Guido war dabei, die Tische abzuwischen.

»Guten Abend«, sagte Caro.

Der Wirt zuckte zusammen und drehte sich um. »Ich habe Sie gar nicht kommen hören. Möchten Sie noch ein Bier trinken?«

»Gerne.« Caro setzte sich an die Bar, während Guido an die Zapfanlage trat und ein Glas darunterstellte.

»Kennen Sie Margret Back?«, fragte Caro.

»Margret? Natürlich. Im Dorf gibt's jede Menge Geschichten über sie. Die bekomme ich alle zu hören.« Er nickte zu den Tischen im Gastraum hinüber.

»Was für Geschichten sind das?«, bohrte Caro nach.

»Na ja. Sie ist schon eine merkwürdige Person, die zurückgezogen lebt und nicht gerne unter Leuten ist. Da kommt schnell mal Tratsch auf.« Er reichte Caro das Bierglas über die Theke. »Sie wird auch Burggespenst genannt, weil sie von der Geschichte der Ruine besessen ist. Angeblich taucht sie manchmal aus dem Nichts auf und verschwindet wieder.«

Caro dachte an den Tunnel in ihrem Keller. Geheimgänge unter der Burg würden die Beobachtungen erklären.

»Ich habe einen Zeitungsartikel von ihr über die Erlöserin gelesen. Wissen Sie etwas darüber?«

»Margret hat einen Hau weg. Vor ein paar Jahren ist sie in einem schwarzen Umhang durch die Straßen gezogen und hat allen erzählt, dass sie die Erlöserin sei. Natürlich hat das niemand geglaubt, weil sie immer so schräg und düster drauf ist.«

»Warum ist sie denn so verbittert?«

»Seit ihrer Kindheit wurde sie im Ort gehänselt und hatte nie Freunde.«

*Genau wie Johanna Maiwald*, dachte Caro.

»Margret verbringt viel Zeit in der Kirche und hat sämtliche mittelalterlichen Aufzeichnungen des Archivs durchforstet. Vor allem über die Erlöserin. Vollkommen durchgeknallt, wenn Sie mich fragen.«

Caro horchte auf. *Das Kirchenarchiv!* Fand die Legende um die Erlöserin dort ihren Ursprung?

»Wissen Sie, ob sich Melanie Meissner auch für das Kirchenarchiv interessiert hat?«

»Oh, ja. Wir haben uns ein paar Tage vor ihrem Verschwinden darüber unterhalten. Ich nehme an, dass sie dort war.«

Die Kneipentür öffnete sich, und das Heulen des Windes erfüllte den Raum. Ein schneebedeckter Mann kam herein. Caro erkannte sofort, dass es sich um Berger handelte.

»Berger!«, rief sie.

Er kam auf sie zu und legte die Kapuze ab. Die Haare standen ihm wirr zu Berge, und unter den Augen hatten sich dunkle Ringe gebildet.

»Herrje! Du siehst ja furchtbar aus.«

Er nickte, ohne ein Wort zu sagen.

»Komm mit nach oben.« Sie ergriff Bergers Hand und zog ihn hinter sich her.

Als sie in Caros Zimmer ankamen, manövrierte sie ihren Kollegen aufs Bett. Er stand vollkommen neben sich.

»Was ist passiert?«, fragte sie.

Berger starrte ins Leere.

Caro umfasste behutsam seinen Kopf und drehte ihn zu sich, sodass sie sich gegenseitig in die Augen schauten. »Sieh mich an.«

Endlich fokussierte er den Blick.

»Gut so. Was ist heute passiert?«

Berger holte tief Luft. »Kollnitz.« Schwerfällig berichtete er von seinem Eindringen in die Werkstatt und der anschließenden Verfolgungsjagd.

Caro hörte zu, ohne ihn zu unterbrechen. Als Berger von seinem grausamen Erlebnis in dem italienischen Restaurant erzählte, schlug sie die Hände über dem Kopf zusammen. »Kollnitz ist definitiv ein Psychopath. Sucht die Frankfurter Polizei nach ihm?«

Berger starrte gegen die Wand. »Sie werden ihn nicht finden. Er ist ein Phantom.«

»Du musst aufhören, ihn zu jagen.«

»Das brauche ich nicht. Er findet mich.«

Natürlich hatte er recht. Ihre Worte waren dumm gewählt. Sie sorgte sich um Berger und wünschte, dass er der Gefahr aus dem Weg ging. Aber wenn sich Kollnitz Berger als Ziel ausgesucht hatte – was offensichtlich war – dann konnte er nicht weglaufen.

»Ich möchte, dass du deine Gedanken auf die Frau in der Pizzeria lenkst. Es war nicht Sarah! Sieh dir die Leiche genau an und beschreibe sie mir.«

Caro zielte darauf ab, seine Projektion der Kellnerin auf Sarah zu unterbrechen.

Berger versank tiefer in Gedanken.

»Was siehst du, Berger?«, fragte Caro noch mal. »Blende das Restaurant aus. Konzentriere dich nur auf die Frau und beschreibe sie mir.«

»Sie ist schlank und hat lange, dunkle Haare«, erwiderte er langsam.

»Handelt es sich um Sarah? Sieh genau hin!«

»Nein.«

»Beschreibe ihr Gesicht.«

»Ich sehe braune Augen, eine dünne Nase und hohe Wangenknochen.«

»Hat sie Ähnlichkeit mit Sarah?«

»Nein.«

»Wer ist sie?«

»Eine Kellnerin.«

»Und wer hat die Frau ermordet?«

»René Kollnitz.«

»Gut!«, sagte Caro zuversichtlich. »Versuch bitte, den Gedanken festzuhalten. Du musst dich jetzt ausruhen.« Sie holte ihren Kulturbeutel aus der Reisetasche, in der sie Schlaftabletten für Notfälle dabeihatte. Diese ›Notfälle‹ hatten sich nach ihrer Trennung von Georg gehäuft, als sie nächtelang wachgelegen hatte. Inzwischen brauchte sie die Pillen kaum noch. Sie löste eine Tablette aus dem Blister und gab sie Berger zusammen mit einer Flasche Wasser.

»Was ist das?«, fragte er.

»Eine Schlaftablette. Du brauchst Ruhe, um die Erlebnisse zu verarbeiten. Morgen wird es dir besser gehen.«

Berger nickte abwesend. Er nahm die weiße Kapsel zwischen die Finger und schluckte sie runter.

»Sehr gut«, sagte Caro. »Jetzt leg dich hin.«

Er streifte die Schuhe ab und streckte sich in ihrem Bett aus. Caro beobachtete, wie sich sein Brustkorb unruhig auf und nieder bewegte. Seine Augen waren geöffnet und starrten gegen die Decke. Mit der Zeit fiel es ihm immer schwerer, die Lider offen zu halten, bis sie schließlich zufielen. Sein Atem beruhigte sich. Er war eingeschlafen.

Caro betrachtete ihn noch eine ganze Weile. Sie dachte an den Kuss, der sie so sehr berührt hatte. War es wirklich erst gestern gewesen? Danach hatte Kollnitz ihre gemeinsame Welt auf den Kopf gestellt und Berger mit seinen Psychospielen an den Rand des Wahnsinns getrieben. Seine Verbundenheit zu Sarah, Jahre nach ihrem Tod, schmerzte ungemein. Sie konnte seine Gefühle nachvollziehen, dennoch versetzten sie ihr qualvolle Stiche ins Herz. War die Sache beendet, wenn Kollnitz gefasst oder tot sein würde?

Caro legte sich neben Berger aufs Bett und löschte das Licht. Dann horchte sie, wie der Schneesturm an den Fensterläden rüttelte. Hoffentlich würde das Unwetter bald vorüberziehen.

# 58

Am späten Abend trafen Zoé und Darling in seinem Wiesbadener Apartment ein. Für eine große Wohnung reichte der magere Behörden-Sold nicht aus, daher musste ein einzelnes Zimmer genügen. Die Einrichtung war das Ebenbild eines typischen Männerhaushaltes: weiße Wände, ein ausgezogenes Schlafsofa, ein riesiger Fernseher, ein Kühlschrank mit Glasfront und keinerlei Deko oder Schnickschnack.

Zoé stockte beim Eintreten. Offensichtlich fühlte sie sich wieder in die Enge getrieben.

Darling zuckte mit den Schultern. »Das ist mein Reich.«

Zögerlich folgte sie ihm. »Hast du Bier?«

Er wies mit dem Kopf auf den Kühlschrank.

Zoé holte zwei Dosen heraus und öffnete sie. Eine reichte sie Darling. »Ich weiß, das zwischen uns ist irgendwie komisch.« Sie nahm einen kräftigen Schluck. »Aber eine scheiß normale Beziehung kann ich dir nicht bieten. Du solltest dir gut überlegen, ob du eine abgefuckte Frau wie mich willst.«

Zoé war wirklich besonders. Auch besonders interessant. Für einen Moment dachte Darling an Christin. Wäre sie jetzt hier, hätten sie längst das Bett unter Beschlag genommen. Eine verlockende Vorstellung.

Doch war es nicht das Außergewöhnliche, das ihn so viel mehr anzog? Das ihn vereinnahmte, umwarb und erregte?

»Ich will dich, Zoé!«, flüsterte er.

Sie setzte sich neben ihm aufs Sofa und flüsterte ebenfalls. »Aber nur nach meinen Regeln.«

*Was meint sie damit?*

Darling nickte.

Sie kam näher, bis sich ihre Lippen berührten. Der sanfte Kuss spülte warme Wellen durch seinen Körper. Eine einzige Berührung reichte aus, um ihn vollständig zu vereinnahmen.

Zoé knöpfte Darlings Hemd auf und strich über seine Brust. »Meine Regeln werden dir nicht gefallen.«

Er wollte sie umarmen, doch Zoé drückte seine Hände nach unten. »Lass die Finger von mir!« Ihr Ton ließ keinen Zweifel, dass sie es ernst meinte.

Sie zog ihr T-Shirt aus und streifte ihren BH ab, sodass ihre üppigen Rundungen zum Vorschein kamen.

Ein elektrisierendes Kribbeln breitete sich in Darlings Unterleib aus. Er spürte, wie er hart wurde. Der Drang, sie zu berühren und zu streicheln wurde übermächtig.

Zoé schnürte ihre Stiefel auf und zog ihre Hose aus. Dann setzte sie sich auf Darlings Schoß. Durch den Stoff ihres Slips und seiner Jeans spürte er ihr warmes Geschlecht. Sein Unterleib pochte vor Erregung.

Zoé beugte sich vor. Er fühlte ihre weichen Brüste auf seiner Haut. Ihre Lippen näherten sich den seinen und mündeten in einem weiteren leidenschaftlichen Kuss. Er drückte ihr den Unterleib entgegen, und seine Lust kannte kaum noch Grenzen.

»Meine Regeln sind ganz einfach«, hauchte ihm Zoé ins Ohr. »Wenn du mit mir alleine bist, habe ich das Sagen. Ich bestimme, was du zu tun und zu lassen hast. Du ordnest dich mir vollkommen unter! Hast du das verstanden?«

Darling nickte wieder.

»Gut.« Zoé küsste Darling auf den Mund. »Vielleicht wirst du niemals mit mir schlafen dürfen.«

»Ich weiß«, flüsterte Darling, während er an nichts anderes denken konnte, als in sie einzudringen.

»Und natürlich auch mit keiner anderen Frau!«, ergänzte Zoé. »Ich verlange Exklusivität.«

Darling dachte an Christin. Dabei wurde ihm bewusst, dass sie immer mehr verblasste. Er wollte Zoé! Trotz der Einschränkungen, die sie ihm aufzwang.

»Es wird keine andere Frau geben«, sagte er.

»So gefällst du mir.« Sie küsste ihn wieder.

Die Erlöserin, Eternal_Peace und die Factory lösten sich auf. Es existierten nur noch zwei Personen, die sich leidenschaftlich liebten.

# 59

Richard Pottmann lehnte sich auf dem Schreibtischstuhl zurück und nahm einen kräftigen Schluck eines Energydrinks. Es würde eine lange Nacht mit seinem Lieblings-Onlinespiel werden, in dem er sich eine Karriere als Drogendealer aufbauen musste. Die Grafik des Games war fantastisch, und Richard war jeden Tag aufs Neue begeistert, sich nach der Arbeit als Administrator der Factory in die virtuelle Welt zu flüchten.

Heute war er mit starkem Herzklopfen nach Hause gekommen. Die beiden Frauen, die in seinem Büro gewesen waren, hatten ihm beinahe den Verstand geraubt. Vor allem Angel hatte es ihm angetan, am liebsten hätte er sich ihr zu Füßen geworfen.

Natürlich wusste er, wer Eternal_Peace war. Er hatte ihre Identität mit Leichtigkeit ermittelt. Nur hatte er den Frauen nicht die Wahrheit gesagt – wofür es gute Gründe gab.

Das alles trat in den Hintergrund, denn jetzt begann sein zweites Leben. Sein echtes Leben in der Onlinewelt.

Richard loggte sich ein und verwandelte sich von einem blassen, dicken Mann in einen coolen Typen in Armani-Anzug und italienischen Schuhen. Er stieg in seinen Ferrari und brauste vor das Casino, in dem hübsche Ladys auf ihn warteten.

Als er an den Roulettetisch trat, stellte sich ihm eine dunkelhaarige Frau in den Weg, bekleidet mit einem kurzen, schwarzen Kleid und hochhackigen Pumps.

Sie sprach ihn über den Kopfhörer an und nannte dabei seinen Onlinenamen. »Hallo Sniper07!«

Als Richard auf das Namensschild ihres Avatars blickte, riss er die Augen auf. Eternal_Peace.

»Äh, hallo. Was machst du denn hier?«

»Bist ein cooler Typ in der virtuellen Welt. Wollen wir irgendwohin gehen, wo es ruhiger ist?«

»Klar. Wir können in mein Penthouse fahren, oben auf dem Dach des Casinos.«

»Du wirst es nicht bereuen.«

Richards Herz klopfte. Er spürte, wie sein Unterleib zu kribbeln begann.

Auf dem Bildschirm bewegten sich die Avatare in den Fahrstuhl und traten nach einem ›Ping‹ in Richards privates Refugium. Jetzt konnte niemand mehr ihr Gespräch mithören.

»Du bist ja schon in Level 623, echt geil!«, sagte Eternal_Peace bewundernd.« Richard schaute auf ihre Bewertung. Mit Level dreizehn war sie eine blutige Anfängerin.

»Danke. Und das, obwohl ich noch nicht lange dabei bin.«

»Du bist ja auch ein smarter Typ.«

Hatte ihr Avatar gerade gelächelt? Richard stellte sich vor, wie das Kleid der weiblichen Computerfigur hinabglitt, sodass sie vollkommen nackt vor ihm stand.

»Gefalle ich dir?«

»Äh, j… ja, echt geil!« Seine Hand glitt in seinen Schritt.

»Was hältst du davon, wenn wir uns treffen. Ich meine, im wahren Leben.«

»Im Real Life? Echt jetzt?« Richards Gehirn schien sich in einen klebrigen Brei zu verwandeln. »Ich äh … ja … äh … gerne«, stammelte er.

»Ich bin gleich bei dir, du brauchst nur die Tür zu öffnen.«

Im selben Moment klingelte die Türglocke.

Richard drückte einen Knopf auf seiner Tastatur, um den

elektronischen Öffner zu betätigen. Und einen weiteren, um seine Wohnungstür aufzusperren. Vor einiger Zeit hatte er die Computersteuerung der Schlösser eingebaut, damit er nicht vom Rechner aufstehen musste, wenn der Paketbote eine neue Lieferung brachte. Jetzt öffnete er die Türen.

Als er sich erheben wollte, um Eternal_Peace in Empfang zu nehmen, bemerkte er, dass seine Beine weich wie Butter waren. Er kippte in den Bürostuhl zurück.

*Was ist hier los?*

Er fühlte sich benommen, aber noch immer kreiste das elektrisierende Kribbeln durch seine Lenden, und in seinem Schoß zeichnete sich eine deutlich erkennbare Beule ab.

Wie in einem Traum sah er die Frau hereinkommen. Sie trug ein kurzes schwarzes Kleid und hochhackige Pumps, genau wie in dem Onlinespiel. War das, was er sah, real? Und warum konnte er sich kaum noch bewegen?

Die Frau, die hinter dem Pseudonym Eternal_Peace steckte, kam auf ihn zu und hockte sich auf Augenhöhe vor ihn. »Hallo Richard, hier bin ich.«

»Äh … i… ich …«

»Du brauchst nichts zu sagen.« Ihre Hand fuhr zwischen seine Beine und streichelte seinen Penis. Eine wohlige Wärme breitete sich in seinem Unterleib aus.

Richard zuckte vor Lust. Er hätte sie gerne umarmt oder geküsst. Oder mehr. Doch er konnte weder Arme noch Beine bewegen. Auch sein Geist fror langsam ein.

Er spürte, wie weit entfernt ihre Hand in seine Hose fuhr. »Dein Leben ist armselig und einsam, Richard. Du musstest viel leiden! Keine Sorge, ich erlöse dich von all der Qual.«

*Nein, ich leide doch gar nicht.*

»Es wird schnell gehen.« Die Frau stand auf. Etwas legte sich über sein Gesicht, nahm ihm erst die Sicht, dann die Luft zum Atmen. Eine Plastiktüte.

*Sie will mich töten!*

Verzweifelt rang Richard um Sauerstoff, doch die Folie war unnachgiebig. Seine Finger krallten sich in die Lehnen des Bürostuhls, seine Lunge brannte.

Ein immer dichter werdender Nebel legte sich über ihn, bis das letzte Licht verblasste.

# Samstag, 29. Februar

## 60

Caro erwachte von einem Krachen. Verwirrt versuchte sie, sich zu orientieren. Es war stockdunkel. Und kalt.

Dann begriff sie, dass sie in ihrem Zimmer in der Weilstube aufgewacht war. Warum war es so dunkel? Und was war das für ein Lärm gewesen? Der Wind heulte ums Haus und zerrte an den Fensterläden.

Als Caro neben sich tastete, traf sie auf Bergers Brustkorb, der sich gleichmäßig auf und ab bewegte.

Sie fand ihr Handy in der Tasche und schaltete es ein. Es war kurz vor acht. Im Schein des Displays tappte sie ans Fenster und spähte durch den Spalt zwischen den geschlossenen Fensterläden. Eine seltsame Finsternis umgab das Gebäude. Am Abend war noch das Licht der Straßenbeleuchtung durch die Ritzen gefallen. Caro drückte auf den Lichtschalter. Nichts passierte. Es gab keinen Strom.

*Na toll!*

Sie blickte aufs Display ihres Telefons. Kein Netz!

Ein erneutes Krachen hallte durch den Gasthof. Es hörte sich an, als hätte sich ein Schneebrett vom Dach gelöst.

Jetzt bewegte sich auch Berger. Der Lärm hatte ihn geweckt. Als Caro ihn mit dem Handydisplay anleuchtete, blinzelte er und richtete sich benommen auf. »Wo bin ich?«

»In Oberweildorf«, erwiderte Caro.

Er sah sie verwirrt an. Offenbar konnte er sich an den gestrigen Abend nicht mehr erinnern.

»Komm erst mal zu dir«, sagte Caro mit ruhiger Stimme. »Du bist gestern Abend hergekommen, um zu reden.«

»Warum ist es so dunkel?«

»Der Strom ist ausgefallen«, antwortete sie. »Wie geht es dir?«

»Weiß nicht. Es fühlt sich alles betäubt an.«

Caro leuchtete ihn an. »Hast du deine Tabletten dabei?«

Berger tastete seine Hosentaschen ab. »Nein. Vielleicht im Auto.«

Er richtete sich auf. »Wir müssen zurück nach Wiesbaden fahren. Kollnitz läuft noch frei herum.«

»Draußen tobt ein Schneesturm.«

»Das ist mit egal.«

»Ich halte das für keine gute Idee. Es geht dir verdammt schlecht.«

»Ich kann hier nicht herumsitzen.« Berger griff nach seiner Jacke, die neben dem Bett lag.

Caro schüttelte den Kopf. »Ich lasse dich auf keinen Fall alleine fahren.«

Sie zog ebenfalls ihre Jacke über und folgte Berger, der bereits das Zimmer verlassen hatte und die Treppe hinunterstürmte. Die Gaststube wirkte in der Dunkelheit seltsam verwaist. Berger durchquerte den Raum und riss die Tür des Gasthauses auf. Der Sturm brüllte ihnen entgegen, und Schnee stob in den Eingang.

Die Straße war unter einer dicken, weißen Decke verschwunden. Es musste mindestens ein halber Meter Neuschnee gefallen sein. An manchen Stellen, dort, wo der Sturm besonders gewütet hatte, türmte sich der Schnee bis unter die Häuserdächer auf.

»Ach du Scheiße«, entfuhr es Caro. »So kommen wir unmöglich nach Wiesbaden.«

Ihre Stimme ging im Kreischen des Orkans unter. Berger

stapfte unbeirrt durch den Schnee, um an sein Auto zu gelangen, das unter einem weißen Berg begraben lag.

Caro folgte ihrem Kollegen. Der eisige Wind erfasste ihr Gesicht mit voller Gewalt.

Gemeinsam schaufelten sie den Wagen frei, bis sie die Türen öffnen konnten. Dann flüchteten sie in den Schutz des Fahrzeuges.

»Fuck!«, fluchte Berger. »Das ist ja das reinste Inferno.« Er suchte nach seinen Tabletten, konnte sie aber nirgendwo entdecken.

»Wir sollten warten, bis die Straßen geräumt sind«, schlug Caro vor.

Berger startete den Motor. »Ohne die Tabletten bekomme ich ein ernstes Problem. Wir versuchen es.«

Als er anfuhr, drehten die Reifen durch. Erst nach ein paar Lenkbewegungen griffen sie. Der Wagen setzte sich schlingernd in Bewegung und schlug eine Schneise in den Schnee, während der Scheibenwischer gegen den heftigen Niederschlag kämpfte.

Sie kamen etwa hundert Meter weit, bis sich das Fahrzeug erneut in einem Schneehaufen festsetzte. Berger fuhr zurück, aber die Reifen drehten erneut durch. Er legte den Vorwärtsgang ein. Nichts ging mehr.

»Berger, das macht keinen Sinn!«, sagte Caro bestimmt. »Ich habe eine bessere Idee. Warum suchen wir nicht Doktor Langenfeld auf? Sie kann dir sicher deine Tabletten besorgen.«

Berger schaltete den Motor aus und schlug mit der Hand auf das Armaturenbrett. »Das ist alles Scheiße. Ich muss Kollnitz erwischen.«

»Die Frankfurter Kollegen sind nicht doof. Sie werden alles daransetzen, ihn zu fassen.«

Er vergrub den Kopf in den Händen. »Der Mistkerl gehört mir.«

»Ein privater Rachefeldzug ist das Letzte, was wir jetzt gebrauchen können. Doktor Langenfelds Praxis ist nur zwei Straßen entfernt. Da kommen wir gut zu Fuß hin.«

Bergers Körper war von Kopf bis Fuß angespannt. Die Mischung aus seiner depressiven Scheiß-egal-Haltung und dem adrenalingetränkten Angriffsmodus gegen Kollnitz konnte explosiver nicht sein.

Er atmete tief ein und wieder aus. »Von mir aus.«

Erleichtert öffnete Caro die Autotür.

Sie stiegen aus dem Wagen und stemmten sich gegen den Sturm. Caro hoffte inständig, dass die Psychiaterin ihre Praxis trotz des Unwetters geöffnet hatte. Es gab im Ort keine Alternative.

Sie hatten Glück. Aus den Fenstern des Fachwerkhauses schien das flackernde Licht einer Kerze.

Als sie die Praxis betraten, trafen sie auf Maria Bartels, die Sprechstundenhilfe, die gerade Patientenakten auf dem Empfangstresen sortierte. Vor ihr standen drei Teelichter, die den Raum erleuchteten.

»Guten Morgen. Ich möchte Doktor Langenfeld sprechen«, sagte Berger.

Die Frau schüttelte den Kopf. »Durch den Stromausfall ist hier alles durcheinandergeraten. Können Sie Ihre Befragungen bitte nächste Woche fortführen?«

»Es geht um eine wichtige medizinische Angelegenheit«, antwortete Berger. »Privat!«

Die Sprechstundenhilfe zog die rechte Augenbraue hoch. »Doktor Langenfeld ist beschäftigt.«

Caro blickte auf die angelehnte Tür des Behandlungszimmers. Wenn die Ärztin in der Praxis war, musste sie das Gespräch hören. Warum kam sie nicht heraus?

»Dann warten wir.« Berger setzte sich demonstrativ auf einen Stuhl gegenüber der Empfangstheke.

Die Sprechstundenhilfe sah ihn unsicher an. »Ich, äh, werde die Frau Doktor fragen.«

Bevor sie sich von ihrem Platz erheben konnte, hallte die Stimme der Psychiaterin durch die Praxis. »Kommen Sie herein, Herr Berger.«

Caro wollte zunächst mitgehen, zögerte dann aber. Das Gespräch musste er alleine führen.

Als Berger im Behandlungszimmer verschwunden war, setzte sich Caro in den Wartebereich. Die Sprechstundenhilfe kämpfte hinter dem Tresen weiter gegen die Papierakten, mit denen sie den ausgefallenen Computer zu ersetzen suchte.

»Kennen Sie Margret Back?«, fragte Caro.

Maria Bartels sah auf. »Ja. Sie haben sie gerade verpasst.«

»Ist sie auch bei Doktor Langenfeld in Behandlung?«, hakte Caro nach.

»Heute war sie nicht in der Sprech...« Die Arzthelferin lief rot an. »Äh, darüber darf ich keine Auskunft erteilen.«

»Kein Problem.« Sie hatte schon genug gesagt.

Caros Gedanken schweiften zum gestrigen Abend. Der Keller von Margret Back erschien vor ihren Augen, der schwarze Umhang und der merkwürdige Tunnel. Dann schoss ihr das Kirchenarchiv in den Kopf. Vielleicht würde sie dort fündig werden und mehr über die Erlöserin erfahren. Sie sprang auf.

Maria Bartels beobachtete sie verwundert.

»Bitte sagen Sie Herrn Berger, dass ich ihn in der Weilstube treffe.«

Die Sprechstundenhilfe nickte.

Caro trat in den Schneesturm hinaus.

# 61

Die Dorfkirche war ein monolithischer Bau mit einem aufgesetzten, spitzen Türmchen, das sich in den Himmel reckte, als wollte es die schneegeschwängerten Wolken aufschneiden. Auf der Stirnseite des Gotteshauses grub sich ein Rundtor in die weiß geputzte Wand.

Caro war froh, als sie den schützenden Windschatten des Kirchenbaus erreichte. Es schneite und stürmte, und die Straßen waren verwaist.

Würde sie in der Kirche Antworten finden? Über die Erlöserin? Über den seltsamen Tunnel? Über Margret Back?

Sie drückte das schwere Kirchenportal auf und wurde von der schützenden Atmosphäre des alten Gemäuers in Empfang genommen. Während draußen der Schneesturm tobte, herrsche im Inneren eine fast gespenstische Ruhe.

Die Kirche war nicht sonderlich groß und – wie in evangelischen Gotteshäusern üblich – spartanisch ausgestattet. Im vorderen Bereich gab es einen Altar, dahinter eine hölzerne Orgel.

Während sich Caro ein Bild des Innenraumes machte, stellte sie fest, dass sie nicht alleine war. Ein leises Scharren drang vom Altar zu ihr herüber.

Mit weichen Knien ging Caro ein paar Schritte vorwärts, bis sie erkannte, woher das Geräusch kam. Ein Mädchen in einem weißen Kleid kniete hinter dem Altar und stapelte Gesangbücher.

*Raphaela!*

Was machte sie hier? War sie am frühen Morgen inmitten des Schneesturms in die Kirche spaziert? Barfuß? Sie müsste halb erfroren sein. Allerdings sahen weder ihre Haare noch ihr Kleid feucht aus.

Caro näherte sich der Wirtstochter. »Was machst du hier?«

Raphaela reagierte nicht. Stoisch sortierte sie die Gesangbücher auf drei Stapel, obwohl ihre Arbeit augenscheinlich keinen Sinn ergab. Die Bände sahen alle gleich aus.

Ein Mann in einem schwarzen Talar trat hinter der Orgel hervor. Er hatte schütteres, graues Haar, trug einen Vollbart und eine eckige Brille.

»Guten Morgen«, sagte der Pastor. »Was führt Sie in unser bescheidenes Haus?«

»Ich komme vom Landeskriminalamt und versuche, die Todesfälle im Ort aufzuklären.«

»Sie meinen den Tod von Johanna Maiwald? Traurig! Aber es war doch ein Selbstmord, oder nicht?«

»Nein. Wir glauben, dass sie getötet wurde.«

Der Pastor wirkte irritiert.

Caro zeigte zu Raphaela hinunter, die noch immer auf dem Kirchenboden saß. »Ist sie oft hier?«

Der Gottesdiener nickte. »Wir bieten ihr eine Zuflucht. Hier wird sie so akzeptiert, wie sie ist.«

»Wie meinen Sie das?«

»Raphaela ist ein schlaues und interessiertes Mädchen. Sie lebt in ihrer eigenen Welt. Das verstehen die meisten Menschen nicht.«

»Wie stellen Sie sich ihre Welt vor?«

Er sah nach oben, als würde er Unterstützung suchen. »Wie eine Bergwiese mit bunten Streublumen.«

»Wie kommen Sie auf die Assoziation?«, fragte Caro.

»Sie hat mir den Ort in einem Buch gezeigt. Raphaela spricht nicht, und sie antwortet nicht auf Fragen. Überhaupt scheint sie auf den ersten Blick wenig zugänglich zu sein. Aber sie hört trotzdem genau zu und beobachtet, was um sie herum passiert. Und wenn sie der Meinung ist, dass sie der Welt etwas mitteilen möchte, dann macht sie es.«

Caro dachte an den Schlüssel. Was hatte das Mädchen ihr damit sagen wollen?

»Ich denke, Raphaela weiß etwas über die Mordfälle«, brachte Caro an.

»Dann wird sie es Ihnen zu gegebener Zeit mitteilen«, erwiderte der Pastor.

*Vielleicht.*

»Kennen Sie die Legende der Erlöserin?«

Er sah wieder nach oben. »Jeder im Ort kennt die Geschichte. Ich bete jeden Tag, dass sie nicht zurückkommt.«

»Haben Sie denn die Erlöserin schon einmal gesehen?«

»Sie traut sich nicht in diesen geweihten Ort.« Der Pastor faltete die Hände.

»Ich glaube, dass jemand die Erlöserin nachahmt. Sie kennen die Menschen hier. Können Sie sich vorstellen, wer das sein könnte?«

Raphaela stand auf und tappte zur Kirchenwand links vom Altar. In ihrem luftigen Kleid sah es aus, als würde sie schweben. Sprachlos beobachtete Caro, wie das Mädchen vier weiße Ziffern in das schwarze Brett steckte, das während des Gottesdienstes die Nummern der Kirchenlieder ankündigte.

*1794.*

Danach kehrte sie zurück zum Altar und setzte sich wieder neben die Bücherstapel.

Caro ließ sich neben Raphaela nieder. »Was möchtest du uns damit sagen? Ist das eine Jahreszahl?«

Das Mädchen zeigte keine Reaktion.

»Sie antwortet nicht direkt auf Fragen«, erklärte der Pastor. »Ihr zeitlicher Kontext ist verschoben. Möglicherweise antwortet sie auf ihre Weise morgen, nächste Woche oder nächstes Jahr.«

»Haben Sie eine Idee, was die Ziffern bedeuten?«

»Leider nein«, erwiderte er.

Caro betrachtete die Zahlen erneut. »Wann hat die Erlöserin gelebt? Handelt es sich vielleicht um das Jahr, in dem sie vom Turm gesprungen ist?«

Der Pastor schüttelte den Kopf. »Das war über zwei Jahrhunderte früher.«

»Liegen hier in der Kirche Aufzeichnungen über die Erlöserin vor?«

Er kräuselte die Stirn. »Im Kirchenarchiv gibt es sicher einige Niederschriften zu diesem Thema. Vielleicht sind auch die Jahreschroniken interessant.«

Caro horchte auf. Bezog sich die Jahreszahl auf die Schriftstücke?

»Können Sie mir die Chroniken zeigen?«

»Natürlich. Kommen Sie mit.«

Während Raphaela weiter abwesend auf dem Boden saß und Gesangbücher von einem Stapel auf den anderen verschob, geleitete der Pastor Caro zu einer Treppe hinter der Orgel.

Er entzündete eine Kerze, die den Kellerabgang in ein flackerndes Licht hüllte. Caro folgte ihm in ein Gewölbe, in dem zahlreiche Regale mit alten Büchern aufgereiht waren.

»Wir haben hier Aufzeichnungen über Taufen, Hochzeiten und Beerdigungen der letzten Jahrhunderte archiviert. Und die Jahreschroniken des Dorfes.« Er zeigte mit der Hand auf eine Reihe von Bücherborden, die Bände im DIN-A3-Format mit braunen Lederumschlägen enthielten. Caro ging darauf zu, während der Pastor die Bücher mit der Kerze anleuchtete. Auf den Buchrücken waren Jahreszahlen verzeichnet.

Die Chronik des Jahres 1794 stand in der Mitte des dritten Regales. Caro zog das wuchtige Buch heraus und legte es auf einem Sekretär ab.

»Die Aufzeichnungen sind schwer zu lesen«, erklärte der Pastor. »Auch für mich sind die handgeschriebenen Texte in altdeutscher Schrift eine Herausforderung. Trotzdem stöbere ich gerne in der Vergangenheit.«

Caro erkannte sofort, was er meinte. Die Wörter waren kaum zu entziffern. Sie pumpte die Backen auf, während sie durch die Seiten blätterte.

Manche Bögen enthielten handgemalte Abbildungen, andere waren mit Text beschrieben. Es gab Berichte von Dorffesten, Bekanntmachungen des Grafen, Zeichnungen von neuen Häusern im Ort und Schilderungen wundersamer Begebenheiten.

Als Caro die Hälfte des Buches durchgeblättert hatte, meldete sich der Pastor zu Wort. »Warten Sie. Hier steht etwas über die Erlöserin.«

»Wo?« Caro folgte seinem Blick.

»Am Abend des Burgfestes wurde eine vermummte Gestalt von mehreren Augenzeugen beobachtet. Außerdem hat es an den Tagen vor der Veranstaltung eine seltsame Häufung von Selbstmorden gegeben. Ich kann Ihnen den Bericht gerne zusammenfassen.«

»Worauf warten Sie noch?«

Der Pastor rückte die Kerze näher an die Chronik heran und studierte den Text.

»Es handelt sich um einen Bericht vom 23. September 1794. Eine gewisse Magdalena Hufner hat das Burgfest in Oberweildorf besucht. Sie war eine Metze, also eine Frau von niedrigem Stand.« Er kniff die Augen zusammen. »Es wird berichtet, dass niemand mit ihr getanzt hat. Das gesellige Volk hat sie verspottet, bis sie flennend von dannen gezogen ist.«

Der Pastor sah kurz auf.

»Lesen Sie weiter«, drängte Caro.

Er wandte sich wieder dem Text zu. »Zeugen berichten,

dass Magdalena von einer dunklen Gestalt verfolgt wurde, nachdem sie das Burgfest verlassen hatte.«

Caro versuchte mitzulesen, konnte die alten Buchstaben jedoch kaum entziffern. »Von der Erlöserin.«

»Richtig. Kurz darauf hat man Magdalena Hufner am Stadttor erhängt aufgefunden. Zwei Burschen haben noch versucht, die Frau aus der Schlinge zu ziehen, aber sie waren zu spät. Es heißt, das Lachen der Erlöserin habe durch den Ort gehallt.«

Der Pastor hörte auf zu lesen. »Das erscheint mit allerdings übertrieben.«

»Eine traurige Geschichte«, sagte Caro. »Was ist bloß so faszinierend an der Legende über die Erlöserin, dass sie immer wieder Nachahmer findet?«

»Warum denken Sie, dass es sich um Nachahmer handelt?«

Caro sah den Pastor überrascht an. Meinte er das ernst?

Er fuhr fort. »Die Erlöserin ist im Laufe der Jahrhunderte immer wieder aufgetaucht, dafür gibt es viele Belege in den Chroniken. Was wäre, wenn die Gestalt nicht real ist?«

»Ein Geist?«, fragte Caro argwöhnisch.

Der Pastor nickte.

»Das glaube ich nicht. Wir haben es hier mit einem sehr realen Menschen zu tun«, erwiderte Caro. Sie sinnierte über die Geschichte aus der Chronik. Diese glich jener Schilderung von Lisa, die zusammen mit ihrer Schwester auf die Erlöserin getroffen war. Ebenfalls nach dem Burgfest, über zwei Jahrhunderte später.

»Warum hat uns Raphaela wohl zu der Chronik geführt?«, fragte Caro, während sie dem Pastor zurück zur Treppe folgte.

»Vielleicht fasziniert sie die Geschichte der Erlöserin. Es wird ja im Dorf viel darüber gesprochen. Oder sie hat besondere Antennen für …«

... *Geister*, beendete Caro seinen Satz in Gedanken.

Als sie den Kirchenraum betraten, stellte Caro fest, dass Raphaela verschwunden war. »Wo ist sie?«

»Vermutlich ist sie nach Hause gegangen. Sie taucht häufig unvermittelt auf und verschwindet genauso schnell.

*Wie die Erlöserin.*

Caro dachte an das dünne, weiße Kleid. »Sie wird sich den Tod holen. Draußen ist es eiskalt.«

Der Pastor nickte. »Sie haben recht. Wir sollten nachsehen, ob sie zu Hause angekommen ist.«

»Ich gehe ohnehin zurück in die Weilstube«, sagte Caro.

»Seien Sie vorsichtig. Legen Sie sich besser nicht mit der Erlöserin an. Sie lässt sich nicht aufhalten.«

»Das sehe ich anders.«

## 62

Ein halbes Dutzend Polizisten wartete vor dem Einsatzfahr-
zeug des LKA am Eingang der Factory. Darling stand neben
seinem Vorgesetzten, der den Durchsuchungsbeschluss aus-
einanderfaltete. Er hatte dem Ermittlungsrichter am Vormittag einen Besuch abgestattet, nachdem er Darlings Bericht gelesen hatte. Da sich Berger nicht gemeldet hatte, war
er persönlich mitgekommen. Alle Einsatzkräfte waren ge-
brieft, eine unbekannte Frau mit dem Decknamen Eter-
nal_Peace oder Yasmin Schneider aufzuspüren.

Das Tor stand offen. Somit konnten die Polizisten das
Gelände der Factory ohne Hindernisse betreten. Einer der
Männer blieb am Eingang stehen, um zu verhindern, dass
jemand flüchtete.

Die anderen Beamten drangen über eine Stahltreppe in
das ehemalige Fabrikgebäude ein und teilten sich in zwei
Gruppen auf.

Darling, Schröder und ein weiterer Kollege begaben sich
in das Büro des Administrators, den Zoé in ihren Schilderungen erwähnt hatte. Währenddessen kam in der Fabrik-
halle Unruhe auf. Einige Aktivisten schimpften auf die Polizisten. Einer rannte ans Ende der Halle. Darling
beobachtete, wie ein schwarz gekleideter Kerl hastig ein
Plastiktütchen in einen Papierkorb warf, vermutlich Dope.

Das alles spielte keine Rolle. Sie hatten weder die Internetaktivitäten im Visier noch irgendwelche unbedeutenden
Drogendelikte. Es ging einzig um die Erlöserin.

Im Adminbüro saß ein blonder Kerl Anfang zwanzig, der
nicht annähernd Zoés Beschreibung entsprach.

»Landeskriminalamt«, sagte Jens Schröder, während er

dem eingeschüchterten Administrator seinen Ausweis zeigte. »Wir suchen Richard Pottmann.«

»Der ist heute nicht gekommen. Ich bin kurzfristig für ihn eingesprungen.«

»Und Sie sind?«, fragte Schröder.

»Jonas Nickel.«

»War Richard denn für heute eingeplant?«, erkundigte sich Darling.

»Ja. Wahrscheinlich ist er in einem Onlinegame stecken geblieben.«

*Das glaube ich kaum*, dachte Darling. Er hatte die Identität von Eternal_Peace aufgedeckt und war ins Visier der Erlöserin geraten.

»Wir suchen eine Bloggerin mit dem Namen Yasmin Schneider«, sagte Schröder. »Sie ist auch unter dem Onlinenamen Eternal_Peace bekannt, in einem Diskussionsforum, das auf Ihren Servern gehostet wird.«

»Kenne ich nicht«, entgegnete der Admin.

»Dann sehen Sie im System nach«, forderte Darling. »Es geht um ein Forum, in dem über Selbstmord diskutiert wird. Richard hat das Pseudonym gestern gefunden.«

Jonas zuckte mit den Achseln. »Ich versuch's.« Er drehte sich zu seinem Bildschirm und tippte mehrere Kommandos auf der Tastatur. Dann schüttelte er den Kopf. »Sorry, Mann. Die Namen finde ich hier nicht.«

»Versuchen Sie es weiter! Wir sehen uns inzwischen Studio 4b an.«

»Studio 4b?«, fragte Jonas. »Wo soll das denn sein?«

»Im Keller eines Nebengebäudes«, erklärte Darling.

»Sie müssen sich irren. Wir nutzen keine Kellerräume.«

*Was?*

Darling spürte, wie sich Schweiß auf seiner Stirn bildete.

»Wir sehen uns das trotzdem an«, sagte Schröder. »Sie suchen inzwischen weiter nach dieser Nutzerin.«

Der Admin nickte.

Die LKA-Kollegen verließen das Büro und folgten Zoés Wegbeschreibung in das Nebengebäude. Dort stiegen sie die Treppe ins Untergeschoss hinab. Der unbeleuchtete Korridor wirkte ausgestorben. Nachdem Darling einen Lichtschalter gefunden hatte, näherten sich die Polizisten einer Stahltür auf der rechten Seite des Ganges. Schröder öffnete und ließ eine Neonlampe aufflammen.

Der Raum war vollkommen leer. Nackter Beton. Keine Kamera, kein Computer. Nicht mal eine grüne Wand.

Darling starrte mit offenem Mund in das vermeintliche Studio. *Scheiße!*

»Sieht so aus, als könnten wir die Durchsuchung abbrechen«, sagte Schröder mit blecherner Stimme. »Das ist Zeitverschwendung.«

»Gestern war die Erlöserin noch hier«, setzte Darling entgegen.

»Wie vertrauenswürdig ist Ihre Informantin, Darlinger?«

»Sehr vertrauenswürdig!«

»Niemand hat die Frau gesehen«, fuhr Schröder fort. »Alle haben sich auf die Aussage dieses Computernerds Richard verlassen. Und eben der ist verschwunden. Ich glaube, dass er sich bloß wichtigmachen wollte.«

»Und das Studio?«, fragte Darling.« Gestern stand hier noch Equipment herum.«

»Finden Sie diesen Richard und befragen Sie ihn. Die Durchsuchung ist hiermit beendet. Und ich darf mich später vor dem Ermittlungsrichter verantworten.«

Darling ließ den Kopf hängen. Die Aktion war gründlich in die Hose gegangen.

# 63

Als Caro in die Weilstube zurückkehrte, stellte sie fest, dass Raphaela gegenüber der Bar an einem Tisch saß und malte, während Guido Gläser abtrocknete. Das Kleid des Mädchens war weder schneebedeckt noch nass. Hatte sie auf dem Weg einen Mantel getragen? In der Kirche war Caro nirgendwo Kleidung aufgefallen.

»Guten Morgen«, unterbrach Guido ihre Gedanken. »Was machen Sie denn bei diesem Wetter da draußen?«

»Ich war in der Kirche. Ihre Tochter übrigens auch.«

Er sah Caro argwöhnisch an. »Nein. Sie hat den ganzen Morgen gemalt.«

*Unmöglich.*

Verwirrt sah Caro zu Raphaela hinüber. »Ich habe sie in der Kirche gesehen.«

Der Wirt schüttelte den Kopf. »Dann müssen Sie sich geirrt haben. Wo ist denn ihr Partner?«

»Ist er nicht hier?«, fragte Caro.

»Nein. Ich hätte gehört, wenn jemand reinkommt. Der Sturm heult durch das ganze Haus, wenn sich die Tür öffnet.«

»Merkwürdig. Wir haben uns bei Doktor Langenfeld getrennt und wollten uns hier treffen.«

Guido polierte schon viel zu lange ein einziges Bierglas. »Vielleicht ist er aufgehalten worden.«

Caro wurde unruhig. Sie schaute auf ihr Handy, das noch immer kein Netz anzeigte.

»Das können Sie vergessen«, sagte der Wirt. »Im ganzen Ort ist der Strom ausgefallen, und sämtliche Telefon- und Mobilfunkverbindungen sind tot.«

»Kommt man irgendwie aus dem Dorf raus?«, fragte Caro.

»Bei diesen Schneemassen haben die Räumfahrzeuge keine Chance. Ich denke, dass wir die nächsten Tage eingeschlossen bleiben.«

»Das ist echt Mist!« Caro dachte wieder an Berger. Er war zuletzt nicht in bester Verfassung gewesen.

Nervös begab sie sich nach oben, um zu überprüfen, ob Berger doch unbemerkt zurückgekehrt war. Ihr Zimmer war leer.

Vielleicht dauerte die Behandlung bei Doktor Langenfeld länger, oder die Ärztin wusste, wo er sich aufhielt. Caro kehrte in den Gastraum zurück.

»Ich gehe meinen Kollegen suchen«, warf sie dem Wirt entgegen.

»Seien Sie vorsichtig. Da draußen ist es gefährlich.«

Caro ignorierte die Warnung. Sie richtete einen letzten Blick auf Raphaela, die weiterhin malte. *Merkwürdig!*

Als sie die Tür öffnete, fegte der Wind eine Schneewolke in den Eingangsbereich der Weilstube. Es schneite heftiger als zuvor.

Caro kämpfte sich durch die Schneeberge, bis sie Doktor Langenfelds Praxis erreichte. Die Ärztin sperrte gerade die Tür ab und war im Inbegriff zu gehen.

»Warten Sie«, rief Caro.

Die Psychiaterin drehte sich um. »Ja bitte?«

»Schließen Sie schon?«

»Ja, aufgrund des Wetters haben die meisten Patienten abgesagt.«

»Ich suche meinen Kollegen.«

»Herr Berger ist vor einer guten halben Stunde gegangen.«

»Ich mache mir Sorgen um ihn. Haben Sie ihn behandelt?«

Doktor Langenfeld kniff die Augen zusammen. »Darüber erteile ich keine Auskunft.«

Panik stieg in Caro auf. »Es ging ihm gestern Abend und auch heute Morgen wirklich schlecht. Er braucht seine Medikamente.«

»Ich habe ihm etwas gegeben, wenn Sie das beruhigt. Danach hat er sich auf den Weg gemacht.«

»Er ist nicht angekommen.«

»Da kann ich Ihnen leider auch nicht helfen«, sagte die Ärztin kühl.

Caros Magen verkrampfte sich. Sie stellte sich vor, wie Berger von einem depressiven Schub erfasst wurde und in einer Böschung lag.

»Hatten Sie denn das Gefühl, dass er zurechtkommt? Was ist, wenn er da draußen erfriert?«

»Als er das Behandlungszimmer verlassen hat, war er in guter Verfassung.«

Caro hegte Zweifel an ihrer Aussage. Sagte die Psychiaterin die Wahrheit?

»Er hatte gestern Abend ein traumatisches Erlebnis. Ich denke nicht, dass es ihm gut geht.«

»Herr Berger ist nicht mein Patient. Ich habe nur mit einer kurzfristigen Medikation ausgeholfen. Gehen Sie jetzt bitte, ich schließe meine Praxis für heute.«

Caro stieß einen tiefen Atemzug aus und versuchte, sich zu beruhigen. Am liebsten wäre sie der unsympathischen Ärztin an die Gurgel gegangen.

»Sie sind ja eine schöne Hilfe!« Erbost drehte sie sich um.

Ihr fiel auf, dass vor dem Haus keine Fußabdrücke im Schnee zu sehen waren. Aber die könnte auch der Sturm fortgewischt haben.

Nachdenklich streifte Caro um das Haus herum. Hinter dem Gebäude verlief eine schmale Gasse. Von dort aus gelangte Caro in einen Hinterhof, der auf der Rückseite von Doktor Langenfelds Praxis lag. Wenn Berger Spuren hinterlassen hatte, dann waren sie vom Sturm beseitigt worden. Der Wind hatte den Schnee von den Dächern abgeräumt und auf dem Hof aufgetürmt.

*Wo steckst du, Berger? Was ist passiert, als du die Praxis verlassen hast?*

Caro spähte die Gasse entlang, als ihr ein paar Meter voraus etwas Schwarzes auffiel. Sie hastete darauf zu und erkannte, dass es sich um ein Mobiltelefon handelte. Um Bergers Telefon.

# 64

Enttäuscht kehrte Darling nach Wiesbaden zurück. Er hatte sich mehr von der Durchsuchung der Factory versprochen. Viel mehr. Wie stand er jetzt bei seinem Vorgesetzten da? Wie der letzte Idiot.

Der Admin war verschwunden, das angebliche Studio 4b existierte nicht, und auch die Befragungen zahlreicher Aktivisten hatten keinen Anhaltspunkt ergeben. Niemand kannte Yasmin Schneider oder ihr Pseudonym Eternal_Peace. Dennoch musste es eine Verbindung zur Factory geben. Zoé hatte sich das nicht ausgedacht. War die Erlöserin am Vortag aufgeschreckt worden und hatte alle Zelte abgebrochen? War die Spur damit abgekühlt? Oder gab es weitere Anknüpfungspunkte, wie zum Beispiel den Administrator Richard. Wo steckte er? Schwebte er in Gefahr?

Darling kannte nur eine Person, die das Rätsel lösen konnte. Jemand, der sich auf elektronische Spuren verstand. Christin. Dummerweise hatte er sie gestern auf der Straße stehen gelassen. Würde sie ihm trotzdem helfen?

Zoé wartete im Landeskriminalamt. Darling hatte sie am Morgen unter starkem Protest in sein Büro verfrachtet, um sie während der Durchsuchungsaktion in Sicherheit zu wissen. Sie hielt die Maßnahme für unnötig, denn sie hatte keine Angst vor der ›Erlöserschlampe‹, wie sie die Mörderin nannte. Am Ende hatte sie dennoch eingewilligt, um ihm einen Gefallen zu tun.

Als Darling sein Büro betrat, sah ihn Zoé erwartungsvoll an. Sie legte die Stirn in Falten, weil sie sofort erkannte, dass etwas schiefgegangen war.

»Die Aktion war ein Reinfall«, erklärte Darling.

»Was ist passiert?«

»Wir haben nicht den kleinsten Hinweis auf Yasmin Schneider oder Eternal_Peace gefunden.« Er berichtete ihr von dem verschwundenen Administrator, der erfolglosen Suche nach Eternal_Peace im System sowie von dem leeren Kellerraum.

Zoé wurde blass. »Fuck! Ich schwöre dir, gestern war da noch ein Studio.«

»Das glaube ich dir ja. Ich denke auch, dass es kein Zufall ist, dass Richard Pottmann nicht zur Arbeit gekommen ist. Ich werde herausfinden, wo er wohnt, und statte ihm einen Besuch ab.«

»Und die Factory?«

»Vielleicht komme ich über eine Kollegin aus der Cyber-abteilung weiter. Sie könnte die Spuren in der Factory verfolgen.«

*Wenn sie mir denn helfen wird.*

Zoé nickte. »Hast du inzwischen deine Kollegen erreicht?«

»Nein. Ihre Handys sind ausgeschaltet. Jens Schröder sagte mir aber, dass im Taunus ein heftiges Schneechaos tobt und vielerorts der Strom ausgefallen ist. Das würde erklären, warum sie sich nicht melden.«

»Was machen denn deine Kollegen im Taunus? Die Mörderin ist doch in Frankfurt unterwegs?«

»Wir verfolgen mehrere Spuren«, erläuterte Darling. »Es gibt eindeutig eine Verbindung nach Oberweildorf. Die Legende der Erlöserin stammt aus dem Ort, ebenso einige der Opfer. Ich schätze, dass sich die Mörderin ihre Opfer in der gesamten Region sucht. Über das Selbstmordforum. Es ist ja nicht so schwierig, ins Auto zu steigen und nach Frankfurt zu fahren.«

Zoé zuckte mit den Achseln. »Ich weiß nicht. Wenn diese

Yasmin in der Factory abhängt, was sollte sie dann am Arsch der Welt machen?«

»Sie könnte dort wohnen oder Familie haben. Wir müssen herausfinden, wer sie ist. Ich versuche, meine Kollegin, die Computerexpertin, zur Mithilfe zu bewegen«, sagte Darling. »Ich glaube weiterhin, dass wir bei Eternal_Peace an der richtigen Adresse sind.«

»Ja, das denke ich auch«, bestätigte Zoé.

Fünf Minuten später klopfte Darling mit pochendem Herzen an Christins Bürotür im dritten Stockwerk. Als er eintrat, verfinsterte sich ihr Blick.

»Ich weiß, dass du sauer auf mich bist«, entschuldigte sich Darling. »Es tut mir auch echt leid, dass ich dich gestern einfach so abgefertigt habe.«

Sie kniff die Augen weiter zusammen. »Was willst du?«

»Ich brauche deine Hilfe.«

»Ach?« Christin blickte ihn schnippisch an.

»Es war ein Fehler, mit dir auszugehen. Ich habe dich wirklich gern, aber unter Kollegen sollten wir das lieber lassen.«

»Vorgestern hatte ich einen anderen Eindruck. Liegt es nicht vielmehr an dieser Zoé?«

»Auch«, gab Darling zu.

»Aha. Toll. Weißt du, dass ich an nichts anderes denken kann als an dich?« Tränen schossen ihr in die Augen.

»Das tut mir leid.« Darling fühlte sich furchtbar. »Ich fand unseren gemeinsamen Abend echt schön. Aber weiter möchte ich nicht gehen.«

Christin ließ den Kopf hängen. »Ich habe einfach kein Glück mit Männern. Egal. Scheiß drauf. Sag mir einfach, was du von mir willst, und dann verschwinde.«

Darlings schlechtes Gewissen türmte sich weiter auf. Er

hatte Christin enttäuscht, das hatte sie nicht verdient. Immerhin hatte er jetzt klare Verhältnisse geschaffen.

»Ich brauche weitere Informationen über Eternal_Peace.« Er schilderte ihr kurz die Vorkommnisse in der Factory. »Wir müssen in Erfahrung bringen, woher Richard, der Admin, seine Informationen über Eternal_Peace hatte.«

Christin nickte. »Verstehe. Dann nehme ich mir diesen Richard vor. Mal sehen, wie gut sein Netzwerk gesichert ist.«

Ihre Finger hämmerten über die Tastatur, während sie konzentriert auf den Bildschirm starrte, auf dem kryptische Kommandos in schneller Abfolge runterscrollten.

»Als erste Zwischeninformation kann ich dir schon mal sagen, dass der Name Yasmin Schneider ein Dutzend Mal im Rhein-Main-Gebiet und im Taunus vorkommt. Bei keinem einzigen davon existiert eine Verbindung zur Factory.«

»Wie sicher ist das?«, fragte Darling.

»Sehr sicher. Ich habe ein paar effiziente Algorithmen durchlaufen lassen.«

»Aha. Dann ist der Name also falsch.«

»Zumindest hat er nichts mit Eternal_Peace zu tun. Dein Richard hat höchstwahrscheinlich gelogen.«

Sie tippte weiter in einer Geschwindigkeit, die Darling nicht für möglich gehalten hätte. Plötzlich hellten sich ihre Augen auf. »Das ist ja interessant.«

»Was?«

»Richard Pottmann war gestern unter dem Pseudonym Sniper07 in einem Onlinespiel angemeldet.«

»Und? Er ist bestimmt ein Nerd, der abends nichts anderes macht.«

»Vorsichtig. Ich spiele auch Online Games.«

Darling spürte, wie er rot anlief. »So habe ich das nicht gemeint.«

»Doch, hast du. Aber egal. Das eigentlich Spannende ist, dass eine Benutzerin mit dem Namen Eternal_Peace zur gleichen Zeit gespielt hat. Sie haben sich im Spiel getroffen und per Sprache gechattet.«

Darling pfiff durch die Zähne. »Sie kannten sich also.«

»Ja, vermutlich.«

»Dann werde ich ihm jetzt einen Besuch abstatten. Hat Eternal_Peace eine elektronische Spur hinterlassen?«

»Das prüfe ich gerade.« Christins Hände jagten über die Tastatur. »Bislang hat sie sich als Phantom erwiesen. Ihr sucht definitiv eine gute Hackerin.«

Darling nickte.

»Warte. Ich habe hier was. Interessant. Sie war von einem mobilen Gerät eingeloggt. Vielleicht komme ich an die Positionsdaten heran. Dafür muss ich aber ein paar Augen zudrücken.«

»Mach das.«

Christin verdrehte die Augen. »Klar.«

Sie tippte weiter, bis sie mit einem lauten »Yes« auf ihre Tastatur haute.

»Als sie sich im Spiel angemeldet hat, war sie noch in der Factory. Danach hat sich ihr Gerät mehrere Straßen weiterbewegt, bis zu der Adresse, wo Richard Pottmann gemeldet ist.«

»Scheiße! Dann sieht es nicht gut für ihn aus. Kannst du herausfinden, wer Eternal_Peace ist oder wo sich das mobile Gerät jetzt befindet?«

»Leider nein. Ich habe das Spiel gehackt. Daher kann ich sie nur ausfindig machen, wenn sie online ist. Ein Rückschluss auf das Gerät selbst ist nicht möglich.«

»Wie soll ich sie dann finden? In der Factory arbeiten jede Menge Leute.«

»Das ist dein Problem.«

»Schon klar. Ich schaue jetzt bei Richard Pottmann vorbei. Danke, Christin.«

»Du kannst von Glück sagen, dass mir auch daran gelegen ist, den Fall zu lösen.« Sie funkelte ihn an. »Ich bin noch verdammt sauer auf dich.«

»Das tut mir echt leid.« Darling fühlte sich wirklich mies. Er hätte sich nicht mit seiner Kollegin einlassen sollen.

Er warf ihr einen betrübten Blick zu, dann kehrte er in sein Büro zurück, wo er Zoé von den neuen Erkenntnissen und nächsten Schritten berichtete.

»Ich komme mit«, sagte sie entschlossen.

»Auf keinen Fall!«, protestierte Darling. »Das ist viel zu gefährlich.«

»Du kannst mich mal. Ich sitze doch nicht hier rum. Wenn du mich nicht mitnimmst, fahre ich auf eigene Faust nach Frankfurt.«

»Bist du verrückt geworden? Ich sollte dich zu deinem eigenen Schutz festnehmen lassen.«

»Das wagst du nicht. Außerdem kann ich dir helfen. Ich komme mit den Aktivisten in der Factory viel besser klar als du. Mit dir wird keine Sau sprechen.«

In dem Punkt hatte sie recht. Und seine Kollegen würde er nicht überzeugen können. Nach dem Reinfall am Morgen würde Schröder mit Sicherheit keine zweite Aktion in der Factory autorisieren.

Zoé sprang auf. »Ich bin dabei! Egal, was du sagst.«

Er atmete tief ein. »Von mir aus.«

Ein verdammt flaues Gefühl breitete sich in seiner Magengegend aus.

## 65

Mit zitternden Händen hob Caro Bergers Handy auf, das in der Gasse hinter Doktor Langenfelds Praxis im Schnee lag. Was war hier passiert? Hatte er das Gerät verloren? Oder weggeworfen?

Sie ließ den Blick über den Boden gleiten. Es gab keine Spuren. Wind und Neuschnee hatten die Fußabdrücke fortgewischt wie ein Schwamm die Kreide auf einer Schultafel.

Hatte Berger einen Schub erlitten und taumelte benommen durch den Schneesturm? Oder hatte ihn jemand überwältigt? Die Ärztin? Sie wusste mit Sicherheit mehr, als sie zugegeben hatte.

Caro rannte zurück auf die Straße, um Doktor Langenfeld noch zu erwischen. Doch die Psychiaterin war bereits verschwunden.

*Scheiße!*

Verzweifelt rief sie nach ihrem Kollegen. »Berger!«

Der Sturm verschluckte ihre Rufe.

Sie lief weiter und suchte die Hauseinfahrten, Höfe und Gärten der anliegenden Häuser ab. Nichts.

Plötzlich heulte eine Sirene los, vermutlich von einer Auto-Alarmanlage. Caro folgte dem Lärm, der sie zurück auf die verschneite Hauptstraße führte. Der Warnton war in Bergers Wagen losgegangen. Caro rannte darauf zu.

Kurz vor dem Fahrzeug stoppte sie ihren Lauf. Die Seitenscheibe war eingeschlagen worden, und unzählige Glassplitter lagen auf dem Fahrersitz. Schnee stob ins Innere.

*Was zum Teufel …?*

Es machte keinen Sinn, den Wagen aufzubrechen. Er

hatte nichts liegen gelassen, das man hätte stehlen können. Warum also war die Scheibe eingeschlagen worden?

»Was machen Sie da?« Eine harte Männerstimme ließ Caro herumfahren.

Drei Männer stürmten auf sie zu. Carl Sander mit seinen Bürgerwehrkumpanen.

»Das Auto meines Kollegen wurde aufgebrochen.«

Sander sah sie ungläubig an. »Es sieht mir eher danach aus, als hätten Sie die Scheibe eingeschlagen.«

»Warum sollte ich das tun? Ich bin auf der Suche nach meinem Partner. Haben Sie ihn gesehen?«

Der Anführer der Bürgerwehr runzelte die Stirn. »Nein. Haben wir nicht. Gehen Sie jetzt sofort in den Gasthof zurück! Wir halten die Augen offen.«

»Sie haben mir gar nichts zu befehlen«, erwiderte Caro erbost. Ihre Schläfen begannen zu pochen.

»Es kann für eine Frau gefährlich werden, alleine im Sturm umherzuirren.«

»Danke für Ihre Sorge«, sagte Caro sarkastisch. »Ich komme schon zurecht.«

Sander fuhr mit der Hand demonstrativ über seinen Schlagstock. »Ich habe keine Angst von einer Polizistin.« Er betonte das ›in‹ abfällig. »Wenn Sie hier Autos aufbrechen und die Leute bedrohen, nehmen wir das Recht in unsere Hände.«

Caro schüttelte den Kopf. »Spielen Sie ruhig den großen Macker! Der Schneesturm dauert nicht ewig.«

Sander umfasste den Griff seines Schlagstocks. »Gehen Sie jetzt ins Gasthaus!«

Er meinte es ernst. Caro erkannte den Zorn in seinen Augen. Menschen neigten in Extremsituationen zu Kurzschlussreaktionen, und Carl Sander stand definitiv kurz davor.

Um die Situation zu entschärfen, wich sie zurück und

wandte sich der Weilstube zu. Sie wollte ohnehin nachsehen, ob Berger inzwischen zurückgekehrt war.

Mit den schneidenden Blicken der Männer im Rücken betrat sie den Gasthof und lief geradewegs dem Wirt in die Arme.

»Was ist denn passiert?«, fragte er stirnrunzelnd.

»Die Mistkerle haben mich bedroht.« Caro sah über die Schulter, weil sie befürchtete, dass die Bürgerwehrspinner ihr ins Haus folgten. Aber sie standen noch immer wie eine Militärpatrouille auf der Straße.

»Gehen Sie denen bloß aus dem Weg«, sagte Guido. »Die drangsalieren das ganze Dorf, und wer nicht gehorcht, wird fertiggemacht. Das habe ich selbst erlebt.«

Caro hörte kaum zu. »Mein Kollege ist verschwunden. Hier ist er auch nicht aufgetaucht, oder?«

Der Wirt schüttelte den Kopf. »Leider nicht.«

»Ich sehe noch mal im Zimmer nach.« Während Caro die Treppe hinaufstieg, dachte sie an Bergers Mobiltelefon, das in der Gasse gelegen hatte. Was war passiert? Margret Back war am Morgen in der Nähe gewesen. Sie könnte Berger abgepasst haben. Aber auch die Ärztin hatte sich auffällig abweisend verhalten. Steckte sie mit Margret Back unter einer Decke? Hatten sie Berger gemeinsam überwältigt?

Je länger Caro darüber nachgrübelte, desto plausibler erschien ihr diese Verbindung. Mehrere Opfer waren bei Doktor Langenfeld in Behandlung gewesen. Sie kannte ihre Leidensgeschichten, ihre Sorgen und Nöte. Möglicherweise konnte sie es nicht mehr ertragen, ihre Patienten am Rande des seelischen Abgrundes balancieren zu sehen, und hatte damit begonnen, sie zu »befreien«. Mit Margret Back als Komplizin.

Oder überinterpretierte sie den morgendlichen Praxisbesuch der Burgverwalterin? Hatte Berger einen Depressionsschub erlitten und brauchte Zeit für sich?

Nachdenklich schritt Caro durch den Korridor, von dem die Gastzimmer abgingen. Als sie die Tür mit der Nummer ›3‹ öffnete, blieb ihr Herz stehen.

## 66

Richard Pottmann wohnte unweit des Frankfurter Zoos im Stadtteil Ostend. Von seiner Wohnung aus konnte man die Factory fußläufig erreichen, was vermutlich der Grund für die Auswahl des Apartments gewesen war.

Darling hatte seinen Vorgesetzten während der Fahrt informiert, dass er den Administrator aufsuchen würde, hatte ihm jedoch verschwiegen, dass Zoé an seiner Seite war. Sicher hätte er ihn zurückgepfiffen.

Von Caro und Berger hatte er noch immer kein Lebenszeichen empfangen. Aber die Erklärung, dass seine Kollegen im Taunus festhingen, erschien ihm plausibel. Die Nachrichten berichteten über nichts anderes als den Schneesturm, der die gesamte Region lahmlegte. Besonders der Hochtaunuskreis war betroffen, also auch Oberweildorf.

Die Haustür des mehrstöckigen Wohnhauses war verschlossen. Bevor Darling Einspruch erheben konnte, hatte Zoé bereits mehrere Klingeln gleichzeitig gedrückt und nach einem krächzenden »Ja bitte?« knapp geantwortet: »Post!«.

Der Türsummer wurde betätigt, sodass sie den Hausflur betreten konnten.

»Er wohnt im Erdgeschoss.« Darling hatte von der Position der Klingelschilder auf die Lage der Wohnungen geschlossen, was in der Regel zutraf.

Zoé ging voran und blieb vor Pottmanns Wohnungstür stehen. »Soll ich klingeln? Oder brechen wir gleich die Tür auf?«

»Hallo!? Ich habe Vorschriften zu beachten«, protestierte Darling.

Sie verdrehte die Augen. Als sie auf den Klingelknopf

drückte, ertönte aus dem Wohnungsinneren ein gedämpftes Läuten. »Und was sagen dir deine Vorschriften, wenn er nicht öffnet?«

»Dann muss ich mir einen Durchsuchungsbeschluss besorgen.«

»Er könnte Hilfe benötigen«, gab Zoé zu bedenken.

»Ja, das stimmt.«

Zoé klingelte noch mal und presste das Ohr gegen die Tür. »Da rührt sich nichts.«

Darling betrachtete den Türbeschlag. Dabei fiel ihm ein winziges rotes Lämpchen ins Auge. »Das ist ein elektronisches Türschloss, das er vermutlich mit seinem Smartphone oder Computer steuern kann.«

»Und wie hilft uns das weiter?«

Darling dachte an Christin. Ob sie vielleicht …? Nein. Er verwarf den Gedanken. »Ich fürchte, gar nicht.«

Die gegenüberliegende Wohnungstür öffnete sich, und eine alte Dame spähte hinaus. »Was machen Sie denn da?«

Darling holte seinen Dienstausweis aus der Tasche. »Polizei. Wir möchten zu Herrn Pottmann.«

»Oh, je. Hat er etwas angestellt? Er ist doch so ein netter, junger Mann.«

»Nein, hat er nicht«, entgegnete Darling. »Wir glauben eher, dass er in Gefahr schwebt. Haben Sie vielleicht einen Schlüssel von seiner Wohnung?«

»Aber ja!« Sie nickte. »Er schwebt in Gefahr? Das ist ja furchtbar. Dabei hatte er gestern Damenbesuch. Ich glaube, das erste Mal.«

»Haben Sie die Frau gesehen?«, fragte Zoé.

»Nicht so deutlich. Ich habe das Klackern von hohen Absätzen gehört und war neugierig. Durch den Türspion habe ich eine schlanke Frau in einem viel zu kurzen Kleid gesehen. Und das bei dem Wetter! Sie muss sich den Tod geholt haben.«

»Haben Sie ihr Gesicht erkannt?«, hakte Darling nach.

Die alte Dame schüttelte den Kopf. »Nein. Aber sie hatte lange, dunkle Haare.«

Darling nickte. »Wann ist sie wieder gegangen?«

»Vielleicht nach einer halben Stunde. Ich habe mich noch gewundert, dass sie so schnell wieder weg war.«

Darling und Zoé tauschten besorgte Blicke aus. Hatte die Erlöserin dem Computernerd einen Besuch abgestattet, um ihre Spuren zu verwischen?

»Können Sie mir bitte den Schlüssel geben?«

»Richtig. Der Schlüssel. Warten Sie bitte.« Die alte Dame drehte sich zu einer Anrichte um, holte einen Schlüssel aus einer Schublade und übergab ihn Darling. »Aber machen Sie nichts kaputt.«

*Das dürfte sein geringstes Problem sein*, dachte Darling. Er bedankte sich und schloss die Tür auf.

Als Zoé und Darling die Wohnung des Administrators betraten, stieg ihnen der künstliche Geruch von Energydrinks in die Nase. Der Gestank kam aus der Küche. Unzählige Energydrink-Dosen bedeckten die Arbeitsplatte.

Zoé war bereits weitergegangen und starrte durch eine geöffnete Tür. »Scheiße! Wir kommen zu spät.«

Darling hastete hinterher und sah die Bescherung nun auch.

Ein dicker Mann – vermutlich Richard Pottmann – hing schlaff vor mehreren Computerbildschirmen auf seinem Drehstuhl. Der Kopf wurde von einer durchsichtigen Plastiktüte verdeckt, die das Gesicht schemenhaft verzerrte. Das T-Shirt mit dem Druck eines bunten Android-Roboters war hochgerutscht, sodass der weiße Bauch herausquoll. Die graue Jogginghose wirkte fleckig, als wäre sie seit Wochen nicht gewaschen worden.

»Mist!«, entfuhr es Darling. Er griff nach seinem Handy und verständigte die Dienststelle. Schon bald würden die

Kollegen von der Spurensicherung den Tatort auseinander-nehmen. Bestimmt würden sie Beruhigungsmittel in Richards Blut finden und vermutlich auch in einer der Energydrink-Dosen.

»Fass nichts an!«, warnte er.

Zoé musterte den Toten mit einer gewissen Faszination. »Er hatte bestimmt ein schweres Leben. Wahrscheinlich wurde er ständig gemobbt. Ob die Erlöserin ihn deshalb getötet hat?«

»Ich glaube eher, dass er zu viel wusste«, entgegnete Darling.

»Sie hat ihm einen letzten Wunsch erfüllt«, mutmaßte Zoé. »Ein Date mit einer scharfen Frau.«

Darling dachte über ihre Worte nach. Sie hatte recht.

»Das könnte sein. Sie haben sich zunächst in diesem Onlinespiel getroffen, dann hat sie ihn in seiner Wohnung besucht.«

»Er konnte sein Glück kaum fassen«, ergänzte Zoé.

»Das bedeutet, die Erlöserin ist keine Sadistin. Sie glaubt wirklich, Gutes zu tun. Das passt auch zu Denise Reuter, der sie besonders guten Wodka gekauft hat. Keinen billigen Fusel.«

»Genau.«

Sie waren Eternal_Peace auf den Fersen. Aber jetzt mussten sie die Mörderin aus der Reserve locken. Vielleicht konnte Christin helfen.

*Nicht schon wieder!*

Er griff nach dem Handy und rief die Computerexpertin an, was Zoé mit einem finsteren Blick quittierte. Offenbar spürte sie die Gefahr, die von Christin ausging.

»Wir sind zu spät gekommen«, sagte Darling, nachdem sie abgenommen hatte. »Richard Pottmann ist tot.«

»Habt ihr Hinweise auf die Mörderin gefunden?«, fragte Christin mit sachlichem Tonfall.

Darling schaltete die Lautsprecherfunktion an, damit Zoé mithören konnte. »Leider nein. Nur dass es sich um eine schlanke Frau mit langen, dunklen Haaren gehandelt hat. Wir müssen irgendwie Kontakt zu ihr aufnehmen. Hast du eine Idee?«

»Ich kann mich mit Richards Account in das Onlinespiel einloggen, um Eternal_Peace zu kontaktieren«, schlug Christin vor.

»Ist sie denn gerade im Spiel?«, erkundigte sich Darling.

»Wahrscheinlich nicht. Aber zumindest kann ich ihr eine Botschaft übermitteln.«

»Das durchschaut sie sofort«, widersprach Darling.

Zoé schaltete sich ein. »Und wenn ich ihr meine Geschichte anbiete? Die wollte sie doch unbedingt haben.«

Darling schüttelte den Kopf. »Das ist viel zu gefährlich.«

»Ich finde die Idee gut«, widersprach Christin.

Er wandte sich an Zoé. »Wie willst du denn Kontakt zu ihr aufnehmen?«

»Ich habe doch ihre E-Mail-Adresse. Darüber kann ich ihr ein Treffen in der Factory anbieten.«

»Hmm.« Darling gefiel die Idee nicht. »Mein Gesicht ist dort bekannt. Und deins auch.«

Zoé grinste. »Rasterlocken und Brille stehen dir bestimmt gut.«

# 67

Caro starrte auf den Schrank ihres Zimmers. Auf der Spiegeltür prangten fette, rote Buchstaben: ›DIE ERLÖSUNG NAHT!‹

Wie eingefroren stand Caro im Türrahmen.

Berger war entführt worden! Vor ihrem inneren Auge lief ein Film ab, in dem Margret Back hinter der Praxis lauerte und Berger niederschlug. Daneben stand die Ärztin und nickte wohlwollend.

*Ich muss ihn finden!*

Caro holte tief Luft. Sie ging wie in Trance auf den Spiegel zu. Die Worte waren in Großbuchstaben mit rotem Lippenstift geschrieben worden. Ein auffälliges Schriftmuster war nicht erkennbar.

*Denk nach!*

Die Erlöserin war in ihrem Zimmer gewesen. Innerhalb der letzten Stunde. Sie musste an Guido vorbeigekommen sein.

Caro stürmte aus dem Raum und dann die Treppen hinab. Der Wirt starrte sie mit offenem Mund an.

Sie rang um Atem. »Wer ist in der letzten Stunde hier gewesen?«

Guido schüttelte den Kopf. »Niemand. Nur Sie. Ich stand die ganze Zeit hinter der Theke.«

»Jemand war in meinem Zimmer.«

»Das ist unmöglich«, antwortete Guido.

»Gibt es eine Hintertür oder so was?«

»Ja, natürlich. Der Ausgang zum Garten. Aber da ist alles verschlossen.«

»Wo finde ich die Tür?«

Guido trat hinter der Bar hervor und führte Caro mit einer Taschenlampe in der Hand in einen Korridor, von dem die Toilettenräume abgingen. Dort befand sich auch die Hintertür. Sie war mit zwei Ketten gesichert, die fest in ihrer Verankerung steckten. Caro rüttelte daran. Die Tür war abgeschlossen. Es erschien unmöglich, dass jemand von außen hereingekommen war.

»Gibt es weitere Zugänge oder offene Fenster?«, fragte Caro.

Guido schüttelte den Kopf. »Nein.«

»Hmm. Trotzdem war jemand in meinem Zimmer.« Caro schaute zurück in die Kneipe, wo Raphaela noch immer malte. Hatte das Mädchen die Worte auf den Spiegel geschmiert? Das ergab keinen Sinn. Oder doch?

Wieder dachte Caro an die Begegnung in der Kirche. Wie war Raphaela in ihrem dünnen Kleid dorthin gekommen, ohne nass zu werden? War es möglich, dass auch in der Weilstube ein Tunnel endete? Genau wie in Margret Backs Haus?

»Gibt es hier Geheimgänge?«, fragte Caro.

»Geheimgänge?« Guido verzog das Gesicht zu einer Grimasse. »Ganz bestimmt nicht.«

»Betreiben Sie das Lokal schon lange?«

»Seit drei Jahren. Ich habe die Gaststätte übernommen, nachdem der Vorbesitzer gestorben war.«

Er kannte das Gebäude womöglich nicht so gut, wie Caro angenommen hatte.

»Zeigen Sie mir bitte den Keller?«

Guido zuckte mit den Achseln. »Von mir aus. Da unten gibt es aber nicht viel zu sehen.«

Der Wirt führte Caro zur Kellertreppe. Als sie die Steinstufen hinabstiegen, beleuchtete Guido den Weg mit dem schwankenden Lichtkegel der Taschenlampe.

Die Kellerräume der Weilstube waren verwinkelt und

niedrig, sodass Caro beinahe mit dem Kopf gegen die Decke stieß. Guido musste sich ducken. Zahlreiche Weinflaschen und Konservendosen lagerten in Metallregalen.

»Ich nutze den Raum als Weinkeller«, sagte Guido. »Die Bierfässer bekomme ich hier nicht runter, dafür ist die Treppe zu steil.«

Caro nickte, während sie in den nächsten Raum spähte. Dort standen zwei Schränke aus dunklem Holz.

»Was ist da drin?«, fragte Caro.

Der Wirt hob die Schultern. »Nichts. Der Keller ist zu feucht, um irgendwas zu lagern. Abgesehen von Weinflaschen natürlich.«

Caro ging auf die Möbelstücke zu. Als sie näher kam, bemerkte sie Schleifspuren auf dem Boden.

»Leuchten Sie bitte mal hier«, sagte Caro. »Der linke Schrank wurde bewegt.« Sie drückte mit der Schulter gegen das Holz und schob das Möbelstück zur Seite. Es ging erstaunlich leicht. Dahinter tat sich ein Loch auf, das von einer schmiedeeisernen Gittertür verschlossen wurde, genau wie in Margret Backs Keller. Auch diese Tür war mit einem Vorhängeschloss gesichert.

»Das gibt's doch nicht«, rief Guido erstaunt aus. »Was ist das denn?«

»Ein Tunnel, der vermutlich zur Kirche führt. Das erklärt, wie Raphaela heute Morgen dorthin gekommen ist. Und auch, wie die Erlöserin unbemerkt den Gasthof betreten konnte.«

»Raphaela? Das ist vollkommen unmöglich.«

»Ich denke, sie weiß mehr von den Vorgängen im Dorf, als wir beide uns vorstellen können.« Caro zog den Schlüssel, den das Mädchen ihr gegeben hatte, aus der Tasche und steckte ihn in das Vorhängeschloss der Gittertür. Er passte.

»Ich habe den Schlüssel von Ihrer Tochter erhalten«, erklärte Caro.

»Was?« Guidos Mund stand offen. »Das kann nicht …«

»Raphaela ist ein schlaues Mädchen. Sie lebt in ihrer eigenen Welt, weiß aber genau, was sie tut. Ich bin mir sicher, dass sie auch weiß, wer die Erlöserin ist.«

»Das kann doch alles nicht wahr sein«, sagte Guido verwirrt.

»Bitte passen Sie auf Raphaela auf.«

»Was haben Sie vor?«

Caro ballte entschlossen die Fäuste. »Ich gehe da jetzt rein.«

# 68

Darling schaute in das Gesicht eines Fremden, als er sich im Spiegel betrachtete. Er hatte sein Aussehen vollkommen verändert: mit einer dicken schwarzen Brille und langen Haaren, die zu einem Zopf zusammengebunden waren. Der wuchtige Wollpullover ließ ihn korpulent erscheinen.

Zoé hatte Darling zu einer Bekannten geschleppt, die auf einer Frankfurter Kleinbühne als Maskenbildnerin arbeitete. Innerhalb von zwanzig Minuten hatte sie es geschafft, aus dem smarten Polizisten einen alternativen Computernerd zu machen, der in der Factory kaum auffallen würde.

Zoé verkleidete sich nicht. Ihr Plan sah vor, dass sie Kontakt mit Eternal_Peace aufnehmen würde, während sich Darling in der Factory umschaute.

Das Vorgehen war nicht mit Jens Schröder abgestimmt, weil er nach dem Reinfall am Vormittag mit Sicherheit dagegen sein würde. Daher wollte ihn Darling erst wieder einbeziehen, wenn er handfeste Ermittlungsergebnisse in der Hand halten würde.

Eine halbe Stunde später erreichten Darling und Zoé die Factory. Das Tor stand offen, sodass sie ungehindert auf den Hof treten konnten. Der eiskalte Wind schlug ihnen ins Gesicht.

»Ich gehe vor und mische mich unter die Leute«, erklärte Darling.

Zoé nickte. »Okay. Sobald ich drin bin, schreibe ich Eternal_Piece an.«

Sie trennten sich. Darling betrat die Factory und setzte sich auf einen Sitzsack in der Mitte der Halle. Trotz des

Schneesturms hatten sich viele Aktivisten und Blogger eingefunden und malträtierten ihre Tastaturen. Die Klimarettung kannte kein schlechtes Wetter.

Darlings Blick blieb an der weiblichen Belegschaft hängen. War eine von ihnen die Erlöserin?

Jetzt sah er Zoé die Halle betreten. Augenscheinlich
nahm niemand Notiz von ihr. Doch das konnte täuschen.
Sie setzte sich an einen Tisch und zog ihr Handy aus der
Tasche.

# 69

Berger spürte die Kälte auf der Haut. Und den harten Untergrund. Sein Gehirn schien wie in Watte gepackt und erlaubte ihm kaum klare Gedanken. Eine tiefe Schwermut erfüllte ihn. Dämonen hatten seinen Körper und Geist in Besitz genommen und raubten ihm die Atemluft.

Mühsam öffnete er die Augen. Er ruhte auf einem Steinboden. Vor ihm stand ein Holzschemel, auf dem eine Pistole lag.

*Was zum Teufel?*

Es gab kein Fenster, nur kahle Mauern und eine rostige Stahltür. Die Decke war gewölbt, vermutlich ein Kellerraum.

Wie war er hergekommen? Er versuchte, sich in Erinnerung zu rufen, was passiert war. Der Schneesturm. Der Gasthof. Caro. Sie waren gemeinsam zur Praxis von Doktor Langenfeld aufgebrochen. Dort hatte er mit der Ärztin gesprochen.

Aber was war dann geschehen? War er niedergeschlagen worden? Berger tastete den Kopf ab. Er spürte weder eine Beule noch getrocknetes Blut.

Er erinnerte sich, dass die Psychiaterin ihm eine Testpackung Tabletten überreicht hatte. Und danach? In seinem Gedächtnis herrschte eine schemenhafte Leere. Hatte sie ihn vergiftet oder zumindest betäubt? Steckte sie unter der Maske der Erlöserin? Einiges sprach dafür. Sie hatte Kontakt zu den meisten Opfern gehabt. Vielleicht half sie ihren Patienten auf eine ganz spezielle Art, indem sie sie erlöste.

*Und jetzt will sie mich erlösen.*

Plötzlich hörte Berger ein Räuspern. Sein Blick sprang

auf die Seitenwand, von der das Geräusch gekommen war. Er kniff die Augen zusammen. Kaum erkennbar in den Steinen eingelassen verbarg sich eine Kamera, die offenbar auch einen Lautsprecher enthielt. Da der Strom ausgefallen war, musste sie batteriegetrieben sein.

Berger quälte sich mühevoll hoch. Den Gliedern fehlte die Kraft, vermutlich aufgrund der Substanz, die ihm die Ärztin verabreicht hatte.

»Kommissar Berger, schön, dass Sie endlich aufgewacht sind.« Die Stimme aus dem Lautsprecher klang weich und säuselnd, fast schon hypnotisch.

»Was wollen Sie von mir?«, rief Berger.

»Erzählen Sie mir Ihre Geschichte.«

»Welche Geschichte?«

»Die von Sarah.«

Berger zuckte zusammen.

»Sie müssen nicht länger leiden. Wenn Sie Ihre Geschichte erzählt haben, dürfen Sie gehen.«

Vermutlich wollte sie damit ausdrücken, dass er sich erschießen durfte.

»Ich habe nicht vor zu sterben.« Berger war sich nicht sicher, ob das stimmte.

»Sie brauchen sich nicht zu sträuben.«

»Wenn Sie glauben, dass ich mir eine Kugel in den Kopf jage, dann können Sie lange warten.« Während Berger die Worte aussprach, dachte er an Sarah, und die grausame Leere erfasste ihn wieder.

»Ich habe viel Zeit«, entgegnete die Stimme.

»Sie können mich mal.«

In diesem Moment ertönten die ersten Takte von ›Più bella cosa‹ durch den Lautsprecher, das Lied, das in der Trattoria Romana während Sarahs Ermordung gespielt worden war.

*Fuck!*

Augenblicklich wurde er in das italienische Restaurant eingesogen. Kollnitz drückte ab, und Sarah brach mit einem klaffenden Loch in der Brust zusammen. Warum hatte er sich nicht vor sie geworfen? Weshalb hatte er sie nicht gerettet? Er hätte an ihrer Stelle sterben müssen.

Das Lied plärrte unaufhörlich aus dem Lautsprecher der Kamera. Woher wusste die Erlöserin von diesem Song? Er hatte ihn nirgendwo erwähnt. Oder doch?

Ein erschreckender Gedanke schoss ihm durch den Kopf. Was wäre, wenn nicht die Ärztin ihn überwältigt hatte, sondern Kollnitz. War Sarahs Mörder ihm gefolgt?

Die Musik fräste sich ihm immer tiefer ins Hirn, während seine Gedanken erneut abschweiften. Zurück in die Trattoria Romana.

Er schaute auf die Pistole.

## 70

Zoé saß an einem Tisch in der Factory und verfasste eine Nachricht an Eternal_Peace.

›*Mir ist klar geworden, dass ich falsch lag. Ich möchte meine Geschichte erzählen. Ein Teil von mir soll erhalten bleiben, wenn ich abtrete. Ich warte auf dich in der Factory. Zoé.*‹

Sie warf einen verstohlenen Blick auf Darling, der zwanzig Meter entfernt in einem Sitzsack saß. Sie musste unwillkürlich lächeln. Die dicke Brille verunstaltete ihn ziemlich. Aber irgendwie sah er auch süß aus.

Plötzlich tippte ihr jemand auf die Schulter. Zoé zuckte zusammen und fuhr herum. Hinter ihr stand Kati, Angels Es-ist-kompliziert-Freundin, die sie erstaunt ansah.

»Du bist aber schreckhaft.«

»Wahrscheinlich habe ich schlechte Erfahrungen gemacht«, gab Zoé trocken zurück.

Kati nickte wohlwollend, mit einer Spur Sarkasmus in den Augen. »Wo hast du denn Angel gelassen?«

»Die kommt gleich noch«, log Zoé.

»Aha. Konnte euch Richard gestern weiterhelfen?«

»Ja, er ist fucking clever.«

»Heute Morgen war die Polizei hier und hat dumme Fragen gestellt.«

Zoé zuckte mit den Achseln. »Ja und?«

»Ach nichts. Hätte ja sein können, dass du vielleicht was darüber weißt.«

»Nein.« Zoé bemühte sich, möglichst unauffällig zu antworten.

»Na dann. Bis später.« Sie nickte Zoé zu und verschwand in den Studiogebäuden.

*Merkwürdig*, dachte Zoé. Irgendetwas stimmte nicht mit ihr.

Ihr Handy vibrierte. Eternal_Peace hatte auf ihre Nachricht geantwortet:

›Ich warte auf dich in Studio 4b. EP‹

Studio 4b? Darling hatte doch gesagt, dass er einen leer geräumten Kellerraum vorgefunden hatte. Zoé schrieb eine Kurznachricht an Darling, in der sie ihm die neuen Entwicklungen erläuterte.

Er antwortete prompt: ›Folge ihren Anweisungen. Ich komme unauffällig hinterher.‹

Zoé erhob sich und nahm den Weg durch die Halle, bis sie den Übergang zu den Nebengebäuden erreichte. Niemand schien von ihr Notiz zu nehmen. Aus dem Augenwinkel bemerkte sie, dass auch Darling aufstand.

Die Backsteinwände des angrenzenden Gebäudeteiles waren mit Graffiti besprüht. Für einen kurzen Moment betrachtete Zoé die bunten Bilder und Schriftzüge, bis sie bemerkte, dass sie nicht allein war. Kati stand rauchend in einer Ecke des Vorraums und musterte sie abschätzend.

»Hat dich Angel sitzen gelassen?«

»Ich komme auch ohne sie zurecht.« Ihre unterschwellige Arroganz ging Zoé auf die Nerven.

Kati zog die Augenbrauen hoch. »Da bin ich mir sicher. Wo willst du denn hin?«

»Ich sehe mir die Studios an«, log Zoé. Sie spürte, wie Hitze in ihr aufstieg.

Kati blies eine Rauchwolke in die Luft. »Dann lass dich nicht aufhalten.«

Zoé ließ die Frau stehen und betrat einen Korridor, der sowohl zu den Studios im Erdgeschoss als auch zum Treppenabgang in den Keller führte. Sie spürte Katis Blicke im Nacken.

War sie Eternal_Peace? Zoé stellte sich vor, wie Kati hinter Richard auftauchte und ihm eiskalt eine Plastiktüte über den Kopf zog. Wie er um Luft rang. Wie sie seinen Todeskampf mit dem Anflug eines Lächelns beobachtete.

Zoé widerstand der Versuchung, noch einmal über die Schulter zu sehen, und ging ruhig weiter. Während sie die Treppe in den Keller hinabstieg, vibrierte ihr Telefon. Sie hatte eine weitere Nachricht von Eternal_Peace erhalten.

›Geh bis zum Ende des Ganges. EP‹

Also an Studio 4b vorbei? Das war nicht gut. Sie schrieb eine Nachricht an Darling. Dann folgte sie den Anweisungen der Erlöserin.

Am Ende des Korridors gab es eine Tür, hinter der der Gang ein paar Meter weiterführte, bevor er in eine Treppe mündete.

›Komm nach oben. EP‹

Zoé schrieb eine weitere Nachricht an Darling, erhielt jedoch keine Antwort. Sie stieg die Stufen hinauf und öffnete eine Tür, die ins Freie führte. In dem schneebedeckten Hinterhof des Fabrikgeländes parkte ein grauer Lieferwagen. Ansonsten wirkte der Hof wie ausgestorben.

Plötzlich trat eine schwarz gekleidete Gestalt hinter einem Mauervorsprung hervor.

# 71

Caro schaltete die Taschenlampenfunktion ihres Handys an und richtete das Licht auf den schwarzen Schlund, der sich unheilvoll in den Felsen grub.

Sie wandte sich an Guido. »Wenn ich nicht zurückkomme, informieren Sie bitte die Polizei.«

Der Wirt trat einen Schritt vor. »Was reden Sie da? Ich komme natürlich mit.«

Caro atmete erleichtert aus. Einerseits wollte sie den Wirt nicht in Gefahr bringen, andererseits war sie über das Angebot heilfroh. »Es könnte gefährlich werden.«

»Na, wenn schon!« Guido zuckte mit den Schultern. »Tragen Sie eigentlich keine Waffe?«

»Als Profilerin trage ich keine Waffe.« *Leider!*, fügte sie gedanklich hinzu.

»Aber sie haben recht.« Caros Blick fiel auf ein Kantholz. »Ich nehme das hier mit.« Sie griff danach. »Besitzen Sie einen Seitenschneider? Ich denke, wir müssen ein paar Schlösser knacken.«

»Sie haben Glück. Ich habe tatsächlich einen.« Er ließ Caro kurz alleine und kehrte dann mit dem zangenähnlichen Werkzeug zurück.

Caro überprüfte den Ladezustand ihres Handys. Zweiunddreißig Prozent. Das sollte noch reichen, um die Leuchtfunktion zu nutzen. Außerdem hatten sie ja noch Guidos Taschenlampe.

»Dann los.« Mit rasendem Puls trat Caro in das Loch. Der Kegel der Handylampe reichte nur ein paar Meter weit, bis das Licht von den Felswänden verschluckt wurde. Guido folgte ihr mit der Taschenlampe, die zusätzliches Licht spendete.

Ein Stück voraus gabelte sich der Tunnel. Caro drehte sich zu Guido um. »Ich glaube, die Burgruine liegt rechts.«

»Ja, ganz sicher. Wohin wollen Sie denn gehen?«

»In das Haus von Margret Back.«

Er nickte unsicher.

Caro hielt kurz inne, dann folgte sie dem rechten Gang.

Der linke Tunnel führte vermutlich zur Kirche, wo Raphaela auf gespenstische Weise erschienen war. Caro stellte sich vor, wie das Mädchen barfuß in ihrem weißen Kleid durch die Dunkelheit huschte, als wäre es das Normalste von der Welt. Ihre Gedanken blieben am Pastor hängen. Er musste von den Gängen wissen. Die Kirche war nicht sonderlich groß, und der Zugang zu einem Tunnel ließ sich nicht ohne Weiteres verbergen. Warum also hatte er nichts davon erwähnt?

»Ich glaube, dass Raphaela die Gänge gut kennt«, sagte Caro nach hinten gerichtet.

»Das war mir nicht bewusst. Ich stehe wohl zu viel hinter der Theke.«

»Vielleicht ist sie sogar der Erlöserin über den Weg gelaufen«, fuhr Caro fort.

Guido räusperte sich verlegen. »Warum denken Sie das?«

»Ich hatte den Eindruck, dass Ihre Tochter genau weiß, was hier vor sich geht. Sie wollte mir auf ihre Weise helfen.« Caro berichtete dem Wirt von der Jahreszahl 1794, die Raphaela auf der Informationstafel der Kirche abgebildet hatte.

»Sie war schon immer außergewöhnlich. Aber manchmal macht sich mir auch Angst. Der Unfall hat damals vieles verändert.«

»Sie wollte uns etwas mitteilen, und ich denke, wir sollten darauf hören.«

Sie liefen wortlos weiter.

Plötzlich sagte Guido: »Die Jahreszahl 1794 kommt mir irgendwie bekannt vor.«

Caro blieb stehen. »Woher denn?«

»Das weiß ich nicht. Ich kann die Zahl nicht zuordnen.«

»Denken Sie nach!«

Er schüttelte den Kopf. »Es tut mir leid.«

*Streng dein Gehirn an, verdammt!*, schrie Caro innerlich. Möglicherweise führte die Jahreszahl zu Berger. Was, wenn er im Sterben lag und nur noch wenige Minuten Zeit blieb?

Caro ging weiter und beschleunigte ihren Schritt. Der Tunnel machte eine Biegung und stieg an. Kurz darauf stießen sie auf eine erneute Abzweigung.

»Ich schätze wir müssen wieder rechts gehen«, sagte Guido von hinten.

»Wohin führt wohl der linke Weg?«, fragte Caro.

»Das weiß ich nicht.«

Caro wurde immer schneller. Die Sorge um Berger trieb sie an. Hoffentlich würden sie ihn im Haus von Margret Back finden.

Nach einer erneuten Abzweigung und mehreren Treppenstufen nach unten sah Caro eine Gittertür vor sich, dahinter die Umrisse eines Kellerraumes.

»Wir sind angekommen.« Caro zeigte auf die Tür. Gerade wollte sie Guido vorschicken, um das Vorhängeschloss aufzubrechen, als sie bemerkte, dass das nicht nötig war. Es war entfernt worden.

Sie schob die Tür auf. Das Quietschen der Angeln ließ beide zusammenzucken.

»Was jetzt?«, flüsterte Guido.

Caro umfasste das Kantholz fester. »Wir suchen Berger.

Ich gehe davon aus, dass er hier im Haus gefangen gehalten wird.« Sie durchquerte den Kellerraum und leuchtete jede Ecke ab.

»Margret ist zwar ziemlich schräg, aber ich kann mir nicht vorstellen, dass sie Ihren Kollegen entführt hat«, gab Guido zu bedenken.

»Es ist die beste Spur, die ich habe. Berger liegt vielleicht im Sterben.«

Als Caro den benachbarten Raum betrat, fiel ihr sofort auf, dass die Tür, die am Vortag noch zugesperrt war, weit offen stand. Caro und Guido gingen darauf zu.

Plötzlich hallte ein metallisches Klimpern durch das Haus, als wäre etwas zu Boden gefallen. Caro zuckte zusammen.

»Was war das?«, flüsterte Guido.

Sie schüttelte den Kopf. »Ich weiß es nicht. Wir müssen vorsichtig sein.« In ihren Gedanken hob Margret Back gerade das Messer auf, das sie fallen gelassen hatte.

Der nächste Raum war vollgestopft mit Pappkartons und Holzkisten. Ein weiterer Kellerraum wurde als Wäschekeller genutzt. Von Berger fehlte jede Spur. Dann entdeckte Caro einen Treppenaufgang, der in Margret Backs Wohnhaus hinaufführte. Sie zeigte mit der Hand nach oben. Guido nickte.

Als sie die Stufen hinaufstiegen, kam ihnen ein abgestandener Geruch entgegen. Caro rümpfte die Nase. Wahrscheinlich hatte die Burgwärterin seit Jahrzehnten nicht mehr gelüftet, und das Haus war von Schimmelpilzen befallen.

Auf der obersten Stufe hielt Caro inne und horchte. Alles war ruhig, nur das Pfeifen des Windes drang ab und zu durch Türen und Fenster. Irgendwo weiter weg klapperte ein Fensterladen. Trotz der Stille hatte Caro das Gefühl, dass jemand im Haus war und sie erwartete.

Das fahle Handylicht fiel auf eine Kommode, die mit einer gehäkelten Tischdecke geschmückt war. Darauf stand ein schwarzes Wählscheibentelefon.

*Es sieht hier aus wie in einem Museum,* fuhr es Caro durch den Kopf.

Guido erklomm ebenfalls die letzte Stufe. Er keuchte. »Haben Sie etwas gefunden?«, flüsterte er.

Caro legte den Zeigefinger auf die Lippen. Aber vermutlich waren sie längst bemerkt worden.

Vorsichtig schlich Caro voran. Dann stoppte sie wieder. Hatte sie Schritte aus der oberen Etage gehört? Oder war es Einbildung gewesen?

Als sie weiterging, nahm sie aus dem Augenwinkel eine Bewegung wahr. Instinktiv riss sie das Kantholz hoch. Gleichzeitig berührte etwas ihre Beine. Etwas Weiches.

Erleichtert stellte Caro fest, dass es sich um die Katze handelte. Sie schaute zurück zu Guido, dem der Schreck ebenfalls aus den Augen sprang.

»Nur die Katze«, flüsterte Caro.

»Scheiße. Ich bin zu alt für so was.« Guidos Stimme zitterte.

Caro legte die Hand auf die Brust, um ihm zu signalisieren, dass er sich beruhigen sollte. Die Katze maunzte. Das Geräusch ging Caro durch Mark und Bein. Wieder zuckte sie zusammen.

Die Anspannung war kaum noch auszuhalten.

Sie schlich weiter. Rechts gab es eine Tür. Caro stieß sie auf und leuchtete in den Raum. Eine Küche. Zu dem Geruch von altem Holz und feuchten Wänden gesellte sich ranziges Fett.

Außer Küchenmöbeln und dreckigem Geschirr, das sich auf der Anrichte stapelte, war der Raum leer. Angewidert schloss Caro die Tür.

Als sie zurück zu Guido sah, erschrak sie. Der Wirt

starrte mit weit aufgerissenen Augen auf den Boden und zeigte auf etwas. Caro folgte seinem Blick und erkannte, was ihn hatte erstarren lassen.

Die Holzdielen waren übersät mit blutigen Katzenspuren.

*Wir kommen zu spät!*

Caro ließ sämtliche Vorsicht außer Acht und rannte den Spuren nach. Sie stieß eine weitere Tür auf, die in das Wohnzimmer von Margret Back führte.

Das fahle Handylicht fiel auf einen zusammengekrümmten Körper, der in einer Blutlache am Boden lag. Caros Herz setzte beinahe aus. Entsetzt näherte sie sich. Handelte es sich um Berger?

Dann bemerkte sie den gestrickten Pullover, der den leblosen Körper einhüllte. Als sie einen Schritt weiterging und das Gesicht der Leiche beleuchtete, erkannte sie Margret Back. Ihre Pulsadern waren der Länge nach aufgeschnitten.

»Scheiße, das ist Margret!«, entfuhr es Guido.

Caro ließ das Kantholz fallen und trat an die Leiche heran. Sie versuchte, die Halsschlagader zu ertasten. Kein Puls. Die Haut fühlte sich warm an.

»Sie ist tot«, sagte Caro nüchtern. »Aber noch nicht lange.«

Etwa einen Meter von der Leiche entfernt lag eine blutige Rasierklinge am Boden.

»Hat sie sich selbst …?« Guidos Stimme erstarb.

Gute Frage! Hatte Margret Back Berger getötet und dann sich selbst gerichtet? Oder war sie der Erlöserin zum Opfer gefallen? Was bedeuten würde, dass Caro der falschen Spur gefolgt war. Beide Alternativen erschienen wenig beruhigend.

»Ich weiß es nicht«, gab Caro zu. Sie leuchtete durch den Raum. Auf dem Esstisch stand eine Flasche Wein. Von Kampfspuren war nichts zu sehen.

»Wir müssen das Haus durchsuchen. Vielleicht finden wir Berger irgendwo.«

Guidos Gesicht war leichenblass. Er sah aus, als würde er sich jeden Moment übergeben.

»Kommen Sie mit«, sagte Caro. »Sie sollten das Bild nicht zu lange auf sich wirken lassen.«

Plötzlich hielt sie inne. Sie hörte Schritte vom Flur kommend. Hastig ergriff sie das Kantholz.

»Da ist jemand«, zischte Guido.

*Halt den Mund!*, dachte Caro, während sie zur Tür lief. Als sie in den Flur leuchtete, machte ihr Herz einen Sprung.

*Ein Geist!*

Raphaela stand in ihrem weißen Kleid barfuß, mit blutverschmierten Füßen im Korridor.

»Mein Gott! Raphaela«, rief sie.

Als er den Namen seiner Tochter hörte, reagierte Guido sofort. Er rannte Caro hinterher und blieb entsetzt neben ihr stehen. Das Bild des Mädchens wirkte so verstörend, dass es auch das härteste Gemüt erschüttern musste.

Guido lief weiter und nahm seine Tochter in den Arm. »Was machst du denn hier?«

Das Mädchen blieb stumm und starrte aus leeren Augen durch den Flur.

*Hat sie Margret Back …? Nein.*

»Bringen Sie Raphaela nach Hause«, sagte Caro. »Ich suche weiter nach Berger.«

»Okay«, willigte Guido ein. »Wir gehen zurück. Komm Raphaela!«

Seine Tochter machte keine Anstalten mitzugehen. Stattdessen starrte sie gegen die Wand des Korridors, an der mehrere Bilder hingen. Sie wirkte plötzlich angespannt.

Caro folgte ihrem Blick und leuchtete die Fotos an. Es handelte sich um drei Motive aus Oberweildorf. Die Kirche, die Burgruine und eine alte Villa. Das verlassene Gemäuer war Caro bereits vor ein paar Tagen aufgefallen, weil es so morbide und einschüchternd wirkte.

»Das ist es!«, entfuhr es Guido.

»Was? Was meinen Sie?«, fragte Caro.

»Das Haus! Sehen Sie sich die Jahreszahl über dem Eingangsportal an.«

Caro näherte sich dem Foto. Tatsächlich erkannte sie eine ›1794‹ über dem Eingang. Das Jahr, in dem die Erlöserin im Dorf auf Jagd gegangen war. Caro erinnerte sich, dass in den Chroniken auch über die Fertigstellung des Hauses berichtet worden war.

»Vielleicht führt einer der Tunnel dorthin«, vermutete sie. »Es gab mehrere Abzweigungen.«

»Warten Sie lieber auf Verstärkung«, erwiderte Guido besorgt.

»So viel Zeit bleibt mir nicht. Ich muss meinen Kollegen finden. Bringen Sie Raphaela nach Hause.«

Caro hetzte die Treppe hinauf und durchsuchte die oberen Stockwerke, obwohl sie kaum noch Hoffnung hatte, Berger im Haus von Margret Back zu finden. Ihr Bauchgefühl sagte ihr, dass sie sich geirrt hatte. Jemand anders musste hinter den Morden stecken.

*Die Psychiaterin!*

Aber was war die Verbindung zu dem alten Haus, auf das Raphaela sie die ganze Zeit versucht hatte aufmerksam zu machen?

Ihr Handydisplay verhieß nichts Gutes. Der Ladezustand war auf fünfzehn Prozent geschmolzen. Der Akku würde noch für maximal eine halbe Stunde reichen.

Sie musste sich beeilen, um das verlassene Haus zu finden.

# 72

Darling beobachtete, wie Zoé den Korridor entlanglief und hinter einer Biegung verschwand. In einem Vorraum rauchte eine dunkelhaarige Frau. Er blieb hinter einem Pfeiler stehen und wartete.

Jede Sekunde kam ihm wie eine halbe Ewigkeit vor. Endlich drückte die Raucherin ihre Zigarette aus und öffnete eine Tür, die in den Hof führte. Als sie verschwunden war, durchquerte Darling den Vorraum und folgte Zoé die Treppe hinab.

Der Kellergang war leer. Hastig lief er zu der Tür des angeblichen Studios 4b und horchte. Nichts.

Er öffnete die Tür. Wie bei der Durchsuchung am Vormittag gähnte der Raum vor Leere. Weder Zoé noch die Erlöserin waren dort.

Panik stieg in Darling auf. Er spürte, wie seine Handflächen feucht wurden. Mit zitternden Fingern zog er sein Handy heraus und schaute aufs Display. Er hatte keine Nachrichten von Zoé erhalten.

Sein Blick fiel auf das Verbindungssymbol. Das Telefon war offline.

*Mist!*

Wo war Zoé? Da sie ihm nicht entgegengekommen war, musste sie dem Gang gefolgt sein. Hektisch lief er weiter, durch eine Tür, dann eine Treppe hinauf. Von Zoé fehlte jede Spur.

Als Darling oben ankam und ins Freie trat, fand er sich in einem leeren Hinterhof wieder. Vor ihm klafften Fußabdrücke im Schnee, die an frischen Reifenspuren endeten.

*Zoé wurde entführt!*

Darling lief los und folgte den Spuren über den Hof, dann auf die Straße. Sie leiteten ihn durch das Hafengelände, vorbei an Lagerhallen, Firmengebäuden und Speditionen. An der nächsten Seitenstraße war das Fahrzeug abgebogen. Die Reifenabdrücke waren noch immer deutlich erkennbar, allerdings verschmolzen sie mit einem anderen Reifenpaar.

Darling lief weiter, bis eine der Spuren auf dem Gelände einer Spedition endete. Er sah durch das Tor und erkannte sofort, dass ein roter Kleinwagen die Spur hinterlassen hatte. Davor stand ein bärtiger Mann und rauchte.

Darling drehte sich um und folgte dem anderen Reifenpaar, das ihn noch ein paar Hundert Meter weiter führte und dann abrupt abbrach. Auf der Straße war Salz gestreut worden, was die Schneedecke zum Schmelzen gebracht hatte.

Darling blieb schnaufend stehen und holte sein Smartphone aus der Tasche. Es war noch immer offline. Mitten in Frankfurt?

Er schaute nach vorne. Wenn die Entführerin das Hafengelände hätte verlassen wollen, wäre sie in die entgegengesetzte Richtung gefahren. War sie noch in der Nähe?

Er lief weiter. Etwa hundert Meter voraus entdeckte er einen grauen Lieferwagen, der hinter einem Lkw abgestellt war. Im Gegensatz zu den anderen Fahrzeugen der Umgebung lag er nicht unter einer dicken Schneedecke begraben.

Darling zog seine Dienstwaffe aus dem Halfter und näherte sich dem Lieferwagen. Ruckartig hielt er die Mündung der Pistole ins Fahrerhaus und blickte hinein. Die Sitze waren leer. Er umrundete den Wagen und zog die unverschlossene Seitentür auf. Gleichzeitig zielte er mit der Waffe auf die Ladefläche. Wieder nichts. Weder Zoé noch ihre mutmaßliche Entführerin waren dort.

*Es muss der Wagen gewesen sein! Ich finde dich, Zoé!*

Darling sah sich um. Sie waren wahrscheinlich zu Fuß weitergelaufen. Auf der rechten Seite erhoben sich zwei Lagerhallen, dazwischen führte ein Weg auf das Hafenbecken zu. Vor den Hallen war Salz gestreut worden, sodass keine Fußspuren sichtbar waren.

Es hatte wieder angefangen zu schneien. Eiskalt pfiff der Wind durch das Industriegebiet. Darling steuerte den Durchgang an. Als er näher kam, bemerkte er Fußabdrücke von zwei Personen, die sich in den Schnee gedrückt hatten. Seine Intuition hatte ihn nicht getäuscht.

Mit der Waffe in der Hand lief Darling den Weg zwischen den Lagerhallen entlang, der ihm wie ein finsterer Tunnel erschien. Auf der linken Seite stapelten sich Europaletten und Gehwegplatten, die den Durchgang zu einem unübersichtlichen Risiko machten. Darlings Finger krallten sich um das Griffstück der Pistole. Was wollte die Erlöserin hier? Wohin hatte sie Zoé gebracht?

Er hatte fast das Ende des Weges erreicht. Zu spät merkte er, wie sich hinter ihm eine Gestalt aus dem Schatten der Europaletten löste. Ein helles Pfeifen ließ ihn herumfahren. Für den Bruchteil einer Sekunde sah er die Eisenstange auf sich zukommen, dann krachte sie gegen seine Schläfe. Sein Schädel explodierte mit gigantischen Schmerzen.

# 73

Caro hetzte zurück in das Tunnelsystem unter Margret Backs Haus. Die Felswände zogen an ihr vorbei. In der einen Hand umschloss sie das Kantholz, in der anderen das Smartphone mit eingeschalteter Taschenlampenfunktion, dessen Akkuleistung mit jeder Minute abnahm.

Was würde sie in dem verlassenen Haus vorfinden? Bergers Leiche? Melanies Leiche? Sie versuchte, die Gedanken fortzuwischen, doch so recht mochte es ihr nicht gelingen.

Mit jedem Schritt durch den Felsentunnel wurde ihr bewusster, dass sie kopflos handelte. Aus Angst um Berger ließ sie alle Vorsicht außer Acht und rannte – nur mit einem Kantholz bewaffnet – geradewegs in die Höhle der Löwin. Wer immer unter dem Umhang der Erlöserin steckte, sie würde sich nicht mit Caro auf einen Kaffee zusammensetzen und nett plauschen. Was würde passieren, wenn sie der Mörderin Angesicht zu Angesicht gegenüberstand? Ein Kampf auf Leben und Tod? Mit einem Kantholz?

Es musste eine bessere Lösung geben. Nur welche? Berger befand sich in der Gewalt der Erlöserin. Und nach allem, was Caro bisher über die Mörderin wusste, schwebte ihr Kollege in größter Gefahr, weil er mit seinen Depressionen perfekt in ihr Opferprofil passte. Caro hatte keine Zeit, auf Verstärkung zu warten. Sie hatte keine Zeit, Dorfbewohner zusammenzutrommeln, ihr zu helfen. Sie hatte überhaupt keine Zeit. Es gab nur eine Möglichkeit. Augen zu und durch.

Das Tunnelsystem unter dem Dorf glich einem Labyrinth. Vermutlich waren die Gänge mehrere Jahrhunderte alt und in jener Epoche gegraben worden, als die Burg noch bewohnt worden war.

Caro blieb an der nächsten Abzweigung stehen und versuchte, sich zu orientieren. Sie rief sich in Gedanken den Ortsplan von Oberweildorf vor Augen auf und bog dann nach rechts ab, wo sie das verlassene Haus vermutete.

Hundert Meter weiter verzweigte sich der Tunnel erneut. Ein Albtraum! Es fiel Caro immer schwerer, die Richtung zu bestimmen. Sie hielt sich wieder rechts.

Unvermutet endete der Gang. Das Licht der Smartphone-Leuchte traf auf eine schwarze Wand. Als sich Caro näherte, erkannte sie, dass es sich um eine Mauer handelte, in die eine Metalltür eingelassen war.

Caro erwartete, dass die Tür verschlossen war, doch zu ihrem Erstaunen ließ sie sich mit Leichtigkeit aufdrücken. Dahinter öffnete sich ein Gewölbekeller, der von einigen Fackeln in ein flackerndes Licht getaucht wurde. Pfeiler wuchsen aus dem Boden in die Höhe und verzweigten sich zu Rundbögen, die eine Decke aus Felssteinen trugen. In der Mitte des Raumes stand ein einzelner roter Sessel, dessen Vorderseite Caro abgewandt war. Der Rest des Gewölbekellers war leer.

Caros Herz pochte. Sie umklammerte ihre provisorische Waffe so fest, dass ihr die Kanten schmerzhaft in die Hände stachen. Da die Fackeln genug Licht spendeten, schaltete sie ihr Smartphone aus und steckte es in die Tasche.

Was für eine skurrile Situation! Warum stand ein Sessel inmitten eines Gewölbekellers?

Caro ging langsam auf das Möbelstück zu. Als sie sich auf etwa zwei Meter genähert hatte, erkannte sie einen grauen Haarschopf, der die Kopflehne ein Stück überragte. Jemand saß auf dem Sessel.

Ihre Finger krallten sich noch stärker um das Kantholz, und ihr Atem pumpte stoßweise. Als die Seitenlehne den

Blick auf die Person im Sessel freigab, erstarrte Caro vor Entsetzen.

Sie brauchte einen Moment, um das Bild, dem sie sich gegenübersah, zu verstehen. Auf dem roten Plüsch saß eine mumifizierte Frauenleiche. Der Kopf hielt sich aufrecht. Die Haare waren frisch gebürstet. Dort, wo ehemals Augen erstrahlten, drückten sich schwarze Vertiefungen in das ledrige Gesicht. Aus dem halb offenen Mund traten vereinzelte Zähne hervor. Die Arme der Frau ruhten auf den Lehnen, als würde sie entspannt einen Film schauen.

Gefesselt von dem grauenvollen Bild starrte Caro auf die Leiche. Handelte es sich um Melanie? Nein, das war unwahrscheinlich. Die Frau hier war schon sehr lange tot. Was die Frage aufwarf, wen sie vor sich hatte.

Auf Caros Stirn bildete sich Schweiß. Ihr Blick flog durch den Keller und blieb an einer weiteren Tür hängen. Mit wackeligen Beinen ging sie darauf zu.

In diesem Moment hörte sie Bergers Stimme.

»Caro?«

»Berger!«, rief sie zurück. Sie rannte auf die Tür zu und riss sie mit einem Ruck auf.

Dahinter öffnete sich ein länglicher Korridor mit einer gewölbten Decke, dessen gemauerte Seitenwände von jeweils zwei Türen unterbrochen wurden. Fackeln erleuchteten den Gang.

»Caro?«, Bergers Stimme drang aus einer offen stehenden Tür.

*Denk nach! Das ist vielleicht eine Falle.*

»Caro?«

Sie rannte auf die Tür zu. Ein Vorhang hinter dem Eingang verdeckte die Sicht auf den Raum.

Bergers Stimme wurde drängender. »Caro?«

»Berger? Wo bist du?«

Sie trat ein paar Schritte vor und riss den Vorhang zur Seite. Zu ihrer Überraschung sah sie – nichts!

Vor ihr öffnete sich ein weiterer Gewölbekeller, der von zwei Kerzen spärlich beleuchtet wurde. Der Raum war vielleicht dreißig Quadratmeter groß und bis auf einen einzelnen Holzstuhl leer.

Während es in ihrem Gehirn rumorte, fiel hinter ihr die Tür krachend ins Schloss. Caro fuhr herum. Die rostige Stahltür war versperrt. Es gab weder einen Griff noch eine Klinke. Nur ein Schlüsselloch.

Sie war in eine Falle getappt. Bergers Stimme musste aus einem Lautsprecher gekommen sein.

*Scheiße!*

Caro trommelte und trat gegen die Tür, doch das unnachgiebige Metall ließ ihr keine Chance.

Plötzlich hallte eine warme, säuselnde Stimme durch den Raum. »Schön, dass Sie endlich hergefunden haben, Frau Löwenstein.«

Caro fuhr herum. Woher kamen die Worte?

»Sie können mich nicht sehen.« Der Lautsprecher schien an der gegenüberliegenden Wand angebracht zu sein.

»Wer sind Sie?«, schrie Caro in den Raum. Sie konnte die hypnotische Stimme nicht zuordnen.

»Das spielt keine Rolle. Wir sind beide hier, um einen gemeinsamen Freund auf seinem letzten Weg zu begleiten.«

*Berger!*

Panik stieg in Caro auf. »Wo ist er?«

»Treten Sie ein paar Schritte vor, dann sehen Sie Ihren Kollegen.«

Wie meinte sie das?

Caros Blick blieb auf dem Stuhl haften. Sie ging langsam darauf zu und erkannte, dass ein Tablet-Computer auf der Sitzfläche lag.

»Setzen Sie sich, Frau Löwenstein.«

Es widerstrebte Caro, den Anweisungen der Mörderin zu folgen. Aus Neugier fügte sie sich. Das Display des Gerätes flackerte. Mit weichen Knien griff sie nach dem Computer.

Auf dem Bildschirm erschien ein weiterer Gewölbekeller, in dem ebenfalls ein einzelner Schemel stand. Caro glaubte, sich selbst zu erkennen, doch dann wurde ihr bewusst, dass Berger im Bild war. Er wurde in einem fast identischen Raum gefangen gehalten. Sie starrte auf das Display. Was hielt er in der Hand?

Als Caro den Ausschnitt vergrößerte, setzte ihr Herz aus. Es handelte sich um eine silberfarbene Pistole. Caro ahnte, welchem Zweck sie dienen sollte.

*Bitte nicht, Berger!*

»Sie fragen sich bestimmt, wie es Ihrem Kollegen geht, oder?«, fuhr die Stimme aus dem Lautsprecher fort.

»Natürlich!«, rief Caro aggressiv zurück. »Lassen Sie mich zu ihm.«

»Das ist leider unmöglich. Er befindet sich in einer Therapiesitzung.«

*Die Psychiaterin!*

Caro schauderte. »Was denn für eine Therapie?«

»Ich helfe ihm, zu verstehen, dass sein Leiden unnötig ist. Dass er es schnell und einfach beenden kann. Genauso schnell, wie es damals gekommen ist.«

Während die Worte auf Caro einprasselten, verkrampften sich ihre Muskeln. Die selbst ernannte Erlöserin wollte Berger in den Selbstmord treiben und war der festen Überzeugung, dass sie ihm damit helfen würde.

»Es gibt einen besseren Weg«. Caro bemerkte, dass ihre Stimme weinerlich klang. »Er muss das schreckliche Erlebnis überwinden und endlich loslassen.«

»Herr Berger leidet schon seit Jahren unter furchtbaren Albträumen. Es wird nicht besser.«

Sie wusste von seinen Albträumen! Nur wenige Menschen kannten das Geheimnis, vermutlich auch Doktor Langenfeld.

Die Stimme aus dem Lautsprecher fuhr fort. »Sie haben keine Ahnung, wie schlimm es ist, zusehen zu müssen, wie ein geliebter Mensch Höllenqualen leidet.«

Ihre Worte legten nahe, dass sie persönlich betroffen war. Genau wie Caro vermutet hatte.

»Erzählen Sie mir, wen Sie verloren haben«, rief Caro zurück. »Wem mussten Sie so lange zusehen?«

Für einen Moment herrschte Stille. Caro hatte ins Schwarze getroffen.

Ein kurzes Räuspern ertönte im Lautsprecher. »Es spielt keine Rolle, wen ich verloren habe. Jeder, der leidet, muss erlöst werden.«

»Leiden ist ein Teil des Lebens. Es gibt Höhen und Tiefen. Eine schlechte Phase ist kein Grund aufzugeben, denn das nächste Hoch ist vielleicht schon in Sicht.«

Caro dachte an den Moment, als sie Berger geküsst hatte.

»Sie verstehen das nicht«, sagte die Stimme. »Sehen Sie auf das Tablet. Dann begreifen Sie sein Leiden.«

# 74

Berger kniete auf dem kalten Steinboden und starrte regungslos auf die silberfarbene Pistole, die vor ihm auf dem Stuhl lag. Die Endlosschleife des Liedes ›Più bella cosa‹ versetzte ihm unaufhörlich Nadelstiche mitten ins Gehirn. Immer wieder sah er den Lichtblitz, der aus Kollnitz' Gewehr aufflammte. Er hörte den erstickten Schrei von Sarah, die neben ihm zu Boden ging. Und er fühlte die eigene Ohnmacht, die seinen Geist hatte erstarren lassen.

Für einen kurzen Moment tauchte Caro in seinen Gedanken auf, und die schweren Gewitterwolken lichteten sich. Es kam ihm vor, als würde er ihre Lippen auf den seinen spüren. Ein einzelner Glücksmoment in der trüben Nacht. Berger versuchte, an der wundervollen Empfindung festzuhalten. Doch dann schob sich wieder Sarah in den Vordergrund, und die Dämonen rissen ihn zurück in die Tiefe.

»Ich kann Ihre Gefühle spüren!«, sagte die Stimme aus dem Lautsprecher. »Sie haben recht. Die Pistole ist die einzige Lösung. Wehren Sie sich nicht dagegen.«

Berger schwieg. Die Worte durchströmten ihn, ohne dass er sie bewusst wahrnahm. Er starrte auf die Waffe.

»Sarah kommt nicht zurück«, fuhr die Stimme fort. »Nie wieder! Sie sind schuld an ihrem Tod. Ihr Versagen wird Sie verfolgen wie eine Schwarze Witwe ihre Beute. Erlösen Sie sich selbst.«

Das Kellergewölbe schien sich zu drehen, der Boden wankte. Berger hörte Sarahs Stimme, die ihn fragte: »Warum hast du mich nicht beschützt?« Er schloss die Augen. Als er sie wieder öffnete, griff er nach der Pistole.

# 75

»Nein, nein, nein!«, schrie Caro, als sie die Szene auf dem Tablet-Computer verfolgte. »Verdammt, Berger, leg die Pistole weg!«

Doch es war zu spät. Er hielt die Waffe in der Hand und betrachtete sie mit leerem Blick. Caro spürte die wallende Hitze, die durch ihren Körper peitschte. Ihr Puls raste.

*Bitte nicht, Berger! Ich ertrage das nicht.*

Tränen schossen ihr in die Augen. »Hör auf, du verdammte Schlampe!«, schrie sie in den Raum. »Du bringst ihn um!«

Es knackte im Lautsprecher. »Er ist einer der wenigen, die begreifen, dass Tod Erlösung bedeutet.«

»Das ist Bullshit!« Caro sprang auf, rannte zur Tür und hämmerte wie besessen gegen das Metall. Doch außer roten Flecken an den Knöcheln zeigte ihr Ausbruch keinen Effekt. Die Tür bewegte sich keinen Millimeter.

*Ich muss etwas unternehmen! Ich muss Berger helfen!*

Verzweifelt sah sie sich nach einem Ausweg um. Es gab weder ein Fenster noch eine andere Fluchtmöglichkeit. Sie war der Mörderin ausgeliefert.

»Komm endlich raus und sieh mir in die Augen!«, schrie Caro. »Was soll die feige Scheiße? Du bist keine Erlöserin, sondern eine kaputte Psychopathin!«

Der Lautsprecher knackte, es kam jedoch keine Antwort. Verzweifelt rannte Caro auf und ab. Wie konnte sie Berger helfen? Das Bild ihres Freundes, der nach der Pistole griff, verfolgte sie. Offensichtlich hatte ihn eine tiefe Verzweiflung ergriffen, hervorgerufen durch die furchtbaren Ereignisse in der Trattoria Romana. Würde er endgültig die Kontrolle verlieren und sich eine Kugel in den Kopf jagen?

*Bitte nicht, Berger!*

Caro sah zum Tablet-Computer hinüber. Die Ungewissheit war unerträglich. Aber dabei zuzusehen, wie Berger sich tötete, war noch schlimmer.

»Fuck!«, schrie Caro, während sie die Hände krampfhaft in die Haare krallte.

Plötzlich hörte sie das Knarren der Tür. Jemand betrat den Raum. Wie eingefroren starrte Caro auf den Vorhang, der sich sanft bewegte.

Dann wurde er ruckartig zur Seite gezogen.

Dahinter erschien eine schwarz gekleidete Gestalt, deren Kapuze weit über das Gesicht ragte, sodass Caro es nicht erkennen konnte. In der Hand hielt sie eine Pistole, ein identisches Modell wie jenes, das Berger vor ein paar Minuten ergriffen hatte.

»Sie wollen mir in die Augen schauen, Frau Löwenstein? Jetzt bekommen Sie die Gelegenheit dazu.«

Die Stimme klang anders als zuvor. Nicht mehr weich und säuselnd. Caro kannte die Stimme, sie konnte sie aber nicht sofort zuordnen.

Erst als die Gestalt die Kapuze nach hinten zog und das Gesicht zum Vorschein kam, begriff Caro, wem sie gegenüberstand.

## 76

Das Erste, was Darling wahrnahm, war ein unregelmäßiges Klopfen. Es drang aus weiter Entfernung an seine Ohren und bohrte sich in sein Bewusstsein, begleitet von unerträglichen Kopfschmerzen. Er spürte einen harten, kalten Untergrund, der auf seine Knochen drückte. Das Atmen fiel ihm schwer, und irgendetwas hinderte ihn daran, den Mund zu öffnen.

Mühsam schlug er die Augen auf. Vor ihm tauchte ein kahler Raum mit grauem Stahlboden und Stahlwänden auf. Eine vergitterte Lampe spendete ein schmerzend grelles Licht. Darling schloss sofort wieder die Augen. Er konnte die Arme nicht bewegen, sie waren hinter seinem Rücken mit etwas Hartem fixiert. Jetzt wurde ihm bewusst, dass sein Mund mit Klebeband versperrt war.

*Wie bin ich hierhergekommen?*

Nach und nach kehrte die Erinnerung zurück. Die Erlöserin hatte Zoé in der Factory entführt.

*Zoé! Wo steckst du?*

Er war den Spuren bis zum Hafenbecken gefolgt. Dann hatte ihn jemand niedergeschlagen. Es war nur ein kurzer Moment der Unachtsamkeit gewesen. Doch der hatte ausgereicht, ihn in diese Lage zu bringen.

Wieder drang das seltsame Klopfen an seine Ohren, immer deutlicher und lauter. Jetzt begriff er, dass die Quelle des Geräusches direkt hinter seinem Rücken lag. Mit größter Kraftanstrengung drehte er sich um und öffnete erneut die Augen.

*Zoé!*

Seine Freundin lag neben ihm auf dem Boden, Arme und

Beine mit Kabelbindern gefesselt und der Mund mit braunem Paketband zugeklebt. Sie trommelte mit den Füßen auf den Boden, was das Klopfen verursachte.

Darling versuchte, etwas zu sagen.

*Wo sind wir?*

Doch aus seiner Kehle drangen lediglich undefinierbare Laute. Der Kopf drohte ihm zu zerspringen. Er musste die Augen wieder schließen, um einen Moment auszuruhen.

Der Geruch von Dieselöl drang an seine Nase.

*Wir sind auf einem Boot.*

Das würde auch erklären, warum der Raum aus Stahl bestand.

*Ein Verlies ohne Fluchtmöglichkeit!*

Was hatte die Erlöserin mit ihnen vor? Würde sie Zoé die Pulsadern aufschlitzen, um sie von ihrem angeblichen Leid zu befreien? Ein kalter Schauer jagte über Darlings Rücken.

Als er wieder aufblickte, erkannte er die Angst in Zoés Augen.

# 77

Caro starrte ihr Gegenüber ungläubig an.

Vor ihr stand Maria Bartels, die Sprechstundenhilfe von Doktor Langenfeld.

»Ich sehe, dass Sie erstaunt sind, Frau Löwenstein. Wen haben Sie denn erwartet?«

Caro holte tief Luft. Dann schüttelte sie den Kopf. »Warum?«

»Sie verstehen das ohnehin nicht.«

»Versuchen Sie mir zu erklären, warum Sie all diese Menschen töten.«

»Ich bringe niemanden um!«, erwiderte Maria Bartels. »Ich helfe Menschen, die längst tot sind, auf die andere Seite zu kommen. Ich erlöse sie.«

»Berger ist nicht tot!«, widersprach Caro vehement. »Er hatte nur einen schlechten Tag.«

»Sie sind in eine Leiche verliebt, Frau Löwenstein.« Ein kaum merkliches Lächeln umspielte ihre Lippen. »Kommissar Berger ist damals in der Pizzeria gestorben, zusammen mit seiner Verlobten.«

»Das ist Unsinn!«, protestierte Caro. »Natürlich hat ihm der Tod von Sarah zugesetzt. Aber er wird darüber hinwegkommen. Er wird ärztlich behandelt.«

»Sie reden sich diesen Psychologie-Quatsch nur ein.« Die Stimme der Erlöserin wurde aggressiv, als hätte Caro einen wunden Punkt getroffen.

»Haben Sie ein Problem mit Psychologie?«, frage Caro. Eine interessante Frage an eine Frau, die in einer psychiatrischen Praxis arbeitete.

»Psychologie ist eine Pseudowissenschaft. Wenn jemand

von der Schlange befallen ist, dann hilft keine Therapie, dann helfen keine Medikamente. Ein endloses Dahinsiechen ist die Folge, bis die Erlösung eintritt.«

*Welche Schlange? Was redet sie für einen Müll?*

Marias Worte ergaben wenig Sinn. Aber der Hass auf die Psychologie bestätigte Caros Vermutung, dass sie aus Erfahrung sprach.

»Wen haben Sie verloren, Maria? Wer musste qualvoll dahinsiechen?«

Die Erlöserin schloss für einen kurzen Moment die Augen. »Meine Mutter.«

Die mumifizierte Leiche schoss Caro durch den Kopf. Es handelte sich also um ihre Mutter, die dort auf dem Sessel saß. »War sie denn in psychiatrischer Betreuung?«

»Diese Quacksalber haben vorgegeben, ihr zu helfen. Aber es ging ihr immer schlechter.«

»Und dann hat sie sich umgebracht?«, fragte Caro nach.

Sie nickte. »Ich erzähle Ihnen gerne die Geschichte eines kleinen Mädchens.«

*Maria wachte auf, als ein einzelner Sonnenstrahl zwischen den grauen Wolkentürmen hervortrat und durch das Dachfenster auf ihre Nase fiel. Sie musste niesen.*

*Benommen griff sie nach Jacky, ihrer geliebten Puppe mit den schwarzen, gelockten Haaren. »Guten Morgen!«, zwitscherte sie. »Glaubst du auch, dass heute ein schöner Tag wird?«*

*Maria stellte sich vor, die Puppe würde antworten. »Die Sonne scheint. Wie soll denn der Tag schlecht werden?«*

*Eine Wolke zerschnitt den Sonnenstrahl und verdunkelte Marias Zimmer.*

*»Die Sonne kommt bestimmt gleich zurück, Jacky. Du brauchst dir keine Sorgen zu machen.«*

*Maria stand auf. Sie trug einen flauschigen Pyjama,*

dessen weißer Stoff mit rosafarbenen Flamingos bestickt war. Barfuß tappte sie zur Tür und öffnete sie. Ob Mama wohl schon wach war?

Gestern hatte Mama viel geweint. Maria hatte sich schuldig gefühlt, weil sie ihr Zimmer nicht aufgeräumt hatte. Heute würde sie alles besser machen, damit Mama wieder glücklich sein würde. Außerdem schien die Sonne. Zumindest manchmal.

Maria schlich über den Flur, dann die Treppe runter. Ein seltsames Knarren kam ihr aus dem Wohnzimmer entgegen. Was war das? Vielleicht ein Schaukelpferd, das hin- und herwippte? Hatte Mama ihr ein neues Spielzeug gekauft? Voller Vorfreude hüpfte Maria die beiden letzten Stufen hinunter und stieß die Wohnzimmertür auf.

Was sie sah, überstieg ihren Verstand. Eine Puppe hing am Hals befestigt an der Decke. Und sie sah aus wie Mama. Nur irgendwie erschreckender. Die Puppe drehte ein Stück nach links, dann in die andere Richtung zurück, was das knarrende Geräusch verursachte. Ein Windhauch wehte durch das offene Fenster und blies Maria ins Gesicht.

Wo war Mama? Und warum hing die Mamapuppe im Wohnzimmer? Maria umfasste Jacky fester und gab ihr einen Kuss auf die Stirn. Sie dachte an ihren bevorstehenden Geburtstag. Was Mama ihr wohl schenken würde?


Betroffen musterte Caro ihr Gegenüber. Maria Bartels war Mitte zwanzig, der Tod ihrer Mutter musste über fünfzehn Jahre zurückliegen. Dieses grausame und einschneidende Ereignis hatte ihr Leben bestimmt.

»Ich nehme an, Ihre Mutter war über einen längeren Zeitraum depressiv, oder?«

Maria nickte. »Sie hat unzählige Psychiater und Therapeuten konsultiert, von denen niemand eine Hilfe war. Irgendwann später habe ich verstanden, dass Mama sehr lange gelitten hat und ihr Tod eine Erlösung für sie bedeutete.«

Offensichtlich hatte Maria den Tod ihrer Mutter mit dieser Erklärung verarbeitet. Irgendwann ist dann die Erlöserin in ihr erwacht. Aber dafür musste es äußere Einflüsse gegeben haben.

»Wie sind Sie auf die alte Dorflegende über die Erlöserin gestoßen?«, fragte Caro.

»Margret hat mir davon erzählt.«

Jetzt fiel es Caro wie Schuppen von den Augen. Maria Bartels hatte mit ihrer Mutter im Haus von Margret Back gelebt. In dem leer stehenden Gebäudeteil.

»Die Geschichte der Erlöserin hat mir damals Furcht bereitet«, fuhr Maria fort. »Margret hat es genossen, mich zu verängstigen. Sie war eine böse Frau.«

»Haben Sie sie deshalb getötet?«

»Ich habe endlich verstanden, dass sie böse war, weil sie selbst gelitten hat. Ich habe die schwarze Schlange bei ihr gesehen. Deshalb habe ich sie erlöst.«

*Schon wieder die Schlange!*

Maria begann mit ihrer Pistole zu fuchteln. »Die Schlange wird auch bei Ihrem Kollegen immer stärker. Ich muss mich beeilen.«

Caro hatte noch unzählige Fragen, aber die mussten in den Hintergrund treten. Sie musste die Erlöserin aufhalten. »Nein, warten Sie. Er muss nicht erlöst werden.«

»Das können Sie nicht beurteilen, weil Ihr Blick verklärt ist. Ich erkenne die Anzeichen.«

Wieder schossen Caro Tränen in die Augen. »Bitte lassen Sie ihn gehen.«

Maria Bartels schüttelte den Kopf. »Es ist zu spät für Herrn Berger.«

Sie verschwand hinter dem Vorhang.

»Nein!« Caro setzte der Erlöserin nach, doch als sie den

Vorhang erreicht hatte, fiel die Tür bereits krachend ins Schloss.

*Großer Gott!*

Berger schwebte in höchster Gefahr. Wenn er sich nicht selbst erschoss, dann würde Maria das übernehmen, genau wie bei den anderen Opfern. Sie war besessen von dem Gedanken, Menschen von ihrem seelischen Leid zu befreien, hervorgerufen durch den Selbstmord ihrer eigenen Mutter.

Aus dem Lautsprecher des Tablet-Computers ertönte ein Räuspern, dann die säuselnde Stimme. »Warum beenden Sie es nicht endlich? All das Leid. All die Trauer.«

Offenbar sprach Maria Bartels zu Berger. Erstaunlicherweise klang ihre Stimme vollkommen verändert. Als würde sie sich in eine andere Person verwandeln, wenn sie unter den Umhang der Erlöserin schlüpfte.

Caro stürmte auf das Gerät zu. Der Bildschirm zeigte weiterhin den Gewölbekeller, in dem Berger gefangen gehalten wurde. Der Kommissar kniete auf dem Boden und starrte auf die Pistole in seiner Hand. Er drehte und wendete die Waffe, als wolle er sie von allen Seiten inspizieren. Im Hintergrund lief ein italienisches Liebeslied, das die Situation noch bizarrer machte.

»Tu es nicht Berger!« Caro schüttelte verzweifelt den Kopf.

Sie dachte an den Moment, als sie sich im Gasthof geküsst hatten, und spürte das intensive Glücksgefühl. Dann übernahm ihre Angst wieder die Vorherrschaft.

»Drücken Sie ab, Herr Berger«, hörte Caro die hypnotische Stimme der Erlöserin. »Es geht schnell und schmerzlos.«

Caro überlegte fieberhaft. Wie konnte sie Maria Bartels davon überzeugen, Berger am Leben zu lassen? Ihr Wahn würde sich nicht mit ein paar Worten aufhalten lassen. Es würde eine lange Zeit brauchen, die Frau zu therapieren.

*Ich muss etwas unternehmen!*

»Es war Ihre Schuld, dass Sarah gestorben ist«, dröhnte es aus dem Lautsprecher. »Sie haben Ihre Verlobte nicht beschützt.«

Berger reagierte nicht. Er starrte wie in Trance durch den Raum.

Caro richtete ihre Stimme an Maria Bartels. »Ich habe das Glück in seinen Augen gesehen.« Sie dachte an den Kuss. »Berger ist nicht verloren. Er findet den Weg aus der Dunkelheit heraus. Geben Sie ihm eine Chance, verdammt!«

Für einen Moment herrschte Stille, nur die Musik plärrte im Hintergrund. Dann erwiderte Maria: »Sehen Sie doch selbst, wie er sich quält. Es gibt nur einen Ausweg.«

Berger sank in sich zusammen und richtete die Pistole gegen sich. Trotz des ungünstigen Kamerawinkels konnte Caro erkennen, dass er auf sein Herz zielte.

»Neeeeiiiiinnnn!«, schrie sie panisch. »Beenden Sie das!«

Ein Knall ließ den Lautsprecher erbeben. Fassungslos starrte Caro auf den Bildschirm. Berger sackte in sich zusammen, während die Pistole polternd zu Boden fiel. Blut trat aus der Brust hervor und breitete sich auf dem Hemd aus. Das Gesicht spiegelte den Schmerz wider, der durch seinen Körper jagen musste. Dann kippte er nach vorne und schlug auf dem Steinboden auf, wo er regungslos liegen blieb.

»B… Berger!«

Die Zeit schien still zu stehen. Mit offenem Mund und aufgerissenen Augen verfolgte Caro die schreckliche Szene. Ihr Verstand war nicht in der Lage, das Gesehene zu verarbeiten. »Simon!«

Wie in Zeitlupe reifte die grausame Erkenntnis, dass sich

Berger eine Kugel ins Herz gejagt hatte und tot zusammen-
gebrochen war.

Der Schock hatte Caro regelrecht eingefroren. Sie hielt
den Tablet-Computer verkrampft in der Hand und vergaß
das Atmen. Alles war vorbei. Sie hatte auf ganzer Linie ver-
sagt. Berger war tot!

Warum hatte sie ihren Partner nicht beschützt? Warum
hatte sie die Mörderin nicht überzeugt? Warum …?

Caro musste sich am Stuhl festhalten, weil alle Kraft
schlagartig ihren Körper verlassen hatte. Das Tablet fiel klir-
rend zu Boden, das Display zerbarst. Sie sank auf die Knie
und blieb regungslos auf dem Steinboden des Gewölbekellers sitzen.

## 78

Die Stimme schien aus unendlicher Ferne zu kommen und brauchte einige Zeit, um Caro zu erreichen. »Er hat sich für den richtigen Weg entschieden.«

Caro fehlte die Kraft zu widersprechen. Alles fühlte sich unwirklich an. Der Keller, die Erlöserin – Berger.

»Warum musste er sterben?«, flüsterte sie.

»Weil er sehr krank war.« Erst jetzt nahm Caro wahr, dass Maria Bartels neben ihr stand und ihre Waffe auf sie richtete.

»Sie sind vollkommen durchgeknallt!«, brach es aus Caro hervor. Ihre Stimme überschlug sich.

Maria drückte Caro die Pistole in den Rücken. »Herr Berger hat seine Entscheidung selbst getroffen.«

*Du gottverdammte Irre!*

Caro kämpfte gegen die Tränen an. »Sie brauchen dringend Hilfe!«

»Sie wollen einfach nicht begreifen, dass nicht ich die Böse bin, sondern Sie.«

»Was?«, fragte Caro entgeistert.

»Ihr Psychologen seid der letzte Abschaum.« Maria Bartels trat Caro mit wutverzerrtem Gesicht gegenüber. »Großes Leid! Großes Leid!«

*Sie dreht durch!*

Caro beobachtete schockiert, wie der spontane Zorn der Erlöserin in einem unkontrollierten Wutanfall explodierte. »Ich blase dir die Psychoscheiße aus dem Gehirn! Ihr begreift nicht, was ihr euren Opfern antut.« Sie fuchtelte mit der Pistole herum, das Gesicht leuchtete feuerrot, und die Augen funkelten.

Caro wich zurück. In ihrem unberechenbaren Zustand würde Maria jeden Moment abdrücken.

Hatte sie überhaupt eine Chance, die Frau zu beruhigen? Würde sie einen Anknüpfungspunkt finden, um das Gespräch auf eine sachliche Ebene zurückzuführen?

*Nein! Du hast keine Zeit mehr!*

Caro sprang mit einem Satz nach vorne und schlug Maria mit aller Härte auf die rechte Hand. Die Pistole fiel mit einem metallischen Scheppern zu Boden und rutschte scharrend über den Stein. Caro setzte nach und rammte die rechte Schulter gegen die Widersacherin. Maria Bartels wurde zurückgeworfen, verlor den Halt und krachte gegen den Stuhl.

Caro blickte auf die Pistole, die jedoch zu weit entfernt lag. Es war besser, abzuhauen.

Sie hetzte zur Tür und schlug sie hinter sich zu. Dann rannte sie den Korridor entlang und stieß auf eine schmiedeeiserne Wendeltreppe, die sich in die Höhe schraubte.

Am anderen Ende des Ganges knarrte die Tür. Da es von innen keine Klinke gab, hatte sich Maria offenbar mit einem Schlüssel befreien können.

Caro erklomm mehrere Stufen auf einmal und jagte die Treppe hinauf. Mit jedem Schritt wurde es kälter. Als sie das Erdgeschoss der Villa erreichte, fand sie sich in der ehemaligen Küche wieder. Zumindest vermutete sie es, denn das wenige Licht, das seinen Weg die Wendeltreppe hinauffand, reichte kaum aus, um den Raum zu beleuchten. Caro erkannte Gerümpel und Müll, einen zusammengebrochenen Tisch und zerfallene Möbel. Die Fensterhöhlen waren mit Brettern beschlagen, durch die eiskalter Wind pfiff. Caros Atem rasselte.

Hektisch suchte sie nach ihrem Handy und schaltete die Taschenlampe ein. Vom Fuß der Wendeltreppe hörte sie Schritte. Maria hatte die Verfolgung aufgenommen.

Inzwischen bereute Caro, dass sie nicht nach der Waffe gegriffen hatte. Es war ein Fehler gewesen! Jetzt hatte ihre Verfolgerin die Pistole.

Umso drängender stellte sich die Frage nach einem Fluchtweg aus dem Haus. Wenn alle Fenster und Türen zugenagelt waren, dann steckte sie in einer Sackgasse.

Caro rannte los. Sie erreichte einen breiten Flur, der nach rechts in die Eingangshalle führte. Bereits von Weitem erkannte sie, dass das voluminöse Portal, das sich zwischen zwei Säulen erstreckte, mit Querbalken verbarrikadiert war.

Daher bog sie links ab und stieg über einen Steinhaufen, der sich von der Stuckdecke gelöst hatte. Aus der Küche ertönte ein Poltern. Maria war ihr dicht auf den Fersen.

Hinter einer Flügeltür, die windschief in den Angeln hing, kam ein Salon zum Vorschein. Ein riesiger Kristallkronleuchter zierte die hohe Decke, als wollte er an den ehemaligen Prunk der Villa erinnern. Auch in diesem Raum waren die Fenster zugenagelt. Jedoch lag in der hinteren Ecke Schnee, der durch die Bretterwand hineingeweht war. Caro leuchtete mit ihrem Handy auf die Balken. Im Holz klaffte ein Loch, durch das sie hindurchpassen würde.

Sie glitt zu Boden und zwängte sich mit den Beinen voran durch die Öffnung. Als sie zurückschaute, sah sie Maria in den Salon stürmen. Caro krabbelte mit hastigen Bewegungen weiter.

Die Erlöserin zielte auf Caro – und drückte ab. Im gleichen Moment, als sich der Schuss mit einem ohrenbetäubenden Knall löste, fiel Caro nach hinten runter und landete in einem Schneehaufen. Über ihr zerbarst ein Holzbrett.

*Steh auf! Beeil dich!*

Mit aller Willenskraft rappelte sich Caro auf und hastete durch den Schnee. Der Sturm peitschte über das waldige Grundstück auf der Rückseite der Villa und zerrte an den Bäumen und Gebäudeteilen.

Caro suchte hinter einem Baumstamm Schutz. Ihr Blick jagte die hohen Mauern entlang, die das Gelände umschlossen. Es gab keinen Fluchtweg. Tiefer im Garten tauchte aus dem Nebel eine Orangerie auf. Es handelte sich um ein quadratisches Backsteingemäuer mit Walmdach, an das ein gläsernes Gewächshaus angebaut war. Caro sah zurück zur Villa, die unheilvoll den Garten überragte. Aus dem Schatten des Gemäuers löste sich eine Gestalt. Maria Bartels.

Caro lief weiter und suchte hinter dem nächsten Baum Deckung. Dann steuerte sie das Gewächshaus an, dessen Tür herausgerissen vor dem Gebäude lag.

Als sie in die dunkle Öffnung der Orangerie hetzte, peitschte ein weiterer Schuss durch den Garten. Caro zuckte zusammen und drehte sich instinktiv zur Seite, während die Kugel knapp neben ihr in den Mauervorsprung einschlug.

Der Raum stand voller Tonkrüge, in denen verdorrte Pflanzen wucherten. Durch die teilweise zerschlagenen Fenster hatte sich Pulverschnee in das Gemäuer verirrt und eine weiße Decke auf Boden und Kübeln hinterlassen. Caro lief weiter in das etwa zehn Meter lange Gewächshaus, in dem Büsche und Bäume in Pflanztrögen, Kübeln und Regalwänden wuchsen. Einige der immergrünen Pflanzen trugen noch Blätter und boten zumindest etwas Sichtschutz. Auf dem Glasdach lastete eine dicke Schneedecke, die den Raum in ein dunkelgraues Zwielicht hüllte.

Caro sah sich fieberhaft um. Was jetzt? Auf den ersten Blick gab es keinen Fluchtweg, keine Tür oder zerbrochene Fenster, durch die sie hätte klettern können. Maria war ihr mit einer geladenen Pistole auf den Fersen.

Sie duckte sich hinter ein Regal, in dem Tontöpfe, verdorrte Blumen und Keramikgefäße standen. Angespannt spähte sie durch die Lücken zwischen den Töpfen.

Maria trat mit vorgehaltener Pistole in die Orangerie. Als Caro ihr hasserfülltes Gesicht sah, war sie sich sicher:

Die Frau würde sich durch nichts aufhalten lassen. Caro hatte den Fehler begangen, ihr Weltbild anzugreifen. Maria lebte für die Wahnvorstellung, Menschen aus ihrem seelischen Leid zu erlösen. Und sie war fest davon überzeugt, Gutes zu tun. Als Caro – getrieben von ihrem unsagbaren Schmerz nach Bergers Tod – die Grundfesten ihrer Überzeugung erschüttert hatte, hatte sie die Büchse der Pandora geöffnet.

Marias Verstand hatte offensichtlich ausgesetzt, und ihr einziges Ziel war es, Caro zu töten. Und genau dieses Ziel blitzte aus ihrem hassverzerrten Gesicht hervor.

Caro wagte kaum zu atmen. Vorsichtig bewegte sie den Kopf, um nach einer geeigneten Waffe Ausschau zu halten. Doch da war nichts, abgesehen von Tontöpfen, die zum Werfen zu schwer waren.

Maria rückte weiter in das Glashaus vor. Sie hatte Caro noch nicht entdeckt.

»Sie sitzen in der Falle, Frau Löwenstein. Kommen Sie raus. Ich möchte unsere Unterhaltung über Psychologie fortführen.«

Caro ging tiefer in Deckung.

»Tagein, tagaus habe ich im Vorzimmer von Doktor Langenfeld gesessen und meinen Groll runtergeschluckt. Ich habe geglaubt, dass ich eines Tages verstehe, warum meine Mutter nicht geheilt werden konnte. Warum sie sterben musste. Deshalb habe ich die Ausbildung gemacht.« Maria streifte durch die Reihen der Pflanzwannen und hielt nach Caro Ausschau. Dabei fuhr sie fort. »Dann kam der Junge in die Praxis.«

*Sebastian Sander*, schoss es Caro durch den Kopf.

»Ich konnte die schwarze Schlange sehen, die sich um seinen Körper wand und seinen Hals zudrückte. Sie wuchs und gedieh jede Woche, die er in die Praxis kam. Es ging ihm immer schlechter. Ist es nicht seltsam, dass Doktor Langenfeld die Schlange nicht bemerkt hat? Als Ärztin? Sie glaubte, ihm mit Worten und Medikamenten helfen zu können. Aber die Schlange ist übermächtig.«

Langsam begann Caro zu verstehen. Maria Bartels hatte sich, vermutlich aus ihrer kindlichen Fantasie stammend, die Krankheit ihrer Mutter als schwarze Schlange vorgestellt. Die Bilder hatten sich bei ihr festgesetzt und wurden auf andere Menschen projiziert.

War es sinnvoll, in eine Diskussion mit der Mörderin einzusteigen? Nein. Offensichtlich hatte sie Wahnvorstellungen.

Caro sah sich erneut um. Was konnte sie als Waffe verwenden? Ein paar Meter weiter, unter einer der Pflanzwannen, lagen vereinzelte Metallstangen. Besser als nichts.

Sie kroch hinter dem Regal entlang und verbarg sich hinter einer Wassertonne. Wieder hielt sie die Luft an. Hatte Maria ihre Bewegungen gehört?

»Ihr Kollege Berger wurde auch von der Schlange umgarnt«, fuhr Maria fort. »Sein Hals war bereits fest umschlossen.«

Sie hatte Berger nur zweimal flüchtig getroffen. Wie konnte sie sich auf dieser Basis ein Bild von ihm machen? Woher hatte sie all die Informationen?

Caro robbte unter die Pflanzwanne. Als sie eine der Eisenstangen ergriff, rollte eine zweite mit einem metallischen Scheppern über den Boden. Caro erschrak und verharrte im Schutz der Wanne, ohne sich zu bewegen. Von ihrer Position aus konnte sie Maria beobachten, die zwei Reihen weiter nach ihr suchte und jetzt ruckartig herüberschaute.

»Ich habe ihn von der Schlange erlöst«, erklärte Maria voller Überzeugung. Sie richtete die Waffe in Caros Richtung.

*Sie wird mich erschießen!*

Caro starrte gebannt auf die Pistole. Mit Sicherheit hatte

Maria sie entdeckt, denn das Sichtfeld zwischen ihnen war frei. Anstatt auf Caro zu zielen, zog sie ihre Waffe nach oben.

Was hatte sie vor? Caro folgte ihrem Blick und begriff sofort, was sie beabsichtigte. Das Glasdach war von einer tonnenschweren Schneedecke bedeckt. Das Abfeuern einer Kugel würde unweigerlich eine Lawine aus Schnee und Glassplittern auf Caro hinabregnen lassen und sie darunter begraben.

»Ich möchte, dass sie die Schlange ebenfalls sehen«, sagte Maria. Dann drückte sie ab.

Ein ohrenbetäubender Knall hallte durch das Gewächshaus. Im gleichen Moment nahm Caro das Splittern von Glas wahr, gefolgt von einem grollenden Poltern und Knirschen. Die Welt brach über ihr zusammen. Instinktiv verkroch sich Caro tiefer unter der Pflanzwanne, während ein Hagelschauer aus Scherben und Schnee über sie hinwegfegte und weiße Berge aufhäufte. Die Pflanzwanne bebte bedrohlich, als würde sie jeden Moment zusammenbrechen. Caro presste die Augen zu und schützte den Kopf mit den Ellenbogen, so gut es ging.

Endlich endete das Gepolter. Caro blinzelte und erkannte nur Nebel aus aufgewirbeltem Schnee. Sie wusste, dass sie verloren hatte, denn jetzt hatte sie keine Chance mehr, der Erlöserin zu entkommen.

Der aufgetürmte Berg hatte Caro nicht vollständig begraben. Eine breite Lücke klaffte unterhalb der Pflanzwanne. Maria stand etwa zwei Meter von Caro entfernt und zielte mit der Pistole auf ihren Kopf.

»Kommen Sie raus, Frau Löwenstein. Sie sollen die Schlange sehen.«

Was meinte sie damit? Caro beschloss, dass es zunächst besser war, ihren Anweisungen zu folgen. Sie kroch aus ihrem Unterschlupf, wobei sie höllisch auf die Glasscherben achtgeben musste, die den Schnee spickten.

Die Mörderin beobachte Caro misstrauisch. Noch immer loderte der Zorn in ihren Augen.

Plötzlich durchzuckte ein brennender Schmerz Caros Unterarm. Aus einem tiefen Schnitt in ihrer Haut quoll Blut hervor und färbte den Schnee rot ein.

*Scheiße!*

Zum Glück hatte die Scherbe nicht ihre Pulsader erwischt. Caro hielt sich den Unterarm und kroch weiter über den Schneeberg.

»Sie gehen voran«, befahl Maria. »Sie sollen jetzt die Schlange sehen. Sie sollen sie sehen!«

Caro begriff, dass die Erlöserin sie zu Berger bringen wollte. Der Gedanke, ihm in die glasigen Augen schauen zu müssen, war so entsetzlich, dass ihr die Luft wegblieb.

Mit der Pistole im Rücken wurde Caro auf die alte Villa zugetrieben. Das Blut ihres Unterarmes zeichnete eine rote Spur in den Schnee. Maria bugsierte sie zu einer Hintertür. Sie durchquerten das Haus, stiegen die Wendeltreppe in den Keller hinab und erreichten den Raum, in dem Maria Berger gefangen gehalten hatte. In dem jetzt seine Leiche lag.

Caros Herz klopfte bis zum Anschlag, ihr Verstand setzte beinahe aus. Berger war tot! Sie würde nie wieder seine Stimme hören, würde nie wieder seine Lippen auf den ihren spüren. Das alles war ein einziger Albtraum!

»Öffnen Sie die Tür, Frau Löwenstein!« Maria stieß ihr die Pistole in die Rippen.

Caro drückte die Klinke runter und schob die Tür langsam auf.

## 79

Berger lag bäuchlings auf dem Boden. Die Steinplatten auf Brusthöhe waren blutverschmiert. Caro verspürte einen unendlichen Schmerz, der ihren Geist und Körper zu durchbohren schien und sie mit einer tiefen Verzweiflung überzog. Tränen schossen ihr in die Augen.

»Er ist jetzt an einem besseren Ort«, sagte Maria fast schon andächtig. »Sehen Sie die Schlange?«

Natürlich sah Caro nichts. Die Schlange war eine Ausgeburt ihres kranken Geistes.

»Warum ist die Schlange noch da?«, fragte Caro mit tränenerstickter Stimme. »Er ist doch tot.«

»Sie bewacht die Erlösten. Haben Sie denn nicht die Schlange auf dem Körper meiner Mutter gesehen?«

Caro dachte an die mumifizierte Leiche, konnte den Gedanken aber nicht fortführen, zu sehr schmerzte der Anblick des geliebten Mannes, der tot vor ihr lag.

»Früher habe ich mich vor der Schlange gefürchtet«, fuhr Maria fort. »Aber heute weiß ich, dass ich sie besiegen kann, wenn ich ihre Opfer erlöse und ihr damit die Nahrung nehme.«

Caro ging langsam auf Bergers zusammengefallenen Körper zu und strich ihm zärtlich über den Rücken. Er fühlte sich noch warm an.

Maria näherte sich ebenfalls. Sie hockte sich neben den Toten, während sie Caro mit der Pistole weiterhin in Schach hielt. »Die Schlange bleibt bei ihm, sehen Sie? Aber sie hat jetzt keine Macht mehr.«

Caro holte tief Luft. Sie begriff noch immer nicht, dass Berger tot war. Wieder erschien der magische Moment vor ihren Augen, in dem sie sich geküsst hatten. Ein Moment, der sie so tief berührt hatte wie selten zuvor in ihrem Leben. Warum hatte das Schicksal den Moment des Glückes so brachial zerstört? Weshalb musste ein so wundervoller Mensch sterben?

Plötzlich schnellte Bergers Oberkörper in die Höhe. Er drehte sich blitzschnell zu Maria und schlug ihr die Pistole aus der Hand. Die Überraschung traf beide Frauen gleichermaßen. Caro sprang auf und stieß einen spitzen Schrei aus, während Maria schreckverzerrt zurückwich, als hätte sie einen Geist gesehen.

Bergers Hemd war blutüberströmt, der Körper angespannt und das Gesicht entschlossen. Er schmetterte Maria mit einem kräftigen Stoß nach hinten und schoss die Pistole mit dem Fuß von ihr weg.

Caro konnte nicht fassen, was gerade passierte. Berger lebte. Aber wie? Sie hatte gesehen, dass er sich ins Herz geschossen hatte.

Maria wurde von Bergers Attacke zurückgeworfen und schlug mit dem Hinterkopf auf dem Boden auf. Ein dumpfes Geräusch quittierte den Aufprall.

Caro stand schockgefroren im Raum und verfolgte mit offenem Mund, wie Maria regungslos liegen blieb. Fast mechanisch trat sie ein paar Schritte auf die Erlöserin zu, beugte sich über sie und fühlte ihren Puls. »Sie lebt noch.« Als Caro sprach, erkannte sie ihre eigene Stimme kaum wieder.

Dann drehte sie sich zu Berger um. Noch immer konnte sie nicht fassen, dass er lebte. Alles erschien unwirklich, wie in einem wirren Traum.

»Wie … wie ist das m… möglich?«, stammelte Caro.

Berger hielt die Hand auf den roten Fleck auf seinem Hemd. »Es ist nur eine Fleischwunde. Ich habe die Pistole schräg gehalten und mir in den Brustmuskel geschossen. Es war die einzige Möglichkeit, aus der Gewalt dieser Verrückten zu entkommen.«

Jetzt wurde Caro vollends von ihren Gefühlen überwältigt. Sie stürmte auf ihn zu und warf sich in seine Arme. Die Anspannung, die Trauer, die Verzweiflung fielen schlagartig von ihr ab. Sie brach in Tränen aus.

Eine ganze Weile standen sie eng umschlungen dort. »Das ist vollkommen verrückt. Die Kugel hätte abgelenkt werden können und …«

»Es ist alles gut gegangen«, sagte Berger beruhigend.

Caro löste sich von ihm und musterte das austretende Blut auf seiner Brust. »So harmlos sieht das nicht aus.« Sie wischte sich die Tränen fort und knöpfte vorsichtig sein Hemd auf. Berger stöhnte vor Schmerz.

Die Wunde glich einem länglichen Krater. Die Ränder waren bereits leicht verkrustet, doch aus der Mitte quoll Blut hervor und tropfte den Körper hinab.

»Wir müssen dich sofort zu einem Arzt bringen«, sagte Caro voller Sorge. »Du verlierst viel Blut.« Sie zog Bergers Hemd aus und band es um die Wunde, wodurch der Blutfluss halbwegs gestillt wurde.

»Die Straßen sind blockiert«, antwortete er. »Wir kommen nicht aus dem Ort.«

»Ich hole Hilfe. Allein schaffen wir es nicht.«

»Wie hast du mich eigentlich gefunden?«, fragte Berger.

Sie berichtete ihm von den Tunneln, ihrer Begegnung mit Maria und der misslungenen Flucht.

Berger atmete schwer aus. »Das ist wirklich überraschend, dass diese unscheinbare Frau hinter den Morden steckt. Aber sie ist sehr gefährlich. Du hast dich in große Gefahr begeben.«

»Ich habe dich gefunden, das ist alles, was zählt.«

Wieder umarmten sie sich. Berger zuckte vor Schmerz zusammen.

»Wie geht es dir?«, flüsterte Caro.

»Etwas besser. Das Adrenalin hat mich aufgeputscht. Und der Gedanke an dich.«

Caro drückte sich glücklich in den Schutz seiner Arme. »Ich bin so froh, dass du es geschafft hast, dich aus der Abwärtsspirale zu befreien.«

»Ich erinnere mich inzwischen, dass Maria mir in der Praxis ein Glas Wasser gegeben hat, um die Tabletten runterzuschlucken. Wahrscheinlich war da ein Betäubungsmittel drin. Ich denke auch, dass sie die Tabletten mit Placebos vertauscht hat.«

Caro schauderte. »Das ist alles sehr verwirrend.«

Berger nickte.

»Ich laufe zur Weilstube zurück und bitte den Wirt um Hilfe«, sagte sie. »Wir sollten Maria fesseln. Schaffst du es, sie in Schach zu halten?«

Berger hob die Pistole vom Boden auf und überprüfte das Magazin.

»Natürlich.« Er zitterte vor Anstrengung.

Seine Worte überzeugten Caro nicht. Berger war durch den Blutverlust geschwächt. Im schlimmsten Fall könnte er das Bewusstsein verlieren. Aber sie hatten keine andere Wahl. Der Weg durch die Tunnel würde eine zu große Strapaze für ihn bedeuten.

»Ich muss mir mal deinen Gürtel ausleihen«, sagte Caro. Sie half ihm beim Herausziehen. Anschließend fesselte sie die Hände der bewusstlosen Mörderin hinter ihrem Rücken.

»Setz dich auf den Stuhl.« Caro drückte sich noch einmal an Berger heran. »Ich beeile mich.«

Dann verließ sie den Raum und schlug sich durch den unterirdischen Gang bis zur Weilstube durch, wo sie auf Guido traf. Caro berichtete ihm in einem kurzen Abriss, was geschehen war.

»Maria Bartels?«, fragte er ungläubig. »Das ist ja ein Ding!«

»Ja. Man sieht den wenigsten Menschen an, welcher Kampf in ihrem Inneren tobt.«

Caro dachte an Berger. Sie mussten sich beeilen. »Mein Kollege braucht dringend einen Arzt.«

»Hier im Dorf gibt es einen Allgemeinmediziner. Ich hole meinen Geländewagen, damit können wir Herrn Berger fahren.«

»Danke.«

Der Wirt schloss umgehend die Gaststätte und führte Caro zu einem grauen SUV, der hinter dem Haus parkte. Um in die Villa hineinzugelangen, bewaffnete sich Guido mit der Brechstange.

Die Fahrt durch die Straßen von Oberweildorf bereitete dem Allradantrieb keine Probleme, im Gegensatz zu Bergers vorherigen Versuchen mit seinem heckgetriebenen Dienstwagen.

Guido hielt vor der verlassenen Villa an. Über dem prunkvollen Eingangsportal prangte deutlich sichtbar die Jahreszahl. 1794. Raphaela hatte gewusst, was in dem Keller vor sich ging, weil sie durch den Tunnel gekommen war. Was für ein erschreckender Gedanke! Caro mochte sich kaum ausmalen, in welcher Gefahr Guidos Tochter geschwebt hatte. Und welchen Schock sie erlitten haben musste, als sie die mumifizierte Leiche entdeckt hatte.

Sie stiegen aus, und Guido holte die Brechstange aus dem Kofferraum. Das Tor stand einen Spalt offen, sodass Caro einen der Flügel weit genug aufschieben konnte, um knapp hindurchzupassen. Guido folgte ihr.

Vor dem mit Brettern zugenagelten Eingangsportal blieb Guido stehen und setzte die Brechstange an. Krachend zersplitterte das morsche Holz, als er die Balken aufstemmte.

Nach drei Brettern war das entstandene Loch groß genug, um den Weg für sie freizugeben.

Caro lief ins Innere. Sie machte sich Sorgen um Berger. Hatte er durchgehalten? War Maria erwacht? Wenn er das Bewusstsein verloren hatte, könnte sie ihn trotz ihrer Fesseln überwältigt haben.

Mit einem flauen Gefühl im Magen führte sie Guido zur Wendeltreppe und stieg hinab. Was würde sie dort unten erwarten?

Im Gewölbe herrschte eine beunruhigende Stille. Caro rannte mit klopfendem Herzen weiter, bis sie den Kellerraum erreichte, in dem sie Berger zurückgelassen hatte.

Caros Blick fiel zunächst auf Berger, der bewusstlos auf dem Stuhl zusammengesunken war.

Nach der ersten Schrecksekunde erkannte sie, dass Maria regungslos auf dem Boden lag. Sie hastete zu Berger und fühlte seinen Puls. Er pochte schwach.

*Gott sei Dank!*

Als Guido in der Tür auftauchte, schlug er die Hände über dem Kopf zusammen.

»Wir müssen beide hochschaffen und zum Arzt fahren«, sagte Caro, während sie versuchte, Berger wachzurütteln.

»Wach auf!«

Endlich zuckten die Lider des Kommissars. Er öffnete die Augen und sah sich verwirrt um. »Shit, ich bin weggetreten.«

»Ja, bist du. Zum Glück ist Maria nicht aufgewacht. Kannst du aufstehen?«

Caro half ihm, auf die Beine zu kommen. Er wirkte instabil, schaffte es aber, selbstständig zu gehen. Maria stellte die größere Schwierigkeit dar. Caro und Guido griffen ihr unter die Arme und schleiften sie zur Wendeltreppe. Mit vereinten Kräften zogen sie die Mörderin nach oben.

Wenig später lag Maria mit weiterhin gefesselten Händen auf der Rückbank des Geländewagens. Caro setzte sich daneben, während Berger auf dem Beifahrersitz Platz nahm. Er wirkte angeschlagen.

Guido startete den Motor und lenkte den SUV durch die verschneiten Straßen bis zur Praxis des Dorfarztes.

Caro und Guido sprangen aus dem Wagen und klopften gegen die verschlossene Tür. Nichts rührte sich.

*Scheiße!*

»Wo könnte er sein?«, fragte Caro nervös. Berger brauchte dringend ärztliche Hilfe.

»Vielleicht macht er einen Hausbesuch. Jemand könnte gestürzt sein. Ich weiß es nicht.«

»Mist! Wo ist das nächste Krankenhaus?«, fragte Caro.

»Ich würde ihn nach Königstein bringen. Aber die Straßenverhältnisse sind ...«

»Das ist mir egal«, unterbrach ihn Caro. »Die Zeit drängt.«

»Dann los!« Guido ging auf seinen Wagen zu.

»Warten Sie. Ich möchte Sie nicht weiter in Gefahr bringen. Sie sollten sich um Ihre Tochter kümmern. Ich werde fahren.«

Er sah Caro besorgt an. »Sind Sie sicher? Ich helfe gerne.«

»Nein. Bitte, gehen Sie.«

Er nickte.

Caro nahm auf den Fahrersitz Platz und startete den Motor.

*Hoffentlich kommen wir durch!*

Mit einem knirschenden Geräusch setzte sich der Geländewagen in Bewegung und pflügte eine Schneise durch den Tiefschnee.

# 80

Die Straße lag unter einer kniehohen Schneedecke begraben, sodass sich der Wegrand nur erahnen ließ. Caro lenkte den Wagen durch den Ortskern von Oberweildorf und wich Schneeverwehungen so gut es ging aus. Immerhin hatte es aufgehört zu schneien.

Sie sah besorgt zu Berger, der zwar wach war, aber schlaff im Sicherheitsgurt hing. Die Wunde und der damit verbundene Blutverlust machten ihm zu schaffen.

Er bemerkte ihren Blick. »Sieh nach vorne. Es geht mir gut.«

Caro konzentrierte sich wieder auf den Weg. Sie ließ die letzten Häuser des Dorfes hinter sich und fuhr durch den Wald, was es noch schwieriger machte, die Fahrbahn zu erkennen. Auf beiden Seiten der Straße drohten Gräben und steile Abhänge.

»Du bist kein Stück fit«, widersprach Caro. »Du brauchst dringend einen Arzt.«

Berger schaute mit gerunzelter Stirn durch die Windschutzscheibe. »Ich halte schon durch.« Er sah flüchtig auf die Rückbank. »Wie geht es der da hinten?«

»Sie ist noch immer bewusstlos. Der Aufprall auf den Hinterkopf war ziemlich heftig.«

»Ich verspüre kein Mitleid mit ihr«, sagte Berger. »Sie hat viele Menschen auf dem Gewissen.«

»Maria hat Wahnvorstellungen«, erklärte Caro. »In jungen Jahren hat sie eine lange depressive Phase ihrer Mutter miterlebt und sie schließlich erhängt aufgefunden.«

»Das ist sicher ein traumatisches Erlebnis gewesen. Aber warum das Theater mit der Erlöserin?«

»Sie hat mit ihrer Familie im Haus von Margret Back gelebt, die ihr immer wieder die alte Dorflegende der Erlöserin erzählt hat.«

»Hmm.« Berger schloss die Augen. »Das liegt alles lange zurück. Wann hat Maria angefangen, die Erlöserin zu spielen?«

Der Wagen ruckelte, als Caro durch eine Schneeverwehung fuhr. »Sebastian Sander war Patient bei Doktor Langenfeld. Sein seelisches Leiden hat alte Wunden bei ihr aufgerissen. Es muss etwas angetriggert haben, das tief in ihr geschlummert hat.«

»Dann hat sie ihn getötet.«

Caro nickte. »Ja.«

»Hast du etwas über den Verbleib deiner Freundin Melanie erfahren?«, erkundigte sich Berger.

»Leider nein. Alles ging so furchtbar schnell.«

»Das werden wir bei ihrer Befragung herausfinden«, sagte er.

Caro wich einer Verwehung aus. »Was mir noch nicht in den Kopf will, ist die Frage, wie Maria ihre Opfer im gesamten Main-Taunus-Gebiet aufsuchen konnte. Das ist ein hoher logistischer und finanzieller Aufwand.«

»Ich schätze, sie hat das Selbstmordforum genutzt, um sich mit den Leuten zu verabreden«, vermutete Berger. »Aber du hast recht. Möglicherweise hatte sie Helfer.«

Caro bemerkte im Rückspiegel eine Bewegung. »Ich glaube, sie wacht auf.«

Berger drehte sich zu Maria um, die leise stöhnte. »Was ist passiert?«

»Wir sind auf dem Weg ins Krankenhaus«, erklärte Berger. »Sie haben vermutlich eine Gehirnerschütterung.«

»Ich mag keine Krankenhäuser.« Ihre Stimme klang monoton.

»Wir bringen Sie trotzdem hin.«

Die Straße wand sich in Serpentinen den Berg hinab. Caro hatte zunehmend Schwierigkeiten, die Spur zu halten. Schneeverwehungen blockierten den Weg. Sie konnte kaum erkennen, wo die Fahrbahn endete. Der Geländewagen rumpelte und jaulte auf. Berger stöhnte. Offensichtlich plagten ihn heftige Schmerzen.

In ein paar Kilometern würden sie auf die Bundesstraße nach Königstein treffen. Caro hoffte inständig, dass die Räumfahrzeuge die Route freigeschaufelt hatten.

»Sehen Sie nicht die Schlange, die seinen Hals zudrückt?«, meldete sich Maria von hinten.

Berger runzelte verwundert die Stirn.

»Sie stellt sich Depressionen bildlich vor«, erklärte Caro. »Als schwarze Schlange.«

»Verstehe.« Er fasste mit der Hand auf seine Wunde. »So falsch liegt sie damit auch gar nicht.«

»Ich hätte Sie von der Schlange erlösen können«, sagte Maria eindringlich.

Caro verdrehte die Augen. Maria würde mit Sicherheit für nicht schuldfähig erklärt werden.

Berger rutschte tiefer in den Sitz. Auf seiner Stirn bildete sich Schweiß. Er konnte die Augenlider kaum aufhalten.

*Es geht ihm immer schlechter,* dachte Caro. *Ich muss mich beeilen!*

Plötzlich krachte es. Ein heftiger Ruck durchfuhr den Wagen. Caro und Berger wurden in die Sicherheitsgurte gedrückt, während Maria gegen die Rücklehnen geschleudert wurde. Dann standen sie still.

»Scheiße!«, fluchte Caro. Der SUV war gegen ein Hindernis geprallt.

Berger zitterte vor Schmerz. Auch von hinten kam ein gequältes Stöhnen.

Caro legte den Rückwärtsgang ein und trat vorsichtig aufs Gaspedal. Der Motor heulte auf, aber der Wagen bewegte sich keinen Millimeter, weil die Räder durchdrehten. Sie hatten sich festgefahren. Verzweiflung kochte in Caro hoch. Berger verlor weiter Blut, er brauchte einen Arzt.

Sie probierte den Vorwärtsgang, dann erneut den Rückwärtsgang. Der SUV vibrierte, bis er endlich ein Stück zurückruckelte.

Jetzt erkannte Caro, dass sie gegen einen dicken Ast geprallt war, der unter der Schneelast abgebrochen war und die rechte Straßenhälfte blockierte.

Wieder sah sie zu Berger hinüber, der schwer atmete. »Halt durch, Berger! Bitte!«

»Mach ... mach ... dir k... keine Sorgen.«

*Es geht ihm richtig scheiße!*

Caro versuchte, den Ast zu umfahren. Die Reifen drehten erneut durch, dann begannen sie zu greifen. Mit heftigem Gerumpel setzte sich der Geländewagen in Bewegung und durchfurchte einen Schneeberg. Es klappte. Erleichtert atmete Caro auf.

Ein paar Hundert Meter weiter erschien endlich die Abzweigung nach Königstein. Als Caro näher kam, vollführte ihr Herz einen Sprung. Die Straße war geräumt.

*Gott sei Dank!*

Sie kamen jetzt deutlich schneller voran. Während der Fahrt zog Caro ihr Handy aus der Tasche, um ihren Vorgesetzten über die Lage zu informieren. Mit einem Schaudern stellte sie fest, dass der Akku seinen Geist aufgegeben hatte. Da auch Berger kein Telefon bei sich trug, musste sie das Vorhaben verschieben.

Nach weiteren zwanzig Minuten Fahrt erreichten sie das Krankenhaus. Auf der Einfahrt zur Notaufnahme stand ein Krankenwagen, dessen Fahrer gerade die Hecktüren zuschlug. Caro parkte dahinter und stieg aus dem Wagen.

Sie wandte sich an den Sanitäter. »Können Sie mir bitte

helfen? Ich habe einen Mann mit einer Schussverletzung im Auto.« Sie zeigte ihren Dienstausweis.

Der Rettungshelfer riss die Augen auf. »Wo ist er getroffen?«

»In den Brustmuskel. Er hat viel Blut verloren.«

Der Sanitäter bedeutete einem Kollegen per Handzeichen, dass er Hilfe benötigte. Die Männer zogen eine Rollliege aus dem Krankenwagen, während Caro die Beifahrertür des Geländewagens öffnete. Berger war inzwischen weggetreten, sein Kopf hing schlaff auf der rechten Schulter.

»Beeilen Sie sich«, drängte Caro.

Sie befreiten Berger aus dem Auto und trugen ihn auf die Liege. Nach einem kurzen Pulscheck schoben sie ihn eilig in die Notaufnahme.

Caro sah ihnen hinterher. Am liebsten wäre sie mitgegangen und hätte Bergers Hand gehalten, aber auf dem Rücksitz des Autos lag noch immer Maria. Auch sie brauchte einen Arzt, allerdings unter strenger Bewachung.

Caro beugte sich in den Geländewagen und warf einen Blick auf die Erlöserin, die sie erwartungsvoll ansah.

»Sie begehen einen Fehler. Die Schlange wird ihn weiter quälen und letztlich doch vernichten.« Sie klang noch immer benommen. Anscheinend machte ihr die Gehirnerschütterung zu schaffen.

»Das lassen Sie mal unsere Sorge sein«, sagte Caro streng.

Maria stieß abfällig Luft aus. »Sie verhalten sich genauso dämlich wie die anderen Möchtegernpsychologen. Genau wie Ihre dumme Freundin.«

*Melanie!*

Caro starrte die Erlöserin an. »Was haben Sie mit ihr gemacht?«

Maria zuckte mit den Achseln. »Gar nichts.«

»Wo ist sie?«

»Ich kann Sie zu ihr bringen.«

»Nein, nein, nein.« Caro schüttelte heftig den Kopf. »Sie sagen mir jetzt sofort, wo ich Melanie finde. Dann bringe ich Sie ins Krankenhaus.«

Auf Marias Gesicht zeichnete sich ein Lächeln ab. »Nein. Wir statten ihr jetzt gemeinsam einen Besuch ab. Ansonsten werden Sie nie erfahren, wo sie sich befindet.«

»Sie halten Melanie also gefangen?«

»Sie ist an einem sicheren Ort, an dem sie keinen Schaden mehr anrichten kann.«

»Welchen Schaden?«

»Sie lässt Menschen leiden, die von der Schlange heimgesucht werden.«

*Was für ein Bullshit!*, dachte Caro. Aber sie schien fest davon überzeugt zu sein, Gutes zu tun. »Ich rufe jetzt in meiner Dienststelle an und lasse Sie in Gewahrsam nehmen.«

»Dann wird Ihre Freundin qualvoll verdursten. Ihre Vorräte dürften inzwischen zur Neige gegangen sein.«

In Caros Kopf rumorte es. Sie konnte unmöglich auf die Forderung eingehen. Maria würde alles daransetzen, Caro zu überwältigen und zu entkommen. Außerdem war es unsicher, ob ihre Geschichte stimmte. Vielleicht war Melanie längst tot.

»Sie können mich genauso gut unter Bewachung zu ihr bringen.«

»Ja, das könnte ich. Werde ich aber nicht tun. Sie müssen sich jetzt entscheiden, Frau Löwenstein. Entweder, Sie gehen das Risiko ein, mit mir zu dem unbekannten Ort zu fahren. Oder Sie sind dafür verantwortlich, dass Ihre Freundin einen langsamen und grauenvollen Tod erleidet.«

Caro schätzte ihre Chancen ab. Konnte sie die Mörderin in Schach halten? Sie trug zwar die Pistole bei sich, aber eine einzige Unaufmerksamkeit könnte ausreichen, das Blatt zu wenden.

Doch was war die Alternative? Maria wirkte fest entschlossen. Sie würde nicht preisgeben, wo sie Melanie gefangen hielt. Was wäre, wenn Melanie aufgrund ihrer falschen Entscheidung qualvoll verdurstete?

Caro schüttelte den Kopf. »So einfach ist das nicht. Ich melde mich erst bei meiner Dienststelle.«

»Sie sind kurz davor, zwei Menschen zu töten«, sagte Maria.

Caro runzelte die Stirn. »Warum zwei?«

»Ich vertraue Ihnen gerne ein Geheimnis an, Frau Löwenstein.« Wieder lächelte Maria. Was für ein falsches Lächeln! »Ihre Freundin, Melanie, ist schwanger.«

»Was?« Damit hatte Caro nicht gerechnet.

»Wassermangel kann verheerende Wirkungen auf den Fötus haben.«

»Warum haben Sie es auf Melanie abgesehen?« Caro ballte die Fäuste. Wut kochte in ihr hoch.

»Weil sie vielen Menschen Leid zugefügt hat. Ich verspreche Ihnen, dass ich sie und ihr ungeborenes Kind sterben lassen werde.«

*Sie blufft nicht*, dachte Caro. Maria handelte aus fester Überzeugung. Sie würde Melanie töten.

Noch einmal spielte Caro die Möglichkeit durch, ihrem Willen nachzukommen. Es war ein Himmelfahrtskommando, keine Frage. Aber gab es eine Alternative?

»Wohin müssen wir fahren?«, presste Caro hervor.

Marias Lächeln weitete sich aus. »Das sage ich Ihnen, sobald wir unterwegs sind.«

Caro hatte das Gefühl, als würde ein tonnenschweres Gewicht auf ihrem Brustkorb lasten. Beging sie gerade einen Riesenfehler?

Sie setzte sich auf den Fahrersitz und schloss die Fahr-
zeugtür. Dann startete sie den Motor.

# 81

»Nehmen Sie die Schnellstraße nach Frankfurt«, sagte Maria, als sie Königstein durchquert hatten. Ihre Stimme klang jetzt eine Spur gestärkter.

»Nach Frankfurt?«, fragte Caro überrascht. »Ich hatte erwartet, dass wir nach Oberweildorf zurückfahren.«

»Falsch erwartet. Fahren Sie zum Osthafen.«

Osthafen? Das ergab keinen Sinn. Was hatte Maria vor? Wollte die Mörderin sie in die Irre führen?

Caro spielte mit dem Gedanken, ihre Dienststelle zu benachrichtigen, sobald sie den Wagen parken würde. Dann könnten sie alle umliegenden Gebäude durchsuchen lassen. Allerdings bestand die Möglichkeit, dass Maria mit diesem Zug rechnete. Vielleicht führte sie Caro zunächst zu einer falschen Adresse, um sie zu testen. Melanie wäre verloren.

Je näher sie der Stadt kamen, desto besser waren die Straßen geräumt. Es hatte im Rhein-Main-Gebiet deutlich weniger geschneit als im Hochtaunus.

Sie durchquerten Frankfurt und erreichten das Hafengelände.

»Biegen Sie rechts ab«, sagte Maria von der Rückbank.

Caro folgte ihrer Anweisung. Auf beiden Straßenseiten erhoben sich Lagerhallen und Firmengebäude. Sie näherten sich dem Hafenbecken.

»Parken Sie den Wagen hier!«

Caro hielt vor einem grauen Lieferwagen, der am Straßenrand abgestellt war. »Und was jetzt?«

»Wir steigen aus.«

Mit zitternden Fingern zog Caro die Pistole aus dem Hosenbund. Würde sie die Waffe benutzen, wenn es darauf ankam? Würde Maria versuchen, zu entkommen?

Caro öffnete die Wagentür und trat auf die Straße. Dann ließ sie die Erlöserin aussteigen. Der Ledergürtel um ihre Handgelenke saß noch immer fest.

»Gehen Sie vor!« Caro versuchte, möglichst konsequent rüberzukommen, doch ihre Stimme zitterte.

Maria lächelte. »Natürlich.«

*Sie hat etwas vor!*, dachte Caro. Ihr Magen fühlte sich immer flauer an. »Wie weit ist es noch?«

»Haben Sie Geduld, Frau Löwenstein. Wir sind bald da.«

Sie nahmen einen Weg, der zwischen zwei Lagerhallen hindurchführte. Auf der linken Seite stapelten sich Europaletten und Baumaterial. Die Gegend war ausgestorben.

Caro wurde zunehmend nervöser. Sie bereute ihre Entscheidung von Minute zu Minute mehr.

Der Weg führte auf einen leeren Parkplatz, hinter dem das Hafenbecken zum Vorschein kam. Auf dem Wasser hatte sich eine dicke Eisdecke gebildet, auf der Schnee lag. Einige Schiffe lagen am Kai, vor allem Frachtschiffe, die vermutlich aufgrund der Witterungsbedingungen festhingen.

Maria steuerte ein langes, schwarzes Boot an. Am Heck gab es ein Steuerhaus, davor mehrere Laderäume, in denen Rohstoffe transportiert wurden. Das Schiff sah verlassen aus.

Wieder dachte Caro daran, Verstärkung zu rufen. Wenn sich Melanie auf dem Boot befand, wäre es jetzt eine gute Gelegenheit.

Offenbar ahnte Maria Caros Gedanken. »Seien Sie vorsichtig, Frau Löwenstein. Ich habe mich abgesichert. Ihre Freundin wird sterben, wenn wir nicht gemeinsam das Schiff betreten.«

Abgesichert? Wovon sprach sie? Gab es einen Helfer, der

Melanie bewachte? Oder eine Bombe, die erst deaktiviert werden musste?

»Wie meinen Sie das?«

»So wie ich es gesagt habe.«

Caro hielt die Waffe höher.

Sie erreichten eine schmale Gangway, die zum Heck des Schiffes hinaufführte.

»Gehen Sie vor!« Caros Stimme klang eine Spur selbstsicherer.

Maria stieg die Stufen hinauf und wartete, bis Caro die Tür zu den Wohnkabinen öffnete.

Warum hatte sie das Boot als Versteck für Melanie gewählt? Musste sie nicht damit rechnen, dass der Schiffsführer zurückkehren würde? Es sei denn, er wäre auch …

Maria unterbrach ihre Gedanken. »Wir müssen nach unten in die Frachträume.«

Caro umklammerte die Pistole noch fester. »Warum haben Sie Melanie auf dieses Schiff gebracht?«

»Hier stört uns niemand«, erwiderte Maria. »Sie muss sich verantworten, weil sie die Schlange genährt hat.«

»Sprechen Sie davon, dass sie Verena Traunstein geholfen hat?«, fragte Caro nach.

»Sie hat ihr nicht geholfen!«

Caro biss sich auf die Lippe. Eine Diskussion über die Sinnhaftigkeit einer Psychotherapie machte wenig Sinn.

Die Stahltreppe führte in den Schiffsbauch. Der Beschilderung zufolge ging es nach links in den Maschinenraum, geradeaus befanden sich die Frachträume.

Sie erreichten eine Luke. Maria schob die Riegel zur Seite und zog die schwere Tür auf. Dahinter öffnete sich ein leerer Laderaum, in dem Kohle transportiert worden war. Schwarzer Staub bedeckte den Boden, und in den Ecken waren noch Rückstände der Ladung übrig geblieben. Die

Frachtluken über ihnen waren geschlossen, lediglich einige Glühlampen tauchten den Raum in schwaches Licht.

Die beiden Frauen durchquerten den Laderaum. Mit jedem Schritt wurde Caro mulmiger zumute. Tappte sie in eine Falle?

Maria konnte unmöglich alle Morde alleine durchgeführt haben. Also war es wahrscheinlich, dass sie einen oder sogar mehrere Helfer hatte. Das wiederum bedeutete, dass Maria sie in die Arme ihrer Komplizen führen würde. Sie musste sich vorbereiten.

Die beiden Frauen gelangten an eine weitere Luke, hinter der sich ein knapp fünf Meter langer Gang erstreckte, der zum nächsten Frachtraum führte. Links und rechts ging jeweils eine Tür ab.

Caro ließ mehr Abstand zu Maria und hielt die Waffe fester.

»Sie werden staunen«, sagte die Mörderin und öffnete die Riegel. Als sie die Tür aufschob, mussten sich Caros Augen zunächst an die Dunkelheit im Inneren gewöhnen. Schemenhaft erkannte sie zwei Personen, die gefesselt auf dem Boden lagen. Undeutliche Stimmgeräusche drangen an ihre Ohren.

*Sie versucht, mich in den Raum zu drängen!*

Caro trat zwei Schritte zurück und sah sich um. Der Gang war leer.

»Wer ist da drin?« Caro hielt Maria mit der Pistole weiter in Schach. »Wo geht das Licht an!«

Sie spähte durch die offene Luke zurück in den leeren Frachtraum.

*Wo steckt der Helfer?*

Marias Hände waren noch immer hinter ihrem Rücken gefesselt. Von ihr drohte kaum Gefahr. Von wo könnte ein Angriff erfolgen?

Im Inneren des Raumes zeichneten sich in der Dunkelheit weitere Details ab. Offenbar handelte es sich um einen Mann und eine Frau.

»Ich dachte, Sie wollen ihre Freundin finden«, sagte Maria.

»Halten Sie den Mund! Legen Sie sich auf den Boden! Sofort!«, schrie Caro die Mörderin an. Sie hatte genug von ihren Spielchen.

Plötzlich flammte ein extrem grelles Licht auf, sodass Caro stark geblendet wurde. Sie war gezwungen, die Augen zu schließen.

Ein dumpfes Geräusch ertönte. Sekundenbruchteile später spürte sie einen heftigen Schmerz auf der rechten Hand. Etwas Hartes hatte sie getroffen. Die Pistole fiel scheppernd zu Boden. Als sie die Augen wieder öffnete, sah sie im letzten Moment die Faust auf sich zukommen. Ihre Reaktion erfolgte viel zu spät. Der Einschlag warf sie brachial nach hinten, sodass sie gegen den Rahmen der Luke prallte. Benommen sank sie nieder.

Langsam kehrte die Kraft in seinen Körper zurück. Die Blut-konserven wirkten Wunder. Der Arzt hatte Berger an einen Tropf gehängt und seine Verletzung unter lokaler Betäu-bung geflickt. Keine große Sache.

Nach der Operation hatte man ihn auf ein Krankenzim-mer geschoben. Sein Geist wurde immer wacher.

»Können Sie mir sagen, wohin Maria Bartels gebracht wurde?«, fragte Berger die Krankenschwester, die seine In-fusion begutachtete.

Sie sah ihn verständnislos an. »Wer bitte?«

»Maria Bartels. Sie muss von meiner Kollegin Caro Lö-wenstein in der Notaufnahme abgegeben worden sein.«

Die Pflegerin schüttelte den Kopf. »Woher soll ich wis-sen, wer hier eingeliefert wird?«

»Bitte, es ist sehr wichtig!«

Sie seufzte. »Ich werde mich erkundigen.«

Er fiel in sein Kissen zurück. Was war geschehen? Er er-innerte sich an das Kellergewölbe. An die säuselnde Stimme. An das italienische Lied, das ihn in die Trattoria Romana ge-zogen hatte. Er hatte sich furchtbar gefühlt. Trotz seines schlechten Zustands hatte er einen klaren Gedanken fassen können: Er konnte der Erlöserin nicht entkommen. Es sei denn, er würde seinen Tod vortäuschen.

Die Tür des Krankenzimmers öffnete sich wieder, und die Pflegerin erschien. »Ich habe in der Aufnahme nachge-fragt. Niemand mit dem Namen Maria Bartels ist eingelie-fert worden. Den Namen Caro Löwenstein hat auch nie-mand gehört.«

»Was?«, fragte Berger ungläubig. »Das ist unmöglich. Sie sind direkt nach mir gekommen.«

Die Krankenschwester schüttelte den Kopf. »Nach ihnen ist niemand eingeliefert worden.«

*Das ist unmöglich!*

Er richtete sich mühsam auf.

»Bleiben Sie liegen, verdammt!«, fuhr ihn die Pflegerin an. »Sie sind gerade genäht worden.«

Berger fiel in sich zusammen. Was war geschehen? Warum hatte Caro die Mörderin nicht ins Krankenhaus gebracht? Oder hatte sie entschieden, Maria direkt ins LKA zu bringen?

Das Krankenhaustelefon, das neben seinem Bett stand, klingelte. Als er nach dem Hörer griff und die ersten Worte gehört hatte, weiteten sich seine Augen.

Das grelle Licht schmerzte. Als die Konturen langsam ein Bild ergaben, erschien eine Pistolenmündung, die auf Caro gerichtet war.

Verwirrt schaute sie in das Gesicht einer dunkelhaarigen Frau, die Maria seltsam ähnlich sah.

*Ihre Schwester!*, schoss es Caro durch den Kopf. Das alte Foto in Margret Backs Haus kam ihr in den Sinn. Darauf hatte sie eine Frau mit zwei Töchtern gesehen. Die ganze Zeit hatte Caro unbewusst daran gezweifelt, dass Maria die Morde alleine verübt hatte.

Caros Blick schweifte weiter auf die beiden gefesselten Personen.

*Oh nein!*

Es handelte sich um Zoé und Darling, deren Arme und Beine mit Kabelbindern fixiert waren. Der Kollege versuchte, etwas zu sagen, wurde aber durch einen Streifen Klebeband gehindert.

»So schnell kann sich das Blatt wenden«, sagte Maria. »Darf ich vorstellen? Meine Schwester Angelina.«

*Dark_Angel!*

»Sie war also Ihr verlängerter Arm in Frankfurt«, schloss Caro.

»Ich würde es eher umgekehrt ausdrücken«, erwiderte Angel. »Meine kleine Schwester hat mir nachgeeifert.«

Caro starrte die Frau an. »Sie haben Denise Reuter getötet. Und auch Verena Traunstein.«

»Ich habe sie nicht getötet, sondern erlöst. Genau wie vierzehn weitere Totgeweihte.«

*Scheiße! Die Dunkelziffer ist noch höher als vermutet.*

»Sie haben sich Ihre Opfer im Internet gesucht. In dem Selbstmordforum.«

»Nicht nur dort«, schaltete sich Maria ein. »Angel hat sich in die Arztsoftware einiger psychiatrischer Praxen eingehackt. Dort, wo sich die schwarze Schlange nährt.«

»So sind Sie auch auf Berger gestoßen«, sagte Caro.

»Ja. Die Praxis von Doktor Godehard, seiner Psychiaterin, stand auf meiner Liste ganz oben«, erklärte Angel. »Weil sie angeblich eine Koryphäe für Depressionen sein soll. In Wahrheit ist sie nur eine Quacksalberin, die der Schlange gehorcht.«

»Aber warum Berger?«, bohrte Caro nach.

»Als ich die Patientenakten durchgeblättert habe, war mir sofort klar, dass die Schlange bei ihm riesig sein musste«, sagte Angel.

»Sie haben ihm auch die Todesanzeigen geschickt.«

Angel nickte.

Caro fiel es wie Schuppen von den Augen. »Und Sie haben die Kellnerin getötet.«

»Ich habe sie erlöst.«

*René Kollnitz ist also gar nicht wieder aufgetaucht!*

»Aber warum das alles? Weshalb haben sie dieses Theater veranstaltet?«

»Die Leidenden müssen selbst erkennen, dass sie der Schlange nicht entkommen können. Ich zeige ihnen den Weg der Erlösung auf.«

»Sie haben Berger mit Ihrer fingierten Schnitzeljagd fast in den Wahnsinn getrieben!«

Maria sprang ihrer Schwester bei: »Wir haben ihm nur die Augen geöffnet. Wer von der Schlange besessen ist, muss sein Leid selbst erkennen.«

»So ein Unsinn!«, widersprach Caro. »Was ist denn mit Denise Reuter? Sie haben die Frau eindeutig getötet.«

Angels Blick wurde starr. »Einige Menschen sind

schwach. Sie schaffen es nicht, den Weg der Erlösung zu beschreiten, weil die Schlange schon zu stark ist. Diesen Opfern helfen wir und führen ihren Willen aus.«

Caro schüttelte den Kopf. Angel war noch kaputter als ihre Schwester.

»Wo ist Melanie?«

Angel wandte sich an Maria. »Bring sie her.« Sie hielt Caro weiter mit der Pistole in Schach. »Setzen Sie sich zu Ihren Freunden.«

Caro ließ sich neben Zoé nieder, die sie gequält ansah.

Kurz darauf kehrte Maria zurück und trieb eine Frau mit einem gerade geschnittenen dunkelbraunen Pony und einer Brille mit schwarzem Rand vor sich her. Sie sah ausgemergelt aus, und ihre Körperhaltung wirkte kraftlos. Auf dem Bauch zeichnete sich eine leichte Ausbeulung ab.

*Gott sei Dank! Sie lebt!*

»Melanie!« Freudentränen schossen in Caros Augen.

»Es tut mir leid, dass ich dich da reingezogen habe, Caro.« Die Stimme der Freundin klang dünn und brüchig.

Caro schrie Angel an. »Was haben Sie mit ihr gemacht?«

»Ich habe ihr eine Lektion erteilt. Wie es sich anfühlt, wenn die schwarze Schlange einem die Luft abdrückt.«

Melanie begann zu schluchzen. »Sie hat mir ein Abtreibungsmittel verabreicht.«

*Waaas?!*

»Das ist einfach nur krank!«, schäumte Caro auf.

»Sie hat es nicht besser verdient«, sagte Angel trocken.

»Melanie ist Ihnen beiden auf die Spur gekommen.«

»Ja, sie hat die Verbindung zwischen mir und Angelina entdeckt«, erklärte Maria. »An jenem Abend, als ich Johanna Maiwald erlöst habe, hat sie gesehen, wie ich im Tunnel verschwunden bin. Sie hat den Fehler begangen, mir zu folgen.«

»Sie haben Melanie überwältigt.«

»Natürlich.«

Melanies verzweifelte Worte schwirrten durch Caros Kopf. »Ich brauche deine Hilfe.« Kurz nach dem Anruf musste sie auf Maria getroffen sein.

»Wir müssen jetzt los«, sagte Angel zu ihrer Schwester. »Es gibt noch eine Aufgabe zu erledigen. Die Schlange lebt noch.«

*Sie sprechen von Berger!*

»Warten Sie«, rief Caro.

Doch die beiden Frauen nahmen keine Notiz mehr von ihr. Sie stießen Melanie in den Raum und schlugen die Tür zu. Mit einem metallischen Scharren wurden die Riegel vorgeschoben.

Sie saßen fest. Das Verlies besaß keine Fenster und nur eine einzige Tür, die sich von innen nicht öffnen ließ.

Caro drehte sich zu Zoé und Darling um und zog ihnen das Klebeband von den Lippen.

»Scheiße«, rief Darling, als er wieder sprechen konnte. »Wir sind echt am Arsch.« Er hatte eine Platzwunde auf der Stirn. Auf dem Gesicht klebte verkrustetes Blut.

»Diese verfickte Angel«, fluchte Zoé. »Ich hätte auf mein Bauchgefühl hören sollen.«

Caro wandte sich wieder Melanie zu, die wie ein Häufchen Elend vor der Tür stand. »Ich bin froh, dass ich dich gefunden habe.« Die beiden Frauen fielen sich in die Arme.

»Ich hätte dich nicht anrufen dürfen!«, schluchzte Melanie. »Jetzt werden sie uns alle töten.«

»Auf keinen Fall!«, protestierte Caro. »Wir müssen hier irgendwie rauskommen. Sie haben es auf Berger abgesehen.«

»Kannst du unsere Fesseln lösen?«, fragte Darling.

Caro betrachtete die Kabelbinder. »Mit bloßen Händen bekomme ich sie nicht auf. Vielleicht können wir die Türkante nutzen.« Sie half ihrem Kollegen, zur Tür zu robben.

Er begann, die Plastikbänder über die scharfe Kante zu reiben. Zoé nahm den anderen Türrahmen.

Caro suchte erneut nach einem Ausweg. Plötzlich bemerkte sie einen beißenden Brandgeruch. Aus einer Lüftungsöffnung in der Decke drang Rauch.

»Sie haben Feuer gelegt!«

# 84

Berger zog mit größter Mühe seine Hose über, die er im Spind des Krankenzimmers gefunden hatte. Das Operationshemd ließ er einfach an und zog seine Jacke darüber. Er hatte vor, sich selbst zu entlassen.

Vor ein paar Minuten hatte er einen Anruf von Christin, der Kollegin aus der Cybercrime-Abteilung erhalten, die Darlings Handy im Osthafen geortet hatte, bevor es aufgehört hatte zu senden. Sie hatte ihm erklärt, dass Darling und seine Freundin verschwunden waren. Caro hatte sich nicht im LKA gemeldet.

Berger musste etwas unternehmen, er konnte unmöglich entspannt im Krankenbett liegen, während seine Kollegen in Gefahr schwebten.

Behutsam öffnete er die Tür und schlich sich an den Krankenschwestern vorbei. Auf eine endlose Diskussion konnte er gut verzichten. Es gelang ihm, die Station unbemerkt zu verlassen.

Vor dem Krankenhaus wartete Gerd Reitwehr in einem Passat. Christin hatte ihn auf Bergers Bitte hin informiert.

»Scheiße, Mann! Wie siehst du denn aus?«, stieß Reitwehr entgeistert hervor.

»Frag nicht. Ich wurde gerade zusammengeflickt.«

»Und ich kann dich wohl nicht davon abhalten, den Helden zu spielen, oder?«

»Versuch's gar nicht erst!«, brummte Berger.

Reitwehr startete den Motor. »Wohin fahren wir?«

»In den Osthafen. Das ist die letzte Position, an der das Handy meines Kollegen geortet wurde.«

»Sollen wir nicht besser Verstärkung rufen?«, fragte Reitwehr.

»Warte damit noch. Ich möchte mir erst einen Überblick über die Lage verschaffen. Wenn meine Kollegen als Geiseln gehalten werden, möchte ich nicht, dass sie durch einen Kavallerieaufmarsch in zusätzliche Gefahr geraten.«

»Okay.« Reitwehr lenkte den Wagen vom Krankenhausgelände und fuhr auf die Schnellstraße in Richtung Frankfurt.

Während der Fahrt erzählte Berger seinem Kollegen, was in Oberweildorf geschehen war. Reitwehr zeigte sich erschüttert.

»Wenn Darling in Frankfurt überwältigt wurde, während du im Taunus gefangen gehalten wurdest, dann haben wir es mit mindestens zwei Tätern zu tun«, sagte Reitwehr.

»Ja, das stimmt. Der Gedanke ist mir auch schon gekommen. Die Erlöserin konnte unmöglich an mehreren Orten gleichzeitig sein. Allerdings habe ich zuvor noch geglaubt, dass Kollnitz die Finger im Spiel hatte. Inzwischen aber denke ich, dass wir ein Phantom gejagt haben. Jemand anders hat mit mir gespielt.«

»Aber wer?«

»Das weiß ich noch nicht. Jemand der sich im Internet als Eternal_Peace ausgibt.«

Als sie den Osthafen erreichten, leitete Berger seinen Kollegen in die Straße, die Christin ihm genannt hatte.

»Wie weit noch?«, fragte Reitwehr.

»Fahr ein Stück geradeaus.«

Sie fuhren an einem Schrottplatz und mehreren Firmengebäuden vorüber, dann an zwei Lagerhallen. Plötzlich fiel Berger der SUV ins Auge, mit dem sie aus Oberweildorf gekommen waren. Das Fahrzeug parkte vor einem grauen Lieferwagen.

*Caro!*

»Fahr rechts ran!«, rief Berger.

»Was ist los?«

»Caro ist hier. Die Mörderin muss sie hergelockt haben.«

Reitwehr hielt vor dem Geländewagen und stellte den Motor ab. »Ich werfe noch mal das Thema Verstärkung in den Ring.«

»Ich will erst sehen, wo meine Kollegen festgehalten werden. Hast du eine zweite Waffe?«

»Im Handschuhfach«, erwiderte Reitwehr.

»Ich frage lieber nicht, ob du einen Schein dafür hast.« Berger zog die Pistole aus dem Fach.

»Sie ist offiziell angemeldet.«

»Eigentlich ist mir das scheißegal.«

Sie stiegen aus und sahen sich um. Berger zeigte auf einen schmalen Weg, der zwischen zwei Lagerhallen hindurchführte. »Dort vorne.«

Nachdem sie die Ladezone überquert hatten, liefen sie auf den Pfad zu. Die Fußspuren im Schnee sagten Berger, dass er richtig gelegen hatte.

»Sie sind hier entlanggekommen.«

Reitwehr nickte. »Sieht so aus.«

Berger musste ein paar Schritte gehen, weil seine Wunde stark schmerzte. Dann biss er die Zähne zusammen und lief weiter.

Am Ende des Weges trafen sie auf einen Parkplatz, dahinter lagen Flussfrachtschiffe an der Pier. Sofort sah Berger die Rauchsäule von einem der Schiffe aufsteigen.

»Scheiße! Es brennt auf dem Kutter.«

Reitwehr griff nach seinem Handy. »Ich fordere jetzt Verstärkung und Feuerwehr an.«

»Mach das. Aber ich warte nicht, bis sie hier sind.« Vor seinem inneren Auge kämpften Caro und Darling gegen die Flammen.

Während Reitwehr telefonierte, lief Berger bereits mit

vorgehaltener Waffe zur Gangway. Der Kollege folgte ihm mit etwas Abstand.

Berger stürmte auf das Schiff und sicherte das Deck. Er warf einen besorgten Blick auf die Rauchsäule, die aus dem ersten Frachtraum drang.

Reitwehr hatte aufgelegt und hielt seine Dienstwaffe in der Hand.

»Wir gehen rein.« Berger zeigte auf die Wohnkabine im Heck des Schiffes. Er lief auf die Tür zu, zog sie ruckartig auf und sicherte die Stube. Reitwehr kam hinterher und durchsuchte die beiden Schlafräume. »Hier ist niemand!«

»Wir müssen runter.« Berger zeigte auf eine Stahltreppe, die in den Bauch des Schiffes führte.

Hastig stieg er die Stufen hinab. Ein strenger Brandgeruch lag in der Luft. Links lag der Maschinenraum, geradeaus ein Gang zum Laderaum. Rauchschwaden krochen auf gespenstische Weise die Decke entlang. Hinter sich hörte er die Schritte seines Kollegen.

Schlagartig erlosch das Licht. Berger war für einen Moment orientierungslos. Eine Tür klappte, dann vernahm er einen dumpfen Schlag.

# 85

Verzweifelt starrten Caro, Melanie, Zoé und Darling auf den Rauch, der aus dem Lüftungsschacht strömte. Offenbar hatten die Schwestern die Kohlereste im angrenzenden Lagerraum in Brand gesetzt.

»Wir müssen die Öffnung verstopfen!«, schlug Darling vor. Er hatte sich inzwischen von den Fesseln befreit.

»Wie willst du das anstellen?« Zoé ratschte die Kabelbinder noch immer über die Türkante. Endlich riss auch ihre Fixierung.

Darling zog sein Hemd aus. »Steig auf meine Schulter, und drück den Stoff zwischen die Lamellen.«

»Das ist gut«, sagte Caro. Ihr war jedoch klar, dass die Maßnahme nicht ausreichen würde. Sie saßen in einer tödlichen Falle. Besorgt sah sie auf Melanie, die an der Wand kauerte. Sie war in furchtbarer Verfassung. »Wir kommen hier raus«, ermunterte sie ihre Freundin.

Zoé kletterte auf Darlings Schulter und stopfte sein Hemd in die Öffnung. Dabei musste sie husten, weil sie den aggressiven Rauch einatmete.

»Halt die Luft an«, rief Darling.

Zoé drückte die Ärmel zwischen die Streben. Doch der Qualm drang noch immer durch die übrigen Ritzen. Wieder musste sie husten, diesmal stärker.

Darling ließ seine Freundin wieder herunter.

»Wir müssen uns auf den Boden legen«, drängte Caro. »Der Rauch bleibt erst mal oben.«

»Aber nicht lange«, erwiderte Darling besorgt. Er nahm Zoé in den Arm.

»Es ist alles meine Schuld.« Zoés Augen wurden feucht. »Ich hätte dir vorher sagen sollen, was ich entdeckt habe.«

»Du meinst die Internetseite?«, fragte Caro, während sie sich auf den Boden legte.

»Ja, ich habe mich schon vor zwei Tagen mit Angel getroffen. Da dachte ich noch, dass sie mir hilft, Eternal_Peace zu finden. Ich war so bescheuert! Jetzt ist mir klar, dass sie mich die ganze Zeit verarscht hat. Die beiden User Dark_Angel666 und Eternal_Peace sind ein und dieselbe Person. Angel. Und sie wusste genau, wer ich bin.«

»Sie hat uns alle verarscht«, sagte Darling. »Dadurch, dass sie sich in die Krankenakten gehackt hat, wusste sie alles über ihre Opfer, auch über dich und Berger.«

»Ja, das war echt spooky, dass sie von meinen schlimmsten Albträumen wusste. Jetzt ist mir auch klar, warum.« Zoé hustete wieder.

Der Rauch trübte den Raum weiter ein, und die Atemluft wurde beißender. Der Sauerstoffentzug raubte ihnen nach und nach die Kraft.

»Wir werden es irgendwie schaffen.« Darling drückte Zoé fester an sich heran.

Caro dachte an Berger. Sie würde ihn nie wieder sehen. Nie wieder spüren. Nie wieder küssen. Das Leben war ungerecht. Die Schwestern hatten alles zerstört. Sie schloss die Augen und kehrte zu dem magischen Moment in der Weilstube zurück, als sich ihre Lippen sanft berührt hatten.

Schon bald würde das Kohlenstoffmonoxid sie vergiften und eine dunkle, schwarze Leere hinterlassen. Keine Erlösung.

# 86

Berger fuhr herum und versuchte, sich zu schützen. Langsam gewöhnten sich seine Augen an die Dunkelheit. Die Notbeleuchtung spendete nur einen schwachen Schein.

Am Fuß der Treppe lag Gerd Reitwehr auf dem Boden. Die Tür zum Maschinenraum stand offen.

Berger hielt mit der Waffe auf die Öffnung. Er näherte sich dem bewusstlosen Kollegen und fühlte seinen Puls. Er lebte.

Mit vorgehaltener Pistole trat Berger in den Maschinenraum, der durch Motoren, Rohre und andere Geräte unübersichtlich war.

Plötzlich hörte er Marias Stimme. »Ich ziele auf Sie, Herr Berger.«

»Die Verstärkung ist gleich hier. Sie haben keine Chance. Geben Sie endlich auf, Frau Bartels.«

»Wollen Sie nicht Ihre Freundin retten? Ihre Geschichte wiederholt sich gerade. Frau Löwenstein stirbt. Und Sie tun nichts, um ihr zu helfen. Genau wie bei Sarah.«

Berger begann zu zittern. Ihre Worte trafen ihn ins Mark.

»Ja, Sie wissen genau, dass ich recht habe. Ihre Caro wird qualvoll in den Flammen sterben. Vielleicht auch an einer Rauchvergiftung.«

Berger musste eine Entscheidung treffen. Sollte er nach Caro suchen? Oder Maria einfangen?

Es gab nur eine Antwort. Blitzschnell drehte er sich um und duckte sich. Gleichzeitig hallte ein ohrenbetäubender Schuss durch den Maschinenraum. Die Kugel schlug knapp neben Berger ein. Er sprintete weiter in den Gang und warf die Tür hinter sich zu. Dann lief er zum Lagerraum und öffnete die Luke. Mit Entsetzen sah er die schwarze Wand aus tödlichem Rauch, die den Frachtraum ausfüllte. Wo waren seine Kollegen? Sollte er auf die Feuerwehr warten? Nein. Der Qualm würde sie töten.

Berger hielt die Luft an und rannte los. Seine Augen brannten. Es wurde immer heißer. Rechts tauchte ein Berg glühender Kohlen auf. Von seinen Freunden fehlte jede Spur.

Seine Lunge schmerzte, er brauchte dringend Sauerstoff. Aber Aufgeben war keine Option! Der Gedanke an Caro gab ihm Kraft. Er rannte weiter. Die tränenden Augen und der Rauch nahmen ihm die Sicht.

Eine weitere Luke tauchte vor ihm auf. Er musste atmen. Jetzt! Vielleicht hinter der Tür. Er zog die Riegel auf und fand einen Gang vor, der ebenfalls voller Qualm war. Der Atemreflex wurde zu stark. Er holte Luft. Der Rauch schmerzte furchtbar in seinen Lungen und brachte ihn zum Husten. Alles drehte sich und verschwamm vor seinen Augen.

*Du musst sie finden! Halt durch!*

Mit äußerster Willenskraft kämpfte er sich weiter. Rechts tauchte eine Luke auf. Gab es dort noch Luft?

Er öffnete die Tür mit letzter Kraft und fiel in den dahinterliegenden Raum. Verschwommen sah er jemanden auf sich zukriechen. *Caro!*

»Berger! Oh, mein Gott.«

Er sog die spärliche Luft ein, die der Raum bereithielt. Hinter Caro erkannte er jetzt auch Zoé und Darling und eine weitere Frau, vermutlich Melanie Meissner.

»Wir müssen hier raus«, drängte Caro. »Sofort. Du musst noch mal die Luft anhalten.«

Berger wusste nicht, ob er das schaffen würde. Er konnte sich kaum noch auf den Beinen halten.

*Nur ein kleines Stück! Du packst das!*

Caro half ihm hoch. Auch Zoé und Darling rappelten sich auf und halfen Melanie. Alle fünf rannten in den Gang, dann durch den Lagerraum. Der beißende Rauch wurde immer schlimmer. Sie konnten kaum ihre Hand vor Augen sehen.

*Immer geradeaus. Wir schaffen das!*

Bergers Knie gaben nach. Alles verschwamm. Er strauchelte und ging zu Boden. Weit entfernt spürte er, wie ihm jemand unter die Arme griff. Er versuchte zu helfen, konnte aber die Beine nicht mehr bewegen. Dann kamen weitere Hände. Bevor er das Bewusstsein verlor, blickte er in eine rote Maske. In die eines Feuerwehrmannes.

Berger spürte die Maske auf seinem Mund. Und die unendlich wohltuende Luft, die herausströmte. Er fühlte etwas an seiner Hand. Eine andere Hand.

Er schlug die brennenden Augen auf. Noch immer war alles verschwommen. Durch einen milchigen Schleier erkannte er Caro, die neben ihm saß und ihn besorgt ansah. Offenbar befanden sie sich in einem Krankenwagen, dessen Türen offen standen. Draußen waren zahlreiche Feuerwehrwagen zu sehen und im Hintergrund das qualmende Frachtschiff.

»War ich lange weg?« Berger hustete.

»Nur eine halbe Stunde«, erwiderte Caro und sog ebenfalls Luft durch ihre Maske ein.

»Wo sind die Bartels-Schwestern?«

»Weg.«

Berger versuchte, sich aufzurichten. »Wir müssen sie finden!«

»Du musst gar nichts!«, widersprach Caro. »Außer dich erholen.«

»Ich …«

Caro nahm ihm die Maske ab und küsste ihn auf den Mund. Dann schob sie das Mundstück wieder zurück. »Danke, dass du uns gerettet hast. Du hast dein Leben riskiert.«

»So schlimm war es auch nicht.« Berger hustete.

Ein Sanitäter betrat den Krankenwagen. »Wir fahren jetzt ab.«

»Ich bleibe hier«, sagte Caro zu Berger. »Ich werde zusammen mit Darling die Fahndung nach Maria und Angel koordinieren.«

»Ich muss nicht ins Krankenhaus.« Ein heftiger Husten-
anfall setzte Berger außer Gefecht.

»Sie fahren mit! Zur Not kette ich Sie an die Liege«, sagte der Sanitäter.

»Und ich helfe ihm dabei.« Caro schüttelte den Kopf.
»Du fährst jetzt!«

Sie stieg aus dem Wagen und warf ihm einen Kuss zu.
Dann schlossen sich die Hecktüren.

Sehnsüchtig sah Caro dem abfahrenden Krankenwagen hinterher. Am liebsten wäre sie mitgefahren, um Bergers Hand zu halten.

Er hätte um ein Haar sein Leben geopfert, um sie und die anderen zu retten. Aber letztlich hatten sie alle Glück gehabt und nur eine leichte Rauchvergiftung davongetragen. Melanie war ebenfalls von einem Krankenwagen abtransportiert worden. Auch sie würde es schaffen.

Darling trat auf Caro zu. »Die Fahndung nach den Schwestern ist raus.«

Sie drehte sich zu ihrem Kollegen um. »Ich glaube, dass sie nach Oberweildorf zurückfahren. Dorthin, wo alles seinen Ursprung genommen hat.«

»Das wäre ziemlich dämlich«, gab Darling zu bedenken.

»Die Schwestern sind davon überzeugt, dass sie sich in einem Krieg befinden.«

»Gegen die Schlange?«

Caro nickte. »Richtig. Sie verehren eine Frau, die vor fast fünfhundert Jahren in Oberweildorf gestorben ist.«

»Die Spurensicherung ist bereits vor Ort. Im Haus von Margret Back und auch in der alten Villa.«

»Wir fahren hin«, sagte Caro bestimmt. »Bitte fordere Verstärkung an. Wir treffen uns am Haus von Margret Back.«

Nach einem Abstecher ins LKA in Wiesbaden, wo sich Darling eine Ersatzdienstwaffe aushändigen ließ, erreichten sie eine knappe Stunde später Oberweildorf und fuhren den steilen Weg zur Burgruine hinauf. Es hatte aufgehört zu schneien. Die Straßen waren inzwischen geräumt worden, sodass die Fahrt in den Hochtaunus deutlich kürzer war als erwartet.

Vor dem Haus der Burgwärterin parkten mehrere Polizeiwagen. Offenbar war die Spurensicherung noch nicht abgeschlossen.

Die beiden LKA-Ermittler stiegen aus. Schon von Weitem sah Caro, dass Kommissar Schilling und sein Kollege Dietrich am Tor standen und rauchten. Vermutlich hatte die Zentrale die örtlichen Polizisten als Verstärkung geschickt.

»Hat das LKA nicht genug Leute?«, fragte Schilling auf seine gewohnt uncharmante Weise. »Oder warum brauchen Sie die Hilfe der trotteligen Dorfpolizisten?«

*Genau das bist du!*, dachte Caro, ging aber nicht weiter auf seine provokanten Fragen ein. »Wir haben es mit zwei weiblichen Serienkillern zu tun, Maria und Angelina Bartels.«

Beide Polizisten starrten Caro an. »Die Bartels-Schwestern?«

Caro nickte. »Ich vermute sie in der Burgruine.«

Sie sah zum Turm hinauf, der sich in den grauen Himmel reckte.

Schilling folgte ihrem Blick. »Dort oben ist niemand. Wir haben die Treppe überprüft. Es gibt keine Spuren.«

»Sie könnten den Tunnel genommen haben.«

Schilling zog eine Augenbraue hoch. »Welchen Tunnel? So was gibt es hier nicht.«

Der sperrige Kollege ging Caro auf die Nerven. »Kommen Sie einfach mit.«

Sie stieg die verschneiten Stufen zur Burgruine hinauf. Darling folgte ihr, während die Dorfpolizisten unschlüssig stehen blieben, dann aber auch hinterherkamen.

Jeder Schritt glich einem Déjà-vu. Caro dachte an jenen Abend, als sie Johanna Maiwald in der Ruine entdeckt hatte.

Das schreckliche Bild der blassen Leiche am Galgen erschien vor ihrem inneren Auge.

Die Gruppe betrat den Burgturm. Darling zog seine Waffe und übernahm die Führung. Sie stiegen die steilen Stufen hinauf, bis sie das Plateau unterhalb der Aussichtsplattform erreichten. Genau an dieser Stelle hatte Caro die Leiche von Johanna Maiwald gefunden.

»Wie ich gesagt habe. Hier ist niemand«, sagte Schilling.

»Wir sehen auf der Plattform nach«, drängte Caro.

Sie stiegen die stählerne Wendeltreppe hinauf. Bevor sie oben ankamen, bemerkte Caro bereits die beiden Schwestern, die auf der Brüstung des Turmes saßen und hinab in die Tiefe schauten. Offensichtlich hatten sie vor zu springen. Genau wie fünfhundert Jahre vor ihnen die Erlöserin.

Schilling und Dietrich zogen hektisch ihre Waffen, die sie auf die Frauen richteten.

»Kommen Sie runter«, rief Caro den Schwestern zu. »Es gibt einen besseren Ausweg.«

Maria blickte zu den Polizisten hinüber. »Die Schlange hat unsere Seelen längst erobert. Es gibt nur einen einzigen Weg, sie zu vernichten.«

*Dem Weg der Erlöserin zu folgen.*

Caro senkte beruhigend die Hände. »Das ist der falsche Weg. Lassen Sie sich helfen!«

»Sie halten uns für verrückt«, rief Angel. »Aber das sind wir nicht. Wir sehen einfach nur mehr als Sie.«

*Die Schlange!*

»Dann zeigen Sie uns diese Dinge. Helfen Sie uns zu verstehen, gegen was und wen wir kämpfen müssen.«

Maria wirkte für einen kurzen Moment interessiert, dann schaute sie wieder nach unten.

Caro deutete das als Zögern. »Springen Sie nicht, Maria. Ihr Leben liegt noch vor Ihnen.«

In diesem Moment schoss Schilling nach vorne an die

Brüstung. Offenbar wollte er die Frauen festhalten. Fast gleichzeitig ließen sich die Schwestern fallen.

Caro hörte einen dumpfen Aufprall. »Sie Idiot!«, rief sie Schilling entgegen und stürmte zur Brüstung. Unterhalb des Turmes lagen beide Frauen regungslos auf den Überresten der Burgmauer. Der Schnee um sie herum färbte sich rot ein.

Für den Bruchteil einer Sekunde glaubte Caro, das Lachen der Erlöserin zu hören. Lutetia Heister hatte in den vergangenen Jahrhunderten viele Menschen in den Tod gerissen. Zuletzt ihre treuesten Helferinnen.

Ein Sonnenstrahl fiel auf die Burgruine. Der Himmel riss langsam auf. Caro dachte an Berger. Sie konnte es kaum erwarten, in seine Arme zurückzukehren.

# Samstag, 7. März

*Eine Woche später ...*

## 89

Gleißendes Sonnenlicht fiel durch die Butzenscheiben der Weilstube und brachte die Pokale des Oberweildorfer Schützenvereins zum Strahlen. Der Gastraum wirkte um Welten freundlicher als noch in der Vorwoche, als die dunkelgrauen Wolken den Ort in eine düstere Hölle verwandelt hatten. Nach einem Wetterumschwung war der Schnee weggetaut, und ein Hauch von Frühling lag über dem Taunus.

Das LKA-Team hatte am Vormittag abschließende Befragungen im Ort durchgeführt und traf sich um die Mittagszeit in der Weilstube. Caro hatte angeregt, dass sich die Beteiligten zum Essen treffen könnten, was auf breite Zustimmung gestoßen war.

An einem länglichen Tisch saßen Caro und Berger, Melanie, Lisa, Darling und Zoé. Captain Jack lag zufrieden auf dem Boden. Berger hatte den genesenen Hund mitgebracht, um ihm etwas Auslauf zu verschaffen.

Guido hatte einen großen Topf Pilzsuppe gezaubert und auf die Tafel gestellt. Er und Raphaela setzten sich dazu.

»Ich kann es noch immer nicht glauben, dass die Bartels-Schwestern die Morde begangen haben.« Guido schöpfte etwas Suppe auf seinen Teller. »Im Dorf war ganz schön Aufruhr wegen der Morde. Die Geschichte hat sich wie ein Lauffeuer verbreitet.«

Melanie hatte sich von den Strapazen der Gefangen-schaft erholt. »Das kann ich mir vorstellen. Da hat die Bür-gerwehr wohl keinen guten Job gemacht.«

Alle lachten.

»Haben dich die Kerle auch drangsaliert?« Caro nahm ei-nen Löffel von der Pilzsuppe, die wirklich köstlich schmeck-te.

»Ja. Sie haben mich bedroht, nachdem ich Kommissar Schilling von meinem Verdacht berichtet habe, dass Maria Bartels und ihre Schwester hinter den Morden an Sebastian Sander und meiner Freundin Verena stecken.«

»Woher wussten Sie das?«, erkundigte sich Berger.

Caro betrachte ihren Kollegen, und eine Glückswelle schwappte über sie hinweg. Es war ein Wunder, dass er überlebt hatte. Seine Wunde heilte bestens, und die neuen Psychopharmaka schlugen an.

»Ich habe die Erlöserin vor dem Haus von Margret Back fotografiert«, erklärte Melanie.

*Das Foto der Erlöserin!*, dachte Caro. Sie warf einen ver-stohlenen Blick auf Raphaela, die ihr das Foto gegeben hatte. Das Mädchen saß abwesend am Tisch, aber Caro wusste, dass es alles genau beobachtete und mitbekam. Es hatte alles gewusst.

»Die vermummte Gestalt ist daraufhin geflüchtet«, fuhr Melanie fort. »Zunächst habe ich Margret Back für die Erlö-serin gehalten, weil sie derart für die alte Legende ge-schwärmt hat. Aber dann habe ich bei meinen Recherchen herausgefunden, dass die Familie Bartels für viele Jahre als Untermieter der Burgwärterin gelebt hat. Das hat mich auf die Spur der Schwestern gebracht.«

»Und Kommissar Schilling hat dir nicht geglaubt?«, fragte Caro erschüttert.

»Nein. Ganz im Gegenteil. Er hat seinen Freund Carl Sander und die Bürgerwehr auf mich gehetzt, damit sie mich aus dem Dorf vertreiben. Darum hatte ich dich auch gebeten, auf keinen Fall die örtliche Polizei zu verständigen.«

»Aber warum?« Berger zuckte mit den Schultern. »Was hatte er zu verbergen?«

»Ich gehe davon aus, dass sich Schilling und Sander auf Johanna Maiwald eingeschossen haben. Sie wollten die Frau fertigmachen, weil ihr die Beteiligung am Tod von Sebastian Sander nicht nachgewiesen werden konnte. Sämtliche anderen Spuren hat Schilling abgeblockt.«

»Was für ein Idiot!«, polterte Caro los.

»Meine Schwester hat Sebastian nicht getötet«, meldete sich Lisa zu Wort. »Sie hat ihn geliebt.« Tränen rannen ihr über die Wangen.

»Das stimmt.« Caro nickte. »Wir wissen inzwischen, dass Maria Bartels ihn getötet hat. Sie muss damals ungesehen durch den Geheimgang auf den Burgturm gekommen sein, nachdem Johanna bereits die Ruine verlassen hatte. Sebastians psychische Probleme haben sie tief berührt, dass der drängende Wunsch in ihr aufgekommen ist, ihn zu erlösen. Zusammen mit ihrer Schwester Angelina hat sie daraufhin die Neugeburt der Erlöserin inszeniert.«

»Angel scheint aber die schlimmere der beiden Schwestern gewesen zu sein«, sagte Zoé.

Caro beobachtete, wie sie Darlings Hand hielt. Offenbar hatten es die beiden geschafft, ihre Beziehung zu festigen. *Wie schön!*

»Angelina hat insgesamt vierzehn Morde begangen, unter dem Vorwand, die Opfer von ihrem Leid zu befreien«, ergänzte Darling.

»Sie waren fest davon überzeugt, den Menschen zu helfen.« Berger schüttelte den Kopf.

»Unfassbar«, sagte Melanie. »Sie hat auch Verena auf dem Gewissen.«

»Das tut mir leid«, brachte Caro mitfühlend hervor. »Ich bin aber heilfroh, dass wir dich befreien konnten.«

»Danke, Caro. Für alles!« Melanie lächelte. »Ich habe übrigens eine freudige Nachricht. Meinem Kind geht es gut. Angel hat nur vorgegeben, mir das Abtreibungsmittel verabreicht zu haben, um mich zu brechen.«

Am Tisch brach großer Jubel aus.

»Das bedeutet mir sehr viel«, fuhr Melanie fort. »Verena und ich, wir hatten uns ein Kind gewünscht. Mit künstlicher Befruchtung. Nach ihrem Tod habe ich beschlossen, uns diesen Wunsch trotzdem zu erfüllen.«

Caro sah ihre Freundin glücklich an. Sie war sicher, dass ihre Freundschaft neu erblühen würde.

Berger stellte seinen Suppenteller beiseite und erhob sich. »Ich muss mir mal für ein paar Minuten die Beine vertreten.«

Caro stand ebenfalls auf und folgte ihm nach draußen. Sie fand ihn vor der Weilstube in der wärmenden Märzsonne.

»Ist bei dir alles in Ordnung?«

»Ich brauche nur etwas frische Luft. Das Gespräch über Angel hat mir wieder ihre Inszenierung in der Trattoria Romana vor Augen geführt. Ich hoffe, dass ich die Bilder irgendwann loslassen kann.«

Er öffnete die Arme, in die sich Caro glücklich einschmiegte. Sie genoss den Moment seiner Nähe.

»Du wirst es ganz sicher schaffen!«

Berger blickte ihr tief in die Augen. »Meine starken Gefühle für dich haben mich in der dunkelsten Stunde gerettet.«

Tränen liefen Caros Wangen hinab. Sie fühlte sich unendlich glücklich.

Sie gaben sich einen zärtlichen Kuss. Im Hintergrund erstrahlte die Burgruine in der Sonne. Majestätisch blickte der Turm auf das Paar herab.

ENDE

*Niemand hört dich schreien …*

Nikolas Stoltz
DIE PATIENTEN
Thriller

384 Seiten
ISBN 978-3-404-18973-1

Ein bestialischer Frauenmord in einer Klinik für psychisch Kranke!
Die Polizei soll behutsam ermitteln, fordert der charismatische
Leiter der Anstalt. Polizeipsychologin Caro Löwenstein wird für
die Befragungen abgestellt. Mehr noch: Sie soll für die Dauer der
Untersuchungen auf dem abgelegenen Gutshof im Taunus wohnen – allein. Ihr Kollege, Kommissar Simon Berger, ist strikt gegen
diese Idee. Doch schon bald stößt Caro auf finstere Geheimnisse,
die sich auf dem Anwesen tief im Wald verbergen. Aber eines
ahnt sie nicht: Der Mörder hat sie bereits als sein nächstes Opfer
auserkoren …
Ein rasanter Psychothriller – der erste Fall für Caro Löwenstein
und Simon Berger!

Lübbe

*Ein furchtbares Verbrechen nebenan …*

Rose Klay
WAS NEBENAN
PASSIERT IST
Thriller

336 Seiten
ISBN 978-3-404-18994-6

Eine schreckliche Entdeckung wirft Friederikes Leben völlig aus der Bahn: Sie findet die kleine Nachbarstochter ermordet in deren Kinderzimmer, daneben liegt der schwer verletzte Vater. Doch wo ist die ältere Tochter? Und wo die Mutter?
Für Friederike, die sich selbst nichts sehnlicher wünscht als ein Kind, beginnt ein Spießrutenlauf. Denn sie gerät nicht nur ins Visier der Ermittlungen, auch die Medien stürzen sich auf den Fall – und auf sie. Friederike muss herausfinden, was nebenan passiert ist. Aber je mehr sie erfährt, desto mehr fragt sie sich, wem sie noch vertrauen kann …
Ein psychologischer Thriller, der auf jeder Seite fesselt!

Lübbe

*Er sieht dich. Und er wird dich töten …*

Ben Bauhaus
MK4 BERLIN - IM
AUGE DES KILLERS
Thriller

368 Seiten
ISBN 978-3-404-19361-5

Hasenheide: Ein junges Paar wurde grausam getötet und enthauptet. Von den Köpfen fehlt jede Spur. Doch unweit des Tatorts findet sich eine zerstörte Drohne – hat der Killer seine Opfer damit verfolgt? Kurz darauf tauchen unheimliche Drohnenvideos im Netz auf, in denen der Täter die Polizei verhöhnt. Und eine nächste Leiche wird gefunden …
Gleich der erste Fall wird für die neue Berliner Mordkommission 4 zur Bewährungsprobe: Obwohl es im Team gewaltig kriselt, müssen die Ermittler schnell und entschlossen handeln, um weitere Tragödien zu verhindern. Doch der Mörder verstrickt sie in ein perfides Spiel … und ist ihnen immer einen Schritt voraus.

Lübbe

*Wer hoch steigt, wird tief fallen – sehr tief ...*

Leo Born
SCHWARZER SCHMERZ
Ein Mara Billinsky
Thriller

416 Seiten
ISBN 978-3-404-18902-1

In Frankfurt werden gleich mehrere Immobilienmakler grausam ermordet. Fieberhaft suchen Kommissarin Mara Billinsky und Jan Rosen nach dem Mörder, als plötzlich eine Ermittlerin aus Frankreich und ihr schwedischer Kollege um Maras Hilfe bitten. Sie jagen einen vermeintlich seriösen Geschäftsmann – der in Wahrheit eine blutige Spur durch Europa zieht und dabei jede Menge Leichen hinterlässt. Mara »die Krähe« hängt sich an seine Fährte. Noch ahnt sie nicht, was für ein tiefes Geflecht aus Beziehungen und tödlichen Abhängigkeiten der Geschäftsmann bereits gestrickt hat ...
Atemlose Spannung mit einer starken Kommissarin und einer brutalen Mordserie - Gänsehaut garantiert!

Lübbe